乾隆盛世帷幕的落下

意味着中国两千多年封建体制走到了尽头

李景屏◎著

乾隆
1795
六十年

华艺出版社
HUA YI PUBLISHING HOUSE

前 言

　　18世纪后半叶的欧美，已经被近代化的浪潮所席卷，北美独立战争、美利坚合众国建立、法国大革命对封建制度的扫荡以及在英国发生的工业革命等等，都使得世界面目焕然一新。而此时，乾隆统治下的清帝国不仅依旧滞留在封建格局之中，而且是处于最专制、最集权的时期。

　　乾隆在70诞辰所撰写的御制《古稀说》，颇为自得地写道："前代所以亡国者，曰强藩、曰外患、曰权臣、曰外戚、曰女祸、曰宦寺、曰奸臣、曰佞臣，今皆无一仿佛者。"在乾隆统治下，专制主义中央集权已达到历史的最高峰，清朝皇帝不仅成功地根除了造成以前朝代亡国的种种弊端——诸如以藩镇为代表的地方割据势力、威胁中央王朝的边疆割据政权、操纵朝政的权臣、专权的外戚、后妃预政、太监弄权、奸佞之臣对政局的把持，而且对传统的八旗制进行改造、打破旗主对本旗事务的垄断、使之成为受命皇帝的军事组织，并解决了亲王预政、太子结党等对君主集权构成威胁的问题，专制主义中央集权的封建体制的确发展到了极致。

　　但君权的高度集中，也导致政坛上万马齐喑，朝野上下思想僵化。在乾隆即位之初，孙嘉淦所上的"预除三习、永杜一弊"

的奏疏，就折射出中国封建社会后期君权的极度膨胀，君臣关系极不正常的现状：

"主德清，则臣心服而颂，仁政行，则民深受而感。出一言而盈廷称盛，发一令而四海讴歌。在臣民本非献谀，然而人主之耳，则熟于此矣。耳与誉化，非誉则逆。始而匡拂者拒，继而木讷者厌，久而颂扬之不工者，亦绌矣。是谓耳习于所闻，则喜谀而恶直。

"上愈智，则下愈愚，上愈能，则下愈畏。趋跄谄胁顾盼而皆然，免冠叩首应声而即是此。在臣工，以为尽礼，然而人主之目，则熟于此矣。目与媚化，非媚则触，故始而倨野者斥，继而严惮者疏，久而便辟之不巧者，亦忤矣。是谓目习于所见，则喜柔而恶刚。

"敬求天下之事，见之多，而以为无足奇也，则高己而卑人。慎辨天下之务，阅之久而以为无难也，则雄才而易事质之人矣，而不闻其所短，返之己而不见其所失。于是乎意之所欲，信以为不逾，令之所发，概期于必行矣。是谓心习于所是，则喜从而恶违。

"三习既成，乃生一弊，何为一弊？喜小人而厌君子是也。"

上面的这番议论翻译成现在的话就是：

由于君主道德好，臣下由衷佩服、歌颂；又由于实行仁政，深受其恩的百姓感恩戴德。因而君主说一句话朝廷上的人都夸好，发布一项命令全国的百姓都赞扬。对于臣民来说，并非阿谀奉承，但君主的耳朵已经习惯了赞扬、歌颂的声音。君主的耳朵已经习惯听颂扬的话，听到的不是歌功颂德的话就觉得逆耳，一开始拒绝听批评意见，接下来就厌恶不会奉承的人，时间长了，对逢迎不巧妙的人，也会心生厌恶。皇帝已经习惯自以为是，喜欢别人服从，而讨厌违背自己意念的人。这就是所说的习惯了顺耳之言，就喜欢阿谀奉承而厌恶刚正不阿。

君主越聪明，就显得臣下越愚蠢；君主越能干，臣下就越畏惧。当君主放眼望去时，看到的是巧于奔走、满脸堆笑、巴结奉承的一张张媚脸，听到的是不绝于耳的颂扬之声，对于臣下来说，认为在遵守君臣之礼，但君主的眼睛已经习惯了。君主的眼睛已经习惯看到种种媚态，不献媚就是冒犯。一开始斥责傲上的人，接下来就疏远严肃正直的人，时间久了，奉承得不巧妙的人，也就成为不顺从的人。这就是所说的习惯了所看到的媚态，就喜欢柔顺而厌恶刚强。

天下的事见多了，就认为没有什么特别的，认为自己高明而看不起别人。谨慎地处理朝廷政务，时间长了也就觉得没有什么难处理的，以自己的雄才大略去要求别人，而听不到他的不足之处，审视自己也找不到失误之处。于是，在施政上随心所欲，坚信自己不会做得过分，发布的命令一概要求必须施行。这就是所说的已经习惯随心所欲，就喜欢服从而厌恶违背自己的意志。

已经形成"喜谀而恶直"、"喜柔而恶刚"、"喜从而恶违"的"三习"，就必然滋生喜欢阿谀奉承的小人而厌恶正直公正君子的弊端，施政上存在的所有问题就愈积愈多，而且被掩饰起来，一旦到了掩饰不住的地步，一切的一切也就难以扭转了。一个王朝也就不可避免地由强盛走向了衰亡。

君权高度集权所带来的另一个弊端，就是扼杀臣下以及全国读书人的独立思维、打造出充满奴性、唯唯诺诺的国民性，造成官员人格的扭曲。面对皇帝的淫威，绝大多数官员所奉行的是"少说话，多磕头"，"多一事不如少一事"，因循苟且，明哲保身，打探消息，巧于奉承，正像时人所写的一首词所揭示的：

"仕途钻刺要精工，京信常通，炭敬常封，莫谈时事逞英雄。一味圆滑，一味谦恭，大臣经济在从容。莫显奇功，莫说精忠，万般人事在朦胧，议也'毋庸'，驳也'毋庸'。"八方无事岁年丰，国运方隆，官运方通。大家襄赞要和衷，好也弥缝，

歹也弥缝，无灾无难到三公。妻受荣封，子荫郎中，流芳后世更无穷，不谥'文忠'，便谥'文恭'。"

一切都在乾隆的安排之下，一切都在乾隆的掌控之中。

而君权高度集中所产生的后果，便是异化——看似高度集权，实则已经失控。乾隆时期对秘密组织的不断取缔、对贪官污吏的一再查处，固然反映出励精图治、维持盛世的决心，但秘密组织的屡禁不止、贪污大案的屡屡发生，所揭示的也恰恰是对民变、对吏治的力不从心，反映出攥在皇帝手中官僚机器出现了严重的故障，表明封建体制已经走到了尽头。

虽然在当时的官场上有一批洁身自好的官员，如刘墉、阿桂、董诰、王杰等，但他们无法遏制官场上的贪风，也不可能把那些官仓之鼠盗出的一个个黑洞给堵上，大清帝国就像一艘千疮百孔的舰船在海上漂浮，尽管渗入的海水已经使船身下沉，大多数人却浑然不知；一些有识之士，如曹锡宝、尹壮图、洪亮吉等人发出的发聋振聩的疾呼，旋即被吞噬得无声无息……政坛上依旧是死一般的沉寂、凝固。

在乾隆去世的那一年11月，拿破仑发动雾月政变组成了执政府，自任第一执政，对内坚决镇压反革命复辟势力，对外与"反法同盟"多次鏖兵，并以排山倒海之势扫荡着欧洲的封建势力，不仅巩固了法国大革命的成果，还把大革命的影响扩大到欧洲。而与乾隆同一年去世的美国第一任总统华盛顿，在执政期间"以最干净最节约的手法，一下子为美利坚解决了那么多难题，替未来免去了那么多隐患……"，从而为美国经济的持续发展、美国综合国力的提高等都提供了制度上的保证。然而乾隆在63年的统治中，不仅未能给他的王朝免除"隐患"，就连许多明显的社会问题也都留给了皇位继承人，诸如对民间秘密组织的失察、有海无防、军备落后、鸦片走私与白银外流等等。

乾隆在1795年归政，不仅意味着康乾盛世落下了帷幕，也意味着统治中国两千多年的专制主义中央集权的体制已经走到了尽头。此后的中国，不可能在"文景"之后产生"贞观"，"永乐"之后出现"康乾"，在前朝的废墟上再也不能滋育出一个封建盛世了，在历史的长卷中康乾盛世已经成为绝唱。乾隆去世后仅仅41年——也就是1840年，鸦片战争的祸水就突然洒落在这块古老的国土上，展现了"忽啦啦似大厦倾，昏惨惨似残灯尽"的一幕，而国人所面临的千古巨变，较之明末的甲申之变还要严峻、痛苦、深刻。如果说万历十五年的年鉴是明王朝"历史上一次失败的总记录"，那么，1795年的年鉴就是中国封建社会"一次失败的总记录"。

笔者于2008年初秋

目录

取缔秘密组织

驾驭群臣（上）

——选拔宰辅

驾驭群臣（中）

——任用督抚

驾驭群臣（下）
——监控与失控

退位归政

海外狂飙

　　1795年对于乾隆及其所统治的帝国都是重要的一年，执政已经满60周年的乾隆就要从皇帝的宝座退下来、去当太上皇帝……

　　在中国封建社会，乾隆帝无疑是一位功业显赫的皇帝。西方传教士曾如此评价乾隆及其控制的政权："不懈地忙于日理万机，这是一个令人景仰的政府，他是天下最伟大的君主，也是帝国中最大的文豪。"能熟练地掌握几种少数民族语言、精通汉学的乾隆，不仅勤于政务，也通过对边疆的开拓奠定了中国现代疆域的版图，而他成功的民族政策与宗教政策也有效地巩固了多民族国家的统一。

　　作为个人，乾隆并不那么传统，他喜欢西方钟表，也欣赏西方园林与绘画风格，在他主持下作为皇家园林的圆明园可以出现西式风格的建筑、喷水池，在他的身边也可以有一批擅长绘画、精于音律、有实地勘测经验的西方神甫。但作为一个皇帝，他的统治却是相当传统，竭力要把中国留在中世纪，而不是带入近代。

乾隆像

　　然而此时的世界，却已经进入资产阶级革命、工业革命的时代，中世纪作为一种社会制度已经成为革命的对象，法国大革命的爆发、法国国王路易十六被愤怒的民众所处死，都在乾隆的心中掀起无限波澜。虽然中法两国相隔一万六千多里，但乾隆却与路易十六神交已久，来华的法国神父早已在他们之间建立起沟通的桥梁。

中法两国高层的交往始于1681年（康熙二十年）。与康熙帝同时期的君主——法国波旁王朝的路易十四，因法国科学院派人到世界各地进行地理考察以便绘制航海地图而开始考虑如何同中国皇帝交往的问题。路易十四与康熙皇帝有惊人的相似之处，他们都是冲龄即位，都凭借雄才大略建立了中央集权的统治，并把自己的国家推向了鼎盛、使之成为区域性的强国——一个成为欧洲大陆科技文化的中心，一个称雄亚洲。

法国科学传教团

17世纪80年代，法国为了进行地理考察已经向大西洋、地中海等地的港口派出科考人员，那时的英国、丹麦以及非洲、美洲等地都有法国科学院的人在那里进行实地勘测。唯独对派人到中国进行考察一事，令法国科学院的人感到棘手，他们对这个国家实在是知之甚少。考虑到耶稣会（天主教的一个修会）传教士自利玛窦在一个世纪前（1582年，明万历十年）来华传教以来，耶稣会士不仅在中国的土地上立足，而且其中的一些人还直接为中国政府、中国皇帝服务，同官方一直有密切的联系，路易十四决定从法国的耶稣会士中物色来中国的人选。于是，法国科学院的地理考察，便同耶稣会的传教联系起来。

康熙洋装像

路易十四派往中国的第一个科学传教团由洪若翰、白晋、张诚、刘应、柏应理、李明等神父组成。在出发前，法国科学院负责人接见了这些传教士，1685年3月他们一行带着国王命令授予的测量仪器从布雷斯特乘船出发，用传教士的话来说："这些人组成一个'中国科学院'，即巴黎科学院的分院。"①

从1688年法国科学传教团抵达北京到1789年法国大革命爆发的一百多年，法国政府持续向中国派遣由耶稣会士组成的"科学传教团"，继洪若翰、白晋、张诚之后，巴多明、杜德美、沙如玉、汤尚贤、德玛诺、冯秉正、宋君荣、王致诚、蒋友仁、钱德明等纷沓而至。这些法国神甫肩负科学考察、传教的双重使命，既要向法国科学院汇报工作，又要向罗马教廷汇报传教事宜。

① [法]伯德莱：《清宫洋画家》，耿昇译，P189，山东画报出版社2002年1月版。

法国神甫进献给康熙的"盘式手摇计算机"。1642年法国科学家巴斯加制造出"盘式手摇计算机"，可以完成加、减、乘、除的运算

在康熙中期以前，来华传教士中以葡萄牙籍人数居多，葡萄牙政府是环球航海的支持者，最先控制了从欧洲到亚洲的新航线，而且该国又深受耶稣会的影响，葡籍传教士自然多。然而到路易十四派遣法国科学传教团以后，这一情况开始改变，在来华的传教士中法国人的数量急剧增加，以至后来居上，名列前茅。据费赖之在《在华耶稣会士列传及书目》中记载，在一个多世纪的时间里，来华的法国籍的神甫为86人，葡萄牙籍的为79人。

康熙与法国神甫

1687年7月23日——也就是康熙二十六年六月十六，洪若翰、白晋、张诚等一行抵达宁波，并在第二年的2月7日（康熙二十七年正月初六）奉康熙皇帝之命到达北京。正在为祖母守孝

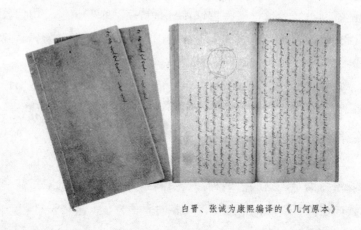

白晋、张诚为康熙编译的《几何原本》

的康熙帝，在3月21日（二月二十）接见了这些法国神甫，精通数学的张诚和白晋被康熙留在了身边，洪若翰等3人则到外省去传教。

留在康熙身边的白晋、张诚成为皇帝的数学老师，他们不仅讲授算术、几何基础、几何学，还用满文编写了教材。除了教授数学外，他们还在清帝国的对外交往中充当翻译。1689年（康熙二十八年）清廷派出以索额图为首的谈判团前往尼布楚，与俄国代表团就边界划界进行谈判，张诚作为翻译同行。在谈判中，由于俄国使臣负责人戈洛文执意要"据黑龙江北之地"，而使谈判陷于僵局。张诚在得到索额图的同意后，前往俄国使团驻地，劝彼等放弃对黑龙江以北、外兴安岭以南的土地要求，张诚劝俄方应该珍惜"每年都可以到北京做买卖"的巨大经济收入，而不是同中国开战、夺取新的领土。[②]在张诚的斡旋下，俄方决定放弃雅克萨，接受康熙皇帝所提出的边界划分办法，使得中俄尼布楚条约得以签订。

康熙不仅令法国神甫参与重大的外交谈判，还委任他们为皇帝的特使出使外国，张诚曾奉康熙之命出使俄国，白晋则成为康熙派往法国的特使。白晋在1693年（康熙三十二年）离开北京，1696年（康熙三十五年）抵达法国，给路易十四带去康熙的礼物，这些礼物中包括一些中国的经典和科学著作（共49卷）。到

② [法]杜赫德编《耶稣会士中国书信简集——中国回忆录》，《耶稣会传教士洪若翰神父致国王忏悔师、本会可敬的拉雪兹神父的信》，I，279页，大象出版社2001年版。

1699年（康熙三十八年）白晋从法国返回中国时，又把"法国国王以装订华丽之版画集一册"带回，"转赠中国皇帝"。

至于洪若翰、刘应，在康熙患疟疾时因进献治疗疟疾的特效药"金鸡纳霜"（奎宁）而使康熙彻底摆脱了疾病的折磨。这些"金鸡纳霜"是在印度传教的神甫多鲁寄来的，而在当时的北京还没有人了解这种药。

这些法国神甫不仅直接为清政府、清朝皇帝服务，还以自己的科技知识在文化交流的长河中培育出康熙《皇舆全览图》这株奇葩。《皇舆全览图》是在实地勘测基础上绘制出来的，这同法国传教士的大力推动有直接关系。到中国进行地理考察，是他们来华的重要使命之一，只有同为清政府绘制全国地图联系到一起，对中国进行地理考察才会畅行无阻。

1700年（康熙三十九年）来华的法国神甫杜德美，最先向康熙皇帝提出"联合神甫数人在各处观测"以测量北京子午线的建

议，但康熙出于国家安全的考虑"严拒不准"，"殆恐西洋人详悉中国形势"。而最终劝说康熙皇帝进行实地勘测、绘制地图的，却是1698年（康熙三十七年）来华的法国神甫巴多明。据来华的法国神甫沙如玉在信扎所披露："康熙皇帝曾误以奉天省会沈阳与北京同一纬度，亦位置于39度56分。多

巴多明墓碑

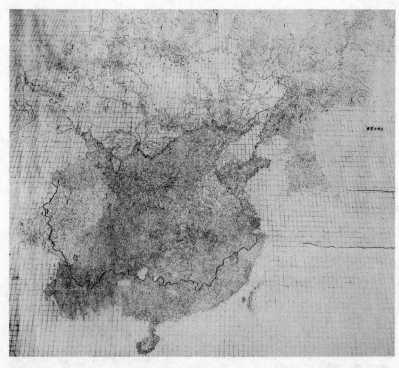

《皇舆全览图》

③ [法]费赖之：《在
华耶稣会士列传及书
目》，冯承钧译，上册
516页，中华书局1995年
版。

明对帝明言其误，帝命之赴沈阳详细测验绘图进呈。复命以后，
帝因疑国内诸省方位或亦有同一之误，拟绘一总图，乃命多明选
择能绘图之传教士若干人往各省测绘。"③颇受康熙器重的巴多
明，则成为测绘全国各省地图这一重大工程的总负责人。

康熙在1709年（康熙四十八年），命雷孝思、白晋、杜德美
等对长城一线进行勘测、绘制地图，"所绘地图广15尺余，帝甚
嘉许，欲于全国各省悉加测绘"。此后，雷孝思、杜德美、汤尚
贤、德玛诺、冯秉正等人先后又对直隶、长城以北的喀尔喀（即
现在的蒙古人民共和国，当时属于清朝辖区）、山西、陕西、黑
龙江、河南、江苏、安徽、浙江、福建、江西、湖南、湖北、四
川、云南、贵州、广东、广西、台湾及附近岛屿予以勘测。此
后，又"集聚分图为总图"，并在1718年（康熙五十七年）绘制
出《皇舆全览图》，又称之为《康熙皇舆全览图》。

凡尔赛——北京轴心

法国科学传教团的到来，使得两个风马牛不相及的国家开始了相互交往，也使得中国统治者对遥远的法国开始有所了解，"正是巴多明神甫启发康熙产生了对于路易十四表示出的特殊敬重"，"并对法兰西民族作出了一种高度评价"④。因此，法国也成为欧洲唯一一个同中国高层建立固定联系的国家，用路易十四的话来说就是：建立了凡尔赛——北京轴心。

雍正帝戴假发着西装像

④ [法]杜赫德编《耶稣会士中国书信简集——中国回忆录》《沙如玉神父致韦塞尔神父的信》，IV，240页。

继康熙之后的雍正虽然在1724年年初（雍正元年年底）颁布了禁止传教的命令，但依然允许精通天文历算，擅长绘画，会制造修理钟表，熟练掌握满文、拉丁文的教士留在北京，科学传教团的巴多明、雷孝思等神甫也依旧在雍正身边，而且还把巴多明推荐的沙如玉、孙璋两位刚刚到中国的法国神甫召到北京，让他们"供奉内廷"。沙如玉为清宫试制了"报更自鸣钟"（即闹钟），而对满语、汉语都有深入研究的孙璋则在雍正时期的中俄边界谈判中一直充当翻译。凡此种种都表明：即使在禁止传教的情况下，凡尔赛——北京轴心依然牢固地存在。

1765年（乾隆三十年），路易十四的继承人路易十五又向中国派出两位特使，当时统治中国的是康熙的孙子乾隆。有趣的是这两位特使不仅都是皈依了天主教的中国人——一个叫高类思、一个叫杨德望，而且他们都在法国学习、工作了十几年。路易十五及其政府选派两名中国人作为特使，同康熙当年选派白

晋为特使或许有相同的考虑。路易十五特使的到来，则使得凡尔赛——北京轴心进一步巩固。

乾隆不仅与法国神甫保持密切的交往，而且也非常重视同法国的关系。钱德明在给友人的信中对中国"重视法国并将法国远远置于其他欧洲国家之上"感到欣慰，他曾这样描绘乾隆皇帝的库房"用来装饰皇帝房间的机器、工具、珠宝或其他珍贵的东西，要么是法国的军械，要么是出自某些法国工匠之手"，就连皇帝阅兵时发给士兵的佩刀的刀身也是"法国制造"。

珐琅彩瓷器

而珐琅彩瓷器在乾隆时期的大量烧造，也从一个侧面反映出中法之间来往的频繁。珐琅彩在中国也称为"洋彩"，法国人称之为"玫瑰色族"，主要用于玻璃器皿的装饰。这一装饰色彩虽然是由荷兰医生安德烈·卡修斯（Andras Cassius）在1680年试制成功的，但却由法国人给传到中国，因而中国人称之为珐琅，就是franc（中文的意思是"法国的"）的对音。由景德镇官窑烧出来的素胎瓷器运到北京的内务府造办处后，再由供奉内廷的神甫指导绘制珐琅彩，以珐琅彩来装饰瓷器，珐琅彩瓷在乾隆时期器风靡一时。

乾隆的挚友：王致诚、蒋友仁

来华的法国神甫中，不少人都成为乾隆的挚友。

画家出身的王致诚，是同乾隆关系最密切的一个人。王致诚在1738年（乾隆三年）来华，一到北京便成为供奉内廷的耶稣会士，在此后的30年一直作为御用画师被留在了乾隆的身边。在北京的西洋人中，只有画师和钟表匠才能住在宫中，这也就使得王致诚几乎是在乾隆帝的眼皮底下工作与生活。能经常见到皇帝，并能与之交谈，这是一个外国人所受到的"最佳款待"，即使对一个中国人来说这也是"一种最高犒赏"、"最高的荣誉"。

乾隆对绘画有着浓厚的兴趣，在公务之余经常去观看王致诚绘画。皇帝并不满足只看到最终的画作，而是要尽可能看到绘画过程中出现的画面，以便对荫色、人物的姿态提出修改意见，因而在王致诚作画的如意馆一待就是一两个小时。尽管王致诚的汉语说的不是那样流利、表达的也不那样准确，但这丝毫不影响乾隆与之交往的兴致。王致诚在给友人的信中就有如下的描述："皇帝几乎每天都前往那里巡视我们的工作。"

奉命给亲王及其福晋、宗室王爷、公主等人作画，是王致诚到北京后所致力从事的第一项重要工作，他首先绘制草图，把草图呈乾隆御览，再根据乾隆的意见进行修改，最终完成画作。为了适应中国宫廷的工作，擅长用油画来画人物肖像的王致诚，抽出相当多的时间学习中国水墨画的技巧，学习山水、花鸟的画法。

乾隆二十年五月二十六（1755年），在北京的王致诚奉皇帝之命火速赶往清帝国的第二个政治中心——建在承德的避暑山庄，参加即将举行的凯旋庆典。

一年前，屡屡在清帝国北部、西北部边疆地区制造战乱的准噶尔部发生内乱，该部贵族阿睦尔撒纳在被首领达瓦齐击败后，率部众投奔清廷。同年底，乾隆在避暑山庄接见了阿睦尔撒纳，尽知准部分崩离析的内幕，遂当机立断，决定出兵伊犁，彻底平定准部。翌年二月，清军在阿睦尔撒纳的带领下讨伐达瓦齐，兵不血刃

王致诚在1755年(乾隆二十年)所绘达瓦齐像

占领伊犁,生擒达瓦齐,尽收天山南北,拓地二万余里。

乾隆要求王致诚用画笔记录下凯旋庆典这庄严的一幕。几经考虑,王致诚决定"以皇帝步入举行仪式场地的那一瞬间来展开画面","因为人们从整个画面中一眼就可以看出他的威严"④。乾隆对王致诚用铅笔勾画出的草稿非常满意,但他令王致诚先中断庆典画卷的创作,为刚刚归顺清政府的11位准噶尔部王公作画。紧接着,王致诚又奉命为乾隆画一幅肖像。

此后,当清军先后平定阿睦尔撒纳及大小和卓在天山南北所发动的叛乱后,王致诚与郎世宁等西洋画师奉命绘制《平定西域得胜图》,以16幅画卷来展现这两次平叛战事的重大战役。在乾隆的"十全武功"中,平达瓦齐、平阿睦尔撒纳与平定大小和卓占有重要位置,乾隆始终认为自己执政以来做了两件大事,其中一件就是对西北用兵——平定叛乱,开拓并巩固新疆,奠定西北部疆域的版图。为了使这些弥足珍贵的历史画卷能长期得到保留,乾隆通过两广总督把法国神甫所画原稿邮寄到巴黎,铜版印刷。到1775年(乾隆四十年)16幅画卷的铜版印刷品全部运回中国。对乾隆来说,王致诚、郎世宁等西洋人不单是御用画师,更是其历史功绩的见证者、记录者。

④《耶稣会士中国书信简集——中国回忆录》,《钱德明神父致德·拉·图尔神父的信》(1759年9月4日于北京),V,037页。

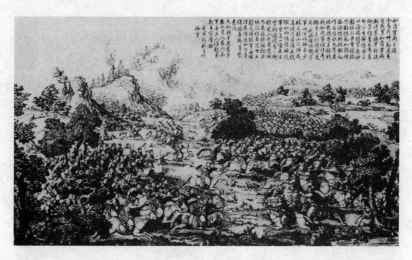

王致诚在1766年(乾隆三十一年)所绘《河落霍澌之捷图》

　　1745年（乾隆十年）来华的蒋友仁，更因其学识渊博、语言能力强，而供奉内廷，并获得乾隆的好感，在30年的时间里，蒋友仁成为乾隆最为倚重的外国人。在当时能供奉内廷的西洋人，或擅长绘画，或能修理钟表，或精于各种机械制造，或能熟练地使用满语——把俄国来的拉丁文的外交文件翻译成满文，并把皇帝用满文写成的答复翻译成拉丁文。

　　蒋友仁既不是画家、机械师，也不是钟表匠，更不会满文，他在法国原本是个天文学家，精通数学、物理，是作为修订历法的人才被召到北京的。自德国传教士汤若望任清帝国钦天监的第一任监正以来，继之而就任监正的西方神职人员有：南怀仁、闵明我、庞嘉宾、纪理安、戴进贤、刘松龄、傅作霖、高慎思、宁国安、索德超、毕学源。而当毕学源在1838年去世时，距鸦片战争的爆发仅有两年。钦天监从来都是洋人荟萃的地方，蒋友仁来北京时，奥地利神甫刘松龄（乾隆四年——1739年被召入京协助治历），因钦天监监正戴进贤神甫的去世而刚刚升任监正，循例升为监副的则是葡萄牙籍神甫傅作霖。钦天监并不急需治历人员，最迫切需要的是能制造喷泉的人。

　　由于乾隆对路易十四所赠送的《法国最漂亮的建筑景观》

凡尔赛宫及喷水池

一书中凡尔赛宫喷水池的图片颇有好感，产生"建造带有'大水法'（喷水池）的西洋风格之宫殿的想法"。在当时的来华神甫中并无一人懂得喷水池的设计，人们便把希望寄托在精通多种自然学科的蒋友仁身上，经郎世宁及其他在京神甫的推荐，蒋友仁成为试制"大水法"的人选。

海晏堂及大水法

渊博的学识使得蒋友仁不仅能胜任机械师、钟表匠的工作，还能承担起设计师的重任。1747年（乾隆十二年），到北京才两年的蒋友仁被任命为圆明园 "大水法"的设计者，此时的蒋友仁已经能说一口流利的汉语。蒋友仁不仅呈上"大水法"的模型，还给乾隆讲解水利学的原理，"龙心大悦"的乾隆，决心在圆明园的东北角建造一座西洋楼——海晏堂，把欧洲建筑风格与中国情趣结合起来，蒋友仁也就成为圆明园西洋楼的设计者之一。

由蒋友仁设计的"大水法共有54个垂直喷泉"，同"环绕凡尔赛宫阶梯的那种喷泉"有异曲同工之妙。为了体现中国传统文化的特色，蒋友仁以青铜铸造的12生肖环绕喷水池，水从青铜生肖的口中喷出；整个喷泉就像是一座永不停息的水钟，按照12个时辰的到来水流依次从12个生肖的口中喷出，只有在正午时刻12个生肖才一同喷水⑤，融中西艺术为一体。

乾隆帝渴望了解外部世界，为此蒋友仁绘制了一幅12法尺半

⑤《清宫洋画家》90页。

清宫中的地球仪

长、6法尺高的世界地图。在绘制这幅地图的过程中，他吸收了地理考察的最新成果，增加了新发现的一些国家，删除了旧地图中与实际情况不相符的内容，还写了一份有关地球、彗星及新发现的其他星球运行轨迹的说明，又附有一份对地图进行解释的文字说明。这份世界地图，就成为乾隆六十大寿的贺礼，乾隆帝极其珍惜这份贺礼，不仅令人予以复制，分别收藏于宫中、军机处，还让人把新发现的内容加在宫中的地球仪上⑥。

　　蒋友仁为乾隆帝做的另一件大事，就是主持了《皇舆全图》的铜版印刷。《皇舆全图》是在康熙《皇舆全览图》的基础上绘制的。1755年（乾隆二十年）在第一次派兵出征准噶尔、生擒准部首领达瓦齐后，立即派遣国子监算学总教习何国宗同傅作霖、高慎思两位神甫前往新疆进行实地勘测，以便绘制出那一地区的地图，进而对康熙《皇舆全览图》进行补充。在实地勘测的基础上，于1759年（乾隆二十四年）绘制出《皇舆西域图志》，并在一年后（1760年）把《皇舆西域图志》补充进康熙《皇舆全览图》，从而形成乾隆《皇舆全图》。

　　虽然早在明代中国就有铜活字版

⑥《耶稣会士中国书信简集——中国回忆录》，《传教士蒋友仁神父致巴比甫,道代罗什的信》（1767年11月16日于北京），V，135—136页。

蒋友仁主持《皇舆全图》所用过的铜版

印刷，但缺乏铜雕版印刷的经验，在当时的国内找不到可以主持这项工作的人，即使来华传教士对此也是一窍不通，这一艰难的工作再次落到蒋友仁的肩上。经过多次试验，他终于用104块铜版印出《皇舆全图》。

令乾隆记忆犹新的，则是蒋友仁所做的有关气体的实验：

那是乾隆三十七年腊月二十（1773年初），善于绘画的意大利神甫潘廷璋与掌握修理钟表技术的法国神甫李俊贤来到北京，他们带来了一台抽气机和一台最新研制的望远镜。为了使乾隆能尽快了解抽气机的工作原理，蒋友仁在对机器进行调试的过程中用中文撰写了一份详细的说明书，对工作原理及使用细则都进行了介绍，并建议在来年开春后进行实验。蒋友仁选择了21种有趣的实验，为乾隆进行演示。乾隆饶有兴致地就空气如何能使气压计内水银柱上升、以及由水银柱位置的改变所反映出的空气压力变化的原因进行探讨。很快就掌握了操作方法的乾隆，不止一次地用抽气机做实验，给朝臣及后妃们演示空气的压力、弹性、压缩、膨胀等特性。[7]

最新研制的望远镜也同样引起乾隆的兴趣。这种最新研制的望远镜在一年前才试制出来，为了区别以前的牛顿式望远镜，称之为反射式望远镜。乾隆认为反射式望远镜底镜上的孔会减少反射光线量，询问蒋友仁可否通过调整另一块镜子的位置来消除这一弊端。蒋友仁解释道：调整另一块镜子位置的做法，与牛顿式望远镜所采纳的增加反光镜的做法道理相同，但这种望远镜移动不便、很难对准要观察的物体，因而才被底镜上打孔的反射式望远镜所代替……[8]

了解世界的窗口

来华的法国神甫不仅供奉内廷、带来欧洲的各种新奇物品，还给乾隆打开了一扇了解世界的窗口。陪同潘廷璋进宫作画的蒋友仁有机会同乾隆进行更多的交流，他在一封信中披露了他们交

⑦《耶稣会士中国书信简集——中国回忆录》，《蒋友仁神父的第三封信》，Ⅵ，058—60页。

⑧《耶稣会士中国书信简集——中国回忆录》，《蒋友仁神父的第三封信》，Ⅵ，049页。

谈的详尽内容，乾隆向他询问了有关外部世界的诸多问题，归纳起来可分为十个方面：

其一，欧洲局势：

欧洲的众多君主中，难道没有一个可以以其权威来结束同其他君主的纷争，成为凌驾其他君主之上的霸主？在欧洲某个较强的国家，是否可以通过吞并其他的国家而成为全欧洲的主宰？

其二，王朝继承制度：

法国王是如何处理继承问题的？俄罗斯那里女子可以继承王位，欧洲是否也有奉行此法的国家？

其三，关于战争：

欧洲有多少个国家？各国君主有多少军队？作战的方式及谋略有哪些？

其四，有关俄罗斯：

法国与俄国是否有外交关系？同俄罗斯交战的除了伊斯兰教徒外（主要是指土耳其），还有哪些民族与俄国处于战争状态？哪些国家在军事上战胜过俄国？这些年俄国为何能在科学、艺术方面取得那样多的进步？俄国在与其他国家交往时使用何种语言？法国是否有学者在俄国宫廷供职？俄国军队中是否有法国人？

（在欧洲国家中俄国是唯一同中国接壤的，康熙年间由于俄国对黑龙江流域的扩张，爆发了两次雅克萨战争，乾隆自然对俄国会有更多的关注。）

其五，有关东南亚：

欧洲哪个国家控制了巴达维亚（今印度尼西亚的首都雅加达）？在吕宋（今菲律宾首都马尼拉）的欧洲人是哪个国家的？这些地区离欧洲如此遥远，如何进行有效的控制？

其六，有关殖民地：

在地图上所看到的远离欧洲的一些地方所标明"新西班牙"、"新荷兰"、"新法兰西"，这些新王国指的是什么？

其七，有关绘制地图：

蒋友仁墓碑

⑨《耶稣会士中国书信简集——中国回忆录》,《蒋友仁神父的第二封信》,VI,036—043页。

在绘制地图的过程中,对那些从未去过的国家及地区、对没有地图的国家,如何绘制?

其八,有关航海:

水道如何测量?海上的路程如何计算?海面上的方位如何确定?

其九,有关哲学:

究竟是先有鸡还是先有蛋?

其十,有关创世:

中国的经书中从未谈到创世,天主教有关创世的记载可靠吗?⑨

从上述内容不难看出,与身边的神甫交流是乾隆了解外部世界的一个重要途径。尽管这些都经过来华神甫们的诠释,就像是在万花筒里所看到的景象,难免有失真之处。但它毕竟也带来一些新的因素,如在介绍控制巴达维亚的是荷兰人时,蒋友仁就讲到荷兰的政体是共和制:国家对所属各省——包括对海外殖民地的巴达维亚通过任命总督来进行统治,如果总督滥用职权将受到惩罚,最严重的将受到审判……

法国大革命的冲击

凡尔赛宫及其喷泉、抽气机、最新款式的望远镜、铜雕版技术等都令乾隆对法国产生浓厚的兴趣,他决定效法祖父康熙派遣外交使团到法国去会见路易十六,亦可视为对路易十五遣使的回访。1750年（乾隆十五年）来华的法国神甫钱德明就是外交使团的重要成员。与此同时法国王室也开始作相应的准备，以便使得中法之间的高层交往得以继续。然而1789年（乾隆五十四年）爆发的法国大革命，使得乾隆出使法国的计划付之东流，留下的不仅是遗憾，还有心灵深处的起伏跌宕。

长久以来法国波旁王朝在乾隆的心中留下的印象就是繁荣、强大：

以"太阳王"自诩的路易十四，在法国建立了君主专制的统治，国王的权力是绝对的，宰相被废除，贵族千百年来的世袭权力也被取缔，集立法、行政、司法大权于一身的路易十四通过发动一系列战争使得法国称霸欧洲；

路易十四营建了凡尔赛宫，把王宫、政府迁到那里，凡尔赛宫成为展现君主专制光环的大舞台；

路易十四

路易十四不愿与欧洲其他王室共同使用"国王陛下"的称号，他把太阳图案作为波旁王室的徽章，他本人成为"太阳王"，他的王室也成为光芒万丈的太阳家族。路易十四在日记中曾对太阳有如下一番议论：

"太阳周围环绕着独一无二的光芒，在所有的星体中，正是这样的光芒才为它引来一群追随者在其左右；世界万物都受到阳光的恩典，一切生命、欢乐和活动都离不开阳光永不停歇地照耀；太阳貌似和平，但无人能阻止它的运动，它那始终如一的轨迹永远不会改变。"[10]

"太阳王"和他的王朝依旧在与隔海而望的"日不落帝国"抗衡，在英吉利向全球扩张的时候，法兰西已经成为欧洲大陆的主宰，路易十四所创建的法国科学院、音乐学院、舞蹈学院、建筑学院都使得巴黎成为欧洲科学文化的中心，法语成为欧洲各国宫廷、各国交往的通用语言……

[10][美]迈克尔·法夸尔：《疯子、傻子、色情狂》，康怡译，第5章《骄阳似我》，40页，中信出版社2003年版。

路易十四在1715年——也就是康熙五十四年去世，他给继承人留下一个繁荣昌盛的法国，这样一个王朝缘何在74年后就土崩瓦解、灰飞烟灭？从强盛到衰亡为何竟如白日过隙？这一切使得乾隆陷入难以解脱的惶惑之中。

乾隆了解法国的唯一途径是来华法国神甫的介绍，然而这些都经过了过滤与折射。法国君主专制的建立同中国相比，历尽艰难曲折。从公元5世纪进入中世纪，到建立君主集权，其间历时一千多年。在法国以及当时的欧洲，导致王室衰微的因素有两个，一个是世俗封建领主凭借分封制所建立的大大小小的邦国，形成了一个个独立王国，对国王来说就是：我奴仆的奴仆不是我的奴仆。对于种种分封，熟悉三代历史的乾隆不会感到不解，西周分封所酿成的春秋、战国时期400多年的"礼乐征伐"不自天子出，同法国那时的状况是很相似的。但另一个因素——罗马教廷长期凌驾王权之上，就令中国的统治者感到殊为不解了。

罗马教皇试图控制一切世俗君主的野心以及把神权凌驾君权之上的神学体系，成为康熙下达禁止传教命令的直接导火线。1705年（康熙四十四年）教皇特使多罗到达北京，传达禁止中国教徒保留祭天、祭祖等习俗的命令。多罗让在京的传教士通知康熙："主教业以抵华，经教皇陛下赋予全权，前来各传教区视察"。这样一种居高临下、藐视所在国主权的口吻，虽然可以被在京的传教士给翻译掉，然而特使所提出的：要"在京派驻教代表""其身份是欧洲传教之总会长"、其人选由罗马教廷从欧洲选派的要求就遭到康熙的拒绝，康熙坚持从已经在京的传教士中挑选。接下来，特使又提出"想在北京买一所房子"。康熙则一针见血地指出："此举旨在得寸进尺，得到房子后再要求派驻教代表，派了代表　再要求设总会长"[11]。在多罗北京之行失败后，罗马教皇在康熙五十七年（1718）再次下达命令：禁止中国教徒保留祭祖习俗。从而导致康熙在1720年（康熙五十九年）下达禁止传教的命令。

罗马教廷所标榜的"一切世俗君主均须服从教教皇"[12]等神

⑪《耶稣会士中国书信简集》，Ⅵ，123页

⑫《耶稣会士中国书信简集》，Ⅰ，中文版序，002页。

权至上的观念，同中国专制主义中央集权的政治体制势同水火，中国统治者绝对不会容忍一个凌驾君权之上的神权的存在，也不会容许罗马教皇的发号施令。曾负责办理禁教的怡亲王胤祥就曾对前来求情的冯秉正神父说道："你们的事十分棘手……你们关于我们习俗的争执对你们损害极大。要是我们到了欧洲，也像你们在这里一样行事，你该怎么说？你们能忍受吗？……我们不会强行留住你们任何人，不过也不允许任何人在这里践踏法律并竭力取消我们的习俗。"[13]

教皇特使虽然在北京碰壁、铩羽而归，但他们在欧洲的绝对权威长期以来却不容置疑，尤其是像法国这样信奉天主教的国家。教会不仅要向国王的子民征收"什一税"[14]，甚至还能以上帝的名义惩罚现任的各国君主。教皇卜尼法斯八世（1294—1306年在位）曾声色俱厉地警告法国国王腓力四世："我的前任们一共罢黜过三任法国国王。你要知道，一旦事态必要，我们会把你贬为马夫的。"[15]神圣罗马帝国的皇帝亨利四世（辖区包括德国及意大利北部）、英国国王约翰也都经历过类似的凌辱与控制[16]。

法国以及欧洲王权的加强是与工商业的发展、城邦的兴起密切相关。城邦中的平民特别是经营工商业的资产阶级，需要打破邦国林立、层层关税的状况，他们支持国王削弱境内公国的势力，以便形成统一的国内市场，因而也就促进了国家的统一。伴随着经济的发展以及科学、技术、文化的繁荣，禁锢人们头脑上千年的教会神权，也在200多年的文艺复兴运动中受到冲击，继之发起的宗教改革运动更是把矛头直指教皇所代表的教会势力，明确提出：反对教皇对各国教会的控制，把教会置于本国君主的统治之下，废除"什一税"等等。法国王室在资产阶级的大力支持下，不断地打击与王权分庭抗礼的封建领主以及凌驾王权之上的教皇势力，最终实现了国王的绝对权力。路易十四所建立的君主专制是以法国资产阶级经济势力的增长以及政治上的成熟为前提的，这就同秦始皇通过"灭六国"、废除"分封制"、实行"郡县制"而建立起来的中央集权体制迥然不同。因而一旦法国

[13]《耶稣会士中国书信简集》，II，327页。

[14]教会以《圣经》中农副产品十分之一属于上帝的说法，在公元6世纪开始征收"什一税"。公元8世纪中叶以后，法兰克王国（辖区包括今法国、德国、意大利）的统治者查理大帝规定：境内居民都要向教会交纳"什一税"。虽然在宗教改革期间提出废除"什一税"，但直至18、19世纪欧洲国家才陆续废除"什一税"。

[15]《疯子、傻子、色情狂》第40章《盛气凌人》，263页。

[16]神圣罗马帝国的皇帝亨利四世被教皇宣布禁止行使权力，为了求得教皇的谅解，亨利四世在教皇宫殿前脱光衣服，只披一件粗羊毛衫上衣，在寒冬腊月的天气里瑟瑟发抖地站立三天三夜；英国国王约翰在教皇英诺森三世的压力下，在"1213年签署文件将自己的国家让给了教皇，从国王变成教皇的诸侯"。

王室同以资产阶级为代表的第三等级发生矛盾乃至冲突时，君主专制的基础也就随之坍塌。

中法不同的历史走向

由于宗教信仰的禁锢，神父们对法国作为启蒙思潮发源地的情况绝口不提，对于著名的法国启蒙思想家伏尔泰、卢梭、狄德罗的著作主张更是寒噤在口，在他们看来自由、平等、博爱、天赋人权等就像是被封闭在潘多拉盒子里的魔鬼，是绝对不能放出来的。实际上，正是持续一个多世纪的启蒙运动为1789年的法国大革命奠定了思想基础。退一步说，即使神父们能提及启蒙思潮，也不会对热衷于搞文字狱的乾隆有任何正面触动，就像蒋友仁介绍荷兰的共和体制一样，不能引起乾隆的关注、思索与探讨。

法国启蒙思想家狄德罗所主编的《百科全书》在1751年——1780年（乾隆十五年——乾隆四十四年）的出版与乾隆下令开四库馆、编纂《四库全书》（乾隆三十七年，1772年）在同一个历史时期的出现就体现了彼此的差异：参与编纂《百科全书》人，可以借助编词条的方式宣扬反对教会神权、反对封建专制的观点；而在四库馆当差的人仅仅是按照经、史、子、集的门类来整理古代典籍，毫无发挥个人观点的余地，也绝不可能为反对封建专制提供一个平台。

而且更为可悲的是，在编纂四库的同时，对古代典籍以及明清之际的著述进行了一番严厉的检查，毁禁图书3000多种，几乎与编入四库的数目相等。《四库毁禁书丛刊》主编、清史学界泰斗王钟翰先生在给《四库毁禁书研究》一书所写的序中指出：

"今天能整理补救出版者仅1500余种，已只及当初毁禁的一半。我们不敢说每一部被毁禁的图书均有很高的史料价值，但大量的学术著作，充沛民族精神的史学文学作品均曾遭禁毁或抽毁，却是事实。联系到同时相伴进行的文字狱……不能不令人对这场文化浩劫心有余悸。"[17]

⑰王钟翰《清史十六讲》，59—60页，中华书局2009年。

文字狱与启蒙运动的同时发生、《百科全书》的刊行与《四库全书》的编纂在同一历史时期出现，已经揭示出中法两国将有不同的走向，法国大革命的爆发及其向近代化的转轨已经印证了这一点，而乾隆大搞文字狱、竭力加强思想控制的种种做法也从另一个角度充分印证了这一点。

文字狱是中国封建社会的特产，但也不是每朝每代都会发生，帝王个性上的多疑往往是酿发文字狱最直接的原因。在这种看似相当偶然因素的背后，所掩盖的却是制度上的弊端：君主高度集权、文化专制主义、法律条文缺乏绝对权威。

乾隆统治时期天下已然太平，专制主义中央集权空前巩固，并非像清初那样民族关系紧张、社会冲突剧烈、统治集团内部矛盾激化，然而文字狱恰恰在此时形成前所未有的高潮。把文字狱推向巅峰的，正是把康乾盛世推上巅峰的乾隆，两个巅峰在历史上同时出现绝非巧合所能诠释。

乾隆曾标榜自己"从未以语言文字责人"，但就是在他执政期间所制造的置人于死地的文字狱高达60起，几乎是顺、康、雍三朝（92年）的六倍，累计处死157人，其中凌迟处死的22人，因精神失常胡写乱画被处死的17人。在谈到清代文字狱时，鲁迅先生曾有一段非常精辟的论述：

"大家向来的意见总以为文字之祸是起于笑骂了清朝，其实是不尽然的……有的是卤莽，有的是发疯，有的则是乡曲迂儒真的不识忌讳，有的则是草野愚民实在关心皇家……"

乾隆时期的文字狱纯粹是君主淫威的产物。发生在1777年（乾隆四十二年）的王锡侯《字贯》案实在令人感到蹊跷。江西新昌人王锡侯因考虑到《康熙字典》

《康熙字典》

收字太多，便编了一部简明字典名曰《字贯》，被人告发，其罪名是"删改《康熙字典》，另刻《字贯》，与叛逆无异"。经乾隆批准，王锡侯被处斩立决，王氏之子孙八人被处斩监候，秋后处决，一本简明字典就酿成九人身首异处。1779年（乾隆四十四年）的《芥圃园诗抄》一案也充分体现了这一点。由于诗集中有不避庙讳、御讳之处，经乾隆批准，照大逆谋反的罪名将作者石卓槐凌迟处死，其年幼的儿子与妻子被发往功臣家为奴。而在1780年（乾隆四十五年）发生的程明湮寿文案也同样让人不寒而栗。湖北孝感生员程明湮替人写作寿的幛文，因考虑到寿星老当年曾在湖北、河南谋生并发迹，便写下"绍芳声于湖北，创大业于河南"，虽然乾隆也承认此人"文理不通，滥用恶套"，但还是判处程明湮斩立决。

在乾隆朝的文字狱中丧命的，还有相当一部分身处山野又不甘寂寞的人，因向皇帝呈献诗文而引发。1751年（乾隆十六年）八月，山西人王肇基为恭祝皇太后万寿而到汾州衙门献诗，用王氏自己的话说是"尽我小民之心，欲求皇上喜欢"，"我何敢有一字讪谤，实系我一腔忠心，要求皇上用我"，"论那孔孟程朱的话，亦不过要显我才学"。乾隆竟因王肇基"不安分"，令将其立毙杖下。乾隆在1779年（乾隆四十四年）东巡时，一个叫智天豹的人派弟子张九霄把自编的《本朝万年书》进献给皇帝，因文中直书庙号、御讳，而将智天豹及张九霄双双处死。此后一年则发生吴英献策案，吴英是在文中提出"请蠲免钱粮，添设义仓，革除盐商、盗案连坐，禁止种烟，裁减寺僧"，还揭露了蠲免钱粮中的弊端——"圣上有万斛之弘恩，贫民不能尽沾其升斗"。因文中有"弘"字，犯了乾隆御讳——弘历的"弘"字，便将吴英凌迟处死，其子侄五人被处死。

乾隆在1774年（乾隆三十九年）颁布查办明末野史禁书的谕令，此后文字狱就又增加了一个新的类型，因搜缴禁书而引发的文字狱。1778年（乾隆四十三年）的徐述夔诗案就是一例。徐述夔生前写有《一柱楼诗》，由其子徐怀祖刻印。其孙徐食田因同监生蔡嘉树有田产之争，对方就以其祖父诗中有"明朝期振翮，一举去清都"之句进行要挟，徐怕招来杀身之祸，就带着诗集到县衙门自首。此案惊动乾隆，乾隆在上谕中明确表态：徐食田一案不得按自首处理。审理此案的地方官员秉承乾隆旨意，以"借'朝夕'之'朝'，作为'朝代'之'朝'，且不用'上'、'到'等字，而用'去清都'，显寓复兴明朝之意"来为此案定性。尽管徐述夔及徐怀祖都已经去世，还是按照大逆谋反的罪名予以戮尸枭首示众，其孙徐食田、徐食书等及门生均被判处死刑。

乾隆朝文字狱的又一特点就是对因精神失常乱说、乱写的人进行残酷镇压，仅湖南一省在1763年（乾隆二十八年）就连续发生两起这样血腥的案子。一个叫刘三元的人长期疯癫，一天做了个梦，梦见神道说他是汉朝后裔，"要天下官员扶持"，并把梦话写在纸上，以致被逮。尽管其邻佑、保正都证明此人素患疯疾，但刘三元仍被凌迟处死。不久在湖南衡阳又发生王宗训文字狱。王宗训精神失常多年，家里人为防止其外出惹祸，用铁链将他锁在家中，不料他挣断铁链外逃，在广西被拿获，从他身上搜出一个装有两张红纸的信封。红纸上写着一些疯话，在审讯时，他自称"雁峰寺有个叫掌能的和尚说我是善人，可为天下主。这两张纸是寿佛说出，我照着写的"。王宗训本人被凌迟处死，其兄弟、子侄共有七人被处死。

制造文字狱是乾隆加强思想控制的一个重要手段，迭起的文字狱在历史上留下极为血腥与残酷的一页，对社会所造成的负面影响更是超过了时空的界限。读书人的社会责任感与使命感被滚烫的鲜血所消融，士大夫对学术的探讨已经被挤到训诂、考据、音韵、金石学的狭小空间。乾嘉汉学的兴起是以人们的思想被禁锢为前提的，所谓"避席畏闻文字狱，著书都为稻粮谋"即此之谓。

中世纪的欧洲以及法国所经历的野蛮、落后与血腥比起中国的封建社会有过之而无不及，所不同的是欧洲封建社会的最主要的支柱是教会神权，中国则是至高无上的皇权。公元7世纪，正

值中国实行均田制、租庸调的盛唐时期，此时的欧洲恰恰是"什一税"广为蔓延的时期；公元十三世纪是"存天理、灭人欲"的程朱理学体系形成时期，而那时的欧洲恰恰是"宗教裁判所"[18]建立、残酷镇压异端、迫害进步人士、科学家的最为黑暗时期。在经历了14—16世纪的文艺复兴及宗教改革的冲击后，教会神权已是昨日黄花，倒是中国的皇权自秦始皇之后一直在加强，形成中法不同的历史走向。

波旁王朝统治者，虽然也在思想文化上加强控制，但同迭起的文字狱相比，实在是小儿科的把戏。伏尔泰写过一个剧本，大多数巴黎人认为这个剧含沙射影地讥讽路易十五（路易十五即位时年仅5岁）时期的摄政者奥尔良公爵与女儿乱伦，摄政公爵不仅没有对号入座、利用手中的权力阻挠该剧的上演，还接见了伏尔泰，并和他的女儿平静地坐在巴黎的皇家剧院观看演出。联想清帝国境内所发生的因《桃花扇》上演所引起的那段公案——反映遗民故国哀思的《桃花扇》被禁演、该剧作者孔子64世孙孔尚任被罢官，便可看出在控制意识形态方面彼此所存在的巨大差异。

法国毕竟经历了文艺复兴的洗礼，对人性的普遍觉醒已经深入社会的方方面面。即使在1757年（乾隆二十二年）发生刺杀路易十五的未遂事件后，草木皆兵的法国统治者匆忙颁布禁令，决定对"攻击或干扰国家的书籍作者、出版商和书商，一律处死。结果，虽然有几名作家赶在风头上被捕，却没有一名被真的处死。"[19]人性的普遍觉醒与把自称奴才视为恩遇[20]的康雍乾时期的确不在一个层面上。而主奴关系的强化必然导致从人身到思想对属下控制的加强，主子对奴才所拥有的生杀予夺之权，也必然造成对奴才生命乃至全体社会成员生命的随意夺。

不止一次作牢、被驱逐出境的伏尔泰，并无生命之虞，仍然长在脖子上的头颅可以继续自由地思索，著述也依旧出版，并在路易十六不同意的情况下于1778年（乾隆四十三年）回到巴黎；路易十六的王后玛丽不仅到剧院观看伏尔泰新剧的演出，甚至要求路易十六在凡尔赛宫接见84岁高龄的伏尔泰。同样作过牢的狄

[18]"宗教裁判所"也译为"异端裁判所"，1232年由教皇格列高利九世所建，用以镇压异教徒、揭露教会黑暗统治的进步人士以及天主教内部的不同派别。"宗教裁判所"主要设置在法国、意大利及西班牙。仅西班牙在1483——1498的65年间，就有将近10万人受到"宗教裁判所"的迫害。著名科学家布鲁诺因为支持"日心说"被烧死在火刑柱上，著名科学家伽利略因支持并发展了"地动说"而被罗马教廷判处监禁。16世纪中叶，伴随宗教改革运动的兴起，臭名远扬的宗教裁判所难以那继续维系，但其镇压进步思想家、科学家的职能由罗马教皇亲自主持。

[19]林达：《带一本书去巴黎》135页。

[20]奴才的称呼源于满族入关前的奴隶制残余。虽然满族在占领辽东后其社会形态迅速发生变化，但主奴关系的影响还十分严重。迨至乾隆即位之时，不仅满洲世家仍有大量奴仆，就连皇帝本人也有许多家内仆隶属内务府管辖。皇帝直接统领的上三旗当然是皇帝的奴才，八旗出身的官员，也都是皇帝的奴才，被皇帝视为奴才是一种恩遇。汉族官员没有称奴才的资格，地位比奴才还要低。

德罗在编辑、出版《百科全书》的过程中也遇到过干预，但最终还是一部又一部的出版，在20多年的时间这部巨著再版40多次。

至于以揭露贵族、僧侣、资产阶级虚伪嘴脸为其喜剧主题的莫里哀，所受到的压制并非来自宫廷而是来自教会，教会方面认为《伪君子》"挖苦整个教会"，把该剧视为洪水猛兽。圣巴勒尔主教（St.Barthemy）皮埃尔.路累(Piere Roulle)，甚至上书国王，攻击莫里哀是"魔鬼化身"，"该被柱烧"，企图以"宗教裁判所"残酷镇压异端的酷刑来迫害莫里哀，与莫里哀同时期的科学家伽利略就已经领略到教会的血雨腥风。法国国王一方面阻止教会对莫里哀的迫害，另一方面也推迟该戏的公演，以至搁置两三年。甚至当皇家剧院上演此剧前夕，巴黎总主教还派人撕下海报、下达禁演的教令、以开除教籍来阻挠一般教民去看《伪君子》的演出。

法国知识界所享有的自由思索、自由著述的空间，是乾隆统治下的中国知识界根本无法望及的。因而当龚自珍发出"九州风气恃风雷，万马齐喑究可哀"的警世之言时，早已是日薄西山的清王朝完全丧失掉回旋的余地。在西方列强炮舰的轰击下，一个败仗接一个败仗，割地赔款，任人宰割，陷入半封建半殖民地社会的苦难深渊，所留下的只是充满屈辱的一页。清帝国的衰落所形成的阵痛，远比历史上任何一个王朝的衰亡都要严峻得多，凄苦得多。

挡不住的海外干预——英国马戛尔尼使团

到了18世纪末，无论从中国社会自身的发展进程，还是立足纵横交错、起伏跌宕的国际近代化浪潮，乾隆及其所统治的帝国都处于一个重要的拐点：

从纵向看，处于中国封建社会最后一个盛世的康乾盛世，在经过一百多年的承平之后，不可避免地陷入"由盛而衰"的发展周期，而且这一次的"由盛而衰"已经不单是传统意义上的

王朝兴衰，而是体制上的衰落；封建体制走到了尽头，此后的中国不可能在"文景"之后产生"贞观"、"永乐"之后出现"康乾"，在前朝的废墟上再也不能滋育出一个盛世了，康乾盛世已经成为绝唱。而从横向来看，欧美等国已经把世界卷入近代化的浪潮，蓬勃发展的工业革命、远洋轮船的问世都使得当时的清帝国很难再凭借浩瀚的太平洋把欧美国家的影响、干预挡在界外。而欧美国家的影响与干预，也在客观上加速了清王朝"由盛而衰"的进程，发展到极致的古老的封建体制在同新兴的资本主义体制的较量中，仅一个回合就败下阵来。

英国马戛尔尼使团的来华，就充分显示出：太平洋从此不再太平。由于工业革命的率先兴起，英国成为当时最发达的资本主义国家，社会生产力的迅猛发展，使得英国对于抢夺原料产地和商品市场愈发兴趣盎然，孜孜以求，在控制印度以后，就把幅员还要辽阔、人口还要众多的清帝国，作为下一个掠夺目标。

粤海关外洋船牌

早在1755年（乾隆二十年）以后，英国商人就试图打破广州一口通商的现状，屡屡把船只开到宁波进行贸易。为此乾隆特传谕东南沿海地区的官员："向来洋船进口，俱由广州、澳门等处，其至浙江宁波者甚少。近年乃多有专为贸易而至者，将来洋商熟悉此路，进口船只不免日增，是又成一市集之所。允许洋商贸易，宁波本与广州、澳门无所区别，但如在宁波多一市场，恐积久留居内地者愈来愈多，海滨重地，殊非防微杜渐之道。"

为了打破广州一口通商的局面，英国东印度公司派商人洪仁辉同清廷交涉。1759年（乾隆二十四年）洪仁辉驾船北上天津告御状，从表面上看，是告发粤海关监督李永标"纵容家人吏役勒索"，而其此行的真正目的，却是试图增辟宁波为通商口岸。负责审理此案的两广总督李侍尧，在惩治李永标的同时，也拒绝了英商在浙江另建通商口岸的要求，把中外交往限制在一个狭小的天地，英方扩大中国市场的尝试再一次受阻。

正在进行工业革命的英国，迫切需要打开中国的大门。英国政府在1792年（乾隆五十七年）八月派出以驻孟加拉总督马戛尔尼为首的访华使团。英国使团以为乾隆补贺八旬万寿为词，并带来经过精心挑选的凝聚着近代科技辉煌成果的物品作为寿礼，共有600箱之多。使团的随行人员，或精通军事，或精于科技，或长于外交，累计达七百多人。

马戛尔尼使团在来华之前就制定了明确目标：

在舟山得到一小岛，并"获得与葡萄牙人在澳门同样的特权"；

要为英国商人争取到在北京贩卖商品的机会；

要求中国对英国商品"降低关税或免税"；

要求中国允许英国商人到产品附近的口岸进行贸易。

在清朝统治者的心目中，通商即等于纳贡，而纳贡则意味着称臣，因之而产生的便是在乾隆接见使团时究竟是单腿跪还是双腿跪的问题。虽然负责接待英国使团的长芦盐运使征瑞及乾隆最信任的大臣和珅都极力劝马戛尔尼采用双腿跪，但在乾隆接见英国使团时，马戛尔尼最终还是以单腿跪的形式向乾隆行礼，足以显示出经过工业革命洗礼的大英帝国，在全球范围内推行自己文化与价值取向的勃勃雄心。

马戛尔尼的单腿跪已经让乾隆感受到来自大洋彼岸的挑战，然而对于来者不善的英国使团来说，不遵守天朝法度仅仅是开始，当他们到北京后立即提出早已备好的几点要求：

（1）允许英商在宁波、舟山、天津贸易。

（2）允许英商在北京设立货栈，储存货物。

（3）把舟山附近的一个小岛划地给英商使用，英国商船可在该岛停泊船只，在那里居住，存放货物。

（4））在广州附近给英国同样的权利。

（5）取消澳门与广州之间的转口税利。在澳门的英国货物运往广州，请予免税或减税。

（6）中国海关公布税则，以便英商按规定纳税。[21]

上述各款，除最后一项涉及近代通商的准则，其余各条无论是增加通商口岸，还是减免税、划地给英商居住存货，都是对中国主权的粗暴践踏。至于清王朝的进出口税本来就定得很低，例如茶叶的关税每担为1.279两，实际征收6两，相当广州价格的1/5至1/4；而在英国，茶叶的进口税相当售价的96%，约为广州发价的两倍。更何况清政府从来都把通商视为羁縻外藩的手段，对于不肯行三跪九叩礼的英国，无论如何也不会"将尔国上税之例独为减少"。

清政府在接待英国使团的过程中，以天朝老大自居，视通商为通贡，固然不可取，但中国并未危及英国的主权；而英国却是以建立近代商务关系为掩盖进行扩张，企图把中国变为英国的商品市场和原料产地。对于英国的扩张要求，乾隆断然降谕："皆不可行！"并明确表示："天朝尺土，俱归版籍，疆址森然，即岛屿沙洲，亦必划界分疆，各有专属"，"此事尤不便准行"[22]。

令乾隆感到棘手的是：尽管清政府拒绝了英国的要求、乾隆

21 《乾隆朝上谕档》，第17辑，542—545页。

22 《乾隆朝上谕档》，第17辑，542—545页。

英使谒见乾隆

给英国国王的国书也已经交给马戛尔尼，但英国使团并未打道回府，而是准备在北京过冬，以便通过外交手段向清朝统治者施加影响。在经过觐见礼之争后，马戛尔尼总结出同中国打交道的经验："中国人虽然墨守成规，但绝不感情用事，因此只要耐心合理地同他们交涉总可以解决问题。" 马戛尔尼以"英国处于比北京更北的地带，英国人比其他外国人更习惯于寒冷天气。敝使来华之前已经带好了充足的御寒设备……鄙国君王此次派遣使节前来，拟令敝使久住北京，借以永远敦睦两国友谊……现在突然离开，势将无法进行"[23]等说辞置清廷的逐客令于不顾，继续留在北京。直到英国使团得知英法之间关系紧张、英国同法国的共和派"很可能断交"、法国军舰会"在海上袭击英国商船"的消息后，才放弃在北京过冬的设想。乾隆在得知马戛尔尼一行在1793年10月7日（乾隆五十八年）从北京起程后，那颗紧绷着的心才稍许放松。

在英国使团的礼品中有一个装有110门大炮的英国军舰模型，乾隆已从中感受到那咄咄逼人的势头，为此他曾密谕军机大臣："英吉利在西洋诸国中，最为强悍"，"不可不防"，并传谕沿海督抚加强防务，以防英国舰艇突袭，其谕令如下：

"该督抚等饬各营讯：于英吉利使船过境时，务宜铠仗鲜明，队伍严整，使其知所畏忌，弥患于未萌。今该国有欲拨给近海地方贸易之语，则海疆一带营汛，不仅须整饬军器，并应筹画防务。即如宁波之舟山等处海岛，以及广东澳门附近岛屿，皆当相度形势，先事图维，毋任英吉利夷人潜行占据。该国夷人虽能熟悉海道，善于驾驶，但便于水而不便于陆，且海船在大洋，亦不能进内洋也。果口岸防守严密，英夷断不能施其伎俩。"[24]

已经意识到太平洋已不足为屏障的乾隆，多次告诫臣下，要"严防海口"，对"如此非分于求"、"居心叵测"的英国"不可不豫为之防"，"若该国将来有夷船驶至天津、宁波等处，妄称贸易，断不可令其登岸，即行驱逐出洋，倘竟抗违遵，不妨慑以兵威，使知畏惧"。

[23]详见斯当东[英]：《英使谒见乾隆纪实》，商务印书馆1963年版。

[24]《乾隆朝上谕档》第17册，547页。

㉕截选:《18世纪的中国与世界》导言卷,68页,辽海出版社,1999年版。
㉖清军大炮有两次较大的改进,一次是在皇太极时期,一次是在康熙初年。皇太极即位以后,有鉴于八旗劲旅在攻城中屡屡被明军炮火所阻,令佟养性带领被俘获的汉人工匠试制火炮。天聪五年(1631年)试制成功,称之为"天佑助威大将军"。尽管这种火炮比起明军在宁远、锦州所配备的从澳门购置的西洋大炮(装有望远镜,炮弹可连发)还落后一大截,但这毕竟是清朝生产大炮的开始。清军从此开始设置炮队,满语称之为"乌真超哈",而佟养性就是这支炮队的负责人。
天聪五年(1633年),叛据登州的原明朝游击孔有德、参将耿仲明把明登莱巡抚孙元化仿西洋大炮所生产的几百门新式大炮全部夺取,从登州突围投奔皇太极,孔、耿旧部编为"天佑兵",不久驻广鹿岛明副将尚可喜携武器、部众归降,被编为"天助兵"。由孔、耿、尚指挥新组建的炮队。凭着这支炮队,清军摧毁了明军的宁锦防线,在入关后的战役中,从潼关到扬州,从江阴到嘉定,从广州到桂林,在

清代火器

对英吉利"不可不防",说起来容易做起来难,当时清军的武器依然是火器与冷兵器并用,中国所使用的鸟枪"是一种前装滑膛火绳枪,发射前须从枪口装填火药,塞入弹丸,以火绳为点燃装置,引爆火药……每分钟仅一二发,射程约100米。且战时须携带火绳、火种、火镰、火药、铅弹,下雨潮湿天气,就难以点燃。而西方当时已普遍使用燧发枪……简化了装填火药的过程,去掉了火绳,射速每分钟可至四五发,射程可及200米……西方国家的军队全部使用火器,冷兵器已被淘汰"㉕。至于大炮的制造,清王朝由于工艺落后、铸件粗糙,在放炮时容易发生炸裂或弹道紊乱。㉖因而当西方殖民者以炮舰为后盾对亚洲进行扩张时,英国的船只可以到中国的洋面耀武扬威,可清王朝的商船最远也就是到东南亚……

撞击心灵的震撼——路易十六被处死

单腿跪所引起的波澜在乾隆的心中还未平息,来自法国的狂飙便接踵而至,那摧枯拉朽般的冲击波足以令人有猝不及防之感。

1793年1月21日路易十六被处死,直到该年10月上旬这一消息才传到中国。这年的10月6日钱德明从国内得到凶信。被突发

钱德明像

变故击垮的钱德明，三天后便因中风而猝亡，他在发病前还强忍悲痛为路易十六举行了弥撒。平心而论，生性懦弱的路易十六绝对算不上暴君、昏君，但这位自幼生活在宫廷的国王对民间疾苦绝对是茫然不知。1788年法国遭受天灾，农业歉收，百姓最基本的食品面包短缺。路易十六对此置若罔闻，而他的王后奥地利公主玛丽所提出的解决办法竟然是："让他们吃蛋糕吧！"[27]正是1788年的天灾、面包的短缺，导致社会矛盾的激化，对1789年的社会革命起了催化剂的作用，起义的民众是高喊着"面包"冲入凡尔赛宫的。玛丽王后的兄长奥地利皇帝约瑟夫二世曾在1777年（乾隆三十二年）访问法国，认为王后"把光阴都浪费在挥霍和消遣上""十足危险"。玛丽王后"挥霍无度的生活方式对于周围挣扎在贫困线上的饥民来说，也是个沉重的打击"，如此强烈的反差还能指望天下太平？！

相比之下，乾隆的确比路易十六要高明得多，清醒得多，老道得多。同样生在帝王之家的乾隆，为了解灾民的真实情况，命令各地官员必须把灾民食物的样品送至御前，以便皇帝能亲自品尝。这些以草根树皮为主要原料的食物不仅乾隆自己要吃，还要通过驿递给诸皇子们送去，让锦衣玉食的阿哥们一同品味灾民生活的苦涩与艰难。至于皇后则要通过主持一年一度的祭祀"先蚕"[28]的仪式来母仪天下。

对路易十六来说，更致命的弱点是他根本不具备见微知著的洞察力以及把问题消弭在萌芽状态的能力。在1789年7月14日这一天的日记里，路易十六只写了两个字"无事"。事实上，巴黎的市民在这一天正在进攻巴士底狱，向专制王权宣战。直到第二

海外狂飙

攻坚中大显神威。

1673年（康熙十二年）三藩之乱爆发，孔有德旧部、耿仲明之孙耿精忠、尚可喜之子尚之信都卷入叛乱，清军炮队几乎全部落入叛军之手。为了打破叛军对重武器的垄断，加强攻击力量，康熙令担任钦天监监正的耶稣会传教士南怀仁按照当时欧洲最新技术制造大炮，康熙十四年（1675年）这些大炮便被运往长沙城下夺取被叛军占领的长沙。而在此一年之前，一位名戴梓的浙江人，试制出一种能一次连射28发炮弹的"冲天炮"，此人把这种威力大的火炮献给在浙江指挥平叛的康亲王杰书。

此后，清王朝的大炮无甚大改进。清军的故手，或是国内的少数民族，或是揭竿而起的民众，或是周边的属国，他们在装备方面都根本无法同清军相比。然而当西方殖民者以炮舰为后盾对亚洲进行扩张时，既不船坚也不炮利的大清帝国，在遇到用近代科技武装起来的对手时，其军备落后的弱点即从隐性变为了显性，没过多久就酿出一幕落后挨打的历史悲剧。

[27]《疯子、傻子、色情狂》第60章《从天堂到地狱》，303页。

31

㉘"先蚕"是指古代传说中最先教百姓养蚕的人，被尊为蚕神祭祀，从北周时起把黄帝妃嫘祖作为蚕神祭祀；从西周时起由皇后主持祭祀"先蚕"。

乾隆七年在西苑（今北海东北角）建的"先蚕坛"

㉙1789年7月14日巴黎人起义后，实行君主立宪的政体；1792年8月10日巴黎人再次起义，逮捕路易十六，废除君主政体，之后才发生路易十六被处死。

天在听完大臣关于攻陷巴士底狱的汇报后，缺乏应变能力的路易十六才喃喃问道："怎么造反了？"在路易十六的视野里：三级会议仍然在开，要求君主立宪、保护人权的"陈情书"也已经递上，虽然有争执，但一切也都在进行着……然而，会场外情绪激烈的群众已经鼎沸，这却是 他没有预料到的……本来在召集三级会议前就该考虑的问题，直到巴黎人已经起义——他本人就要从天堂跌入地狱、从"国王"变成"国亡"、被押上断头台㉙依旧是一头雾水。

在乾隆看来，死于造反民众之手是路易十六最大的悲剧，前明的崇祯皇帝要比死于断头台的路易十六幸运得多。断头台被安置在巴黎的革命广场，囚禁在马车里的亡国之君被押往行刑地，马路两旁是愤怒的围观群众；断头台四周更是挤满了兴奋不已的看客，他们都是来观看前国王掉脑袋的。路易十六被捆在断头台上，伴随着砍刀的落下路易十六身首异处，紧接着行刑者把掉下的脑袋举起给围观者展示，随之而响起的是一片欢呼……9个月后这一幕又落到路易十六的妻子奥地利公主玛丽的身上……

在路易十六被处死前两年——1791年9月3日，法国就颁布了以《人权宣言》为前言、以君主立宪为政体的宪法。此后一年——在路易十六被处死

路易十六

4个月，法国宣布废除君主立宪，进入第一共和时期。而在路易十六被处死后5个月，法国又颁布了旨在维护共和政体的新宪法，其核心内容就是把"自由、安全以及反抗压迫为天赋人权，私有财产神圣不可侵犯"，"人类生而自由，在权力上生而平等"。英国在1679年（康熙十八年）所制定的《人身保护法》最早提出"人权"，继之则是杰斐逊、富兰克林等人在1776年（乾隆四十年）起草的美国《独立宣言》，重申"一切人生来都是平等的，他们享有不可侵犯的天赋人权"。

对于"共和"这两个字，熟读经史的乾隆并不陌生。公元前841年发生"国人暴动"，周厉公逃到彘（今山西霍县），遂失其国。此后14年，就是"共和"时期。关于在"共和"时期执掌西周朝政的人，有两种说法：一说由共伯和代为摄政，一说由召公、周公共同执政。直至公元前827年周厉公客死他乡，始由其子宣公即位，结束了"共和"。不管期执政的是共伯和，还是召公、周公，"共和"14年是对载舟之水终能覆舟的最形象最生动最深刻的诠释。但此共和不是彼共和，"共和"14年的执政并未触动原有的社会制度。

乾隆对"共和"的理解，不可能超出以往的窠臼；而在当时的中国思想界，还不可能提出"生而自由""生而平等"的问题；对普通百姓来说，梦寐以求的就是过上"饱食暖衣"的日子。统治中国的乾隆，也绝不会允许那种"反抗压迫为天赋人权"思想的存在。在法国，攻陷巴士底狱、冲入凡尔赛宫、处死路易十六体现了"反抗压迫为天赋人权"的精神，而按照乾隆的思维模式，巴黎所发生的就是犯上作乱、以臣弑君。

能否提出人权是一个问题，而能否实施人权却是另一个层面的问题。在法兰西第一共和国的宪法中，把"天赋人权"明文写入，但在大革命的动荡时期，践踏公民人权的事情也是时有发生，最令人发指的就是以革命的名义所进行的恐怖屠杀。"人口2500万的法国，在1793年到1794年一年之中，就有一万七千人上了断头台。最快的一个纪录是：在38分钟里断头台砍下21个头颅。"[30]至于，在对殖民地、半殖民地人民的统治中，就更无人，权可言，1860年英法联军对北京的劫掠、1900年法国作为八国联　军中的一个侵略者对义和团民众的屠杀，都体现了殖民者在人权问题上的双重标准。

对乾隆来说，路易十六之死远比崇祯之死所引起的震撼要强烈得多。崇祯毕竟是150年前的古人，但路易十六却是与之同时代的君主。而且中法之间也多有相似：两国都是君主专制、中央集权的体制，都是君权至上，"没有一种机制抵制不合法理的规

[30]林达：《带一本书去巴黎》135页。

坐在路易十六式太
师椅上的乾隆

㉛《清宫洋画家》207
页。

定"，难以制约君权。两国都重视农业，在中国是以农为本，天
子耤田成为传统；而在法国则盛行"重农主义"，路易十五时期
"法国王储于1767年5月遵照中国天子的榜样，象征性地手扶一
张小犁而开犁耕田"㉛。对农业的重视，反映出农产品在经济生
活中所占有的重要地位……相似的国情与处境，难免产生同病相
怜、兔死狐悲之感。

　　路易十六身死国亡的悲剧，给乾隆留下的最大启迪就是：
加强对民众的控制，把任何隐患消灭在萌芽状态，这一切在他退
位之前尤为重要，他绝不能把一个潜伏着危机的国家传给继承
人……

治理百姓

1795年1月21日（乾隆六十年正月初一）。

这一天是农历的大年初一，新年伊始竟然出现了日食，不仅影响了元旦朝贺的喜庆气氛，也在执政六十年的乾隆心中留下了挥之不去的阴影。自从汉武帝接受董仲舒的"罢黜百家，独尊儒术"的建议以后，"天人合一"就成为官方的统治思想，所谓"天人合一"就是强调"天意"与"人事"的和谐、统一。这种统一，一方面表明君主受命于天，另一方面则表现为"天人感应"——"上天"对"人事"的干预，即"天象示警"，以及君主通过"省改"挽回"天意"。尽管蒋友仁曾多次讲过日食、月食都是天体运动所产生的自然现象，但依旧不可能让乾隆挣脱天象示警传统观念的阴影。

乾隆的"读圣贤书"印

六十年来，乾隆认为自己一直遵循"敬天、法祖、勤政、爱民"的祖训，如今在他即将离开皇帝宝座的时候，上天竟然出现日食，这究竟是为什么，85岁的老皇帝陷入沉思之中……

重本抑末

自从战国时期法家代表人物李悝、商鞅、韩非等提出重本抑

末以来，这一观点一直被历代统治者奉为正统。伴随着封建经济的发展，被视为"末"的工商业在社会经济生活中，显示出愈来愈重要的作用。明清之际杰出的思想家黄宗羲所提出的"工商皆本"的观点，既反映出社会经济的发展，又为突破农本思想的束缚提供了理论依据。然而要想打破传统的禁锢，绝非一蹴而就。

所谓抑末主要是抑商。商业获利最为丰厚，太史公司马迁在《史记·货殖列传》中就曾尖锐地指出"用贫求富，农不如工，工不如商"。然而以自然经济为主体的封建格局，不能容纳过度膨胀的商业，因而自秦汉到明清，历代王朝都坚持抑商的政策。清朝统治者所规定的名目繁多的报效——诸如军需、河工、赈灾、朝廷庆典等，主要是向官员和商人征收，而商人的报效数量往往大大高于官吏。据《清史稿·食货志》载：

"乾隆中，金川两次用兵，西域荡平，伊犁屯田，平定台匪，后藏用兵，及嘉庆初，川楚之乱，淮、浙、芦东各商所捐，自数十百万，以至八百万，通计不下三千万。"

此外在乾隆六次南巡期间及皇太后、皇帝诞辰，商人都要慷慨解囊。为迎接乾隆南巡，两淮盐商出资所建行宫5154间，亭台196处。在行宫建成后，商人还要出资购置古玩珍宝点缀殿阁，种植名贵花木，布置行宫。例如平山堂行宫本来未种梅花，当商人得知皇帝喜欢梅花后，赶在乾隆南巡之前派人植梅万株。以上种种报效，使得半数以上的商业利润落入封建者的手中，商人的经济实力自然受到很大的削弱。

至于对外贸易也同样受到抑制，而且是更为严厉的抑制。长期以来，清政府限制对外贸易，早在康熙收复台湾解除海禁之后（康熙二十三年，1684年），就明文限制海外贸易的规模：对出口船只的载重量以及出口物资、随船携带的口粮都作出规定，船只的载重量不得超过500石；不得出口火药、炮械、硝磺、粮食、铁器、马匹、书籍等物品；出口船只所携带的口粮要按照往返的时间、船上的人数携带（每名水手每日一升）。由于风汛难测，出海贸易的船只，一般都不能在规定的期限内返回，因而时

广州商馆

时受到断粮的威胁；又由于海盗猖獗，不能携带武器的船只毫无自卫能力，屡屡遭到海盗劫掠，致使清代的海外贸易日益萎缩。

影响清代对外贸易规模的另一个因素，即一口通商。在1683年（康熙二十二年）清王朝收复由郑氏集团盘踞的台湾后，宣布取消清初所实行的海禁，恢复同海外的贸易，并规定广州、漳州、宁波、云台山（今连云港一带）为对外贸易的通商口岸，并设置粤海关、闽海关、浙海关、江海关。到乾隆即位以后，虑及"洋商杂错，必致滋事"，竭力要把中外交往限制在一个狭小的范围，通商口岸仅保留广州，将四口通商改为一口通商。当时中国的茶叶、丝织品在海外有着极好的销路，但由于一口通商，使得上述物品不能就近出口，而茶叶在长期转运中又容易变质，很难去占领辽阔的海外市场。这种抑商政策，必然要妨碍手工业的发展，清代的茶叶与生丝的生产不能利用海外市场的需求而得到长足发展，就是一个最明显的例证。

尽管清朝统治者实施抑商政策，却无法抑制商品经济的发展。在丰厚的商业利润刺激下，官员经商已经见怪不怪。早在康熙年间就有不少官员以家奴或亲友的名义经商，开各类店铺、经营当铺、放债等等。康熙时的大学士明珠、江宁织造曹寅家族、两淮盐运使李陈常等都在原籍或任所开当铺，就连探花出身并奉皇帝之命出任《明史》及《大清一统志》总纂官—— 一代名士的徐乾学，也在北京及家乡昆山开了几所当铺。至于身负监察之职的都察院左都御史宫恭仁竟在出任山东学政时用赈卖童生的40万两赃银在泰州开当铺。雍正时期，担任九门提督、理藩院尚书的隆科多以及陕甘总督年羹尧、直隶总督李维钧、工部右侍郎年希尧等都经营多所当铺。

徐乾学

在经商风气的影响下，一些亲王也倾其全力经营，康熙的儿子——皇四子胤禛、皇八子胤禩、皇九子胤禟都派府邸的心腹开当铺。其中以皇九子胤禟最善于经营，他在北京开了几座当铺，很快就积累下二十多万两的家私，成为最富有的一位皇子。雍正最小的儿子弘曕也是很突出的一个。乾隆即位时弘曕才1岁多，比乾隆长子永璜还要小5岁。1738年（乾隆三年），不到5岁的弘曕出继给果亲王允礼为后。果亲王允礼系康熙第十七子，因支持雍正即位被封为郡王，1728年（雍正六年）晋升为亲王，并先后管工部、户部事，掌管钱物。乾隆初年，一度令果亲王领取双亲王俸，因而在诸王中允礼"较为殷富"。允礼死于1738年（乾隆三年），生前无子嗣，皇帝遂令弘曕为允礼之后，承袭果亲王的封爵与财产。"弘曕既得嗣封，租税所入，给用以外，每岁赢余，不啻巨万"。弘曕在长大成人后，便在京西开煤矿。

就连皇帝本人在商品大潮的席卷下，也难置身其外。皇帝开当铺始于雍正，当这位皇四子还以雍亲王的身份居藩邸时，就经营当铺，因而当他即位后，雍亲王所开的当铺自然就转变为皇当。对官员家产的查抄，则使得皇当的数量猛增，对原直隶总督李维钧的查抄增加了四座皇当，对原江宁织造曹寅子侄的查抄则增加两座皇当。

乾隆即位后，皇当的数量较之雍正时期还要多，有名号可查的就有21座，如丰和、万成、万春、春和、恩奉、恩吉、恩露、恩德、恩成、恩庆、永庆、裕和、复兴、信义、庆裕、庆瑞、庆盛、庆泰、庆祥、宝聚、庆昌等。随着乾隆对官员抄家的频频进行，被抄入内务府的当铺有三十多座。

当铺已经成为乾隆时期皇室最主要的经济收入，因而当皇子分府、公主出嫁时，乾隆在赏赐府邸、庄园、金银的同时也要赐给当铺。而当有些皇子入不敷出时，还要加赏给当铺。1763年（乾隆二十八年）把本银是22600两的庆春当加赏给皇六子永瑢，此后不久把本银20000两的两座当铺加赏给皇四子永珹，到了1779年（乾隆四十四年）又把本银30000两的庆盛当与本银22000两的庆昌当赏给皇八子永璇，未几则把本银是48413两的庆祥当赐给皇十七子永璘。

需要指出的是，内务府替皇帝经营当铺在当时是保密的，不向社会公开，只有皇帝及有关人员了解真相。这也从一个侧面反映出观念的滞后，虽然已然经商谋利，却不敢公开承认，唯恐落下与民争利的名声，尽管真龙天子多方聚敛，但在公开的场合却又耻于言利。

上行下效，因而在乾隆时期，官员经商就更为普遍、资本更为雄厚、经营范围也更为广泛。兰州知府蒋全迪用于经商的银两8万两之多，其中4万两在扬州贩盐，另有4万两在苏州开当铺；安徽按察使陈淮的经商资本达14万两，除在怀远、亳州经营当铺外，还购买铺面房11处（约121间）出租；浙闽总督陈辉祖经商资本在13万两左右，其中用于开当铺的3万两，用于其他经营的10万多两；而浙江巡抚王亶望用于经商的资本有几十万两，他除了开当铺、放债外，还开粮店、酱店、首饰楼。浙江杭、嘉、湖道道员王燧在贪污案发后曾有如下交待："我善于运营，不止一端，如绸缎、洋货、玩器等物，遇贱买存，价贵转售。至上年适逢差务需用之处甚多〔指1780年（乾隆四十五年）预备南巡〕，也有就在本地销售，也有发往别处变卖，遇着人要可以居奇，可以比往常获得更多些……就是工程我也懂得……内中每有不谙工

作之人多向我商议，我便将自己办工匠头荐与承办，在匠头于别处获得赢利……" ①

①《乾隆朝惩办贪污档案选编》第三册，2159页。

根据清朝法律，官员只要不在任所经商、不与属下及所管辖的百姓发生借贷关系、月利在三分以下就不算违法。然而一旦他们因其他问题获罪就很难逃脱被抄家的厄运。虽然按照清朝法律的规定，只有谋反大逆才抄没家产，可在实际上是否抄家并不是按律而行，完全取决于皇帝的意志，这一状况在乾隆统治时期尤为突出，以致抄家频频发生。"私有财产神圣不可侵犯"的理念，在乾隆统治下的中国，不啻为天方夜谭。

1781年（乾隆四十六年）从浙江巡抚王亶望家抄出三百多万的家产（包括现金、现银、房产、放债银两、经商各类店铺的本金及古玩字画、金银首饰等），除俸禄、养廉银以及贪污受贿的那部分外，主要是经商所得。与王亶望一同被抄没家产的甘肃布政使王廷赞，前兰州知府蒋全迪、杨士玑等一百一十二人中，也有相当一部分人经商。

而在查抄王廷赞家产的过程中，所发生的多起转移隐匿财产的事件，也反映出王廷赞的经商规模。王廷赞在沈阳开了"源通帽子铺"，当王廷赞被捉拿后，源通帽铺的伙计何万有，把一个衣褡寄存在北京的"联兴帽铺"（位于前门打磨厂），数日未取。"联兴帽铺"的人发现衣褡甚重，便打开检查，发现内藏金条60根，共重471两。鉴于源通帽铺系王廷赞出资所建，联兴号的张度仲遂将何万有衣褡内隐匿金条一事告官。清政府立即颁发通缉捉拿何万有的命令，并责成从通州至山海关、沈阳沿线设法擒拿，一时间闹得沸沸扬扬。直至一个多月后，在蓟州的激馏客店发现何万有的尸体及其遗书，寄存金条一事才真相大白。与王廷赞有联宗之谊的王海之，交给何万有保存60根金条，何因查拿甚紧才将金条藏在衣褡中放在联兴号。

王海之转移到山西临榆县西乡的4封金叶（共401两2钱4分1厘）、银106封（共6700两），也因参与转移财产的伙计张益谦招供而被起获。另据张益谦供称："七月一日下午，何万有曾把张谦益、王汝辑、孙士基等召集到一起说，东家业已拿问，叫孙士基同曹国林往沈阳铺子里去藏些银钱货物，叫王汝辑往山东去把卖参的银子藏起来。"显而易见，无论是金条还是金叶都是经商所得。

康雍乾时期，大量达官贵人经商，反映出在封建统治阶级内部已经酝酿着一个新的社会阶层——新贵族。但新贵族却始终未能在中国封建社会脱颖而出，究其原因即在于清朝统治者所实行的抑商政策。动辄发生的抄家，体现了封建社会的超经济强制，在这种情况下已经经商的达官贵人随时都会倾家荡产，根本不可能获得一个持续发展的机会，更不可能像法国那样形成一个问鼎政坛的第三等级[2]以及作为参政标志的三级会议[3]，频繁发生的抄家浪潮，使得原本已经在商品经济内出现的一个新的社会阶层被扼杀，商品经济也未能突破自然经济的制约，资本主义萌芽在封建社会政治、经济的压制下很难得到长足发展。

乾隆统治下的中国，未能进入资本主义生产关系形成的经济腾飞时期，而是仍然滞留在封建格局内，从而失去向近代转轨的历史机遇。退一步说，即使乾隆能顺应历史的发展趋势，为资本主义萌芽的发展提供政策上的保证、完成资本的原始积累，同英、美、法这些资产阶级已经夺取政权并进行工业革命的国家相比，也根本不在同一条起跑线上，但中西之间的差距却不会继续扩大。具有五千年灿烂文明的中国，完全有能力把握自身的命运，跨上飞奔着的时代列车。令人遗憾的是，从康熙到乾隆的清朝统治者，都未能清醒地意识到中西之间所存在的差距，依旧以天朝老大自居。尤其是统治18世纪后期六十多年的乾隆，依然故我，固步自封，传统的中国也因此而丧失向近代转轨的契机。

民为邦本

乾隆在即位之初"取昌黎之言自警，曰忧其所可恃，惧其所可矜"，在《自警》诗中以"有所畏则矜不生，见其难斯怵

②第三等级的称呼在14世纪出现，主要指城市中工商业者的上层；在法国大革命前，第三等级包括城市平民、手工业者、商人、资本家、农民，其中最有影响的是工商业者、资本家；第三等级也是纳税人的代名词，当时第一等级僧侣、第二等级贵族都享受免税的封建特权。

③法国的三级会议始于14世纪初。因与教皇发生冲突，国王腓力四世在1302年召集了由教士、贵族以及第三等级代表参加的三级会议。此后法王为了增加税收，不定期召开三级会议。从1614年（路易十四父路易十三在位时期）由于专制王权的加强，不再召集三级会议，直至1789年路易十六迫于财政困难才在中断175年后重新召集三级会议，三级会议的召开也就成为法国大革命的导火索。

不行"，"懔懔乎，惴惴乎，如临深渊履薄冰"来自戒。君临天下的乾隆总是有"如临深渊履薄冰"的感觉，因而在把玩定窑的"三羊方盂"时则发出"因思切己戒，敢忘作君难"的感慨。把"作君难"视为座右铭的乾隆在1785年（乾隆五十年）所写的《冬至》一诗中留下"益信皇天惟德辅，继绳责重惕深衷"的诗句，以"皇天惟德是辅"的古训来自省。而在1793年（乾隆五十八年元旦）所作的《补咏战胜廓尔喀之图》一诗的序中又明文写道："予之惕，则人或未知也，所惕者何？自古为天子者，孰非天之子，即为天之子，天孰弗爱之，而予独承之深爱之？设屡有失德违爱，则所以罚之者亦必重。此予所以业业兢兢，不遑刻安者也。"他之"所以业业兢兢，不遑刻安者"，唯恐"屡有失德违爱"失去上天的眷佑，以致遭到重罚。

自从荀子提出"君者，舟也，庶民者，水也；水则载舟，水则覆舟"以来，任何一个有头脑的君主在处理君民关系时，都不敢忽视既可"载舟"又能"覆舟"的庶民，这也是乾隆"如临深渊履薄冰"、"业业兢兢，不遑刻安"的原因。乾隆在1742年（乾隆七年）殿试所颁发的制书中写道："盖君之于民，其犹舟之于水耶；舟不能离水成其功，人主亦不能离民而成其治。"④在君民关系中，乾隆强调的是载"舟"的水，而不是"覆舟"的水，在他看来：君主在处理君民关系中只要因势利导，就能乘风破浪，创造出一个辉煌的盛世。

在半个多世纪的统治中，乾隆始终以"成其治"为其施政的出发点，在他的谕令中，"民为邦本"、"本固邦宁"等多次被提出。把"民本"思想推向极致的莫过于孟老夫子在《尽心》中所提出的"民为贵，社稷次之，君为轻"。尽管极端专权的朱元璋，因此要把《孟子》从《四书》中删除，但说到底"民为贵"还是从维护统治的角度来考虑问题，所谓"贵"是指在巩固统治中价值高、意义大。所谓以民为本，就是要把百姓作为统治的基础。

在乾隆的御制诗文中，"民本"思想更是随处可见。他在祈谷前夕的斋戒中，发出"民天实惟食，固本莫如民"的慨叹，在

④《清高宗实录》卷一六四。

祭天前的斋居中，便悟出"安静天行奉，无为即有为"的真谛。如何才能固本呢？用孟老夫子的话来说就是"则无恒产，因无恒心；苟无恒心，放辟邪侈，无不为已"⑤。用现在的话说则是：要限制土地兼并、使小农保有一份"仰足以事父母，俯足以畜妻子"的稳定资产，只有这样百姓才能保持不犯上作乱的稳定心态。

对"恒产"、"恒心"乾隆非常重视，在其即位还不到一个月就提出这一问题："盖恒产恒心，相为维系，仓廪实而知礼义……俾黎民饱食暖衣，太平有象，民气和乐，民心自顺，民生优裕，民质自驯，返朴还淳之俗可致，庠序孝悌之教可兴，礼义廉耻可教也。"⑥

食为民天

"民为邦本，食为民天"，在一个有着二三亿人口的大国，要解决吃饭问题就离不开农业。农业一直是支撑华夏文明的依托，因而乾隆即位不久即下达"重本务农"的谕令。在他看来，周王朝所以能享国八百年，就在于周的统治者"自后稷、公刘，以重农为务，惟土物爱，知稼穑艰。至于文、武、成、康，犹是道也"⑦。乾隆把"首重农桑"视为君主"千古不易之常经"，"一夫不耕，或受之饥；一女不织，或受之寒"，要实现国泰民安，"莫要于重农桑"。"本计即端，而末事亦次第就理，民生大有补益，即治道亦渐致郅隆。"⑧

乾隆的祖父康熙曾令在钦天监担任过官吏的画家焦秉贞，仿照南宋初年楼璹所绘《耕织图》的摹本，再作《耕织图》，雕版刊行，直至乾隆

耕图

⑤朱熹：《四书集注》"孟子见梁惠王"。

⑥《清高宗实录》卷三。

⑦《御制文初集》卷七《春耦斋记》。

⑧《清高宗实录》卷一九五。

年间这幅体现自然经济特色的作品仍很流行，乾隆在1772年（乾隆三十七年）还为《耕织图》联句："经历事多翻畏事，抚临民久越怜民，曰衣曰食足艰至，惟织惟耕要最真。"⑨足以反映出，百姓的衣、食以及解决衣、食的耕织，在乾隆心中的地位。为了求得风调雨顺，国泰民安，乾隆对气候好坏也非常关心，"晴久则盼雨，雨多则盼晴"，"无刻弗因农系念，抚时惟觉岁关系"。

⑨《御制诗四集》卷一《柴耕织图联句》。

丝、麻是中国传统的用来纺线织布的原料，而棉花在元代时才在南方比较广泛的种植。因而，乾隆特意在直隶总督方观承所撰写的推广棉花在北方栽种的小册子上亲笔题诗，诸如"土厚由来产物良，却艰致水异南方，辘轳汲井分畦溉，嗟我农民总是忙"、"五色无论粗与精，茅檐卒岁此殷需，布棉题句廑民瘼"等，以便促进该书的推广、加速北方种植棉花的进程。

为了解决无地、少地农民的生计，乾隆鼓励各省开垦山头边角崎零之地，推广种植从美洲传入的高产作物——玉米、白薯。然而人口激增是一个不容忽视的现实，1741年（乾隆六年）所进行的第一次全国人口统计时是一亿四千三百四十一万，到1795年（乾隆六十年）已经增加到二亿九千六百九十八万，54年的时间人口翻了一番，山头边角崎零之地的开垦、高产作物的推广与增加的上亿人口相比，只能是杯水车薪。

乾隆把默许向东北、内蒙古、台湾移民拓殖作为解决人口剧增的重要手段。在此之前，清朝统治者一直禁止汉民进入上述地区。乾隆在一首诗的自注中曾这样写道："盛京（今辽宁一带，清王朝发祥之地）可耕之地甚多，畿辅（今河北）、山左（今山东）无业穷氓，挈侣至者，咸垦艺安居，久之悉成土著，日积日多，虽于本地淳朴古风有碍，然太平日久，户口繁孳，藉此以养无数穷黎。故向有禁之之例，而未尝严饬也。"⑩他在1792年（乾隆五十七年），再一次传谕山海关关口，明确表示，对前往关外谋生的难民不得阻拦，明文写道："山海关、盛京等处，虽旗民杂处，而地广土肥，贫民携眷出口者，自可藉资口食，即人

⑩《御制诗四集》卷五四《盛京土产杂咏十二首》注。

数较多，断不致滋生事端，又何必查验禁止耶！"[11]

　　而对去台湾、内蒙古谋生的限制，也有所放松，在1744年（乾隆九年）允许在台有产业者回大陆接父母妻子儿女来台，"由官府给照，编入保甲"。1767年（乾隆三十二年），清政府在内蒙古的和林格尔、清水河一带查出可耕地二万四千顷，招汉民耕种。相比之下，对内地汉民去新疆屯垦，乾隆最为支持，在平定大小和卓发动的叛乱后，清廷多次组织内地贫民去新疆，为屯垦者提供种子、农具、耕牛、路费，总之向西北流动始终得到朝廷的保护。

　　在中国古代，农业的发展主要表现在耕地数量的增加上，而不是耕作方法的改进以及单位产量的提高。从先秦到清代，农业的耕作技术虽说有一定的发展，但其始终未能跨越牛耕阶段，耕作方法的改进也是相当的缓慢，许多技术都是沿用数百年乃至上千年。乾隆即位后，组织农业学者在元代王桢所编《农书》与明代徐光启所著《农政全书》的基础上，编纂《授时通考》。该书分为八门七十八卷，包括气候、土壤、选种等方面的内容。乾隆在该书序言中，对其内容作如下介绍："举物候早晚之宜，南北土壤之异，耕耘之节，储待之方，蚕织畜牧之利"，不难看出《授时通考》的最大特点是对历代农耕技术的总结。乾隆时期的农业，就其整体而言（极少数发达地区除外），它的经营规模与耕作方法基本上还停留在自给自足、小农经济的范畴之内。

　　显而易见，农业已经

《钦定授时通考》

[11]《清高宗实录》卷一四一七。

容纳不下膨胀的人口，但重本抑末在当时依然被奉为正统的经济政策。由于面临严重的人口压力，乾隆也在一定程度上放宽矿禁，并在1737年（乾隆二年）批准两广总督鄂弥达所提出的开采潮州、惠州、韶州、肇庆等地铜矿的奏请。放宽矿禁的做法，遭到顽固坚持传统政策大臣的反对，他们以矿工聚集不便管理，容易滋事为由，奏请关闭矿场。第一个提出此观点的是广东提督张天骏，他以加强海防为名，极力反对鄂弥达的开矿主张，一场关系到应否放松矿禁的争论便因此而引发。

1739年（乾隆四年）新任两广总督马尔泰，以防止百姓谋利滋事为名，奏请关闭新源、英德等地银矿；1740年（乾隆五年）河南巡抚雅尔图在遵旨回奏时，力陈境内治安不好，难以开矿；1744年（乾隆九年）直隶总督高斌以山东的峄、滕、费、沂、泰"地近孔林"，在内地开矿"无利而有害"等原因，极力反对开采那里的银、铜、铅等矿。同年御史卫廷璞、欧继善就应否在广东开矿一事上疏，提出不宜开矿的三点理由：该地土著殷富者少，不具备私人开矿的经济条件，此其一；一旦开矿，邻省大量无业人员涌入当矿工，必然导致粮食供应紧张，粮价上涨，此其二；数万矿工聚集矿场，难以管理，容易滋生事端，此其三。

在这场长达数年的争论中，乾隆旗帜鲜明，他针对张天骏的观点批道："地方大吏原以地方治理、人民乐业为安靖，岂可以图便偷安，置朝廷重务于膜外而谓之安靖耶！"在马尔泰请求封闭银矿的奏本上批道："银亦系天地之间自然之利，可以便民，何必封禁！"[12]

不难看出，在解决百姓生计方面，乾隆试图打破传统经济以农为本的束缚。虽然乾隆试图开辟新的就业途径，但他依然坚持以农为本，正像他在诗中所表述的："无刻弗因农系念，抚时惟觉岁关系"。

自从进入文明社会，中国就以农为本，换言之就是以农业为基础。法国在18世纪所盛行的"重农主义"，同中国传统的以农为本在形式上多有相似，但在实质上有很大的差异。"重农主

⑫《清代的矿业》，上册，37—38页。

义"反对15—16世纪代表原始积累时期资产阶级利益的"重商主义"政策，反对以牺牲农业来发展工商业；认为只有农业才创造剩余价值，把对剩余价值的研究从流通领域转向生产领域；而其对农业的重视，是以提倡经济自由为前提的。而直至乾隆时期依旧遵循的以农为本，恰恰缺少了"重农主义"之前的"重商主义"——资本的原始积累时期。

以保赤为念

1788年（乾隆五十三年），乾隆亲笔临摹南宋著名画家李迪的名画《鸡雏待饲图》，并令将御笔的摹本刻印后颁给各省督抚，再由督抚"照式摹刻"，分发给各府州县的官员，其目的就是让让各省督抚"体朕惠爱黎元之心，时时以保赤为念"，视民如子，不要忘记小民嗷嗷待哺之情，要从饲养雏鸡，体会统治百姓的宗旨。

"时时以保赤为念"的乾隆，对赈灾一向十分重视，在即位不久就下达严禁官员匿灾的谕令，明确指出：

"水旱灾荒，尤关百姓之身命，更属朕心之所急欲闻知而速为办理补救者。是以数年中颁发谕令不可胜计，务令督抚藩臬等飞章陈奏，不许稽迟，亦不许以重为轻，丝毫粉饰。倘或隐匿不陈，或言之不尽，朕从他处访闻，必将该督抚等加以严谴。盖年岁丰歉，本有不齐之数，惟遇灾而惧，尽人事而挽之，自然感召天和，转祸为福，若稍存讳灾之心，上下相蒙，其害有不可言者，是以孜孜不怠，惟恐民隐不能上达。"[13]

乾隆曾多次告诫督抚："为督抚者第一应戒讳灾之念"，一再重申"水旱灾荒乃民生第一切务"，"讳灾必获重谴"，甚至提出"宁滥毋遗"的原则。在乾隆看来赈灾的面宽了，无非多支出一些钱粮，而这些钱粮"原出于闾阎，今地方被灾，应行赈恤，以取之于民者，用之于民，是属理之当然"。一旦有所遗漏，则"使无辜之百姓流离困苦而莫救"。"赈恤一事，乃地方

[13]《清高宗实录》卷
一二五〇。

47

大吏第一要务，勉力行之，勿使有赈恤之名而灾黎不得受赈之实惠也。"⑭1743年在"下河叹"的御制诗中，他还以诗的语言重申道："哀哉吾民罹昏垫，麦收何救西成荒。截漕出帑救大吏，无遗宁滥叮咛详。"⑮

自乾隆改元以来由朝廷主持的大规模的赈灾有：

1736年（乾隆元年），黄河在安徽砀山一带河决堤，赈济灾民十余万；1742年（乾隆七年）赈灾动用一千多万银两；1750年（乾隆十五年），因浙江、河南、山东等地水灾，截留漕粮146万多石用于赈灾；1770年（乾隆三十五年），永定河、北运河泛滥，直隶武清一带46个州县厅被淹，拨银100万两、并截留漕粮八十多万石用于赈灾；1779年（乾隆四十四年）黄河在河南境内泛滥，给河工的赈灾银560万两；1785年（乾隆五十年）河南、江苏、河北、安徽、浙江等省发生严重灾害，先后发放赈灾银700万两。

为了把赈灾物资尽快发放到灾民手中，乾隆一改必须事先"奏闻请旨，始行办理"的旧例，授权地方官可以"一面办理，一面奏闻"，从而使督抚州县在赈灾一事上享有便宜行事之权，可以先动用库粮、库银开赈，事后再向朝廷奏销。1742年（乾隆七年），淮扬一带发生特大水灾，苏皖俱被淹没，"民间自中人之家及极贫之户皆流离四散"。时任两江总督的德沛未及请示朝廷，就动用地方税金一千万两，使得被困在水中的灾民很快就得到麦饼充饥。

为了防止绅衿大户勾结吏役骗领赈灾物资，把真正的饥寒交迫者遗漏的情况发生，乾隆要求主持赈灾的官员必须亲自"点验灾黎，按户计口"地发放赈济银、粮。而且要求各地把灾民的食物样品送至御前，以便皇帝能亲自品尝。这些灾民所食用的以草根树皮为主的食物，不仅乾隆自己要"煮食亲尝试"，还要"邮寄诸皇子，令皆知此味"⑯。

以"勤政爱民敢懈予"、"何忍敬勤忘顷刻"自诩的乾隆，在出巡时遇到一位逃荒的难民，见其孑然一身，贫病交加，深为

⑭《清高宗实录》卷三。

⑮《清高宗御制诗集》第三册，16页。

⑯《清高宗实录》卷一二五〇。

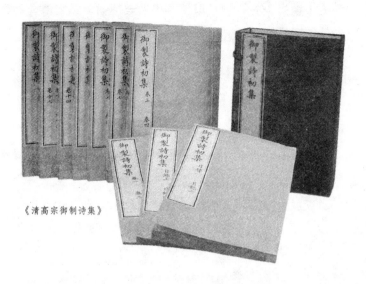

《清高宗御制诗集》

"教养违其方，黎民失怙恃"而内疚，在其目睹"老农炙背耕田苗，汗湿田土如流膏"的场面后，发出"农兮农兮良辛苦，惭愧身为玉食人"感叹。在得到报灾疏奏后，则告诫臣下"仓粟库帑尔莫惜，沟壑待救难蹉跎"，"赈灾恤贫尽人事，毋为饰隐敦勤宜"。

乾隆还把蠲免受灾地区的钱粮作为缓和社会矛盾、减轻灾民负担、改善君民关系的重要手段。据大学士嵇璜的统计，自乾隆改元以来截止到1785年（乾隆五十年）蠲免受灾地区的银两在一亿三千四百五十二万两之上，米谷在一千一百二十五万石之上。1774年（乾隆三十九年）黄河在老坝口一带漫堤，乾隆立即下令全部免去受灾地区的应交钱粮，并免除淮安等地应交漕粮。

尽管乾隆采取一系列赈灾措施，灾民的处境依旧非常困难。有的灾民为了能从官府办的粥厂中领到活命的粥，整夜守在粥厂门口，以致被冻死，赵翼的一首诗就记载了这样悲惨的一幕，粥厂门外的13个人挤在一起御寒，到天亮时"都作僵尸尚一簇"。钱泳在《履园丛话》中也记载了家乡灾民去附近的山上挖一种黑土充饥的情形，据其记载：这种黑土"可以用作煮粥，颇清香，食之亦饱，一时哄动，近乡居民来取土者，日以万计"。每天有

上万的人去挖黑土充饥，足以反映出嗷嗷待哺饥民之多，朝廷用来赈灾的银两、粮食，实在有点杯水车薪。

治理水患

中国是个自然灾害多发的国家，水灾、旱灾、风灾、虫灾、霜冻、地震等不胜枚举。人们常说水火无情，一旦江河决堤所造成的危害就是地区性的，成千上万的人将流离失所无家可归。大禹治水、三过家门而不入的传说，就反映出治水与步入文明门槛是同步的。在一个农业文明的国度，最大限度减轻水患是与百姓的身家性命息息相关的，必须作为一件大事来抓。

乾隆统治时期，曾组织大量的人力、物力对黄、淮、运、永定河进行治理。黄、淮、运的问题，核心是黄河。黄河孕育了中华民族的农业文明，被誉为母亲河，但它也是位性格暴躁的母亲，一旦发起怒吼就会让它的儿女陷入洪荒之中，因而自古以来对黄河的治理就是一件大事。而淮河的泛滥成灾是源于黄河的一次大规模改道。南宋绍熙四年（1193年），黄河在阳武决口（开封东北90里），汹涌的黄水如脱缰之马，在流抵梁山泺后分为两股，一股向北几经周折流入清河，一股向南奔去，最终汇入淮河。黄河入淮，造成淮河下游水量陡增，难以及时入海的滔滔黄水遂倒灌洪泽湖。黄水所带来的大量泥沙使得淮河河床、洪泽湖湖底愈积愈高，终于导致黄淮泛滥、洪泽湖漫水。运河同黄、淮为患搅在一起，则是元代开凿南北大运河之后，一方面运河的漕运成为南北经济交流的大动脉，另一方面由于运河横穿黄、淮也就使得黄河中的大量黄沙不可避免地涌入运河，以至于运河河床被淤积危及漕运。

康熙在即位之初，把平定三藩、治理黄淮、保证漕运作为首当其冲需要解决的三件大事，"书宫中柱上"。康熙时期对黄淮运的治理，主要集中在筑堤束水上，诸如加固高堰大坝、开凿中河（自骆马湖至仲家庄山口），在一定程度上减少了水患的发生，对漕运也有所裨益。但疏浚下游、河水倒灌洪泽湖及黄河在河南一带时时决口等问题并未得到解决，仅乾隆统治时期大的泛滥就有二十多次：

1739年（乾隆四年），淮河在亳州泛滥，15个州县被淹，"平地水深三四尺"；

1741年（乾隆六年），江苏、安徽一带28个州县被淹，"一片汪洋"；

1742年（乾隆七年），淮河泛滥，"民间自中人之家以及极赤贫下户皆流离四散"；

1743年（乾隆八年），淮河之水冲向怀安；

1746年（乾隆十一年），由于雨水过大，黄淮"异涨"，水势之凶猛超过以往；

1750年（乾隆十五年），江苏、安徽27个州县遭水灾；

1753年（乾隆十八年），铜山堤坝溃决，高邮、兴化、宝应等地被淹；

1756年（乾隆二十一年），河水在孙家集决口，决堤之水铺天盖地朝北奔去，以致微山湖与运河连成一片；

1761年（乾隆二十六年），河水在河南中牟县决口；

1766年（乾隆三十一年），河水在铜山漫堤；

1774年（乾隆三十九年），汹涌的河水漫过南岸老坝口一带七十多丈（约240米）的堤坝，一泻千里，涌入射阳湖，淮安、山阳、清河、阜宁、盐城等地均为水泽；

1778年（乾隆四十三年），高涨的河水越过祥符县（今开封）堤坝，多一半的河水从堤坝上泻出，河水又在祥符下游百余里的仪封决口，仪封等十几个州县在水泊中；

1781年（乾隆四十六年），黄河泛滥造成河南、山东、江苏、安徽等省发生大水灾，山东菏泽三十多个州、县、卫被淹；

1784年（乾隆四十九年），黄河在河南睢州决口；

1785年（乾隆五十年），河水冲决睢州南岸堤坝；

1786年（乾隆五十一年），河水多处漫堤，安徽的安庆、凤

阳、庐州、滁州、泗州及江苏的清河、高邮、宝应等地俱被淹；

　　1789年（乾隆五十四年），河水冲决睢宁南岸的堤坝……

　　频仍的水患使得乾隆不得不把治理黄、淮、运作为当务之急，1751年（乾隆十六年），乾隆在第一次南巡时就视察了清口。清口是洪泽湖（亦称洪湖）与淮河的交汇处，要避免淮水倒灌洪泽湖，就需要湖水保持较高的水位，但湖水水位高又使得高堰大坝的压力过大，轻则湖水漫堤，重则决堤。总之，无论淮水是否倒灌洪泽湖，高堰大坝都要承受巨压，正像两江总督尹继善所指出的"淮水挟其十二河之水汇入洪泽湖，仅恃高堰一线孤堤为淮扬保障"。

　　为了避免洪泽湖水位过高，危及大坝，在高堰大坝上设有5个闸坝，以便根据湖水的水位来决定开几个闸坝放水。这样做虽然可以避免更大的灾害，但开闸放水必然使相关地区被淹。对此乾隆明确指示："设堤原以为民也，堤设而民仍被其灾设之何用？"乾隆第一次南巡时视察了清口，经过实地考察，决定封闭两个闸坝。

　　1762年（乾隆二十七年），第三次南巡的乾隆视察清口后，又决定封闭高堰的所有闸坝，定清口水志。在《南巡记》中乾隆有如下的注释："向来河臣率皆靳拆清口，恐干多费工料之议。洪湖盛涨，则开五坝。下河一带无岁不被偏灾。自壬午年，三次南巡始定高堰五坝水志，高一尺清口则开十丈为准。俟秋讯后，洪湖水势既定，仍如常接镶口门。嗣是，河臣恪守此法。"从这段注释可知，在乾隆视察清口之前，河臣因吝惜费用、工料，在湖水涨时不敢拆掉一部分清口坝，等到湖水过多不得不把五个坝一起打开，致使下游地区几乎年年被淹。清口水志的制定，有助于对水位的控制，减轻了该地区屡屡被淹的问题，用乾隆的话说就是"数十年来下河免受水患，田庐并资保护"。

　　清口放水只是解决问题的一个侧面，关键还是滔滔黄水不断注入洪泽湖，湖水水位经常处于高位。乾隆在第三次南巡后，开

乾隆南巡画卷 视察黄河

始考虑开凿引河的问题，以期减少流入洪泽湖的河水，解决水位高的问题。

开凿引河，谈何容易！康熙在1699年（康熙三十八年）南巡时“命于清口以西隔岸挑陶庄引河，导黄使北，因河臣董安国开放过早，旋复淤垫其后”，本想开引河把一部分水引走，结果却是河水中的泥沙把引河淤堵。此后在1700年（康熙三十九年）、1701年（康熙四十年）、1712年（康熙五十一年）、1714年（康熙五十三年）以及1730年（雍正八年）都曾在陶庄开凿引河，均未获得成功。

乾隆在第三次南巡时，再次提出开凿陶庄引河的问题，令河臣萨载、两江总督高晋总结以往开凿引河失败的教训，并在此基础上制定出开凿引河的规划。萨载、高晋亲自到工地考察、“测量高下曲直，头尾宽窄”，绘制成图送往御前。乾隆在接到萨载、高晋的奏折后“详筹形势，以硃笔点记，往返相商者不啻数次”，终于制定出一套可行的开凿引河的方案——引河的位置向北推移，为了避免淤堵引河、达到分流减压的目的，要加宽、加深引河。“新挑引河，务需极宽极深，方可期掣动大溜”，根据

乾隆的谕旨，萨载、高晋把引河的宽度定300尺（100米）、深度10余尺（3～4米），引河全长为10600尺（3533米）。

经过十四年的酝酿、勘测、规划，陶庄引河在1776年（乾隆四十一年九月）开工，到来年二月竣工，河水放入引河，引河开凿成功。陶庄引河是"全河一大关键"，正像乾隆在给萨载诗的自注中所言：

"向年河工治河之策，止于筑堤防护及打坝下扫，或安设木龙溜挂淤，皆急则治标，非釜底抽薪良法。今陶庄引河开通，大溜北趋，冲刷宽深，清口分流旺盛，东到周家庄，汇流东注，为一劳永逸之计，淮南诸郡可为额手称幸矣。"

造成淮南水灾的另一个原因就是，这一带的湖泊原有的通向长江、通向大海的渠道均已经变得不畅通，入海之路遥远，且入海处地势比原来的渠道高，很难流归大海，而通向长江的渠道虽然近得多，但渠道中多处被堵塞，乾隆指示要全力疏浚那些被堵塞的渠道。乾隆南巡时，曾视察六塘河。六塘河是骆马湖与海口的通道，经过实地考察乾隆了解到，如果疏浚六塘河，就能改变骆马湖中积水过多以及周围土地被淹的问题，便立即下达开工的命令。

通向长江"第一尾闾"的芒稻河，"向因淮南盐艘皆由湾头河转运，必须芒稻闸门下板，方可蓄水遄行"，经常切断湖水通向长江之道。乾隆认为运盐不能影响泻水，立即修一条运盐的引河，"嗣后芒稻闸永远不许再下闸板，俾得畅泄归江，则诸湖积水自可减退。"即使遇到秋季大水"亦足以资容纳，而下河一带得永蒙乐利之休矣。"

在对黄、淮、运治理的过程中，最让乾隆伤脑筋的就是黄河在河南一带经常决堤、漫堤，致使不少州县多次被淹，如铜山一带在1753年（乾隆十八年）、1757年（乾隆二十二年）接连决口，而仪封地区的堤坝在1778年（乾隆四十三年）决口，历时三年才得堵上，旋即又被冲开，黄淮一带已经到了"无岁无河患"

的地步。在得悉黄河在仪封决口、堤坝久未合龙的奏报后，乾隆忧心如焚，写下"宵旰冀功成，发帑吾弗吝，重臣往经理，竭力无余剩，引河大开宽，始得溜还正，惟因慎其事，未报合龙竟，关心仍北望，既慰益颙敬"的诗句。

　　1781年（乾隆四十六年）河水把仪封地区北面的堤坝再次冲开，呼啸的河水浩浩荡荡朝北奔淌，一部分在山东的张秋流入运河，另一部分流入大青河；还有一部分流入卫河，也有一部分最终汇入南段运河。黄河的北上，使得直隶、山东都遭受严重灾害，乾隆认为黄河在北岸决口受害更大，而且难于治理，主张让河水漫过南岸堤坝。为了减少北岸堤坝的压力，阿桂等把兰阳（今兰考县）一带的南岸改成引水渠，把河水引入引水渠，减轻北岸的水压，以便使得北岸决口的堤坝能早日合龙。

　　黄河在北岸决口、河水北上，使得一些有识之士已经意识到对黄河的治理应该换个思路，从千方百计让河水流入淮河改为让河水北上、恢复故道。长于治河的大学士嵇璜在1781年就提出顺应水势、把河水引入黄河故道的建议，但乾隆认为这样做难度太大，未予采纳。其实早在28年前铜山堤坝一再决口、难以合龙时，就有人提出恢复黄河故道、使河水北流的建议，但乾隆认为"迂远难行"。就连孙嘉淦所提出的折中方案——开凿减河、把一部分河水引入大青河从山东入海，也遭到拒绝。正像乾隆在御制诗中所表述的：

　　"旧闻河徙夺淮地，自兹水患恒南方。复古去患言何易，愁焉南望心彷徨。"[17]

　　乾隆对黄淮运的治理是相当重视的，也提出一些行之有效的建议，但他所遵循的依旧是元代以来以保证漕运为重心的理念，千方百计迫使河水保持南行的走势，其结果只是补苴罅漏。俗话说，人往高处走，水往低处流。从南宋年间黄河改道到乾隆年间已经有600余年，滔滔黄水所带来的泥沙淤积在河底已经危及河道两岸，但一旦黄河改道必然影响到漕运，这同乾隆的全力保证漕运的观念格格不入，因而恢复黄河故道的建议也必然被束之高

⑰《清高宗御制诗集》第三册，90页。

阁。只要乾隆把目光移向海洋——以海运取代漕运，就将是另一种后果，而伴随着实施海运对海防的重视也就会落到实处，"口岸防守严密，英夷断不能施其伎俩"才会变成现实。

君主的意识并不能最终决定河水的走势，桀骜不驯的黄水在几十年后的咸丰初年终于冲破河南省丰北一带的堤坝，奔腾向北，决堤之水所流经的河南、安徽、山东等地的州县一片汪洋，吞噬生命财产的黄水最终回归故道。如果在乾隆时期回归故道的方案能付诸实施，咸丰初年的那场持续数年的大水灾本来是可以避免的。黄河的呼啸北上，最终也迫使清朝统治者以海运代替了漕运，然而以实施海运为契机的加强海防，却成为了虚话。

对浙江海塘的治理，也是乾隆时期一项重大工程。1762年，乾隆在第三次南巡时首次亲临海宁视察了浙江海塘——"越中第一保障"。

为了防止海潮袭击，浙江沿海地区早就修筑了海塘堤坝，海塘堤坝北起海宁南到上虞，全长五百多里，是阻挡海潮侵袭杭州湾平原的屏障。在五百多里的海塘上建有若干个海水的出入口，在海宁的出入口称为北大亹（mén，潮水出入之处），在上虞的出入口称为南大亹，在北大亹与南大亹之间还有几个中小亹。

从康熙年间，位于上虞附近的南大亹已经被淤沙堵塞，乾隆初年以后中小亹也陆续被堵，到1760年（乾隆二十五年）潮水全都涌向海宁附近的北大亹，以致海宁一带塘坝被冲破，严重威胁着富饶的杭州湾平原，也危及百姓的身家性命。而且海水一经浸入，盐碱渗入土地，数年之内颗粒不收。乾隆在一首御制诗中有如下描绘："浙海沙无常，南北屡变更，北坍危海宁，南坍危绍兴，惟趣中小亹，南北两获平。然苦中亹窄，其势难必恒。绍兴故有山，为害犹差轻；海宁陆且低，所恃塘为屏，先是常趋南，涨沙率可耕。两度曾未临（指第一、第二次南巡未到海塘），额手谢神灵。庚辰（乾隆二十五年）忽转北，海近石塘行……"

乾隆在即位之初，曾在海宁的浦儿兜至尖山之间修筑了一条6000丈的石塘，并准备在海宁老盐仓一带也构筑石塘，但由于海宁一带地基为沙土，改筑石塘难以下桩。在潮水全都涌向海宁附近的北大瞿后，海塘工程就摆在乾隆及其臣僚面前。对修建海塘并无异议，争议的焦点是堤坝的原料——究竟是用石料还是用柴禾。构筑石坝自然是一劳永逸，但海宁沿海百余里的海底俱是粉沙，无法固定住石桩，如果坚持筑石坝就需要把大坝往里推半里，一些沿海的田地、房屋因在堤坝之外就要被抛弃，还未卫民而先殃民，乾隆当然不会接受把塘坝往里推的建议。而用柴禾构筑堤坝虽然适应当地的海底，但柴坝每年都需要维护，浙省人民用柴烧饭，大量用柴筑坝必然引起柴价上涨，影响百姓的生计。

　　乾隆第三次南巡到达杭州的第二天，就前往海宁视察。他在海塘工地亲眼观看了用石块打桩，"一桩甫下，始多扞格，率复动摇，石工断难指手"，也就是说刚开始打桩，受到阻碍，刚打下不久石桩就松动。权衡再三他决定采用柴坝，令地方官员"悉心经理，定岁修固塘根"，他在御制《观海塘志事示总督杨廷璋、巡抚庄有恭》的诗中曾对最终采纳柴塘方案有如下分析：

　　"……易石自久经，费帑所弗惜，无非为民生。或云下活沙，石堤难支擎；或云量内移，接筑庶可能。切忌道旁论，不如目击凭。活沙说信然，尺寸不可争。移内似可为，闾阎栉比并。其无室庐处，又复多池阮。固云举大事，弗顾小害应。然以卫民心，忍先使民惊？且如内石建，宁听外柴倾？是将两堤间，生灵蠲沧瀛！如仍护外当，奚必劳内营？以此吾意决，致力柴塘成……"

　　到1780年（乾隆四十五年），乾隆在第五次南巡视察海塘工地时，已经意识到年年修补柴塘所带来的种种问题——柴塘不足资巩护、柴禾紧缺关系民生、官吏借办海塘营私舞弊乘机渔利等，但要改建石塘就要解决活沙所造成的下桩难的难题。此次视察乾隆遇到一位经验丰富的老河工，老河工在不断地摸索中找到解决下桩难的办法——即"用大竹深试，俟扦定沙窝，再下木桩，加以夯筑，入土甚易……又梅花桩以五木攒作一处，同时

齐下，方能坚紧，不致以定复起"。经当场多次试验，"果有成效"。

于是乾隆决定"改筑浙江石塘"，令从在海宁的老盐仓一带修建石坝，但对原有的柴坝依然要维护，"以为重门保障"。"改筑浙江石塘"所用石料，来自绍兴、武康、太湖洞庭山，累计达两万余吨，工程之大可见一斑。

经过连续三年"采办石料，勘估建筑"，一条3940丈的石坝在1783年（乾隆四十八年）八月竣工，一年后第六次南巡的乾隆亲自视察了这条新筑成的石塘。在第六次南巡之前，七十四岁高龄的乾隆已经考虑到"章家庵以西，惟藉范公塘土堤一道，形势单薄，不足以资卫御"，传谕浙闽总督、浙江巡抚："不惜百余万帑金""一律接筑石塘，俾滨海黔黎，永资乐利"。当他第六次南巡时，再次亲临海塘工地，视察正在构筑的范公塘石塘。

从1762年乾隆第一次亲临海宁视察，到1783年（乾隆四十八年）——只用了21年的时间，一条四千二百丈的石塘便矗立在惊涛骇浪之中，从而为富饶的杭州湾平原构筑起一座海上长城。一直到19世纪中期，还有人写诗怀念乾隆修筑海塘的功业。著名清史学家孟森先生，对乾隆在海宁一带构筑石塘，也曾给予了高度的评价："持之二十余年不懈，竟于一朝亲告成功，享国之久，谋国之勤，此皆清世帝王可光史册之事。"

比天灾更有甚的便是人祸，有些天灾的背后往往有人祸在作祟。像治河这样重大工程的款项，动辄几百万两，不斩断一双双贪婪的黑手，就很难保证堤坝的质量。1753年（乾隆十八年）江南邵伯湖的减水闸及高邮的车逻坝决口，这场天灾就是因经办人员侵吞帑银、偷工减料、贻误工期所造成的。而工程的总负责人不是别人，正是最受乾隆宠爱的慧贤皇贵妃的父亲——治河能臣高斌。年逾古稀的高斌虽然在治河方面是内行，在辖治属员上就不免力不从心，尤其在年事日高之后，不再像以前那样事必躬亲，对于属下的不法行为很难及时发现，以致酿成重大事故。为了惩一儆百，乾隆令把高斌、张师载以及偷工减料的直接责任者李焞、张宾押往治河工地正法。按照大清律例，对属下失察不该判处斩立决。直到行刑前夕，乾隆所颁布的赦免高斌、张师载的谕令才送到，试图通过莫测的天威来堵住人祸的漏洞。

人祸不仅影响堤坝的质量，甚至也会导致很少为患的长江频频为患，以致造成临江而建的荆州城在不到10年的时间三次被淹。从枝江到陵玑这段八百四十里的水道也被称为荆江，该段水道蜿蜒曲折，素有"九曲回肠"之称。虽然这段水道容易淤积泥沙，但在乾隆中叶以前从未发生过大的水患，更未发生过水淹荆州。1779年（乾隆四十四年）荆州城首次被淹，此后两年（乾隆四十六年）该城再次被淹，到1787年（乾隆五十三年）荆州第三次被淹，以至乾隆在接到奏报后都感到"殊不可解"，甚至考虑是否该为荆州另选城址的问题。

为此，乾隆特派有丰富治河经验的大学是阿桂前往调查。阿桂一查，果然就查出水患背后的人祸，当地萧姓人家从雍正年间起就勾结官府购买江中涨出的沙地，种植芦苇，牟取私利；芦苇的根部起到拦截泥沙的作用，加速淤积出新的沙地，环绕沙地的芦苇也愈长愈多，以致形成恶性循环。江中的沙地如滚雪球般地增长，使得江面变窄，本来就蜿蜒曲折的荆江河道变得更加狭窄不畅，最终酿成荆州一再被淹的惊天大祸。

尽管乾隆很重视"察吏安民"，但在实际上很难把人祸消弭在萌芽之中，往往都是闹出大案才有可能派人清查，能查处的毕竟是少数，绝大多数的人祸则继续危害百姓，这就使得乾隆的"爱民"被大大打了折扣。

所谓不扰民

"休养生息"、"无为而治"是西汉以来历代统治者经常提到的一个话题，所谓"休养生息"、"无为而治"就是不扰民，用乾隆的话说就是"安静天行奉，无为即有为"。当年康熙曾御

交泰殿中的"無為"匾

笔亲书"無為"（无为）两个大字并制成匾额，悬挂在交泰殿的大殿里，乾隆在1772年（乾隆三十七年）孟春书写《交泰殿铭》时也对"無為"而治进行过阐述，以期保持如日中天的盛世。把"無為"而治落实到实处，比以此为题作文章写诗要难得多，统治者的任何一个举措，都可以闹得民间鸡犬不宁，难怪人们常说多一事不如少一事，无事就是太平。

乾隆在即位之初，一再强调："为治之道，在于休养生民"，并指出"民生犹不得宽裕"的原因——"大率由督抚大臣不能承宣德意，而有司者刻核居心、昏庸寡识者，或以苛察为才能，或受蒙蔽而不觉，以致累民之事往往有也。即如催征钱粮，而差票之累，数倍于正额；拘讯诉讼，株连之累，数倍于本犯；抽分关税、落地、守口、给票、照票，民之受累，数倍于富商巨贾"。

雍正时期扰民弊政，最突出的就是虚报开荒。奖励垦荒本来对国计民生大有裨益，顺治及康熙前期的垦荒也的确取得明显的成绩。在土地不再增加的情况下，随着垦荒的进行，垦荒地只能日益减少。到了康熙中叶以后，绝大多数的荒地已经被开垦，这从当时地价的持续上涨中可以得到印证。雍正时期的垦荒是在可垦荒地殆尽的情况下进行的，事与愿违也就在所难免。各省所报开垦亩数，其实并未开垦，不过把垦荒地亩的钱粮分摊在现有地亩之中，名为开荒，实则加赋。正像户部尚书史贻直所指出的"所谓开垦者，并非实有可耕之地，不过督臣授意地方官，欲其多报开垦，于是各属迎合上司"，"指称某处隙地若干，某处旷土若干，造册申报。督臣据其册籍，报多者超迁、议叙，报少者严批申饬，或别寻事故，挂之弹章……以至报垦者纷纷。其实所报之地，非河滩沙砾之区，即山冈硗确之地，甚至坟墓之侧、河堤所在，搜剔靡遗。"[18]地方官员为了自身升官，不惜弄虚作假，把不能耕种的不毛之地报垦，数年之后，所谓开荒地按亩征收田赋，百姓"鬻儿卖女以应输"。

在雍正朝垦荒中，虚报数额最严重的是河南。河南垦荒所酿成的巨大人祸，同田文镜有直接关系，诚如乾隆所论"河南地方自田文镜为巡抚、总督以来，苛刻搜求，以严厉相尚。而属员又复承其意指，剥削成风，豫民重受其困"[19]。但田文镜受到雍正的赏识，特为其设置河东总督一职，令其节制河南、山东两省。在田文镜去世后，雍正又任命王士俊担任河东总督兼河南巡抚，王士俊同前任一样"借垦地之虚名，而成累民之实害"。为了刹住虚报垦荒的势头，乾隆颁谕各省督抚，要求今后各省上报垦荒亩数，务必核实，不得有丝毫造假，若仍蹈前辙，不稍宽贷，必从重处分。为了解决这一问题，他决定拿河南开刀，不仅点了出尽风头的田文镜、王士俊，而且撤销河东总督的设置、将王士俊革职。

⑱《清史稿》卷三百三《史贻直》。

⑲《清史稿》卷二九四《王士俊》。

　　乾隆可以取缔雍正时期的扰民弊政，但要让他自己坚持"無为"而治，就不那样容易了，六次南巡，就是一个最明显的例证。乾隆第一次南巡在1751年（乾隆十六年），此后在1757年（乾隆二十二年）、1762年（乾隆二十七年）、1765年（乾隆三十年）、1780年（乾隆四十五年）、1784年（乾隆四十九年）又分别进行了五次南巡。

　　说到南巡，人们不该忘记历史上那极其悲壮的一幕——一百多名明朝官员因谏明武宗南巡而在午门外被施以廷杖，也就是趴在地上被打板子。那样多的官员甘受皮肉摧残力阻皇帝南巡，就是为了避免扰民。二百多年之后，在乾隆决定南巡时虽然没有遇到官员的拼命劝谏，却也闹出了"伪奏稿"案，确实是无独有偶。

　　当时的清帝国并没有一个敢谏南巡的人，人们把进谏的希望寄托在雍乾之际的直臣孙嘉淦的身上。孙嘉淦系康熙五十二年（1713年）进士，曾任侍郎、尚书、督抚等职，为官清廉刚正。在雍正初年身为翰林的孙嘉淦，有睹于雍正即位后骨肉相残以及同准部交战的失利，逆鳞进谏，疲言"亲骨肉，罢西兵，停捐纳（即以钱买官，笔者注）"，雍正览疏大怒，斥责翰林院掌院学士竟敢容此狂生。此后，不识时务的孙嘉淦又因直言上谏，屡屡触怒雍正，仅因其居官不爱钱才得到皇帝宽容。乾隆即位后，孙嘉淦又上"三习一弊折"，请新君勿"喜谀而恶直"，勿"喜柔而恶刚"，勿"喜从而恶讳"，勿"喜小人而恶君子"。步入晚年的孙嘉淦已经失掉昔日的锋芒，不敢再面折廷争，变得明哲保

午门

身，圭角全无。尽管现实中的孙嘉淦不可能谏南巡，但人们还是要借助他的名气。于是一份署名为工部尚书孙嘉淦的《五不解十大惑》的奏稿在民间广为流传，对乾隆即位以来的种种过失进行批评，此即"伪孙嘉淦奏稿"，简称"伪奏稿"。

在乾隆首次南巡的前一年——1750年，漕运总督下属的江西抚州卫千总卢鲁生与南昌卫守备刘时达因为南巡办差，担心拨下的资金不够要由自己垫赔，希望能制止南巡，便秘密传播《五不解十大惑》，企图造成一种呼吁停止南巡的社会舆论。但《五不解十大惑》的传播，不仅未能阻止皇帝南巡，反而引发了对"伪奏稿"作者进行追查——一个持续了一年零七个月的"伪奏稿"案。

1751年9月（乾隆十六年八月）云贵总督硕色在密奏中向乾隆告发：一份署名为工部尚书孙嘉淦的《五不解十大惑》的"伪奏稿"被到云南的人带来，秘密传抄，假托廷臣名字，胆敢诽谤皇帝，甚至还捏造朱批。而在此之前4个月，首次南巡正在进行之中，就在山东境内发现从江南水利废员官贵震那里传来的"伪奏稿"传抄件，山东巡抚准泰不愿因此而引发大案，而令山东按察使和其衷在向乾隆汇报时，把"伪奏稿"的来源改为在路上捡到的。

乾隆在接到硕色的密奏后，令各省督抚查出"伪奏稿"的撰写者及传播者。经查，在云南、湖北境内流传的"伪奏稿"是江西"天一堂"铺子里的江锦章给寄出的，乾隆遂令江西巡抚舒辂查清江锦章与"伪奏稿"的关系。未几，乾隆又接到山东按察使和其衷的密奏，揭露山东境内发现的"伪奏稿"抄件，是从江南水利废员官贵震那里传出来的，所谓在路上捡到的说法是巡抚准泰捏造出来的。于是乾隆将准泰革职，并令两江总督尹继善就近把官贵震逮捕，严刑审讯，并于同年九月派刑部尚书舒赫德前往江南会同尹继善审讯官贵震。

"伪奏稿"的流传相当广泛，就连甘肃以及土司境内等边远地区都能找到抄本，有的抄本中甚至还有朱批。乾隆认为，追查

"伪奏稿"的真正撰写者，对于维护大清国体、朝廷的尊严意义重大，于是一个历时一年零七个月的追查"伪奏稿"的大案，便在十四个省份揭开了序幕。

到该年十月，浙闽总督喀尔吉善在给乾隆的密折中称：鄞县知县伍轼、巡检郑承基、千总雷壎都曾传阅过"伪奏稿"。十月底，云贵总督硕色又查出，代理镇远总兵唐开中传看过"伪奏稿"。到1752年（乾隆十七年）查出传阅过"伪奏稿"的人有：江西广饶九南道官员施廷翰及其子施亦度、浙江提督武进义、吴淞营参将孙鼎元、江西抚州卫千总卢鲁生、南昌卫守备刘时达等。在乾隆看来，现任官员不仅知情不报，甚至互相传阅"伪奏稿"，问题的性质自然更为严重，尤其需要重点审讯，以便查出"伪奏稿"的真正作者。

在审讯中发现，"伪奏稿"主要来自湖北的荆州、汉口及江西的景德镇以及浙江、江苏等地；从地域上看，"伪奏稿"传播的地区主要集中在南巡经过的一些省份；从人员的社会地位来看，热衷于传播"伪奏稿"的人是基层官员。南巡的各项差务主要由基层官员去办，像抚州卫千总卢鲁生、南昌守备刘时达那样担心办差垫赔的官员，大有人在，他们企图制造一种舆论，呼吁停止南巡。

"伪奏稿"流传广泛，来源不一，涉案人员多，追查了将近一年，依旧找不出头绪。例如舒赫德、尹继善从官贵震那里追查到江宁、扬州、宿迁、清河，后来又追到湖北、贵州。而江西从"天一堂"铺子里江锦章那条线索追到彭楚白，彭楚白又供出段树武。当军机大臣复审此案时，段树武又翻供，再次审问彭楚白，彭楚白始供出"伪奏稿"得自抚州卫千总卢鲁生，因卢鲁生次子卢锡荣请求帮助隐瞒，遂栽到段树武身上。

而在彭楚白供出"伪奏稿"得自抚州卫千总卢鲁生后，卢鲁生则成为重点审查对象。卢鲁生供称"伪奏稿"是从南昌守备刘时达那里得到的，刘时达则供称他的儿子——担任金华典史的刘守朴在1750年8月（乾隆十五年七月）给家里捎回一封信，信里夹带着一份"伪奏稿"。乾隆认为刘守朴传播稿件比别人早，是第一个要紧的犯人，命令立即捉拿刘守朴，并将其押解到北京。据刘守朴交代：1750年8月（乾隆十五年七月），从金华县承任麟书那里得到"伪奏稿"，并派人把"伪奏稿"捎给父亲刘时达。但另据刘守朴的幕僚孔则明供称：是自己把"伪奏稿"捎给刘时达，这份"伪奏稿"是刘守朴的妻舅吴刚从苏州传来的。江苏巡抚庄有恭立即审讯吴刚，吴刚供称：1730年4月（乾隆十五年三月），在广东许妙观家得到"伪奏稿"，带回金华，给刘守朴看过。

在湖南陆续逮捕了十几个人，在审讯中全都说"伪奏稿"是从别人那里传抄来的，然而当根据口供所提供的姓名去追捕时，不是已经亡故，就是查无此人。至于在江西传抄"伪奏稿"的施奕学，在审讯时供出刘士禄，刘又供出在北京居住的汤赐联，但追到北京根本就找不到汤赐联这个人。乾隆对此十分恼火，斥责各省督抚查办不力：把追查"伪奏稿"全都交给下属，具体承办人员往往推到相邻地区，相互扯皮，拖延时间；在审理过程中对虚假情况不予追查，甚至对串供、牵连无辜也视而不见，致使真正的首犯依然逍遥法外。

自从查办"伪奏稿"以来，仅三个月的时间在四川一省就抓获280余人，湖南巡抚范时绥一次就捉拿十二三人，尹继善在江西一次就抓获10人。而到了1752年7月（乾隆十七年六月）除已查办的，尚未抓获或尚未查清的与"伪奏稿"有关的案件就有44起之多。由于追查"伪奏稿"株连太广，御史书成呈请释放被关押的人，乾隆借申斥书成的机会发布谕旨，明确表态：此案直接关系到社会风气、民心向背，不得畏难半途而废。在籍侍郎钱陈群在密奏中"请省株连"也遭到乾隆的严厉斥责。

由于在追查伪奏稿的过程中，把查获的各种抄本的"伪奏稿"全部销毁，无从了解《五不解十大惑》的全部内容，只能从办案人员的汇报及皇帝的指示中所保留的只言片语中去了解"伪奏稿"的主要内容。

其一，反对皇帝南巡。据江西巡抚鄂昌奏称，传抄"伪奏稿"的官贵震等人因皇帝南巡修御路，把他家沿街房屋拆毁，内心极为不满。南巡修路，的确给沿途州县带来很大的骚扰，御路宽三丈，均需夯实压平，而且还需随时泼水刮泥，沿途房屋在修路时就已拆掉许多，剩下的房屋如过于破旧有碍观瞻，也要责令拆除。而军机大臣审讯另一传抄者——抚州千总卢鲁生时，卢亦供称：因考虑到要为南巡办理差务，担心下拨的钱不够用，要由自己赔，企图通过传播"伪奏稿"呼吁停止南巡。

钱陈群

其二，为张广泗鸣冤。对于张广泗之死，清官方史书均认为，张广泗罪有应得。然而当时已有不少人对此表示异议：认为张广泗初到金川，锐意灭贼，在了解到金川土司只是互相争夺，并非与清廷为敌之后，决定以抚为主；讷亲、岳钟琪却主张硬攻，以致损兵折将。乾隆时期频频用兵，其中以两征金川打得最为艰苦，也最为劳民伤财，得不偿失，借此抨击乾隆的穷兵黩武政策。乾隆虽然令舒赫德、刘统勋等追查"伪奏稿"同张广泗旧部的关系，也未查出有价值的线索。

其三，对乾隆初期所重用的大臣鄂尔泰、张廷玉、讷亲等人的指斥，抨击乾隆用人不当。鄂尔泰死于1745年（乾隆十年），由此可见"伪奏稿"至迟在1745年（乾隆十年）以前就已有了雏形。

既然很难查清始作俑者，乾隆和他的督抚就不能再身陷其中，总要找个替罪羊来了结此案。尽管吴刚在许妙观家见到"伪奏稿"比其他线索都早，乾隆却不打算从这条线索再追下去了。于是，乾隆在1753年2月27日（乾隆十八年正月二十五日）宣谕中外，把卢鲁生、刘时达作为"伪奏稿"的捏造者。卢鲁生、刘时达在传抄"伪奏稿"时，有可能会增加一些同南巡有关的内容，但他们毕竟不是"伪奏稿"的最初作者，这一点从刘守朴、孔则明、吴刚等人的供词中均能得到证实。但乾隆却决定把希图阻止南巡的卢鲁生、刘时达作为"伪奏稿"的捏造者进行严惩，以便对反对南巡的人起到震慑作用，使得他效法康熙六次南巡的计划能畅行无阻。

被关押刑部大狱的卢鲁生，在1753年（乾隆十八年）二月二十三日病危，为了显示大清律的威严，乾隆下令把奄奄一息的卢鲁生押赴市曹，凌迟处死，凌迟处死就是民间所说的千刀万剐。卢鲁生是在经受3600刀酷刑的折磨后，才咽下胸中的最后一丝不平之气的。到1753年4月（乾隆十八年三月）结案时，乾隆令对刘时达从凌迟处死改为斩刑，卢鲁生的两个儿子也判处斩刑，秋后处决。至此持续一年零七个月，波及直隶、江西、山东、江苏、山西、浙江、安徽、湖南、福建、湖北、贵州、云南、广东、广西14个省，"伪奏稿"终于了结。

明朝的官员们虽然在午门外挨了板子，但他们毕竟阻止了明武宗的南巡，然而卢鲁生、刘时达尽管付出了生命的代价，却并未能阻止乾隆的南巡，南巡依旧在继续，扰民也依旧在继续。

对于南巡是否会存在扰民的问题，在相当长的时间里乾隆都缺乏清醒的、客观的认识，即使在第六次南巡结束后写的《南巡记》也谈得比较含糊，"千乘万骑"的"扈跸"是不能减少的，让如此多的扈从都"循法而不扰民，亦匪其难矣……"。在实际上，扰民的又岂止"千乘万骑"的"扈跸"！1781年（乾隆四十六年）他在《知过论》中承认，执政以来的过失在于"兴工作"。所谓"兴工作"，用时下的话来说就是形象工程，形象工程的问题在六次南巡期间尤为突出，要想做到不扰民纯粹是天方夜谭。

乾隆在首次南巡前的谕令中虽然一再强调：所有行营、住宿的开销全都出自内帑，不会有一丝一毫的扰民，修建道路、桥梁的开销，均下拨公款，绝不许苛索百姓。但实际上仅修御路一项就令百姓苦不堪言。为修御路已经拆了不少的民房，御路两旁的民房凡比较破旧也要拆掉，流离失所、无家可归者大有人在。

按照规定，所在州县对每间被拆的瓦房发放一两银子的补助，对每间被拆的草房补助半两银子，但实际上这只是一张空头支票，根本得不到兑现，以致许多百姓因无钱构建新居，只能露宿街头。

乾隆南巡图

从京城到杭州水陆兼行，走陆路需要修御路、备骡马，而走水路则需要造御舟、备船只，至于随行人员所需要的四五百艘船只，都要由江浙两省准备。当一千多只舟船在水面上鱼贯而行时，拉纤的士兵就有数千。映入乾隆眼帘的是旌旗招展，两岸欢迎的人群排列跪地，但在这壮观场面的背后却是成千上万民众的劳碌。

就连乾隆喝的水，也要有一批人专门负责运送。当他在直隶境内时，要把香山静宜园的水运送到御驾所在地；当他进入山东境内后，所饮用的是济南珍珠泉的泉水，则需要把珍珠泉泉水按时运到；当圣驾进入江苏境内后，则由镇江的金山泉供给御用；而当乾隆进入浙江境内，则要把杭州虎跑泉的泉水送抵行在。仅用水一项就如此兴师动众，途中御膳的安排就可想而知了。

为了解决南巡的下榻之处，从京城到杭州陆续修建了三十处行宫。各处行宫除陈设古玩、字画、书籍、端砚、瓷器，此外还要有穿衣镜、香炉等日用品。每到一地，随行人员所占用的民房就有四五百处。

虽然乾隆在历次南巡前都要发布力戒纷饰增华的谕令，多

乾隆品茶处

次饬令各省督抚务从简朴，所有行宫及名胜、憩息之地悉仍旧观，仅取洒扫洁除；行宫不要增加一椽一瓦，殿内不必摆设珍玩器物；途中所经过的城市，无须张灯结彩。然而当街道上搭起喜庆的彩棚、挂起丝绸的帐幔、运河上停放着灯船或戏船，在乾隆的眼前展现出一派歌舞升平的景象时，他还是掩饰不住内心的兴奋。已经猜透乾隆心思的官员，在奢华方面一个赛一个。

扬州是南巡的驻跸之地，袁枚在为《扬州画舫录》所写的序中曾对为接驾所进行修缮有如下描绘："自辛未岁天子南巡……赋工属役，增荣饰观，奢而张之，水则洋洋然回渊九折矣，山则峨峨然隥约横斜（隥，音deng，石头的台阶），树则焚槎、桃梅铺纷矣，苑落则鳞罗布列……其壮观异彩，顾、陆所不能画，班、杨所不能赋也。"为了接驾，那里的山山水水都经过一番修整，池塘改造得曲折深邃，山坡凿出的登山路错落有致，经过休整的树枝与布置的桃林、梅林纷纷映入眼帘，一座座园林鳞次栉比，星罗棋布。如此装修的费用，主要出自地方，或者是官员捐出的养廉银，或者出自商人的报效，说到底还得老百姓买单，羊毛出在羊身上。

乾隆在即将结束第六次南巡时，撰写了《南巡记》，对六次

南巡进行总结："予临御五十年凡举二大事，一曰西师，一曰南巡……我皇祖六度南巡，予藐躬敬以法之……盖南巡之典始行于十六年辛未……南巡之事莫大于河工……河工关系民命，未深知而谬定之，庸碌者惟遵旨而谬行之，其害可胜言哉……河工而牟利，宣泄必不合宜，修防必不坚固，一有疏虞民命系焉……至于克己无欲以身率先，千乘万骑虽非扈跸所能减，而体大役众，俾皆循法而不扰民，亦亟其难矣，斯必有以振其纲而挈其要……"

扬州瘦西湖

从御制《南巡记》可知，乾隆把六次南巡同西师——即对西北用兵、平定准部与回部、拓地二百零四万多平方公里看的同等重要的，是他统治期间最为辉煌的两件大事。乾隆六次南巡是效法祖父康熙，强调"南巡之事莫大于河工"、"河工关系民命"，一再标榜南巡不是为了游山玩水、满足一己享受，而是"克己无欲以身率先"，对南巡中的扰民缺乏最起码的反思，在他退位之前一直没有认识到"六次南巡，劳民伤财，作无益，害有益"。

在南巡是否扰民的问题上，还是来华的朝鲜使臣道出实情，这位使臣在1785年有如下一番评述："皇帝去岁南巡，供亿浩繁，州县凋敝，农民举未省肩，商船或不通津。虽值丰收，无异歉荒，至于蚕桑，亦失其时。"

不仅仅南巡，东巡也同样存在扰民的问题。1748年（乾隆十三年）乾隆首次东巡，封疆大吏在铺御道、建行宫等方面力求

聊城行宫

奢华，以求龙心大悦。上述开销，官员当然不会自己掏腰包，地
方财政也无此项费用，最终还是羊毛出在羊身上。"伪奏稿"的
抄件之所以较早在山东发现，同山东在南巡之前的东巡中受到严
重的骚扰有直接关系。

免粮不免租

1795年的正月初七，乾隆下达了第五次普免全国钱粮的命
令，以期营造一个共享升平的祥和气氛，为60年的统治画上一个
圆满的句号。

自从秦王朝二世而亡，轻徭薄赋、与民休息就成为历代封
建统治者缓和社会矛盾、巩固统治的一个行之有效的办法。在清
代之前，常见的做法主要是轻徭薄赋（即减少田赋、丁银的征收
量）、对受灾地区部分或全部免征钱粮。

普免钱粮始于1710年（康熙四十九年），康熙决定从第二年
起在全国范围内，每年免除一部分省份的田赋、丁银，用三年的
时间把全国所有行省的钱粮普免一次。对中国封建统治者来说，

普免钱粮的确是个创举，在此之前的任何一朝一代的君主，没有一个实施过。

经济的发展，无疑为普免钱粮的做法提供了雄厚的物质基础。但经济的发展，未必就能导致普免钱粮的实施，关键是还要看统治者是否对此有清醒的认识、明智的抉择。天下太平、经济繁荣可以使统治者头脑发胀，疯狂攫取社会财富；社会动荡、经济凋敝所造成财政入不敷出，也会成为征收苛捐杂税的理由。这一点在万历身上表现得非常突出：在天下太平、经济繁荣时屡派税监、矿监到东南地区劫掠；而当努尔哈赤发动辽战后，又加派"辽饷"，最终导致三饷加派的实施。其结果，造成社会矛盾急剧激化以及明王朝的覆灭。

清朝统治者之所以坚持采取轻徭薄赋的政策，一个重要的原因是：明社为屋所留下的教训实在太触目惊心了，一个庞大的帝国顷刻之间土崩瓦解，存于内库的3700万两白银（包括永乐年间铸的500两一个的镇库元宝）同金碧辉煌的紫禁城一样被攻进北京的李自成所占有，山河虽在，却已是国破家亡。而另一个不容忽视的因素则是：继明而立的清朝统治者必须面对入主中原的现实：满族（包括编入八旗的蒙古人及汉人）在入关之初，同人口众多的汉族相比，只占百分之一左右，在民族差异明显存在、民族情绪还相当激烈的情况下，轻徭薄赋是清朝统治者手中的一张王牌。从缓和民族情绪、巩固自身的统治出发，清王朝对于儒家民本思想、轻徭薄赋的继承，较之朱明王朝更加重视。

在乾隆看来"治天下之道，莫先于爱民。爱民之道，以减赋蠲租为首务"，"况天下之财，止有此数，不聚于上，即散于下"，"安忍己垂裳而听天下之民之有寒不得衣，己玉食而听天下之民有饥不得食者乎！"[20]因而乾隆决定效法祖父康熙，在全国范围内普免钱粮。

1746年（乾隆十一年）当乾隆决定第一次普免银粮时，户部所储白银不足三千二百万两，当时的人口已达一亿六千万（乾隆八年统计的人口数字）。而且自乾隆改元以来因水灾、旱灾接连

[20]《清高宗实录》卷三。

发生，已经多次豁免受灾地区的钱粮，对灾民进行赈济：

1736年（乾隆元年），安徽砀山一带河水决堤，赈济灾民十余万；

1737年（乾隆二年），永定河有四十多处决口，冀中十几个县被淹；

1738年（乾隆三年），江苏、安徽遭受大旱，宁夏又发生大地震，房倒屋塌，被砸死的就有几万；

1739年（乾隆四年），淮河泛滥，十五个州县被淹，平地水深三四尺；

1740年（乾隆五年），江苏、甘肃等地遭受水灾；

1741年（乾隆六年），江苏、安徽等地二十八个州县遭受水灾，永定河一带也泛滥成灾；

1742年（乾隆七年），黄河泛滥，"民田俱被淹没"，是乾隆初年最严重的一次水灾；

1743年（乾隆八年），淮河再次出现险情，直隶二十八个州县、山东十三个州县遭受旱灾；

1744年（乾隆九年），浙江、直隶、四川、安徽、湖北、广东等地遭受严重水灾；

面对一次次灾害，乾隆都要及时组织赈济灾民，蠲免受灾地区的田赋，仅乾隆七年那次赈灾就动用一千多万银两。

1745年（乾隆十年）正月初六所下达的普免钱粮的谕令，就是在这种自然灾害接连发生的情况下颁布的，他明确提出要效法皇祖康熙：把天下钱粮普免一次，为此特降谕旨，将丙寅年（即乾隆十一年）各省应征的钱粮，全部蠲免。也许上天是要测试一下乾隆普免钱粮的决心，普免钱粮的谕令下达才几个月，就出现南涝北旱的严重灾情，江苏、安徽、四川、陕西等地遭受水灾，直隶、甘肃发生旱灾，这就意味着税收减少，而支出则因赈灾而增加。1746年（乾隆十一年），则出现更严重的灾情，黄河、淮河的水势较之乾隆七年还要凶猛。面对严重的自然灾害所造成的收入减少、支出巨增，御史赫德就对蠲免一年钱粮的做法提出异

乾隆的"育德勤民"印

议。

接连发生的自然灾害与臣下的反对意见丝毫不曾动摇乾隆的决心，为此他再次颁谕：朕以爱养百姓为心，日夜思虑，只希望普天之下，家给人足，共享升平之福，故特颁发谕旨，将一年的钱粮全部蠲免。到1766年（乾隆三十一年）又颁布普免漕粮的命令。所谓漕粮是指由运河运往京城供应给官员、士兵的粮食，每年平均征收四百万石，交纳漕粮的省份有江苏、浙江、江西、安徽、湖南、湖北、山东。漕运损耗大，实际征收量往往是额定征收量的2.4倍左右。

乾隆在位期间5次普免钱粮（乾隆十一年、三十五年、四十二年、五十五年、六十年），此外还3次普免漕粮（乾隆三十一年、四十五年、五十九年）。据1785年（乾隆五十年）的统计，三次普免钱粮、两次普免漕粮以及各类蠲免加在一起，累计免白银二亿二千五百六十七万两，免粮二千一百五十一万石。正像康熙当年所说的"朝廷恩泽，不施及于百姓，将安施乎！"

无论蠲免拖欠钱粮、豁免受灾田赋还是普免钱粮、漕粮，受益者都是有田产的业主；作为靠租地为生的佃户能否享受到免粮的实惠，关键要看田主是否减租。康熙早在1710年（康熙四十九年）普免钱粮时就注意到这个问题，指出："蠲免钱粮，但及业主，而佃户不得沾恩，伊等田租亦应稍宽。但山东、江南田亩，多由佃户耕种，牛种皆出自业主，比均平无偏，乃为有益。"户部遵旨会议，提出业主免七分，佃户免三分的建议，康熙予以批准，并提出要"永著为例"。从1710年（康熙四十九年）起，只要朝廷免粮——不管是普免，还是灾免、恩免（皇帝登极、朝廷庆典），佃户就能免交相当三分钱粮的地租。

然而，到了乾隆初年，从中央到地方相当多的官员公开站在业主一边（他们本人就是出租土地的业主），要求废除康熙"业主免七分，佃户免三分"的规定。河南道御史陈其凝就提出：
"业户出田以养佃，佃户力作以交租，民间交易，情可相同，若
官为立法，强以必从，则挟制争夺，势必滋扰，请民田佃种，照
旧交收，不必官为定例。"㉑但也有官员从缓解社会矛盾的角度
出发，要求坚持康熙年间的旧例，河南巡抚雅尔图在疏奏中特别
强调"地主苛刻者多，宽厚者少，往往于被灾年分，照常收租，
穷民无所出，有卖男鬻女以偿租者"。

尽管朝议纷纷，能否实施"业主免七分，佃户免三分"的关
键，取决于乾隆的态度。一向标榜效法祖父的乾隆却违背了康熙
"永著为例"的规定，把是否免租的权力交给了业主。在朝廷普免
钱粮的情况下，是否免租、免几分租完全取决于业主，"共享升平
之福"是不包括广大佃户的。在颁布普免钱粮的谕令后，乾隆特地
对业户劝谕道："有田之家，既邀蠲赋之恩，其承种之佃户，亦应
酌减租粮，使之均沾惠泽。著该督抚转饬州县官，善为劝谕。"㉒

在是否免租的问题上，为何乾隆同康熙有如此大的差异？任
何一项命令的下达，都同当时的社会环境以及社会各阶层在经济
生活中的地位有直接关系。

毋庸讳言，在康熙统治的大多数时间天下并不太平。平定
三藩、收复台湾虽然标志着海内一统的最后完成，但一个个打着
朱三太子旗号的反清势力接连出现，反映出社会矛盾并未缓和到
秩序的范围内，社会冲突也并未平息，直到1708年（康熙四十七
年）——也就是颁布普免钱粮两年前，清政府还在同以朱三太子
为旗号的张念一等反清势力在浙江四明地区进行较量。那些反清
势力之所以能喧闹一时，就是因为有相当多的无地农民被裹挟在
其中。因而，当康熙决定普免钱粮时，从稳定社会的角度出发，
必然要考虑到"佃户不得沾恩"的现实。

到乾隆即位时，海内一统，天下太平，伴随着封建经济的
发展官僚地主阶级在经济生活中的地位也愈发占据主导地位，河
南道御史陈其凝敢公开抵制"业主免七分，佃户免三分"的规定
就是一个信号。而乾隆的表态则表明朝廷施政向有产者的倾斜，

"减赋蠲租"的受益者主要是业主，能"共享升平之福"的人主要也是业主，佃农不在"共享"之列，不在朝廷的"爱养"范围之内。乾隆完全站在业主一边，认为"有田之户，经营业产，纳粮供赋，亦图自赡身家，岂能迫以禁令，俾其推以予人。况佃民多属贫无聊赖，其中贤否不一……今若明降谕旨，令地方大吏出示饬遵，在田主不能强以必从，而顽佃更得藉此抗欠，甚至纷争斗殴"[23]。实际上，恰恰是由于朝廷把减与不减、减多减少的权力交给业主才导致"纷争斗殴"。对地方官来说，"善为劝谕"的实际操作难度要大得多，更何况地主中苛刻者多，劝彼等减租实在是无异于与虎谋皮。

㉓《清高宗实录》卷三三六。

在是否减租这个问题上，业主与佃户的利益截然相反，乾隆初年佃户抗租就已经相继发生。1741年（乾隆六年），江苏崇明县风雨成灾，佃户老施二与顾七、张三、徐龙、黄七等人倡议减租，遂与业主黄申等交涉，因遭到拒绝发生冲突。业主到县衙门控告，县令派衙役抓获老施二之子小施二、黄七。老施二、顾七等率领佃户救出被抓获的小施二、黄七后，县衙门派兵逮捕老施二等人。老施二被判处斩监候，秋后处决，顾七被判处充军，小施二被判处枷责。当崇明减租风波奏报到朝廷后，乾隆的批示是："此等刁风，不可长也，当严拿务获实犯奏闻"；刑部把对老施二等人判处上报乾隆后，皇帝的批示是："老施二依拟应斩，著监后秋后处决，余依议。"

乾隆的免粮不免租、向业主倾斜的做法，使得以租地为生计的广大佃农不可能在蠲免钱粮中获得实惠。在首次实施普免钱粮的1746年（乾隆十一年），福建汀州府上杭县的佃户罗日光等要求"将所纳业户田四六均分"，因遭到业主的反对，而发生冲突，其结果是带头闹减租的佃户被地方官派遣的兵役逮捕。乾隆在福建提督武进升的奏折中批道："朕普免天下钱粮，原期损上益下，与民休息。至佃户应交业主田租……其减与不减，应听业主酌量……岂有任佃户自减额数、抗不交租之理……罗日光等借减租起衅，逞凶不法，此风断不可长，著严拿从重究处，以惩凶

顽。毋得疏纵……"㉔

而在第二次普免钱粮期间，广西回龙村的佃户二十二人与田主"争论减租分数"，由于田主不接受佃户的"减租四分"要求，而发生冲突，甚至酿成命案……

在处理减租所引发的冲突中，乾隆的准则归纳起来有以下三点：

在普免钱粮的情况下佃户仍然应该交租；

是否减租应由业主酌量而定，否定了佃户提出的"四六均分"的减租额数；

对于带头闹减租的人要从严重处。

盛世下的佃农

封建社会的主流意识认为，地主收租、佃户交租，既合法又合理。但能否把地租的数量控制在佃户可以承受的范围之内，就是一个关系到社会能否安定的问题。地租的数量不仅受到生产力水平的影响，也受到人口因素的刺激。伴随着康乾时期封建经济的发展，自耕农破产与土地兼并愈发严重，而乾隆年间人口的激增也在一定程度上加速了这一进程，其结果就是佃农数量的急剧增加。正像当时人所指出的："国初地余于人，则地价贱，承平日久，人余于地，则地价贵。向日每亩一二两者，今七八两，向日七八两者，今二十余两。贫而后卖，既卖无力复买，富而后买，已买而不复卖，近日田归富户者，大约十之五六，旧时有田之人，今俱沦为佃户。"㉕在当时的农村，至少有多一半的农户沦为了佃农，他们实际处境究竟怎样呢？

人口激增、佃农数量的增加必然导致地租上涨。虽然在清代的史料中缺乏有关地租的系统统计，但在刑科题本、户部咨文中也会留下零星的记载。例如，1753年（乾隆十八年）的刑科题本中就有如下的文字："谈高棕佃种周济时田一亩六分，每年该还租谷二百三十一斤㉖"㉗；又如，1754年（乾隆十九年）发生在江

㉔王先谦《东华续录》卷二十四。

㉕《清高宗实录》卷三一一。

㉖一石相当一百斤。
㉗刑科题本，刑部尚书阿克敦乾隆十八年七月初八日。

苏江阴的一起命案的卷宗中则有如下记录："（苏）葵若有田一亩八分，向系（王）文学佃种，每年还租一石六斗二升"[28]；而同年在浙江上虞的命案中也有"朱氏有田二亩，向系（陈）惠民佃种，岁偿租谷三石八斗"[29]等记录；再如1761年（乾隆二十六年）江苏昆山命案的卷宗中也留下类似的文字："刘太同兄刘堂、弟刘鉴佃种季永和田十六亩五分，每年额租十五石五斗。"[30]综上不难看出，在江浙地区，一亩地的地租一般在一石左右，个别地区也有在二石以上的，如浙江嘉兴有一佃户"佃某宦田二十余亩，亩收二石五六斗"[31]。

北方的地租并不比南方低，滦州一带一般地租在2600文～3000文，即使按照灾年的平籴价——1300文/石，地租量也在二石以上。据1766年（乾隆三十一年）的一份户部咨文的粘单中所载：滦州佃户"王玉庆种地二十五亩，每亩交租三千文"；"王连芳种地十亩，每亩租钱二千六百文"；"王贯五种地二十亩，每亩租钱三千，又种地七亩六分，每亩租钱二千七百"；"王葱种地五亩，每亩租钱二千七百"，"刘芳英种地五亩五分，每亩租钱二千六百文"；"刘应通种地四十亩，每亩租钱三千"；"袁有种地二十一亩，每亩租钱三千"[32]，就连贫瘠的盐碱沙洼地的地租也在200文左右[33]。

至于使用大斗收租，在当时本来就是公开的秘密。翰林叶一栋在进呈给乾隆的经史讲义中就谈到这方面的问题："部颁斛式，每斛五斗，收租之斛大率容五斗五升，甚者至五斗八升；其收佃户租银则每两加重四五分不等……比年以来，田价日贵，租额日增，虽遇水旱蠲免，而不敢求均被；亦有黠佃争论多寡，即夺其田不使耕，穷民惧失其业，所以俯首听命。"[34]

如此高额的地租已经令佃户不堪重负，但"田主于额租之外，杂派多项，扰累难堪"，甚至在承租之初——即"批赁时"，"田主必多索佃户批礼银，并创十年一批之说"，租种满十年即使不更换佃户，田主依然要再收取"批礼银"，"殊属额外多取"[35]。"批礼银"亦称之为进庄钱、押租，这笔钱如果采

[28]刑科题本，江宁巡抚庄有恭乾隆十九年八月二十四日。

[29]刑科题本，浙江巡抚周人骥乾隆二十六年四月九日。

[30]刑科题本，刑部尚书鄂弥达乾隆十九年七月十五日。

[31]徐庆辑：《信征录》，页34，转引自《康雍乾城乡人民反抗斗争资料》，53页，中华书局1979年。

[32]"户部为庄头松绥等呈控佃户抗租霸地事致内务府咨文（附粘单）"，《清代档案史料丛编》第五辑，95—96页，中华书局1980年。

[33]参见"户部为四格呈控民人李继等霸地抗租事致内务府咨文（附粘单）"中的粘单，《清代档案史料丛编》第五辑，100—101页。

[34]《乾隆朝朱批奏折》，两江总督那苏图1739年（乾隆四年）六月二十四日。

[35]乾隆《江西宁都仁义乡横塘滕茶亭内碑记》《民商事习惯调查报告录》（1920年）第一辑，423页。

取分期付款——"岁入息三分，统俟冬收交纳"，便称之为"白水"。

除了"批礼银"外，还有"桶面"——地租一石要"收耗折一斗"。而且每到逢年过节，佃户还要向田主送各种礼物，如"节牲、粢糯、新米、年肉、糍团、芒扫等项"[36]。甚至就连"田主家人上庄收租，佃户计其田之多寡量给草鞋之费"[37]，凡此种种，不一而足。

由于从中央到地方的各级政府没有对地租数量作出规定，因而地租量的上涨已经接近生产力水平的极限，一旦发生水旱虫雹等自然灾害，这一问题就会变得非常突出。一些地方法规明文规定："偶遭水旱，业户情愿减数收租者，应听其自为定议"[38]，换言之，如果业主不愿减租，佃户就必须按照原来的规定交租，否则就被视为"抗租"的"顽佃"、"刁佃"，并受到严惩，以致"城厢内外之以抗租枷示者，相望于途"[39]。其实，所谓抗租者并非真正抗租，只是由于天灾人祸而拖欠地租或者是在朝廷免粮的情况下要求减租，仅此而已。

佃户不仅要忍受高额的地租及各种额外负担的盘剥，还面临被夺佃、失去生计的威胁。能否继续租田耕种，取决于田主，不取决佃户。在田主与佃户的关系中，处于劣势地位的显而易见是佃户。而对田主来说，夺佃另租是增加收入的最简便的方法，不仅可以在另租时提高地租，还能在地租外又得到一笔押租。被夺佃的佃户，即使能另外租到土地也要先交上一笔押租。

因而在乾隆时期，夺佃引发命案的题本接连不断。据乾隆朝刑科题本记载：河南佃户刘大保租种孙守典的地亩，后来因拖欠地租，守典欲令退地另租，由于刘大保很难找到土地租种，再三央恳继续租种，守典坚决不允，强行夺佃，以致双方矛盾激化，酿出命案[40]。

另一份题本则比较详细地记载了佃户被夺去口粮、被夺佃的口供：

[36]《民商事习惯调查报告录》（1920年）第一辑，424页。
[37]同治《瑞金县志》，卷16。

[38]李程儒：《江苏山阳收租全案》，50页。

[39]江苏省博物馆：《江苏省明清以来碑刻资料选集》，437页。

[40]刑科题本，河南巡抚雅尔图1740年（乾隆五年）四月二十九日。

小的父亲周建选与周廷的父亲周建昌是共八世祖的兄弟，父亲在世时，佃种周建昌一顷地，已有十年。后来父亲死故，由小的接手耕种。因为家里穷苦，没有工料，以致收成歉薄，小的陆续欠下周建昌六千九百钱。1771年（乾隆三十六年）五月间，周建昌叫周廷去分收麦子，周廷把小的应分的麦子一石一斗扣下抵债，一粒不给小的留。小的再三恳求，留下几斗吃饭，周廷不依，还立逼小的退地。把土地另行招佃。小的全赖租地度日，应分的麦子已经被周廷扣去，地亩又被周廷逼退，明明要饿死小的一家人……[41]

还有一份题本则记载了佃户朱复舜在得知田主凌潮有夺佃之意后，不仅把所欠的地租折钱五千还上，又凑钱七百文，并备酒饭，宴请业主，请求继续承租。在遭到业主拒绝后，又恳求租一部分土地以维持生计，但业主考虑的是通过夺佃提高地租，根本不管佃户的死活，以致发生冲突。[42]

一方面，乾隆对业主加租、夺佃不予以限制，对朝廷免粮情况下是否减租也不做明文规定；而在另一方面却对佃户交租制定了种种法规，对所谓的"顽佃抗租"三令五申予以严禁，明确提出凡有"借名报灾，观望延挨，不肯完租"、"倡为不还租之说、纠约刁顽不必还租、把持良佃不许还租者，地方官立即拿究，尽法惩处"[43]。对"拖欠一年"全额地租者，"许业户将田收回另佃"、对"实在收成微薄无力之佃，拖欠一半者，令其下年带完"[44]。甚至还作出更为严酷的规定：欠租"二年、三年，枷号一月重责三十板，仍追租给主；欠至三年以上者，将佃户枷号四十日，重责四十板，俟追租完日，驱逐出境"[45]。

乾隆时期的减租风波及夺佃引发的命案反映出贫富对立的加剧，处于弱势地位的佃农把斗争矛头指向了不肯减租的业主、执意夺佃的田主，绝无反抗官府之意。但由于官府的介入，减租才演变为抗官，前文提到的发生在江苏崇明的案子就是一个明显的例子。原本是佃户与业主在是否减租问题上的矛盾，但由于县令派衙役抓人，导致佃户因解救被捕之人而与官府发生冲突。而

[41]刑科题本，刘统勋1772年（乾隆三十七年）四月十六日。

[42]刑科题本，署刑部尚书阿克敦1752年（乾隆十七年）十月二十六日。

[43]陈宏谋："业佃公平收租示"，《培远堂偶存稿·文檄》，卷45。
[44]李程儒：《江苏山阳收租全案》，44页。

[45]《民商事习惯调查报告录》（1920年）第一辑，425页。

发生在1758年（乾隆二十三年）的向化镇佃户姚八等人的减租斗争，也是因官府拉偏手而演变为抗官。那年崇明县向化镇遭受飓风，禾稻棉花有损，就连地方官员的奏折中也承认收成稍欠。佃户姚八等人意欲减租，写出减租的稿子，还没张贴，听到田主黄兰的仆人黄仁已到向化镇仓房收地租，遂分执火把，一起来到黄仁所在的仓房，要求减租，其结果是有十多名佃户被官府抓获，不仅实际负担没有减轻，反而身陷囹圄。其他佃户因到仓房去救人，导致仓房外面的二间草房被烧，而当县丞带领兵役再次前来抓人时，佃户们便"分执竹篙扁担"把县丞"轿围戳破"，并用竹竿打伤三名士兵，形成了"纠众抗官拒捕，殴伤兵役，戳损轿马"的局面。这种一边倒的政策，不可能减轻广大少地、无地农民的负担，更不可能缓和社会矛盾。

严惩"刁民"

被乾隆视为"刁民"的，首先是要求减租的佃农，实际上那些处于社会最底层的人，一旦对所遭受的剥削压迫有不满之举，就要被斥责为"刁民"，如反对工头克扣工资的工匠、灾年请求官府赈济的贫民、要求限制粮价的城乡贫民、反对蠹役勒索的民人、告御状的人等等，并受到残酷镇压。在乾隆看来"若等即有委屈，何难据情控吁，至一经哄堂闹署，即属不呈之尤，渠魁法在必行……立行正法……可示儆一惩百之义"[46]。

1741年（乾隆六年），户部宝泉局的工匠因长期被炉头克扣工资而罢工。然而受到严惩的不是克扣工钱的工头，而是被克扣工钱的工匠。乾隆在步军统领舒赫德的奏折上断然批道："此等刁民，即鸣枪伤一二何妨……此等刁风，甚属可恶！京师之地尚且如此，何以示四方？著舒赫德等严访为首之人，务必重处，以警其余。"[47]工匠童光荣因号召罢工被处死。

虽然乾隆很重视赈灾，但对于灾民请赈一直持反对的态度，尽管他很清楚由于地方官员"不能体察民情，及时出借口粮"引

[46]《清高宗实录》卷六八三。

[47]《乾隆朝朱批奏折》，1741年（乾隆六年）八月二十二日。

发灾民请赈，但对参与者从来都进行残酷镇压，明确指示要"严究定拟，以遏刁风"[48]。

1746年（乾隆十一年）秋季，江苏淮安、徐州一带发生水灾，徐州所属宿迁县灾情特别严重，该县秀才王育英等"赴县求普赈"，遭到知县钱朝模的拒绝，王育英等遂"缮写罢市知单三张，分贴县城"，知县在店铺开门前已经派人把王育英等捉拿，罢市未遂。巡抚安宁在审理此案时考虑到"罢市未成"，如果"照光棍律拟斩立决"，"遽以大辟，似觉过重"，拟将王育英"发边外为民，其余被诱人等分别杖徒枷号"[49]。但乾隆认为"缮写传单，分贴县城，乃谋事已成"，传谕安宁按照"光棍律"[50]处置，将王育英处斩立决。

在1748年（乾隆十三年），乾隆特令刑部从严制定惩治聚众闹事的条例，规定聚众至四五十以上者，为首者斩立决，动手殴打官员者斩立决，一般参与者绞监候，胁从者杖一百。尽管行此酷法，但灾民请赈仍然时有发生。

1755年（乾隆二十年），江苏昆山"虫灾颇重"，乡民赴县报灾，不知道知县已经外出，"只疑在署，不肯受理，拥入暖阁，掀翻书案"，当了解到知县确实不在衙门后"一哄而散"。对于这起由误会引发的事件，巡抚庄有恭已经把为首的两个人"立予杖毙"，但乾隆仍然认为"所办尚属过宽"，命令从重惩办参与者[51]。

1763年（乾隆二十八年）河北遵化遭灾，因州县官员办理不善，有乡民二三百人"赴县借粮"，发生冲突。乾隆在接到直隶布政使观音保的奏报后，指责"观音保于审鞫时并未加以刑讯，可见一味姑息，全不识事理之轻重"，还对未能"将哄闹之犯立时擒拿"的代理游击伊桑阿，下达"即行革职拿解来京，交军机大臣审拟治罪"[52]的谕令。

对于要求限制粮价的城乡贫民，乾隆也丝毫未动恻隐之心。粮价居高不下是乾隆时期一个非常突出的社会问题，人口的激增

[48]《清高宗实录》卷三九三。

[49]《乾隆朝朱批奏折》，1747年（乾隆十二年）三月十五日。
[50]《清高宗实录》卷二八七。

[51]《清高宗实录》卷四九七。

[52]《清高宗实录》卷六八四。

不仅造成地租上涨，也造成粮价持续上长。康熙年间每石米的"定价三钱五分"[53]，到了乾隆初年每石已经"六钱上下"，但这只是好年景时的价格。实际上稍有风雨失调，粮价就会暴涨，"每石甚至三两左右"，个别地区"石米至三千四百有奇"[54]，穷人难以为生。1748年（乾隆十三年）春夏之交江苏气候反常，粮价迅速上涨，官府发出的平粜粮根本未能起到平抑粮价的作用，苏州民人顾尧年令人捆上自己的双臂，插上写有"无钱买米，穷民难过"的纸牌，前往巡抚衙门请求官府勒令粮店降价售米。顾尧年既未聚众，又把双臂捆绑，不会有任何过激行为，完全是和平请愿，但巡抚衙门依旧把他逮捕，押往长洲。江苏巡抚安宁一味镇压的做法激起民愤，民人叶龙等前往长洲县衙要求释放顾尧年，安宁派官兵镇压，叶龙等39人被捕。乾隆对此案的批示，不仅丝毫未追究巡抚激变的责任，反而令安宁将顾尧年等3人立即杖毙。

告御状的人，也被乾隆列入刁民的行列。乾隆在1757年（乾隆二十二年）第二次南巡的回銮途中，遇到两批告御状的人，状告河南夏邑县令孙默办赈不实以及孙默在办赈过程中勾结胥吏侵吞赈灾钱粮，致使许多赤贫灾民得不到丝毫赈济。为了解灾情，乾隆派随同南巡的步军统领衙门的观音保到灾区微服私访，观音保把了解到的情况向乾隆作了详细汇报：夏邑、永成等四县连续几年受灾，去年秋天的涝灾尤为严重，到处都是卖儿卖女的人，卖孩子的价格非常低，一般只有二三百文。为了取得证据，观音保用五百文钱在当地买了两个孩子，并把买孩子的契约呈现在乾隆面前。观音保的汇报，虽然证实了告状人所言属实，但乾隆还是把告御状的人移交山东巡抚鹤年从严审理，并传谕道："州县乃民之父母，以子民而讦其父母……此等刁风断不可长！"[55]

在封建官僚体制中本来就没有群众监督这一条，顺治时期就明确规定：凡告御状的人要先挨四十大板，康熙时期到北京告御状、揭露知县苛派的人也要被关进刑部大狱受尽折磨。在清朝统治者看来，普通百姓不管遇到多么不公平的问题，只能等皇帝

[53]王简菴《临汀考言》卷十，转引自《康雍乾城乡人民反抗斗争资料》，576页。
[54]乾隆《乌青镇志》卷一，转引自《康雍乾城乡人民反抗斗争资料》，295页。

[55]军机处录副奏折，1741年（乾隆六年）九月二十八日。

不生波霾心恒定
大寯光天相总融

乾隆墨宝,从"心恒定"可以看
出乾隆对城乡贫民的一贯态度

56花户,指向朝廷交纳
钱粮的农民,因名字登
记在"花名册"上,故
称之为花户,即现在所
说的"纳税人"。

去发现、去解决,如果皇帝发现不了,就只能逆来顺受,听天由命,否则就要成为被镇压的"刁民"。

反对蠹役勒索的人,也同样列入"刁民"的行列。乾隆对发生在1769年(乾隆三十四年)甘肃成县毛嘴山地区山民反对县衙役勒索一案的处置,就是明证。据陕甘总督明山在奏折中称:"镡壮等居住县属之毛嘴山地方,县役武时发等倚借催粮,屡次打骂花户56。1768年(乾隆三十三年)秋间,武时发催办毛嘴山各户借粮,即同伙役陈聚仓在城贩买官盐二石,每市升止值钱二百文,该役驮至乡间,每市升索钱三百文卖给各户,如有不允,即假欠粮为由,任性打骂。

镡壮等因乡民屡受其殃,心中不平……遂于本年八月二十日纠约伊弟镡傧、镡佶,并邀生员镡克仁、韦继同往。途遇素识之民人夏之瑗,镡壮将前情告知,夏之瑗忆及县役姜选催粮凌虐,兼索取各花户饭食钱文,亦非善类,并欲将姜选房屋一并拆毁。"明山在现场勘查的结果是:"武时发家被拆住房三间,屋瓦揭落,椽木抽毁,门窗多半打毁;姜选家被拆住房四间,瓦片损坏,门窗亦有损落;二家人口,各无损伤。"

陕甘总督明山共拿获77人,将镡壮、夏之瑗处斩立决;处镡傧、镡佶、镡克仁、韦继绞监候;对并未参与拆毁房屋只是"叫喊助势"的何秀等八人,"发乌鲁木齐等处给兵为奴";其余六十三人各杖一百。此案并未造成人员损伤,但已经判两人"斩立决"、四人"绞监候",如此处置已经过于严酷。孰料乾隆在看到拟处后,仍认为明山处理偏轻,"仅将为首及济恶二犯拟以斩决,为从拟绞监候者只坐四犯"是"意存姑息,殊属非是",要求"从重多办数人,大示惩创"[57]。

[57]《乾隆朝朱批奏折》,1769年(乾隆三十四年)九月十五日。

乾隆关注的焦点是避免社会动荡,告诫官员要时刻关注"顽民聚众,干犯刑章","星星之火,可以燎原。事机之由,积小成大",因而他要求在"群情汹涌之初"就应该进行坚决镇压,"销萌于事始",把"大事化为小事"。退一万步说,"刁民"也是民,他们的合理要求也同样应该解决,统治者的残酷镇压不仅不能把"大事化为小事",反而会激变,加剧社会矛盾。

尽管乾隆对下层社会的不满采取了强硬的政策,结果却是压下葫芦起了瓢。尤其是遇到歉收、青黄不接的时候,由粮食引起的贫富对抗时有发生,有的向富户强行买粮,也有的向富户强行借粮,还有的到富家抢粮。两江总督尹继善在奏折中就曾披露:城乡饥民,群向有谷之家,恃强抢夺,仅袁州一带在二三月间,即发生抢粮案件一百六十余起;其他各地也闻风效法,抢粮案件屡屡发生。耒阳富户积压谷子抬高粮价,以致一天谷价长了三次,穷人难以维持生计,铤而走险,强行运走32家富户的谷物。仅两三个月的时间,一个县就发生此类案件17起。而温州府乐清县乡民因米价昂贵,播种无资,遂用田契做抵押向同族富户借谷,因遭到拒绝,自行开仓,量足六十桶,挑运而去。松阳县佃户往年种田时皆由田主借给种子,该年因粮价暴涨,田主把粮食卖与外乡,谋求暴利;当15名佃户去借谷种时,田主以卖完为由加以拒绝。15名佃户硬填写借票,把田主表弟存放的19石仓谷子各自挑走……[58]而城镇中的抢米浪潮更是此起彼伏。

[58]《乾隆朝朱批奏折》,1748年(乾隆十三年)八月初七。

当"社会陷入了不可解决的自我矛盾,分裂为不可调和的对立面而又无力摆脱这些对立,而为了使这些对立面,这些经济利益互相冲突的阶级,不致在无谓的斗争中把自己和社会消灭,就需要有一种表面上驾于社会之上的力量,这种力量应当缓和

冲突，把冲突保持在'秩序'的范围以内，这种从社会中产生，又居于社会之上的并且日益同社会脱离的力量，就是国家"⑤。由于乾隆所代表的封建国家，在处理业主与佃户、工头与工匠、蠹役与纳税人、渎职官员与百姓的冲突中，完全站在前者的立场上，把镇压的矛头对准后者，不仅未能起到调节冲突、缓和矛盾的作用，反而加剧了彼此对抗。在官府的镇压下，使得要求减租、反对夺佃、要求限制粮价的斗争也就演变为抗官，这恐怕是乾隆及其政府所始料所未及的。

⑤恩格斯：《家庭、私有制和国家的起源》。

取缔秘密组织

1795年3月25日（乾隆六十年闰二月初五）。

乾隆在闰二月初五，谕令湖北等地抓紧缉拿在逃的刘之协。被乾隆通缉的刘之协，何许人，竟能引起最高当权者的如此关注？

刘之协是安徽太和人，是被取缔的白莲教的一个首领。在乾隆看来刘之协及其秘密传播的白莲教就像是埋藏在地下的一堆火药，如果不及时清理，早晚会闹出大乱子。说到消除隐患，乾隆的确有点力不从心，就像一个瘫痪的人不能指挥自己的手脚。作为皇帝手脚的地方官员，不少人对境内的秘密组织一无所知，浑浑噩噩，甚至让教首从眼皮底下溜走……

漏网之鱼刘之协

要说刘之协的漏网，还得从一年前——1794年（乾隆五十九年）对秘密宗教的大搜捕谈起。那一年的七月，四川大宁县逮捕在境内秘密传教的谢添绣、谢天锦、萧太和等人。据彼等供称，该教由陕西、湖广传入，宣扬"弥勒佛出世"，"保辅牛八起事"。牛八连在一起是"朱"字，内含复明之意。大宁地方官立即向四川总督福康安飞报。福康安得讯后，当即向湖北、陕西、河南等省发出咨文，并开列出经审讯得知的曾经往来各省传教人员的姓名，要求各省通缉捕拿，以便早日归案。

乾隆对四川总督福康安的处置是满意的，但接下来查出的情

况却暴露出问题的严重——官僚机器在许多方面已经锈蚀，以致皇帝被蒙在鼓里。

陕西方面查获在安康传教的萧贵，据萧贵供认：他所传播的"西天大乘教"，是同乡宋之清所创立的。于是又以宋之清为线索进行清查，查出宋之清的师傅——"三阳教"的传播者刘之协以及"三阳教"的创立者刘松。

刘松原是"混元教"教徒，在该教被破获后发配甘肃。刘松抵达配所后，伺机传教。1788年（乾隆五十三年），他的弟子刘之协来到甘肃配所看望刘松，师徒商议恢复传教敛钱之事，并以"混元教"破案已久，人多不信，将"混元教"更名为"三阳教"，并把"混元点化经"改为"三阳了德经"，灵文改为口诀。刘之协又恐不能动众，复与刘松商量，欲觅一人，捏称牛八，凑成朱字，伪称明朝嫡派，将来必然大贵。又指称刘松子刘四儿为弥勒转世，保辅牛八。入教者，可免一切水火刀兵灾厄，并推刘松为老教主……

刘松恐在配所传教无人信从，又怕易于暴露，遂令刘之协去其他省份传教收徒。刘之协收宋之清、萧泳题为徒；宋之清又收萧贵、齐林、伍公美、王学院为徒，教徒日增。"其敛得根基银两，自五十四年起至五十六年止，均经刘之协、宋之清、王学院、齐林等陆续送交刘松收存。"此后，宋之清因传徒甚多，不愿把从教徒那里敛得的根基钱分给刘之协、刘松享用，遂另立一教，取名为"西天大乘教"，以朱红桃为牛八，以河南南阳的李三瞎子为弥勒转世。至此，樊明德所创立的混元教在被取缔后，又被其弟子刘松更名为三阳教，三阳教的一大部分则被刘松的再传弟子宋之清拉出，另立西天大乘教，西天大乘教与三阳名称虽异，却均以弥勒出世、保辅牛八为教义，的的确确是一个教派中的两个分支。

被发配的刘松竟然能在配所另立新的秘密宗教，实在是太触目惊心了！让皇帝异常不安的是，刘松并不满足于敛钱挥霍，每次送来的根基钱都存起来。在其配所住房的炕下，"搜出瓷缸一个，内装银四十封，纸包新旧不等，查验均系杂碎银两，约有市平银二千两"。据刘松交待，这些根基银，"将来要分用的，所以我总未敢动。"这里所说的"将来要分用"，显然是把根基银作为起义经费，送刘松处存放。一个以颠覆现政权为宗旨的秘密宗教，自然要引起统治者的高度警惕。

在乾隆的督办下，自1794年（乾隆五十九年）下半年，湖广、四川、安徽、陕西、河南等省全力以赴搜查教徒，四川抓获21人（在川传教者7人，本地教徒14人），通缉在逃者4人；陕西除萧贵外，拿获120多人；河南逮系51人；湖广逮捕182人。截至该年十月，上述被揭露出来的教首，除刘之协以外，全部被擒。

刘之协的漏网，由于一起"盗窃案"，他被带往河南，离开了家乡安徽太和县。实际上"盗窃案"的起因，是刘之协派刘起荣去甘肃隆德县给刘松送根基钱，刘起荣行至河南舞阳被抓获。刘起荣当时身上带着200两白银，而当时河南扶沟刚刚发生一起窃案，失主丢的恰恰也是200两，遂将刘起荣押至扶沟。在审讯中，刘起荣自称，该项银两系其族兄刘知协托其贩买棉绸之用。于是，河南扶沟便派衙役到安徽太和，将刘之协解往河南。恰恰在刘之协被带往河南的时候，太和县派人缉拿，自然扑空。

在大规模擒拿教首的情况下，扶沟知县竟然不知刘知协即刘之协，以为他真的是一名绸布商人，就按照以往的惯例，在审案期间让他自己找旅店住下来。刘之协在等待结案时，遇到原籍老乡，得知登封、南阳查拿邪教风声甚严，扶沟附近的吴女店已捉拿邪教二人。刘之协听到上述消息，立即从扶沟县旅店逃走。

乾隆在得悉刘之协在眼皮底下溜走后，恼羞成怒，以五百里加急，传谕代理两江总督苏凌阿，将扶沟知县解京，并令苏凌阿督率所属，严密查拿，速将刘之协捉拿归案。为此，苏凌阿亲自坐镇刘之协的老家安徽太和，密派干练文武各员，督饬严拿。并到处张贴告示，详细开列刘之协的年龄、体貌特征，悬赏千金捉拿。还立即向河南、湖广、陕甘及各省发出咨文，在水陆要道等地，一同截拿。悬赏告示张贴后，虽然也抓到一些年貌相似的嫌

疑人，但一经审讯，均不是真正的刘之协，为此乾隆在六十年的闰二月初五特地颁布缉拿在逃的刘之协的谕令，以期在退位之前彻底解决邪教的问题。

屡禁不止的邪教

从历代封建王朝由盛而衰的演变过程来看，有两个因素是至关重要的，其一是土地兼并，自耕农大量破产沦为流民；其二是封建统治者横征暴敛，苛捐杂税名目繁多，民不聊生。明中叶以后土地的高度集中，以及明末的三饷加派（辽饷、练饷、剿饷）就是造成明末社会矛盾白热化、明社为屋的最根本的原因。然而清政府对边疆的开拓，为失去土地的农民提供了广阔的垦荒场所，直至乾隆晚年并未形成庞大的流民集团。又由于清朝统治者一直坚持轻徭薄赋的政策，也未在全国范围内出现严重苛派扰民的问题。同以往的任何一个王朝相比，清朝对剥削量的控制都是有成效的。自从雍正年间实行"摊丁入亩"（把丁银摊入地亩中征收）以后，地丁银一般在2500万两左右，再加上近400万两的盐课及近460万两的关税，一年累计约3500万两。到1795年（乾隆六十年）人口已达2.9696亿，按此人口数统计人均承担的税银不足二钱，即使按1741年（乾隆六年）第一次人口统计的1.4341亿算，人均纳税也不到四钱。事实上并不是所有年份纳税都达此数，清朝统治者对受灾地区要实行灾免，乾隆时期还五次普免全国钱粮，三次普免漕粮。从以上两个方面来看，当时的社会矛盾还未激化到引起社会动荡的地步。但一个不容忽视的现实是，由于秘密宗教与秘密会党的大量存在及其同现行统治秩序的撞击，在乾隆时期就已出现社会动荡。

要擒拿刘之协、彻底解决邪教问题堪称是困难重重！乾隆自即位以后就从未间断对邪教的搜捕，但邪教以及秘密会党都有严密的组织，如"天地会"在结盟时"不写帖立簿"，以防泄密，参加者连父母兄弟亦不能告知，会众以隐语、暗号作为联络方式，很难侦破。而且这些秘密组织往往"蔓延各省"，一旦被查办，得以逃脱的教徒则逃到外省，换个名称继续传教收徒。往往是今日之首恶，即从前之胁从，屡抓屡犯；一个秘密组织刚被取缔，就又有一个换了名称的秘密组织在活动。如在滇黔一代传播"大乘教"的教首张保太被逮系后，其弟子吴时济则在江苏另立"龙华会"，继续传教。而刘松在发配地所成立的"三阳教"，与宋之清的"西天大乘教"都源自被取缔的"混元教"。

何以这些被视为邪教的秘密组织，在群众中有如此大的诱惑力呢？

人口的激增以及因此而造成的地租上涨、粮价的居高不下等一系列社会问题，都为秘密组织的发展提供了温床。自乾隆中叶所出现的人口激增的趋势，使得广大下层社会在谋生方面所受到的压力加大，无论是农村中的自耕农、半自耕农、佃户，还是城市中的手工业者及肩挑贩运的小贩都感受到谋生日益艰难，在遇到困难时很难得到来自社会上的援助。于是，以互助为旗号的各类民间秘密组织——以神学为外衣的秘密宗教、以异姓结拜为手段的秘密会党，就应运而生；社会下层缺乏最低生活保障的问题，已经成为各类秘密组织首领争取信徒的一个有力的砝码。

频频发生的天灾人祸更是起了催化的作用。虽然乾隆很重视赈灾，但僧多粥少是不争的现实。城乡贫困者难得温饱的现实，为各类标榜互相帮助的秘密组织提供了信男、善女。因而清代的秘密组织数量超过以往任何一个朝代。秘密组织横在乾隆和他的子民之间，乾隆还为未考虑到的社会保障问题，已经在各类秘密组织内得到实施。秘密组织的存在，给乾隆处理君民关系提出一个新的难题。

这些秘密组织对于现存的社会秩序是一种挑战。各类秘密组织的首领都是把"互助"、"治病"作为发展信徒、积蓄力量的手段，他们的最终目的是利用聚集起来的力量举行暴动、反对现政权的统治。对难得温饱的社会下层人员来说，当然不可能在一开始就了解到秘密组织首领的意图，一旦得知真相已经到了骑虎难下的地步。

自乾隆初年，由各类秘密组织发动的暴动就时有发生。乾隆七年福建漳浦、诏安等地春旱，米价暴涨，人心惶惶，该地的小刀会、子龙会拟采取行动，漳浦知县朱以诚闻讯逮捕数人，然而在开堂审理期间，知县却被会党派去的人刺伤，并于当天死亡。此案发生后，小刀会、子龙会在白叶乡聚集多人，并于七月十七日扫荡下蔡、梅林等乡；又于七月十九日到诏安县城抢劫，诏安知县只得四门紧闭，加强防守；到七月二十日有数千人包围县城，以致泉州知府不得不亲自带领军队前往诏安镇压。

1743年（乾隆八年），由于"青黄不接，米价昂贵……富户米铺居奇高抬，乡民一时难于买籴"，福建的厦门、邵武、延平、建宁、汀州、南安等地先后都发生了大规模的抢米风潮：厦门的市民、兵丁等"乘机抢掳铺户米豆"，浦城县民因米价昂贵"拦截米船"，建宁饥民抢夺16家富户米谷，邵武的贫民从8家富户中抢走几十石粮食，汀州贫民从监生罗廷琏家抢走一百多石粮食。在上述抢米浪潮中，秘密组织的作用是显而易见的，福建提督武进升在奏报中就指出："邵武二十都乡民聚集党伙，身穿白衣为号，肆行抢掳……又一大伙贼众揭旗、带器械、吹海螺、捆头布，往将乐地方抢掳"，"显与盗贼无异"[1]。无论是乾隆还是清朝地方官员，都已经意识到在抢米风潮的背后是秘密组织的聚众为变。

更为严重的是，一些秘密组织已经走上武装对抗官府的道路。其中以1748年（乾隆十三年）福建"老官斋"暴动影响最大。从浙闽总督喀尔吉善所奏，对该教可略知一二：

"老官斋"一教，从浙江处州府庆元县的姚姓人家传出，说他们的远祖普善原本姓罗，二世改姓殷，三世改姓姚，自称是天上的"弥勒"转世，名号是"无极圣祖"。凡参加这一组织的男女，全都以普字作为法名的第一个字，并吃斋诵经。乡下人皆称

① 《乾隆朝朱批奏折》，福建提督武进升乾隆八年五月二十六日。

他们"老官"，福建各地都有他们聚会的斋堂。

1747年年底（乾隆十二年十一月），七里桥、埂尾村的"老官斋"聚众诵经，被县府缉拿，押在瓯宁县的监狱。"老官斋"的首领遂密谋起事，封一些首领为元帅、总帅、总兵、副将、游击、守备、千总；制造札符、兵簿、旗帜；搜罗以前所存的鸟枪、顺刀、钢叉、火药、硝磺等；准备包头的绸布，上面盖有"无极圣祖"的图记，每人发给一块，包在头上作为标记。

1748年年初（乾隆十三年正月十二），女巫严氏自称神灵附体，并以弥勒佛的名义煽动大家进入府城。遂约定在十四日齐集各堂信徒，在十五日以迎接菩萨为名，各持刀枪器械，直接冲向郡城。而且密令在城里居住的信徒——画匠丘士贤即普觉，作为内应，并作出攻城计划：在郡城对面的大洲纵火，焚烧民房，等到文武官兵出城救火的时候，攻其不备，入城劫狱，救出被抓的信徒。

此次暴动虽然很快就给镇压下去，但时过几个月，"罗教"又在福建的宁化纠众拒捕。宁化知县周天福，在得知本县县民严友辉家中窝藏罗教经卷、符、像、印等物品后，即带民壮数人前往搜查。罗教教徒严玉得讯后，迅速纠集百余人，把正在严友辉家搜查的知县团团包围，并以堆积草料放火烧死知县相威胁，逼迫知县把严友辉及其收的经像等物交给众信徒。

乾隆在得悉罗教大闹宁化后，异常震惊，立即谕令浙闽总督喀尔吉善对肇事者不分首从，严惩不贷，断不可因循放纵，使得邪教成员漏网，贻害将来。因而对秘密宗教，秘密会党采取更为严厉的镇压措施：

1756年（乾隆二十一年）取缔"荣华会"，把创办者张仁、王五钧正法，两年后又把王五钧之徒孙士信、任洪钧、徐佩等拿获。

1768年（乾隆三十三年）取缔"收元教"，创办者徐国泰照大逆谋反罪凌迟处死，徐国泰之父徐庚，徐国泰之弟徐国治、徐

国平、徐国安及其子侄徐和尚、徐道均等六人均斩立决；其母、妻、儿媳及15岁以下的子侄徐金、徐贵、徐庆、徐孝、七儿俱给功臣家为奴；给徐国泰抄写经文又收徒多人的徐佩、刘士禄、边永城三人俱照大逆知情故纵隐匿罪，处斩立决；代为抄写经文又传徒的申廷赞、方守礼等四人俱照左道异端，佯修善事，煽惑人民处绞监候，秋后处决；未抄过经文却收徒的全大经等四人杖一百，流三千里；入教多年并未收徒的谭思阮等十六人杖一百，徒三年；入教未久的马善述等五十七人杖一百，折责四十板。

1770年（乾隆三十五年），取缔"八卦教"，教首刘省过、刘省衍、孔万林、张伯、王中、郜大、郜二、郜三等俱被逮杀。

一方面是乾隆的坚决取缔，令一方面则是教首继续秘密传教，甚至准备发动武装起义，在1774年（乾隆三十九年）就爆发了规模更大的清水教王伦起义。

清水教聚众为变

清水教本白莲教一支，声称每天饮水一杯，49天不吃食物也不会死，因而被称为"清水"。据史书记载，王伦是山东阳谷人，少年时练习过武术，后来在县衙门充当过衙役，由于一些琐事被县里革去衙役，无以为生，就抄一些中医的成方、验方，给人治病，在当地很有些名气。

王伦在1751年（乾隆十六年）加入清水教，以行医作为传教的手段。他在给人看病时，对年轻力壮的男女病人从不收钱，那些人非常感激王伦，就拜王伦为义父，报答救命之恩。王伦的义女乌三娘原本是个走江湖的艺人，武艺高强，得病后遇到王伦，被王伦治愈，王伦还对处于困顿的乌三娘给予资助，乌三娘就成为王伦的义女，并住在王家。王伦的义子杨累、李旺，也都精通武术。经过二十多年的传教，王伦笼络一大批骨干，除乌三娘、杨累、李旺外，尚有颇通天文谶纬的和尚范伟，勇猛凶悍的孟灿，绰号"虎爪"的颜六，一日能行三百里的李三以及手舞双刀的被尊为"五圣娘娘"的王氏（王伦的嫂子）。

王伦的家境在小康之上，清廷在查抄其家产时，共得土地158亩，折银924两；瓦房和土房共15间，折银28两。王伦以及其他秘密宗教的首领并非饥寒交迫之辈，他们是处在清朝统治者和百姓之间的一个特殊的社会阶层。在教徒面前，他们以神人自居，教徒所交纳的根基钱源源不断流入他们的腰包，既富有又被奉若神明。但一旦回到世俗社会，他们就要受到现政权的种种钳制，即使俯首帖耳，唯命是从，仍难免被取缔、被囚禁、被正法的厄运。八卦教创始人刘佐臣的后裔曾经三次捐官，可其家族成员，包括已经为官的刘儒汉、刘恪、刘省过在内，无一人逃脱教案的牵连，无一人能避免银铛入狱。

秘密宗教的首领把改变命运的希望，寄托在换乾坤、换世界的社会巨变之中，王伦也不例外。颇通天文谶纬的范伟就曾力劝王伦起事，认为王伦有人君之相，用不了多少年在他的姓"王"字上面就能加"白"字（王上面加白即是皇）。后来范伟又建议王伦：应纠集党徒千人，潜入京师发动突然袭击，但因事情迁延未能付诸实施。

从1774年春（乾隆三十九年），王伦即着手准备起义，把各地的教徒集中到东昌、兖州进行训练，令彼等习刀枪棍棒。该年五月，清水教主聚众训练、图谋不轨的消息不胫而走。山东寿张知县沈齐义得悉后，立即移文阳谷县要求协助捉拿。但沈齐义手下的衙役多系清水教教徒，遂将寿张知县擒拿邪教的命令密报王伦，王伦决定提前发动起义，先发制人。

王伦及其核心骨干在教徒中散布，该年八月之后有四十五天大劫，只有跟随教主王伦才能免此劫难。八月二十八日，寿张县城的清水教徒召集民间艺人在县衙门前演戏，一直闹到头更，等到散戏之后，在衙门前看演出的数千人冲入县衙门，抢劫仓库，打开监狱，释放囚犯，势不可当。知县沈齐义被生擒活捉，成为义军祭旗的牺牲品。九月初二，王伦挥师北上，相继攻克阳谷、堂邑，旋即以迅雷不及掩耳之势兵临重镇临清。王伦乘守城清军

不备，一举拿下临清旧城，进逼临清新城，致使漕运因之中断。

王伦之变，犹如从天而降下的暴风骤雨，荡涤着乾隆统治下的太平盛世。乾隆一接到山东巡抚徐绩的急报，立即降谕询问有关起义的真实情况：为首之人的具体情况有哪些？守城的文武各员能否抵御攻击？城池能否守住？居民有没有伤亡？房屋有没有被烧毁？百姓是否惊慌逃窜？仓库、监狱是否被打开、被劫掠？此次事变究竟因何而起？对乾隆来说上述一切都是未知数，高度中央集权的封建体制所酿成的竟是中央对地方实际情况的无知。

面对突变，乾隆立即调兵遣将以求控制事态，尽快平定事变，他令两江总督高晋赶往与山东接壤的徐州所属的丰县、沛县等地，秘密调兵，进行防剿；令直隶布政使杨景素在临清对岸驻兵防守，防止王伦等流窜到其他地区；令漕运总督嘉谟、总河姚立德等把闸口一带的义军剿清，肃清运河两岸，以保证漕船畅行无阻；令大学士舒赫德、山东巡抚徐绩对王伦盘踞的临清旧城进行包围。

清军于九月二十九日收复临清旧城，攻克临清旧城固然令乾隆略感欣慰，然而舒赫德等在破城之时竟未能将王伦生擒，以致活不见人死不见尸，这的确使乾隆放心不下。据同王伦一起在汪氏小楼负隅抵抗的王经隆供称：

九月二十九日，我同王伦以及他的义子李士杰等人，俱在楼上，见官兵跳在围墙上，欲入楼擒拿，我劝王伦投降。王伦说宁可烧死在楼上，断不投降，遂将堆集的乱纸木块令人点燃。因放火烟起呛得受不了，就从楼上山墙的小窗户钻出，当即被官兵捉拿。

另据王经隆侄孙王峻爱供称，当火势起来后，王伦的衣服胡须已经被烤焦，而王伦仍坐在房内的东北角上。参与攻取小楼的清军士兵刚塔则亲眼看到，楼房起火后，有几个人仍在里面，中间有一人正襟危坐，身穿紫色的袍子，脸上有长须，的确像是王伦。因楼房很高，又无梯子可以上去，遂带兵围住火光四窜的楼房，过了一会儿楼板被焚，掉下一人，是王经隆的侄孙王峻爱，他也说王伦仍然死守在楼上。

而现场能辨认的尸体中，并未能找到王伦，其余已经焚枯的尸体又难确认哪一具是王伦的遗骸。在乾隆的督催下，舒赫德等每日率官兵，从早到晚分头搜捕，挨屋逐户严查，就连地窖水沟，也都遍加寻觅，仍然没有找到无王伦的遗体。因而在乾隆的心目中，下落不明的王伦依旧是个严峻的威胁，于是他对秘密宗教采取更为严厉的镇压措施，以求除恶务尽。

一年后乾隆到山东巡视，特将该省历年积欠的钱粮——银89490两，谷麦50290余石全部予以豁免，让老百姓感念朝廷的大恩大德，把百姓争取到朝廷一边，不再听信秘密宗教的宣传，被邪教首领的小恩小惠所收买。为此，乾隆还写了一首御制诗《降旨免山东州县积欠，诗以志事》，表明朝廷蠲免拖欠的钱粮、施恩百姓的诚意。诗中写道：

"告凯祝厘诚本图，来巡民隐益麋吾。

昨年禾麦收成有，积岁粮银欠其无。

虽是经行已蠲豁，更教借项逭追呼。

载咨群吏承宣勉，要俾穷檐免向隅。"[2]

② 《清高宗御制诗四集》。

王伦所领导的清水教起义给乾隆的统治打上深刻的烙印：

其一是，乾隆意识到地方政府的失察、失控；

其二是，导致乾隆对秘密宗教、秘密会党采取更为严厉的镇压措施；

其三是，平定王伦起义，给山东州县留下一笔可观的亏空。尽管这笔亏空，在几年之后才因山东巡抚国泰勒索属下一案的审理，浮出水面。

查办国泰一案的和珅、刘墉经过详查，发现山东省各州县亏空银两累计达二百万。造成该省亏空如此严重的原因，除国泰勒索外，还有承办差务、公益事业及境内的军需费用得不到奏销等原因，其中最突出的就是镇压王伦起义的军费得不到报销。曾任历城知县的许承苍就有如下一段供词：因剿捕逆匪王伦，承办军需，挪用库银一万八千八百两，后来只准报销五千一百两。曾任东平知州的白云从亦在供词中言道：因剿捕逆匪王伦，承办军需及泰山庙工程共用银一万九千两。不排除各级承办人员乘机从中渔利，大饱私囊，但承办军务的费用得不到报销，也的确是造成亏空的重要原因之一。

然而乾隆却不肯接受承办军需之说，在五月初八的上谕中一再强调凡有军需均给予报销，"凡地方公务应用钱粮，朕从无不格外加恩，准其开销，即如两金川平定后，凡军需奏销，经部指驳，仍令川省承办军需大员，详细查明，切实具奏，即特降恩旨，概予准销，或径行豁免，动以千百万计，此天下所共见共闻者。东省各员办理逆匪一事，若果系实用，该抚等即应奏请开销。"③事实上，平定两金川与平定王伦起义有很大差别。前者系朝廷对试图称霸一方的土司势力所进行的战争，四川各级官吏——从督抚到州县，是奉旨而办军需，即使开销过大，在奏销时一些费用即便被户部驳回，仍可由皇帝特降恩旨概予准销。而后者则系地方官吏对境内秘密结社稽察不力所致，时任山东巡抚的徐绩不胜惶恐，自然不敢以实上奏，极力掩盖义军势如破竹的真相，希冀大事化小。继任山东巡抚杨景素，在该年十月走马上任，清军于数日前克临清（九月二十九日），上任伊始即忙于清理几乎夷为平地的城池，搜寻活不见人死不见尸的王伦，有关军费开销只能依据徐绩的估算上奏，致使很大一部分不在奏销之列，成为地方财政难以承受的负担，竟至作为亏空由上任传给下任，一拖就是八年。

担任地方官二十多年的刘墉深知其弊，故在给皇帝的奏折中，详细援引历届官员的口供，以期使皇帝意识到，当年平定王伦起义，的确留下一笔未予奏销的银两转化为亏空。据郭德平供称：

我曾任章丘知县，1781年（乾隆四十六年）六月，国巡抚要调我到历城，我再四力辞不允，这是通省官员都知道的。亏空的

③详见《乾隆朝惩办贪污档案选编》等三册有关国泰一案的上谕。

四万两实系以前历任各官辗转遗留下来的。

曾任历城知县已升濮州知州的陈珏供称：

我在四十一年（1776年）调任历城，交接时，见前任知县许承苍亏数甚多，我原不肯接收，同济南知府李燕一起禀明国巡抚，国巡抚吩咐说：你只管接受，我将来自然催办发还。

另据已升任临清知州的许承苍供称：

三十九年（1774年）我在历城县任内，承办临清逆匪一案，一切差使公文，全都是从县库提出，实用银二万五千两，后只准报五千一百两，仍未蒙给，所以我任内原有些悬项未清。

刘墉像

由此可知，历城承办军需有一万九千九百两未予核销，占全部军费的79.65%，即使准许核销的那部分——20.35%也未能落实到位，在所亏空的四万两中有二万五千两是军需费用。

虽然乾隆不愿接受上述提法，但山东省的200万两亏空却是实实在在摆在了桌面上。

从严查办秘密宗教

王伦的活不见人死不见尸，导致乾隆对秘密宗教采取更为严厉的镇压措施，乾隆在1775年（乾隆四十年）四月谕令河南巡抚徐绩从严查办"混元教"。

"混元教"创于1774年（乾隆三十九年），教首樊明德系河南鹿邑人，原本务农度日。该年年初，樊明德身患重病，好友余成明向他推荐擅长给人治病的杨集。樊明德遂托余成明把杨集请到家中给自己治病，经医治而痊愈。樊明德病好后，到杨集家登门拜谢，从此往来频繁。杨集把"混元点化经"、"太子问道经"的小册子以及一张"请神疏"传给樊明德，说这些是神仙留下来的，令他每晚烧香，先念"请神疏"，后念"混元点化书"、"太子问道经"。深陷其中的樊明德，遂倡立"混元教"。

鉴于"混元点化经"中有换乾坤、换世界、末劫年、刀兵现等煽动性语言，经乾隆批准，樊明德被凌迟处死；樊明德之兄樊成德，樊明德的子侄樊世正、樊世太、樊世甫、樊世贵、樊世祥均处斩立决；收徒弟十人以上的胡添文、王延亮即行正法；收徒弟未及十人的樊宗年等四人斩监候；余成明等十人发往黑龙江为奴；刘松等二十一人因只入教烧香，并未习念经书，发配甘肃充军；其余入教不久的四十四人，或徙三年，或枷号两个月示众。该案累计处死十三人，发配三十一人，徙三年者三人，受枷责的三十八人，就连让樊明德治过病的人都要被责打四十大板，逃亡在外的连尘、王文进、王法僧、殷永年、秦敬等人在被抓获后，分别处以充军、枷责。曾经雇佣王文进做工的刘锐，尽管不知王系在逃的邪教教徒，亦被遣送回原籍，定点发配。

在乾隆的干预之下，对"混元教"一案量刑之重，株连之广，堪称空前。显而易见，樊明德已经成为王伦的替罪羊，乾隆把一腔怒火都发泄到混元教的教首与教徒身上。

"八卦教"大闹大名府

尽管乾隆严厉镇压各类秘密组织，但秘密组织的活动、暴动依旧是此伏彼起。1786年（乾隆五十一年）七月十四"八卦教"在段文经的领导下，大闹大名府。

八卦教的创始人刘佐臣，本白莲教头目。清初取缔白莲教后，刘佐臣在康熙初年倡立"五荤道收元教"，编造了"五女传道"等邪书，传教收钱。1719年（康熙五十八年），刘佐臣之子——已经捐官的刘儒汉，因教案牵连被逮入狱；1748年（乾隆十三年），刘儒汉之徒韩德荣在山西传教被捕，已捐得州同衔的刘恪被押往山西。此后不久，刘氏家族便把"五荤道收元教"更名为"八卦教"。所谓八卦，就是采用《易经》里离卦、震卦、坎卦、艮卦、乾卦、兑卦、巽卦、坤卦的提法，划分传教区，各卦设卦长一人，自行传教，各卦长要把从教徒那里敛来钱的一部分，上交给教首刘氏家族。民间也称"八卦教"为"空子教"（即孔子教）、天理教、圣贤教。1772年（乾隆三十七年），八卦教遭到查禁，教首刘省过、刘省衍兄弟以及离卦、坎卦、震卦的首领都被清廷逮杀。经过此次大规模的镇压之后，得以逃脱的八卦教首领一方面继续传教收徒，一方面准备进行武装反抗。

段文经是关押在狱的刘长洪（刘省过长子）的门徒，段氏每年都要把从教徒那里敛来的钱送给在狱中的刘长洪，供其开销。由于大名的一些教徒被官府抓获，段文经等遂秘密串通教徒，包头持械，赴道署将大名道杀死，并砍死家人八名，砍伤八名；进大名县署，砍死家人一名，更夫数名；进元城县署，砍死刑书数名。

这场暴动虽然很快就被扑灭，但段文经等暴动的组织者却已逃脱。为抓获段文经，乾隆一再传谕直隶、山东、河南、陕西、湖广（即两湖）等省督抚设法擒拿，水陆交通要道要派眼目卧底，大别山一带荒凉的地区亦要派干员前去搜寻，然而段文经就好像一下钻进地缝，无论怎样也查不出任何蛛丝马迹。

乾隆统治下的民众就像是一堆豆子，只有装进麻袋、把口扎紧，他才能控制；而那一个个麻袋就是从省到州县的各级衙门。一旦皇帝手中的麻袋出现了漏洞，散落出去的豆子就变成了种子，在泥土中生根发芽，于是一个个秘密组织便在悄然无声中建立、发展，以致造成社会震荡，刘之协、王伦、段文经等就是从麻袋中漏出去的豆子。虽然乾隆把手中的麻袋攥得很紧，但大多

数麻袋已经有了大大小小的洞。

天地会扫荡台湾

1795年4月28日（乾隆六十年三月初十）。

以"大盟主朱"自称的陈周全，领导"天地会"在这一天攻克台湾鹿仔港后又攻陷彰化县城。乾隆得到奏报后万分焦急，立即传谕在湖南同起义苗民作战的福康安"即日驰赴闽省，相机剿办，以释朕南顾之忧"。贵州、湖南苗民起义发生在三个月前，贵州苗民石柳邓聚众包围"正大营"、"嗅脑营"、"松桃厅"三城，而湖南苗民石三保等围困通往四川的必经之路"永绥"（今花垣县）。当乾隆下达令福康安"即日驰赴闽省，相机剿办"的谕令时，福康安率领的军队已经移兵被包围几个月的永绥。在此关键时刻，乾隆竟然下达令福康安"即日驰赴闽省"的命令，足以反映出其对台湾局势的高度重视。

陈周全发布的告示

令乾隆欣慰的是，福建水师提督哈当阿在三月十六日击败陈周全，相继收复了鹿仔港、彰化县城，并在三月十九日将只身潜逃的陈周全抓获，因而令福康安"驰赴闽省"的谕令也就被追回。不到十天就平定了一场骚乱，乾隆那颗紧绷着的心也得到些许缓和。

"天地会"再次浮出水面，这对于即将举行归位大典的老皇帝的确是个不祥之兆，九年前的那场持续了一年零八个月的动乱再次浮现在眼前：

1786年（乾隆五十一年）十二月二十七，浙闽总督常青的一份急奏飞抵御前，台湾彰化县林爽文结党扰害地方，知县俞峻在十一月二十七日前往捉拿遇害，县城失陷。翌日，常青在第二份急奏中声称：已派陆路提督任承恩领标兵1200名赴台。十二月二十九日，陆路提督任承恩转折到京，恳请皇帝简派重臣到福建督办平台事务。此后一天，浙闽总督常青飞章急奏凤山失守，亟请乾隆速拨大兵来台，以便恢复诸罗（今台南市佳里镇）、彰化等地。

林爽文何许人也？何以竟能接连攻下彰化、凤山？一下就把台湾府搅得硝烟四起？

林爽文原本是个名不见经传的小人物，祖籍福建漳州。1773年（乾隆三十八年），16岁的林爽文随父渡海来台，在彰化一带谋生。当时台湾的居民除了土著高山族外，主要是闽广一带违禁渡海的移民。这些移民要逃避官府的盘查，而在垦荒过程中又难免同土著以及来自其他地区的移民发生冲突，因而移民与土著，移民之间闽籍与粤籍，漳州、泉州、潮州、惠州之间的械斗，时有发生。为了在上述种种冲突中得到援助，林爽文在1783年（乾隆四十八年），加入"天地会"，以求一人有难，大家相帮。

"天地会"是乾隆中叶在福建、广东一带建立的秘密帮会，主要成员是肩挑贩运的个体劳动者。由于个体劳动者社会地位低下，经济力量薄弱，兼之又离乡背井，无依无靠，愈发感到个人力量的微弱。在变幻莫测的社会风浪中，他们只有依靠一种互助性的组织，才有可能避免饥寒交迫的厄运。

"天地会"仿照刘关张"桃园结义"的方式结盟，设立香案，排列刀枪，众人在刀下钻过，传给暗号，结为兄弟。天地会，不信佛，不信神仙，以天为父，以地为母，故以天地会为名。又由于会员之间以兄弟相称，也称之为"兄弟会"。"天地会"特别强调互助，提倡一人有难，大家帮。

"天地会"内部组织极为严密，会员之间要靠隐语、暗号进行联络，因而"天地会"成立了几十年，清政府对其一无所知，直到林爽文在台湾起义，这个一直处于秘密状态的组织，才好像一下子从地底下钻了出来。

居住在彰化大里杙的林爽文，在经过父子两代的创业后，已积攒下一份像样的家产；响应林爽文的庄大田在凤山也是一大富户。从20名被俘的起义人员的口供中可知，他们绝大多数生计尚可，其中有四人在衙门分别担任快役、书办、粮差、帖写；另有四人或开酱园，经营菜园，或开药铺，或当庄头。其余12人在口供中虽未谈及自身的职业，却有两人是林爽文的同族，有三人是林爽文的至交。还有一点需要指出的是，上述二十个人的口供，无一人提到官逼民反，民不聊生。其中有一个叫高文麟的供称：今年三月内，林爽文纠小的入会，说有事大家相帮，也不怕官役拘拿。互相帮助、与官府抗衡，是许多人参加起义的最直接的动机。

林爽文聚众之变的导火线，就是因会党之间的械斗被官府拘拿而发。1786年（乾隆五十一年）七月"天地会"成员——诸罗县捐贡杨光勋，与其弟监生杨功宽因争夺家产发生矛盾。杨功宽斗不过以"天地会"为后台的兄长，便另立"雷公会"与之抗衡，于是兄弟之间争夺家产的纠纷，便演化为"天地会"同"雷公会"之间的械斗。清地方官员遂将械斗的双方——"天地会"的张烈及"雷公会"的杨功宽等数十人抓获，收禁在监。人数众多的天地会成员，则聚众劫狱，杀死把总陈和，救出张烈。

张烈被救出后，便逃往彰化大里杙，投奔林爽文。七月二十日，彰化知县俞峻得知林爽文窝藏在逃的张烈，便会同副将赫生额、游击耿世文等带领兵役几百名，到离大里杙六里的大墩扎营，令交出张烈以及窝藏张烈的林爽文。林爽文则纠集"天地会"成员千余人反抗官军，并于该月二十七日凌晨攻陷清军设在大墩的营地。知县、副将、游击及数百名士兵全部被歼，次日彰化失陷，形势急转直下。正如乾隆所分析的："林爽文等滋事不法，实由该地方官养痈遗患"，"于作奸犯科者又不及早查办，惟知侵渔肥蠹……且林爽文恃其险阻，将所住大里杙巢穴缮完布

林爽文以"顺天盟主"的名义发布的明令

置，竟同负固之势，又私造旗帜器械，是其蓄谋已非一日，该地方官平日惟利是图，漫无觉察，行同木偶，以致逆匪乘机窃发猖獗蔓延。"林爽文蓄意谋反已非一日，地方官员平时唯利是图，漫不经心，毫无觉察，养痈遗患，以致乘机发难，声势蔓延，猖獗一时。简言之，成立秘密帮会，聚众滋事，是倡乱之端。

林爽文在起事之后，多次以"顺天盟主"的名义发布告示，一再强调台湾的贪官污吏扰害生灵，搜剥民膏脂，所以他要顺天行道，剿除贪污，拯救万民。毋庸讳言，台湾吏治败坏，是非常严重的，但最突出的是吏治废弛，从知府到知县对于地方事务几乎放任不管，把主要精力放在侵吞库贮银两上；对于发生的械斗，无心弹压，听之任之，根本就不能维护社会正常秩序。赵翼对当时的台湾的社会秩序有如下一段描绘：

"漳泉潮惠之民日众，寄藉分党，蘖牙其间，守土官又日腌剥之，于是民益轻官吏。及其树帜械斗，动以万计，将士不得弹压，惟以虚声胁和，于是民益轻兵。"

《啸亭杂录》的作者昭梿也有类似的记载：

"会漳泉二府之侨居者，各分气类，械斗至数万人，官吏不能弹压。水师提督黄仕简率兵至，以虚声胁和，始解散。自是民怃于为乱，竖旗结盟，公行无忌。淡水同知潘凯者方在署，忽报城外有无名尸当验，甫出城，即为人所杀，并胥吏歼焉。"

清政府在台湾，设置一位总兵驻扎在府治，设置一个副将驻扎在彰化，此外设置两名守备，一个驻在诸罗、一个驻在竹堑。在台湾府额设陆兵12670，水兵2000，共14670。上述军队都从福建调至，每三年一换。其中不少兵丁通过行贿官长，根本不在军营，往返于台湾与福建之间经商，实际驻兵只有数千，而且这数千军士也难得进行军事训练。凭此数千缺乏训练的驻军，连社会治安都难以维持，更不要说应付突发事变了。

林爽文的"顺天盟主"印

酿成林爽文之变的最主要原因是移民的剧增，移民中各立会党、频繁进行械斗以及台湾各级衙门疏于管理。尽管台湾也存在官吏贪污等方面的问题，但该地土地肥沃，地多人少，赋役也不重，移民的生活水平远远高于内地。

台湾府下设4个县，凤山、彰化、诸罗三县的绝大部分地区已然被林爽文占领，形势非常严峻。1787年（乾隆五十二年六月），年近八旬的乾隆令陕甘总督福康安前往台湾，取代督办军务的常青。

根据乾隆的部署，福康安在抵台后一昼夜急行数百里，抵达鹿港。他集中一万兵力，扬言要直捣大里杙，实际却阴趋诸罗，并于十一月初八突抵诸罗，攻其不备，激战一昼夜后，被林爽文围困八个月的诸罗，终于解围……

林爽文的人头悬挂在菜市口的上空，这位未及而立之年的会党首领在被押解至京师后凌迟处死，时为1788年（乾隆五十三年）三月初十。除林爽文外，被凌迟处死的还有庄大田、陈梅、杨振国、高文麟、陈传、林家齐、何有至、林领、林水返、刘升、蔡福、陈秀英、谢桧、郑记、陈天送、庄大九等。

一场社会动荡在经历一年零八个月之后，终于平息了下来，失败者付出的是生命；作为胜利者的乾隆付出的是数百万的军饷，仅1787年（乾隆五十二年）十月从福建邻省调拨的银两就有三百万。而对胜利的一方，要想搞清天地会的内幕仍然需要花费大量的人力、物力。由于"天地会"各山堂之间无横向联系，很难查清其内部的情况。直到1791年（乾隆五十六年），专门负责清查"天地会"的闽浙总督福康安，派人对广东、福建追查"天地会"的起源，仍未发现确切证据。三年多来，为了清查天地会，福康安所上的奏折以及乾隆为此所作的批示，累计起来有一百五十多万字。即使如此，有关天地会的内幕依旧是个谜。

　　一直被官府查禁的"天地会"在九年后居然死灰复燃，东山再起，并再次掀起反清暴动，这的确让即将退位的老皇帝忧心忡忡……

难缠的来华传教士

　　对土生土长的秘密宗教、秘密会党的查办已经耗尽老皇帝的精力，而那些漂洋过海远道而来的洋教士——耶稣会传教士也同样让乾隆伤透脑筋。耶稣会士所传播的天主教算不上秘密传播的邪教，自明中叶以后，伴随着地理大发现以及欧洲对印度洋新航路的开通，越来越多的西方传教士来到中国，自从利玛窦在1582年（明万历十年）进入中国传教后，天主教就开始传入中国。入清以来，特别是路易十四派出科学传教团以后，法国籍的传教士急剧增加，中国教徒也一直在递增。显而易见，天主教的传播是得到明清两朝最高统治者的允许的。但到康熙末年，由于罗马教皇接连派遣特使多罗、嘉乐到中国传达教皇的禁止中国教徒保留祭天、祭祖等习俗的命令，导致康熙在1720年（康熙五十九年）下达禁止传教的命令。

　　康熙虽然禁止传教，但在钦天监、宫廷内部依旧继续任用传教士修订历法，做自鸣钟，翻译各类文件。继康熙之后的雍正皇帝，于1724年年初（雍正元年年底）再次重申禁令，明确规定：除了在京为清朝统治者服务的传教士外，"余俱安插澳门"，

"天主教堂改为公所，误入其教者严行禁饬"④。同年7月（雍正二年六月），雍正在召见北京的传教士时就阐明禁教的原因与决心，他明白指出："尔等欲我中国人尽为教徒，一旦如此，岂不成为尔等皇帝之百姓呼？教徒唯认识尔等，一旦边境有事，百姓唯尔等之命是从。虽现在不必顾虑及此，然苟千万战舰来我沿海，则祸患大矣……今朕许尔等居住北京及广州，不许深入各省。"⑤

雍正采取了比较严厉的禁教措施——把同政敌胤禩关系密切的传教士穆敬远处死、对信奉天主教的苏努家人发配边远地区，但他仍然同巴多明、郎世宁等人保持着友好的关系，甚至把巴多明推荐的两位法国传教士沙如玉、孙璋召到北京，让他们"供奉内廷"。精通种种工艺的沙如玉，为清宫试制成功"报更自鸣钟"（即闹钟）。郎世宁不仅给年贵妃的兄长年希尧讲授西方绘画技巧，还帮助年希尧完成了一部融合中西画法的著作《视学测算》。

乾隆继承了康雍时期的禁教政策，担任翻译的法国神甫宋君荣，在给耶稣会长的信中谈到：乾隆对在京的传教士"尚容有若干自由"，然"不许外省有传教士，并不许官吏入教"。供职内廷的汪达洪神甫在给友人的信中也客观地介绍了禁教后的实际状况：

"我们在宫中干活很安稳……我当着异教徒官员毫无顾忌地背诵日课经和其他祷文……皇帝和大臣承认我们的宗教是好的，如果说他们反对公开传教而且不允许传教士进入内地，那只因为政治原因，他们担心我们借口传教而别有所图。他们大致知道欧洲人对印度的征服，担心在中国发生类似的事情。"⑥

对中国统治者来说，上述担心绝非杞人忧天。自明末清初以来，欧洲列强迅速对外扩张，疯狂地开辟和争夺海外市场，对非洲、美洲和亚洲进行残酷地掠夺和剥削。

一个不容忽视的现象是，已经来华的传教士——无论是供职京城的，还是分散在各省、躲过押送出境的，一直在秘密传教，被押送到澳门的传教士以及从欧洲抵达澳门的传教士，也千方百计潜入内地秘密传教。以秘密的方式传教，也就使得这些洋教士同土造的秘密宗教、秘密会党首领同样处于随时被查办的状态。

法国传教士卜日生1712年（康熙五十一年）来华，在江浙一带传教，教禁之后被押解到澳门。"日生谋入内地，乃矫为垂危之人"，令人准备一口棺材，"藏于其中，如是偷渡关津"，"发自佛山，逾梅岭"，"所遭受之饥渴、寒热、窒息种种困苦不待言也"。"至Tchong-chan"（很可能是浙江象山，笔者注），"匿居于教民某所营之旅店中"，"天明后附一小舟至杭州，复由杭州至苏州"。不久卜日生又到常熟，"遍历其传教区，为三○三人受洗"，1735年（雍正十三年）"经其授洗者三百五十二人"，1740年（乾隆五年）仅8个月"经其受洗者五百七十二人"。"嗣后日生复秘赴浙江，继续执行教务"。到1746年（乾隆十一年）"江南有教民约六万"。中国教区"副区长陈善策曾誉日生为江南传教士中最勇敢最热心之一人"[7]。

为了躲避官府缉拿，到偏僻地区传教的传教士更是大有人在。法国传教士胥孟德在康熙末年抵华，在禁止传教的大气候下到湖北山区开辟传教，把当地划为八个区，每个区设一名宣讲教义之人，1734年（雍正十二年）该地已有教民600余人，"教务日见发达"，到1746年（乾隆十一年）教民已经超过6000[8]。法国传教士纽若翰，在1740年（乾隆五年）来华后到距离湖北穀城70里的山区传教，把那里分为14个传教区。该地山势险峻，几乎与外界隔绝，为避免被官府发现，纽若翰"终日伏处草棚中，命可以信任之教友探访消息来报。草棚附近有一森林，吏役搜捕时可以藏伏其中"[9]。奥地利传教士南怀仁在1738年（乾隆三年）到达澳门，因为他是奉朝廷之命"赴京治历"，得以顺利进入内地，教会方面令其前往湖北传教，仅四年时间秘密"劝化一千七百人入教"[10]，为躲避搜捕，经常居无定所，藏匿舟中，"服履如同乡民"。在1778年（乾隆四十三年），他还到崇明岛教区视察。

而供职内廷的传教士更是利用为皇帝服务的条件，秘密在

[7]《在华耶稣会士列传及书目》，下册，639—640页。

[8]《在华耶稣会士列传及书目》，下册，645页。

[9]《在华耶稣会士列传及书目》，下册，750页。

[10]《在华耶稣会士列传及书目》，下册，793页。

⑪《在华耶稣会士列传及书目》，下册，651页。

⑫《在华耶稣会士列传及书目》，下册，678页。

⑬《天主教流行中国考》，354页，转引自《在华耶稣会士列传及书目》，下册，691页。

京城及其周围地区传教。意大利外科医生罗怀忠在1700年（康熙三十九年）入耶稣会，1715年（康熙五十四年）来华，以精通医术奉召进京，并开一诊所。他居住北京三十年，始终在治疗疾病的同时宣讲教义，"有时领病者赴诸神父所，俾受劝化，领洗入教"⑪。在康熙五十八年（1719年）成为康熙御医的法国传教士安泰在行医的同时传教，当雍正明令禁教后，安泰在诊所为教徒"举行圣事"，"不为人觉"⑫。在京负责教授八旗子弟拉丁语的法国传教士宋君荣在从1722年（康熙六十年）至1759年（乾隆二十四年）的37年里，坚持向与之交往的王公大臣宣传教义，并给内大臣赵昌及其家人洗礼⑬。以精通音律供职的德国传教士魏继晋在1739年（乾隆四年）到达北京，在此后的三十多年，坚持到距离北京五天路程的宝坻县传教、主持宗教仪式。至于担任钦天监监正的戴进贤、傅作霖等尽管公务甚繁，依旧担任教职，即使在严厉禁教期间依旧巡视教区。

频繁进行的秘密传教与秘密宗教仪式一旦被人告发、被各级官吏破获，就不免发生教案。供职钦天监的奥地利（现在属于斯洛文尼亚）传教士刘松龄，在给友人的信中谈道："乾隆帝曾云：'北京西士（指在皇宫为皇帝服务的传教士，笔者注）功绩甚伟，有益于国，然京外西士（指违禁在各省秘密传教者，笔者注），毫无功绩可言。'揆帝之意，似欲留前者而逐后者。"⑭他已经从乾隆的态度，预感到禁止秘密传教的风暴即将来临，此后不久就发生了"教难"。1746年（乾隆十一年）七月，福建巡抚周学健在福安县破获秘密传教一案，他在给皇帝的奏折中特别强调"西洋人精心计利，独于行教中国一事，不惜巨费"，"中国民人一入其教，信奉终身不改"⑮，仅福安一县的教徒就多达2600人以上，而"当时江南有教民约六万"。为此，乾隆密令地方官员大力查办秘密传教，再次重申："如有天主教引诱男妇，聚众诵经者，分别首从，按法惩治，其西洋人俱递解广东，勒限搭船回国。"⑯

⑭《在华耶稣会士列传及书目》，下册，第783~784页。

⑮郭弼恩：《中国皇帝敕令史》，183页。

⑯《清高宗实录》卷二七五。

一年后（1747年）在江苏传教的意大利传教士谈方济、葡萄牙传教士黄安多被江苏巡抚安宁逮捕，关进苏州监狱。乾隆一改以往将传教士押解出境的做法，在给安宁的密令中写道："此等人若明正典刑，转似于外夷民人故为从重；若久禁囹圄，又恐滋事，不如令其瘐毙，不动声色，而隐患可除。"[17]所谓"瘐毙"，即在监中将彼等秘密处死，然后以"病故"上报，对秘密传教坚决镇压。

[17]《清高宗实录》卷三二七。

1752年（乾隆十七年），马朝柱在湖北与江南交界山区以开山烧炭为名聚众谋逆被清政府破获，但马朝柱已经在逃。因彼等称有西洋人相助，以及被抓获的马朝柱亲属又供出一些头目逃往四川峨眉山西洋寨，湖北、江苏、江西、四川等省成为缉拿马朝柱的重点地区。因受此案牵连，秘密传播天主教的西洋人也接连被抓。1753年（乾隆十八年），葡萄牙神父郎亚瑟、卫玛诺、林若瑟等五名传教士在江南被捕，而且有八百多名中国教徒及其家人遭到审讯[18]。此后由于清查白莲教，在陕西、四川也逮捕一些天主教徒与传教士。

[18]详见《钱德明神父致本会德·拉·图尔神甫的信》，[法]杜赫德编《耶稣会士中国书信简集》下卷，V，030页。

尤需一提的是发生在1768年（乾隆三十三年）的一起牵连到钦天监的秘密传教案件。该年九月底河南巡抚阿思哈奏道：本省桐柏县的民人刘天祥、项得臣等传播天主教被查获。其中刘天祥原籍湖广，祖上信奉天主教，在马朝柱一案后被禁止信奉天主教。与刘天祥同是天主教教徒的有一个绰号为袁胡子的人，居住京城天主教南堂，在钦天监中干事，此人回湖北时随身携带1739年（乾隆四年）钦天监监正戴进贤给天主教会长的"谕单"以及"洋佛"、"斋单"等物，秘密传教。乾隆遂令步军统领衙门追查钦天监中的"袁胡子"[19]。钦天监满监正不敢怠慢，立即表态：对于"为患最烈者莫过于基督教，当全面和永远禁止"，并在钦天监内部清查"袁胡子"，"恐长期供职钦天监的欧罗巴人引诱钦天监监士"而"秘密细查"，查出在钦天监内部有"二十二名监员不以顶带、袍子等以示其高贵之装饰为荣，恬不知耻，信奉迷信之宗教"的天主教。

[19]据《史料旬刊》所载：最终查明袁胡子真名为袁花青；而据当时在京的汪达洪神父给友人的信中记载：戴进贤派遣了一个叫"光胡子"的人在湖北"重建了基督教"。

在禁教的问题上，乾隆一直相当矛盾。他同那些在宫中当

郎世宁所画乾隆朝服像

差的神甫有相当深的友谊，郎世宁曾多次利用乾隆到如意馆观看作画的机会，直接进言："请免教禁"，而且毫不掩饰地说"臣等盖为传教而来"[20]，并为卷入教案的传教士求情。既然乾隆还需要在北京的神甫们服务，对他们中的秘密传教的人的处理也就比较低调、平和，而对于委以重任的神甫有时也睁一眼闭一眼。

据《在华耶稣会士列传及书目》刘松龄传所记：1748年（乾隆十三年），有人向乾隆告发刘松龄、傅作霖违禁传教，把"祈祷书、图像、念珠及其他信物散给被教难之教民，然帝置而不问，其事遂寝"。刘松龄、傅作霖都是钦天监中最得力的人，相继担任钦天监监正，乾隆当然要另眼相看。因而重点打击对象则是违禁入教的国人，也就是他一再强调的"特不许旗人入教耳"。

1773年7月21日（乾隆三十八年），教皇克莱芒十四世下令解散耶稣会后，在京的耶稣会士钱德明、晁俊秀、韩国英、傅作霖等实际上要仰仗乾隆的庇护，尤其是那些法国耶稣会士，法国大革命的爆发使得他们已经成为丧家之犬，当然不会做出格的事情。乾隆所担心的是入教洗礼的中国人，所有入教洗礼的国人"信奉终身不改"，钦天监那二十二个人宁可挨板子，也不肯改变信仰。一旦教会中的负责人有了不臣之念，那些唯教会之命是听的教徒就会站在朝廷的对立面……一念及此，乾隆又焉能不心事重重！

⑳《在华耶稣会士列传及书目》，下册，648页。

驾驭群臣（上）

——选拔宰辅

　　1795年（乾隆六十年）五月初六，驻福州将军魁伦的一份密奏，把85岁高龄乾隆的心绪再次扰乱，他手中的这架庞大的机器为何屡屡出现故障呢？

　　如果把封建官僚体系看做一架庞大的机器，那么皇帝就是这架机器的驾驭者，所谓君臣关系就是驾驭与被驾驭、控制与被控制的关系。对于皇帝来说，要驾驭如此庞大的国家机器的关键，就是要控制住从中央到地方的枢纽，具体到清代的官僚体系就是把握住宰辅与督抚的任用；而从驾驭的手段来说就是要不断地物色、选拔忠诚而能干的大臣，从而使得皇帝所制定的各项政策、法规、命令能够不走样地贯彻到各个层面。

乾隆写字像

　　自明太祖朱元璋在1380年（洪武十三年）利用胡惟庸案件废除宰相后，就增设殿阁大学士作为自己的秘书班子，到明成祖时称之为内阁。迨至明中叶后，内阁首辅大学士实际上已经承担起宰相的职能，朝中官员也尊称内阁首辅为宰相。

　　为了解决君权与相权的矛盾，清朝统治者对中

枢机构的权限以及人员构成屡屡予以变更。清入关前，受军事民主制的影响，创建议政王大臣会议，入关后又在关外旧制内三院（内宏文院、内秘书院、内国史院，1636年所建）的基础上组建内阁。但清代的内阁根本无法同明朝内阁同日而语，实际上只是一个传达谕旨、发布文告的衙门，"凡军国重务不由阁臣票发，交议政王大臣会议"。

虽然清初沿用明代内阁体制、设置内阁大学士，但这只是一种荣誉头衔，其主要目的是笼络汉族官员。康熙初年把南书房改造成草拟诏谕的中枢机构，吸取了议政大臣兼职的特点，但南书房行走都出自翰林院。到雍正时期所创建的军机处，避免了议政王大臣会议容易泄密的弊端，军机处的所有成员均由皇帝简派，"择阁臣及六部卿贰熟谙政体者兼摄其事，并择部曹内阁侍读中书舍人等为僚属"。显而易见，军机处算不上一个独立的衙门，只是一个听命于皇帝的办事机构，其所有成员都只能协助皇帝处理军国大政，用乾隆的话说"是则一国之政、万民之命，不悬于宰相，而悬于君者明矣"。

尽管乾隆精力过人，但面对日理万机的重负和高度集中的君权，也需要一个恭顺而能干的宰辅，来协助自己处理政务。忠诚、能干、清廉、恭顺，是乾隆选拔宰辅的标准。乾隆即位后所选拔的宰辅有讷亲、傅恒、刘统勋、阿桂。此外还有虽无宰辅之名，却也在某个特殊时间段地位相当宰辅的于敏中与和珅。

被处死的讷亲

乾隆即位后，相继选拔的两个宰辅是讷亲与傅恒，他们两人有不少相似之处——都年轻，都是外戚，也都忠诚、能干、清廉，只是在恭顺程度上有些差异，正是这一点点差异导致了他们迥然不同的归宿。

讷亲的祖父遏必隆是额亦都第十六子，系额亦都与努尔哈赤第四女穆库什所生。遏必隆在清开国时期屡立战功，顺治临终时任命索尼、苏克萨哈、遏必隆、鳌拜为辅政四大臣。1665年（康熙四年），康熙在册立索尼的孙女赫舍里氏为皇后的同时，册立遏必隆的女儿钮祜禄氏为妃（从辈分上说钮祜禄氏是康熙的表姑）。1674年（康熙十三年）皇后赫舍里氏因难产身亡，此即孝诚皇后。康熙在1677年（康熙十六年）册立遏必隆之女钮祜禄氏为皇后，此即孝昭皇后，钮祜禄氏被册立为皇后还不到半年也因难产而去世。孝昭皇后就是讷亲的姑母。从孝昭皇后这边排辈分，讷亲是雍正的表弟，乾隆的表叔。

讷亲的父亲尹德是遏必隆第四子，曾跟随康熙讨伐噶尔丹，因功被升为都统、领侍卫内大臣。尹德办事认真，为人谨慎，在负责侍卫的十几年从未发生过任何纰漏，深得康熙的信赖。尹德政治地位的迅速崛起是在雍正即位以后，额亦都的爵位原本由他的弟弟阿灵阿一支继承，但阿灵阿及其子阿尔松阿在康熙末年的储位之争中都是雍正的政敌——八阿哥胤禩的支持者，雍正在即位后不仅在已故的阿灵阿的墓碑上刻有"不忠、不弟、暴悍、贪庸"等字样进行羞辱，还处死了阿尔松阿，并剥夺阿尔松阿所承袭的爵位，这一爵位便赐予了对新君极为恭顺的尹德。1727年（雍正五年），讷亲因父亲病重袭爵，到1733年（雍正十一年）已经在军机处行走。一年后，讷亲在军机处就已经越过平郡王福彭等人，名列第三。

在清代，只有担任军机处首席大臣的首辅大学士才算得上是真正的宰相，诚如《清史稿》中所论："大学士非兼军机处不得为真宰相。"但乾隆统治时期的宰相，仅仅协助皇帝处理军国大政，不可能产生权相，就连康熙年间像明珠、马齐那样有一定影响的内阁首辅也不可能出现。按照大学士兼军机处才能称得上宰相的标准，在乾隆初年分别在军机处、内阁担任一把手的雍正时期老臣鄂尔泰、张廷玉都算不上宰相。1745年（乾隆十年）鄂尔泰去世，在乾隆的安排下讷亲不仅越过张廷玉成为军机处首席大臣，并在一年后取代张廷玉的内阁首辅地位，到1746年（乾隆十一年）年轻的讷亲就成为名副其实的宰相。

在乾隆看来年轻人没有那么多的条条框框，也没有那么多盘根错节的人际关系，更重要的是年轻人的思维方式还没有完全定型，容易按照人主的标准进行塑造。在年轻人中乾隆对外戚子弟特别留意，对外戚子弟比较了解固然是一个原因，但更重要的还是乾隆即位后对宗室亲王势力的抑制。

在众多的外戚子弟中讷亲之所以被破格提拔，同他为政清廉、办事认真、敢于负责、处理问题能与皇帝不谋而合等有直接关系，正像《清史稿》所记载的：他是个"勤敏当上意"的人。乾隆在执政之初，认为清廉是人臣所最该崇尚的，而讷亲在这方面是非常突出的，为了防止别人"请托"，讷亲在自己住宅的门口拴了一条凶猛的巨獒，根本不许生人入内，以至门前可罗雀，"绝无车马迹"。

1744年（乾隆九年），讷亲奉命视察河南、江南、山东等省军队及浙江海塘工程，他在视察结束后给朝廷的奏报中指出河南南阳、江南苏淞两镇管理松懈，问题最为严重，急需整顿；并建议在海塘工程中要疏浚已经堵塞潮水入海的中小通道，以减轻大通道的压力。在勘察洪泽湖后，又提出要疏浚盐河河道，使得河水可以畅通流入长江；疏通串场河，使得河水可以顺利流入大海。而在勘察南旺湖后，他请求把湖中干涸的土地招募贫民耕种。与此同时，讷亲还对一些州县所存在的只向百姓征税、颁发不少脱离实际的公文、不给百姓解决困难的现象提出了批评。他建议应该提倡办实事，去掉说假话、空话的坏习惯，整顿吏治，改善百姓的生活。讷亲的建议，全都被批准实行。

受到破格重用的讷亲，从1745年（乾隆十年）出任军机处首席大臣、1746年（乾隆十一年）位极人臣，到1749年（乾隆十四年）正月二十九日被赐令自尽，仅仅四年的时间就走完了自巅峰跌入地狱的人生历程。而第一次平金川的战事，就成为讷亲命中的克星。

金川位于成都西北数百里，该地方圆不逾五百里，居民不

军机处

满三万户，其中多为藏民，所有土司都接受清政府辖制，向清廷交纳贡赋，当各土司之间发生矛盾、冲突时也要由清政府官员负责调解、裁处。由于金川一带的土司为争夺土地经常发生争斗，又由于此地系入藏必经之地，因而乾隆对这一地区的局势极为关注。

1746年（乾隆十一年），大金川首领向小金川发动大规模进攻，根本不听清廷节制，为此乾隆下达征讨大金川的命令，时为1747年（乾隆十二年）三月，第一次平金川的战幕即被揭开。

金川地势险峻，碉堡林立，很难进行大兵团作战，就像用大炮轰耗子。战争之初，乾隆任命云贵总督张广泗主持战事，张广泗虽然在平定贵州苗变中打得很出色，但他对攻克碉堡就显得无能为力，虽然尝试用火攻、地雷，均未达到预期目的。张广泗因进攻受阻而受到乾隆申斥。大小金川的兵力只有八千左右，经过一年的消耗只剩下四千多，然而清军用兵五万，糜饷过百万，仍未能打开通向胜利的大门。急于求胜的乾隆遂于1748年（乾隆十三年）四月，任命"向所倚重"的大学士讷亲为经略大臣前往金川督军。

年轻气盛的讷亲一抵金川，就对大金川首领莎罗奔居住的勒乌围组织了大规模的进攻，要求将士在三天之内夺取刮耳崖，以期速战速决。但由于不了解敌情、不熟悉地形，下车伊始就遭遇到严重的挫折。此后讷亲便一改大举进攻、速战速决的战略，而是构筑碉堡，以碉堡对碉堡，躲在碉堡中的清军士气愈发低落，其结果必然是师久糜饷。该年八月，清军在大金川的营地遭到突然袭击，伤亡惨重，所有大炮都被敌军夺去。

讷亲在金川陷入困境，既有客观原因，也有主观原因。从客观上讲，出奇制胜、调兵遣将并非讷亲所擅长，更何况地势险峻、碉堡林立的金川对那些久经战阵的将领都是一块难啃的骨头。但从主观上来说，有些过失本来是可以避免的。讷亲不仅未从张广泗的一年的苦战中吸取经验教训，反而打了一场无把握、无准备的败仗。在人际关系方面更是犯了致命的错误，少年得志的讷亲一开始根本不把张广泗放到眼里，在军事上受挫后则方寸大乱，又从一个极端到另一个极端，把军务交给张广泗。事实已经证明，张广泗对在金川这样一种特殊地形如何打仗也是在摸索中，并无成功的经验，而张广泗误把间谍当做向导更是埋下了日后惨败的祸根，然而作为经略大臣的讷亲未能防患于未然。

该年九月，乾隆将张广泗革职，押往京师。在乾隆看来张广泗的罪过不单是劳师糜饷、误把间谍当做向导，而且对讷亲的"种种失宜，无一语相告，见其必败，讪笑非议"，幸灾乐祸，"自逞其私，罔恤国事"，其最终结果就是破坏了乾隆平定金川战略部署的实施，伤了皇帝的体面。按照"失误军机律"，在1749年1月12日（乾隆十三年十二月十二日）处张广泗斩刑。

一个最有可能扭转战局的关键人物被讷亲给忽视了，此人就是曾经长期担任过四川提督的岳钟琪。在讷亲抵达金川之前，乾隆就已经接受班第的建议，起用了"久办土番之事，向为番众信服"的岳钟琪。事态的发展也证明了岳钟琪在金川的确是位重要人物。如果讷亲能虚心向岳钟琪请教，发挥岳钟琪的才智，第一次平定金川战争的历史就会是另外一种写法，讷亲本人也不会落到被赐令自尽的地步。

军事上的失利固然是讷亲失宠的重要原因，更重要的是在金川之战是否值得打下去这个涉及到决策的问题上，讷亲同乾隆产生了分歧。在金川苦战了近半年的讷亲认为，在金川作战太困难，不能轻易开战；但在乾隆看来大金川并不是强大的敌人，朝廷派重臣督师还无功而还，实在有伤国体，也会被四夷讥笑。所谓有伤国体，就是有失皇帝的尊严，为了不被四夷讥笑就必须把一场得不偿失的战争进行下去。于是，讷亲也被革职，押往京城。

讷亲期望能有一个进京面圣、自我辩解的机会。其实即使面圣也不会有什么好结果。在得知张广泗被处死的消息后，讷亲预感到自己也不会有好下场，开始绝食，希望能得到一个体面的死。然而乾隆却连自裁的机会也不肯赏给一手培养出来的宰辅，而是下令：无论讷亲行至何地，圣旨一到就地正法，1749年（乾隆十四年）正月二十九日，讷亲在班栏山被处死。

讷亲是乾隆一手培养出来的宰辅，也是死于乾隆淫威之下的宰辅。对于讷亲之死，乾隆负有不可推卸的责任，把一个不熟悉军事的人派到军前本来就不是理智的做法，最后又以讷亲的生命来掩饰用人不当。把讷亲推上人生巅峰的是乾隆，把讷亲推下地狱的也是乾隆，诚可谓恩威均出自圣裁。

恭顺的傅恒

傅恒是继讷亲之后的一位更年轻的宰辅，他同讷亲有着相近的身世，但却同讷亲有着截然不同的结局，究竟是造化成全人，还是命运捉弄人？总之傅恒是幸运的。

傅恒是乾隆皇后富察氏的弟弟，隶满洲镶黄旗。富察氏家族称得上是满洲世家，在努尔哈赤创业时该家族就已经投到清太祖的麾下。傅恒的曾祖哈什屯是顺治身边一名忠心耿耿的侍卫，屡立战功，因忠于皇帝而受到摄政王多尔衮迫害。他的祖父米思翰

深得康熙信赖，官至户部尚书，当康熙决定撤藩时，只有米思翰和明珠是康熙的支持者，米思翰的几个儿子都因此受到康熙的重用。

傅恒的仕途是从1740年（乾隆五年）担任蓝翎侍卫开始的。1748年（乾隆十三年）三月皇后富察氏在陪乾隆东巡期间去世，而傅恒在政坛上的崛起恰恰是在他的姐姐去世之后。该年九月，因讷亲在金川师久无功以及清军遭受重创，乾隆决定以傅恒代替讷亲。此后一个月，才当了半年协办大学士的傅恒被乾隆授予保和殿大学士，十一月初三傅恒从京城出发。在傅恒出师前夕，乾隆亲自祭祀堂子；傅恒离京之时，乾隆又派皇子及大学士到良乡为其饯行；随同傅恒出征的还有乾隆派出的3.5万名将士。

傅恒所面临的情况同讷亲相比基本上差不多，但有些方面比讷亲接手时要险恶，讷亲出征时，清军在金川虽然战绩不理想但并未遭受重大挫折，然而在傅恒出师时清军刚刚遭受重创，军心不稳，士气低落，受任于败军之际的傅恒承受着巨大的精神压力。但也有比讷亲有利的因素，那就是经过一年半的战争，乾隆对金川之战的艰巨性有了一定的认识，改变了以往那种认为轻而易举就能获胜的不切实际的想法，这就使得乾隆对傅恒的期望值不会过高，在乾隆看来只要挽回朝廷的体面就可以班师回朝了。

实际上，在军心、士气低落的情况下，能挽回朝廷的体面，也不是件容易的事。在金川鏖战的将士已经吃尽在山地作战、进攻碉堡的苦头，而从京城带去的3.5万将士对金川也有点望而生畏。因而对傅恒来说，能否吸取前两任指挥者受阻、受挫的教训，能否群策群力、和舟共济，能否制定出一套适用于金川的战略战术，则是能否实现体面结束战事的关键。一副如此沉重的担子，就落到一个不到30岁的年轻人肩上。

1749年（乾隆十四年）初傅恒抵达军前，他一到金川就把奸细杀掉，而他虚心向老将岳钟琪请教则为扭转金川战局奠定了基础。岳钟琪一到金川就提出避开碉堡、直捣大金川首领巢穴勒乌围的建议，但讷亲未采纳，但这一建议却得到傅恒的重视。傅恒根据岳钟琪的建议：选精兵三万五千，一万出党坝（距莎罗奔的老巢勒乌围仅五六十里）及泸河，水陆并进；一万自甲索攻马牙冈、乃当两沟，与党坝军合，直攻勒乌围卡；一万留守大营，等围攻勒乌围时，从留守的军队中抽调八千予以支援，前后夹攻，另外两千留守的军队护卫军粮；在五千机动的军士中，抽一千驻防泸河，剩余四千往来策应。清军出其不意，攻其不备，很快就逼近勒乌围。

在康熙年间清军进藏作战时，莎罗奔曾是岳钟琪的部下，走投无路的莎罗奔派人同岳钟琪商议投降事宜。为了能体面地结束金川之战，岳钟琪只带几十个侍卫到莎罗奔居住的碉堡，晓以利害。莎罗奔头顶佛经立下誓言：听从清政府约束，归还所侵占的其他土司的土地，擒献凶犯，交出夺取的军械，释放俘获的军民，按时交纳贡赋。并于次日——二月初五，跟随岳钟琪坐皮船出洞，到清军大营向傅恒投降，首战金川以清军的胜利告终。

岳钟琪

金川之战断送了讷亲，却成就了傅恒，何以同样一件事却引出截然相反的结果呢？傅恒只考虑战术不考虑战略决策，金川之战是否值得打下去不是他能考虑的问题，他所琢磨的是如何打赢这场战争，因而不可能同乾隆的决策产生分歧，而他在战术上的推敲最终保证了乾隆决策的实现。

平定金川的胜利奠定了傅恒的宰辅地位，在从金川凯旋后，乾隆命令建宗祠祭祀傅恒的曾祖哈什屯，追赐李荣保谥，并在东华门赐予傅恒一处住宅。而且乾隆还同傅恒结为儿女亲家，不仅把宗室之女嫁给傅恒长子福灵安、把皇四女和硕和嘉公主下嫁傅恒次子福隆安，还纳傅恒之女为皇十一子成亲王的福晋。1761年

（乾隆二十六年），当建成紫光阁（明代西苑"平台"旧址，明代西苑即今北海与中南海）作为陈列功臣画像的场所时，傅恒因平定金川被列为功臣之首。乾隆在傅恒的画像赞中写道：

"世胄元臣，与国休戚，早年金川，亦建殊绩……"①

①《清高宗御制诗集》，第七册，200页。

在许多情况下，性格往往决定一个人的命运。傅恒虽然同讷亲一样出自椒房贵戚，但却不敢有骄横之气，更不敢居功自傲。在平金川凯旋后，乾隆赏赐他四团补服，傅恒疏辞再三。傅恒不仅对皇帝唯命是从，有人臣之风范，对同僚、下属也从不耍公子哥的脾气，毫无霸气，这种能对自己有所约束的作风是非常难得的，起码讷亲就做不到。在官本位的封建社会，得志便猖狂是普遍现象，得志不猖狂则是个别情况。

傅恒位极人臣二十多年，这与他在重大决策上从来都能同乾隆保持一致有直接关系，1755年（乾隆二十年）乾隆决定乘准噶尔部内乱以迅雷不及掩耳之势出兵伊犁，傅恒是最坚决的支持者，乾隆在悼念傅恒诗的自注中称赞他："西师之役，与余同志，襄赞军务，克成大勋。"而在傅恒的画像赞中乾隆也提到平准，特别强调"定策西师，惟汝予同"，也就是说在当时只有傅恒与乾隆的意见一致。

傅恒

到1767年（乾隆三十二年）乾隆决定同屡屡骚扰、劫掠清王朝境内普洱一带的缅甸开战时，傅恒又是坚定的支持者。该年三月初一，乾隆任命傅恒的侄子明瑞为云贵总督，主持征缅。到九月二十四日，征缅大军在瓢泼的大雨中兵分两路出发。一路由明瑞统率，在夺取木邦后进攻锡箔，一路由额尔景额率领，在攻取老官屯后兵进猛密，按照约定两路大军要在缅甸首都阿瓦城下会师，向阿瓦发起进攻。

十月中旬，明瑞率12000将士逼近木邦，缅军不战而退，遂留兵5000守木邦，自率军7000前往锡箔。锡箔防守严备，守军20000，几乎是明瑞军队的三倍。且锡箔外，扎木寨16个，"皆锐其末而外向"，木寨之外还挖有深沟，而木寨之内又摆下了象阵。深沟、木寨成为缅军最好的掩护。由于不在射程之内，清军的枪炮很难发挥威力。在明瑞的率领下清军越过壕沟，直逼木寨，隔着木寨同缅甸守军砍杀，把火球抛到寨内，用刀枪摧毁象阵，终于攻克木寨，取得连克16寨、歼敌2000、一举夺取锡箔的胜利。

两种选择摆在明瑞面前：其一是，按照原来的部署，向阿瓦进发，与另一路会师，进攻阿瓦；其二是，暂退回木邦，补充粮食，等待另一路的消息，整旅再进。在当时不止一位将领因"军器日见其少，粮饷不足"建议明瑞采取后一种方案。锡箔与阿瓦仅一江之隔，望着已经尽收眼底的缅甸首都，明瑞又焉能不怦然心动！只要再向前推进就能实现皇帝夺取阿瓦、摧毁缅甸的战略目标，而退回木邦很可能就要功亏一篑……于是明瑞力排众议，决定乘胜而进，直抵阿瓦。

缅军在撤退的过程中把来不及带走的粮食全部烧毁，继续深入的清军得不到粮食，兼之不少士兵水土不服，体力大减，而另一路清军的消息又始终得不到。为了解决迫在眉睫的粮食供应，明瑞决定进攻有屯粮且地近猛密的猛笼，一来可补充粮食，二来可了解另一路清军是否抵达猛密。猛笼之战使得清军得到二万多石的粮食，他们在该地休整了几天，在风餐露宿中迎来了1768年（乾隆三十三年）的元旦。在他们从猛笼开拔时，士兵干瘪的粮袋里也补充了几升粮食。由于另一路清军根本没有到达过猛密，孤军深入的明瑞决定先撤回木邦。

缅军在得悉明瑞率领清军开始撤退后，一方面对撤退中的

明瑞

清军进行追杀，一方面派军队夺回锡箔，进逼木邦。另一路清军在进攻老官屯受阻后就撤到旱塔，离木邦不过百十里，然而该部将领却置云南巡抚鄂宁七次令其解木邦之围的命令于不顾，擅自把军队撤回界内。从而使得孤军深入的明瑞，被切断了退路。

挡在明瑞部前面狙击的缅军有四五万之多，而这支清军自出征以来已经转战4个多月，筋疲力尽，且弹尽粮绝，陷入重围。对主帅来说首先需要解决的就是突围，把将士撤退到安全地带。在二月初十之夜，明瑞组织突围，他带领十几名侍卫亲自断后，经过一夜的血战终于率领部队突出重围。多处负伤的明瑞又带领军队急行军数十里到达小猛育，在确定部队已经脱离险境后又组织军队向清军驻守的宛顶撤退。在军队摆脱危险后，明瑞却因未能完成皇帝的征缅计划，自尽而死。

在明瑞喋血苦战"受伤身陨"之后，乾隆在1769年（乾隆三十四年）二月任命"坚决请行"的大学士傅恒为经略，任命一等公阿里衮、兵部尚书兼伊犁将军阿桂为征缅副将军，对缅甸进行更大规模的战争。云南、缅甸交界之处，气候湿热，乾隆亲赐傅恒扇子，并在上题诗写道：

"炎缴炽烦暑，军营区画频。大端应悉记，细务不辞亲。

世上谁知我，天边别故人，勘斯风到处，扬武并扬仁。"

不难看出，乾隆对远在天边的故人——傅恒眷念甚深。

为了能出奇制胜，傅恒参照当年元朝征缅的经验，决定从水路进攻，沿银江顺流而下直抵阿瓦。傅恒在清缅交界的铜壁关外找到一大片茂密的森林，命令当地的居民夜以继日地造船。八月初，在傅恒的指挥下，清军沿江而下发起进攻，但在缅甸境内跋涉了两个月，行程两千余里，却几乎遇不到敌人。

由于缅甸方面了解到清军打造船只、拟从水陆突袭阿瓦的意图，已经收缩兵力集中在阿瓦附近，从水路、陆路进行截击。又由于缅甸的气候难以适应，出发时所携带的口粮也已告罄，傅恒进退维谷。乾隆在得知傅恒"气候恶劣"、"断难深入"的处境后，立即下达"退驻野牛坝"的谕令。当缅军得知清军开始撤退后，便从水路、陆路向撤至新街的清军发起猛攻，企图切断清军的退路。阿桂、海兰察等率军从东岸迎战，阿里衮、明亮（明瑞之弟）从西岸迎战，缅军不支，败下阵来。清军乘机夺取缅军三座大寨，阵斩缅军数千，"江水为之赤"。

征缅清军进不能攻占阿瓦、老官屯，退又不符合乾隆的战略部署。而主帅傅恒因水土不服，气候炎热，重病缠身，副将军阿里衮也已经病逝在军前……至于缅甸一方经过几年战争所造成的贸易中断、本国的土特产品无法出境，所必需的丝织品也得不到供应。经济上的困境，也迫使缅甸统治者急于结束战争状态，缅王意识到形势的严峻，遂派出使者到清军营地，提出议和的请求。议和撤兵的机会已经出现，就看能否抓住。

傅恒是绝对按照乾隆的战略意图布兵遣将的，已病倒在军前的傅恒仍然不愿抓住同缅甸议和、撤军的机会。阿桂遂"集诸将，议进止"，在诸将全都认为应该"受降撤兵"的情况下，便率领各将领、提督、总兵等进见傅恒，表明依"现在光景，实以就势撤兵为是"的意向，而且"各出具甘结"表示愿意承担议和撤兵的责任。傅恒对阿桂的做法极为不满，颇有参劾阿桂之意，只是由于重病缠身才勉从众意。

1770年（乾隆三十五年）春，重病缠身的傅恒班师还朝，几个月后去世。对傅恒诸子乾隆一直给予重用。在傅恒的几个儿子中，只有死于征缅的长子福灵安未入军机，其第二子福隆安曾两入军机，第一次是在1768—1776年（乾隆三十三年至四十一

年），第二次在1778—1784年（乾隆四十三年至四十九年），在1780—1783年（乾隆四十五年至四十八年）的三年里，福隆安曾名列军机大臣第二。傅恒第四子福长安在1780年（乾隆四十五年）始入军机，任军机大臣19年。

在乾隆所任用的宰辅中，傅恒是最恭顺的一个，他同皇帝的配合也是最默契的，在执行乾隆的决策时他从来都是竭尽全力，不打折扣，即使"已染沉疴，犹复力疾督剿"，这也是在紫光阁中傅恒能"功臣列第一"的重要原因之一。但傅恒绝不会对乾隆决策中的不足予以补充、匡正，无论是平准仓促出兵所埋伏的隐患，还是征缅所存在不切实际的战略目标，傅恒都不可能防患于未然，这就是乾隆重用最恭顺官员的代价。

真宰相刘统勋

乾隆急需弥补傅恒去世所造成的宰辅空缺，但物色宰相坯子又谈何容易！为了维护国家政权机构的正常运转，只能循例把并不年轻的汉臣刘统勋擢为内阁首辅，满臣尹继善擢为军机处首席大臣。尽管这两位大臣前者为直臣，后者为能臣，但他们都已年逾古稀，只是一种过渡性的安排。事态的发展很快就证实了这一点，尹继善就任军机处大臣还不到一年，即卒于任，终年76岁。乾隆遂将刘统勋擢为军机处首席大臣，这样一来刘统勋就成为名副其实的宰相。虽然刘统勋担任真宰相只有两年，但他毕竟是军机处建立以来的第一位汉人宰相。

刘统勋生于1700年（康熙三十九年），1724年（雍正二年）中进士。在雍正时期他先后供职翰林院与詹事府，并在南书房充当皇帝的文学侍从，主要是同文字打交道。乾隆皇帝即位后，发现了刘统勋的办事能力，因而在1736年（乾隆元年）擢其为内阁学士，并派他到浙江海塘工地去学习治水。由于刘统勋勤奋好学吃苦耐劳，以至人还在海塘工地，就被皇帝任命为刑部侍郎。

1741年（乾隆六年），刘统勋被任命为都察院左都御史，作为监察体系的最高官员，他在任职后一年就上了一份震惊朝廷的疏奏，请求皇帝遏制张廷玉与讷亲的权力，而这两个人当时正受到乾隆的重用。

出自安徽桐城的张廷玉是康、雍、乾三朝老臣，时任内阁首辅，雍正在遗诏中命皇位的继承人乾隆，在张廷玉身后让其配享太庙。雍正的宠信、配享太庙的遗诏以及顾命大臣的身份都使得张廷玉的地位在乾隆初年并未削弱。桐城张氏家族或通过科考、或通过荐举、或通过荫袭、或通过议叙纷纷步入官场，到刘统勋具疏时张廷玉的族人已经有19人做官，其中就包括他的弟弟张廷璐、张廷璠及他的儿子张若霭、张若澄等，就连张氏的姻亲桐城姚孔鈇也有子弟10人在朝为官。

对刘统勋来说，张廷玉是前辈，张廷玉中进士那年他才出生，出于对"满招损"的考虑，他建议在三年之内除皇帝特旨擢用外，张氏子弟、亲属"概停升转"，以"保全"三朝老臣。

乾隆帝即位后虽然依然使用前朝老臣——令鄂尔泰继续担任军机处首席大臣、把张廷玉擢为内阁首辅，但也起用年轻的讷亲。在乾隆看来讷亲是日后取代鄂尔泰、张廷玉的合适人选。为此皇帝有意培养讷亲多方面的能力，让讷亲"统理吏户两部，入典宿卫，参赞中枢，兼以出纳王言""以一人之身，兼理数处，且时蒙召对，响用方隆"。乾隆看到的是讷亲清廉能干的长处，然而刘统勋却从其兼职过多看到了"官员奔走恐后，同僚争避其锋""殆非怀谦集益之道"，因而请求皇帝加以训示，"俾知省改"。

刘统勋的疏奏触及到乾隆初期在用人行政所存在的弊端——作为宰辅培养的讷亲在个性上所存在的弱点。然而时年32岁的乾隆皇帝，并未能意识到这一问题所存在的隐患，反而颇为自得地在上谕中说道："朕思张廷玉、讷亲若果擅作威福，刘统勋必不敢为此奏；今既有此奏，则二臣并无声势能钳制僚案"[②]。话虽这样说，刘统勋的刚正不阿还是给乾隆留下了相当深刻的印象。1746年（乾隆十一年）命刘统勋代理漕运总督，三年后（1749年）任命他为工部尚书，到1752年（乾隆十七年）命刘统勋以刑

②《清史稿》卷三〇一《刘统勋》。

部尚书的身份在军机处行走，通向"真宰相"的大门终于被打开了。

1753年（乾隆十八年）七月初八，乾隆接到揭露南河河工积弊的密奏，立即派遣刘统勋、策楞等前往江南治河工地查办南河积弊。

南河工程的总负责人不是别人，正是多年担任江南河道总督的高斌，高斌不仅是乾隆的老丈人，还是有丰富经验的治河能臣。年逾古稀的高斌虽然在治河方面是内行，在辖治属员上就不免力不从心，尤其在年事日高之后，不再像以前那样事必躬亲，对于属下的不法行为很难及时发现。面对这样同皇帝有着特殊关系的南河总督，刘统勋并未顾及

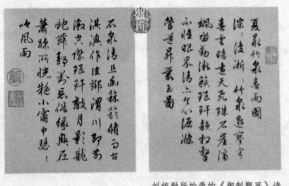

刘统勋所抄录的《御制题画》诗

情面而投鼠忌器，采取敷衍了事的做法，而是深入了解，查出真相，并向皇帝如实汇报河员侵帑、偷工减料等方面的积弊，致使高斌及其副手张师载均因失察而被革职。

此后一年（1754年），在争权夺利中失势的准噶尔贵族阿睦尔撒纳投奔清廷，准部的内乱的确为乾隆彻底解决准噶尔部提供了一个难得的机会，虽然清王朝在粮饷方面的准备并不那么充分，但乾隆决不会放弃这一难得的进军伊犁的机会。于是刘统勋被调往巴里坤负责建立台站、转运粮饷。1755年3月（乾隆二十年二月），清军兵不血刃占领伊犁，天山南北204万平方公里的土地尽入版图。在刘统勋的指挥下，虽然从巴里坤运往伊犁的粮食源源不断，却仍不能完全解决数万大军的粮饷问题，因而该年六月清军主力从伊犁撤回，只留下五百人驻守伊犁。

带领清军进入伊犁的阿睦尔撒纳，在清军主力撤回后，发动叛乱。驻伊犁将军班第战死，定西将军永常则带领军队从木垒撤退。虽然刘统勋并不知道永常已经擅自撤军，但他很清楚：在清

军主力回撤的情况下，靠几百名士兵的兵力是不可能守住那片新开辟的疆土的，为此他上疏皇帝：清军大举进发的前提是把充足的粮饷运到巴里坤，在主力军队抵达之前应该暂时把军队撤到哈密，以避免更大的损失。然而此时的乾隆，却因阿睦尔撒纳发动叛乱而震怒，失去理智的乾隆竟把一腔怒火撒到建言者的身上，把敢讲真话的刘统勋与擅自撤军的永常一起逮捕治罪。

乾隆毕竟还不是那种执迷不悟的君主，当他恢复理智之后立即意识到对刘统勋的处理有失公允，并在谕令中公开承认："统勋所司者粮饷、马驮，军行进止将军责也。设令模棱之人，缄默不言，转可不至获罪"，而且一再肯定"统勋在汉大臣中尚奋往任事"。

乾隆很清楚，刘统勋最擅长的还是处理治河中的问题。1756年7月（乾隆二十一年六月）当铜山孙家湾水漫堤后，立即派刘统勋前往勘测，并让他取代被革职的富勒赫，主持加高堤坝，该项工程于年底完工；一年后，又命他前往徐州督修近城石坝。对一个年近花甲的人来说，在将近两年的时间出入治河工地、过着风餐露宿的生活，实在不是一件容易的事。但刘统勋深知，堤坝的质量关系到数万家庭能否安居乐业，不管多忙多累，都要事必躬亲，既堵住侵吞工程款项的黑洞，也保障了堤坝的质量与按时完工。

有一次刘统勋去杨桥工地视察，那里加固堤坝的工程已经超期一个月尚未完工，他询问误期的原因，有关人员解释说是柴禾供应不上造成的。为了了解真相，刘统勋微服私访，结果发现几百辆装满柴禾的车辆停在路边，赶车人愁眉不展，唉声叹气，刘统勋问他们为何把车辆停在路边不运往工地，他们说因无钱向河员行贿运来的柴禾不让卸车。了解到真相的刘统勋回到工地，立即对索贿者进行严惩，杨桥堤坝也很快完工。

在此期间，刘统勋还奉命多次出京，审理贪污大案，如云贵总督恒文勒索属下案、山东巡抚蒋洲在山西任内挪用库银案、江西巡抚阿思哈受贿案等。

虽然乾隆也意识到刘统勋具备宰辅之才，但刘统勋毕竟是汉人，更何况宰相的位子早在1749年（乾隆十四年）就已经被傅恒

占上了。出身满洲世家的傅恒，虽然吃苦耐劳比不上刘统勋，但其为人谦和，当差也十分谨慎，虽然不是非常能干，对皇帝却是恭顺之至，更何况傅恒还比刘统勋小21岁。谁也没料到傅恒还不到50岁就一命归天。

刘统勋在当宰辅的两年中，协助皇帝妥善地处理清军在第二次征金川过程中所遇到的最棘手的问题。本来刘统勋并不同意对金川用兵，然而1773年7月（乾隆三十八年六月），清军设在木果木的大营遭到突袭、定边将军温福战死、四千清军被歼的情况发生后，正在承德避暑的皇帝"烦闷无计"，急召留守京师的刘统勋赴行在商讨是否撤兵的问题。已是74岁高龄的刘统勋，面对突然事变头脑依然非常清醒，他明确表示，此时撤军后果不堪，并推荐阿桂担任主帅，他认为阿桂一定能妥善结束金川之战。

刘统勋是个有主见的人，不可能像傅恒那样一味迎合皇帝，这从处理阿睦尔撒纳突然发动叛乱以及第二次对金川用兵中就能看出一些苗头。但刘统勋也不是那种只图一时痛快不顾后果的人，当他的意见同乾隆不一致时，他既不会缄默不言，也很注意进言的时机与分寸，尽量不伤皇帝的面子，他深知像乾隆这样聪明绝顶的君主只要稍加暗示即可。有一次乾隆同刘统勋谈到各省州县多有亏损的问题，说经过三天的考虑拟罢免亏空地区的州县官吏，以笔帖士（文秘、翻译）代替彼等，并让他对这一处理表态。刘统勋并不立即表示反对，而是以"圣聪思至三日，臣昏耄，诚不敢遽对，容退而熟审之"，这就给了皇帝一个回旋余地。第二天刘统勋上朝，说出自己的想法："州县治百姓者也，当使身为百姓者，为之"，他的话还没说完，乾隆就收回了原来的处理方案。

1773年12月29日（乾隆三十八年十一月十六），已经忙碌了一天的刘统勋又奉命入宫议事，他冒着寒冷的夜风走进轿子，这竟是他一生最后一次入宫。当他所乘坐的轿子抵达东华门前时，轿夫打开轿帘，却发现刘统勋已然昏迷不醒，尽管乾隆立即派人送来抢救药品，但这位操劳近半个世纪的老臣始终未能苏醒过

东华门

来。对于股肱之臣的去世乾隆皇帝非常悲痛，亲临其丧。乾隆对刘统勋一生的评价是："练达端方，秉公持正，朝臣罕有。"而在悼念刘统勋的御制诗中则留下"遇事既神敏，秉性原刚劲。进者无私感，退者安其心，得古大臣风，终身不失正"[3]的赞语，并把对臣子的最高谥号"文正"赐给了刘统勋，在乾隆在位的六十年，刘统勋是唯一得到这一谥号的官员。

　　刘统勋的去世，使得乾隆再一次对中枢机构进行人事安排，任命67岁的高晋为内阁大学士，继任军机处首席大臣的是于敏中。而高晋时任两江总督，正在主持陶庄迤北新河的开凿，以保证漕运的畅通，根本不能供职京师，这一任命实际形同虚设，于敏中则成为事实上的宰辅。

盖棺未定论的于敏中

　　于敏中系江苏金坛人，出自一个世代为官的家庭。1737年（乾隆二年），于敏中金榜夺魁，成为天子门生，时年23岁。此后他便在翰林院供职，并开始学习满文。由于他颇有语言天赋，仅几年的时间就成为一名会说满语的汉族官员，而这正是他可以

③《清高宗御制诗集》，第七册，202页。

长期在翰林院任职的主要原因。被选为翰林院的官员，要定期参加考核，考核的科目就包括满文。当年的袁枚，就是因为满文考试不及格，在散馆时离开翰林院，外任知县。

由于精通满文，于敏中得到乾隆的格外赏识。为了保持本民族的特色，乾隆非常提倡学习满文，参加八旗科考要加试满文，对翰林院官员的考核也要加试满文，满洲贵族子弟能否袭爵，还要看其是否能说满语，不会说满语的人不能袭爵。在相当多的满洲贵族都已经不识满文、不会说满语的情况下，于敏中作为一名汉人官员却能熟练地掌握满文，这自然要引起乾隆的瞩目，到底是天子门生，就是与众不同。

于敏中在翰林院一干就是七年，此后他基本上在京师为官。1757年（乾隆二十二年）六月，因生父去世归籍守制的于敏中被任命为代理刑部侍郎。在归籍后，于敏中又遇生母去世，热衷于仕途的于敏中不愿长时间离开官场，"闻命暂署刑部侍郎时，未经具折奏明"，"两次丧亲，蒙混为一"，并因此受到御史朱嵇的弹劾。

然而乾隆却对此另有一番评论：于敏中文才出众，也很干练，是个可以造就的人。现在刑部侍郎出缺，一时找不到合适的人，因此降旨予以起用，这样安排与从前让蒋柄、庄有恭夺情担任巡抚是同样不得已的事情。御史朱嵇竟然有意区别侍郎与巡抚，难道担任地方封疆大吏的就可以放宽，而中央部务就不必须要人来办理吗？

御史弹劾于氏"两次丧亲，蒙混为一"，乾隆却认为在处理夺情视事的问题上，地方官员与部务官员的标准是一样的，来为于敏中开脱。看得出，乾隆是急需于敏中回到身边的。1760年9月（乾隆二十五年八月），命于敏中以户部右侍郎的身份在军机处行走，从而为其展示才华提供了机会。

于敏中不仅拟旨相当得体，而且记忆力惊人。乾隆在召见军机处大臣时经常脱口吟诗，均需要事后追记，于敏中仅凭记忆就能把乾隆即兴吟出的诗整理出来，编辑成册。于敏中因其文才出众、小心谨慎而得到乾隆的青睐，1762年（乾隆二十七年），刚刚50岁的于敏中就得到"紫禁城内骑马"的待遇，一般的官员要到65岁以上才有资格申请"紫禁城内骑马"，而且要等到皇帝批准才能在"紫禁城内骑马"。到1773年（乾隆三十八年），于敏中已经成为文渊阁大学士，担任国史馆、四库全书馆、三通馆正总裁，还在上书房任总师傅，负责皇子的教育。

虽然于敏中颇得圣眷，但他却未能在刘统勋去世时当上真宰相。这同乾隆的用人标准有直接关系，乾隆用人有三大特点：喜欢破格提拔年轻人，更看重的是满人，防范聪明人。当时于敏中已经年近60岁，只比皇帝小三岁，连个汉军旗人也不是。虽然刘统勋年龄也偏大，亦非旗人，但他不像于敏中那样聪明外露。从乾隆在引见官员时的朱批可知，皇帝对聪明人相当警惕，他对彭家屏的朱批是"聪明解事，此中未可信。曾训以'若用之以正，将来有出息'"（1738年，乾隆三年），而对鄂昌的朱批是"看比先出息，然终是个聪明人"（1744年，乾隆九年）。1755年（乾隆二十年），利用胡中藻诗案乾隆赐令"终是个聪明人"的鄂昌自尽。此后两年（1757年，乾隆二十二年）第二次南巡时，前往山东接驾的在籍布政使彭家屏因向乾隆反映家乡所在地——豫西灾情严重、河南巡抚图勒柄阿匿灾不报，乾隆便觉得彭家屏干预地方政务、沽名钓誉、未将聪明"用之以正"。虽然彭家屏所反映的情况被证明属实，但乾隆最终还是以私藏南明野史的罪名把"聪明，解事"的彭家屏处死。

在乾隆的眼中，于敏中就是个有小聪明的人，据第一历史档案馆所保留的档案，乾隆在引见于敏中时所写下的朱批是"人似小聪明"，仅凭这一点就决定了于敏中不可能像刘统勋那样成为过渡性的宰相人选。虽然于敏中循例升为首席军机大臣，但乾隆却不肯把内阁首辅的桂冠赏给于敏中。由于担任首辅的高晋依然留在治河工地，于敏中就成为事实上的宰辅。

1774年8月（乾隆三十九年七月），太监高云从"泄露朱批

记载"一事被揭露，在高云从的口供中牵连到于敏中：一是高云从买地受骗，要打官司，请于敏中向有关人员疏通；一是于敏中向观亮打听皇帝对官员评语的记载。为此，乾隆亲自责问于敏中，于敏中承认高云从买地受骗，要打官司，请他向有关办案人员疏通，但他没有应允。于敏中未能及时告发高云从已经有结交太监之嫌，更何况他本人还向观亮询问朱批记载，实在是犯了大忌。有清一代严禁太监同官员勾结，严禁太监预政的铁牌不仅立在交泰殿前、内务府前，还立在宫内其他殿阁的门口，至今保存在故宫库房的铁牌还有四块。高云从因结交官员而被判处死刑。

然而于敏中也有自己的一番考虑，于敏中很想了解乾隆对官员的评价以便进一步了解皇帝的好恶，投其所好，巩固自己的地位；至于对高云从的请托他未能揭发也的确怕越描越黑，只要皇帝换一个角度去思索——既然高云从敢向于敏中请托，就说明你们之间的关系非同一般。

一向聪明的于敏中向乾隆耍了一个小聪明，结果是偷鸡不成蚀了一把米。自第二次平金川战争以来，于敏中草拟谕旨，很是得力，乾隆本打算"加恩优叙，如大学士张廷玉之例，给予世职"，"因有此事相抵"，用乾隆的话说就是"实则伊福泽有限，不能受朕深恩，于敏中宁不知痛自愧悔耶"！

乾隆既防范于敏中的小聪明，又欣赏他的才干，到1776年（乾隆四十一年）正月第二次平定金川战争结束时，因"于敏中自办理军务以来，承旨书谕，凤夜殚心，且能巨细无遗"，原谅"其前次过失"，赏给于敏中一等轻车都尉的世职，"著世袭罔替"，而且也把于敏中作为平金川的功臣图形紫光阁。所谓图形紫光阁，是令画匠给功臣画像并把画像悬挂在西苑紫光阁。当于敏中的哮喘病发作后，乾隆"即派太医院堂官前往诊视，并赐人参"，以示关怀。

1780年初（乾隆四十四年十二月），于敏中病逝。对于"依任方殷"的辅臣弃世，乾隆"深为悼惜"，令将于敏中"入祀贤良祠"。乾隆对于敏中的评价是："才练学优，久直内廷，小心谨慎"，"恪恭匪懈"。按照常规，乾隆的这番评价可以盖棺定论，然而对于于敏中却是盖棺而未定论。

于敏中的独生子先他而亡，其在京财产交给侄子于时和照看。而于时和携带于敏中在京财产返回原籍后，却吞并了这部分财产。为此，于敏中之孙于德裕同于时和对簿公堂。乾隆本来就对为人聪明的于敏中不放心，遂利用于家内部的财产官司诏令江苏巡抚吴坛检查于敏中的财产。吴坛不仅查明了于时和侵吞于敏中家产的犯罪事实，也查清于敏中生前曾用九千两银子购买土地捐做族产、由同族穷人耕种的慈善之举，还查出苏淞粮道章攀桂为于敏中在原籍雇工匠造花园的真相。

尽管乾隆对于敏中"听本省地方官逢迎"的不检点行为，表示"姑不深究，以示朕始终保全之意"，但还是把于敏中的家产部分查抄，只将三万两发还于德裕，其余家产"留充金坛开河费"。

发生在1781年（乾隆四十六年）的甘肃冒赈案，基本上摧毁了于敏中在乾隆心中的地位。1774年（乾隆三十九年）甘肃总督勒尔谨奏请在甘肃实施捐监，当时于敏中"管理户部，即行议准，又以若准开捐，将来可省部拨之烦"，"实为一举两得"，劝乾隆批准勒尔谨的奏请。由于主持捐监的布政使王亶望私自将捐粮食改为捐银两并串通属下捏造灾情、以赈灾的名义侵吞捐监银两，从而酿成清王朝开国以来最严重的一起集体贪污案件。

此案刚一揭露，乾隆就联想到于敏中，认为"设非于敏中为之主持，勒尔谨岂敢遽行奏请"、"王亶望亦岂敢肆行无忌若此"？乾隆进而推论道："于敏中拥有厚赀，亦必系王亶望等贿求酬谢"[④]。尽管在审理甘肃冒赈案的档案中，在王亶望的口供中并未发现于敏中同改本色（粮食）为折色（银两）、捏灾冒赈有直接关系，但在朕即法律的封建社会乾隆的推论就可以作为治罪臣下的罪证。

1786年（乾隆五十一年）乾隆在"万几之暇"的吟咏中因有明朝嘉靖年间的器物，遂想到嘉靖时期的首辅严嵩"专权炀蔽，

④《清史列传》《于敏中》。

以致国是日非"，浮想联翩的乾隆又从严嵩想到于敏中，"任用日久，恩眷稍优，外间无识之徒，未免心存依附，而于敏中亦遂暗为招引，潜受苞苴"，进而联想到甘肃冒赈案。乾隆唯恐朝野把于敏中比作严嵩，把自己看成嘉靖皇帝，遂明确表示："此案发觉时，设于敏中尚在，朕必严加惩治，虽不至如王亶望等之立置重典，亦不仅予以褫革而已也。因其时于敏中先已身故，不加追究"⑤，但这种"不加追究"只是"不肯将其子孙治罪"，于敏中入祀贤良祠的待遇则被取缔。

到1795年（乾隆六十年），国史馆把写完的于敏中传进呈御览，乾隆在仔细阅读、反复推敲后论道：

"于敏中以大学士在军机处、上书房行走有年，乃私向内监高云从探问记载，又于甘肃监粮一事，伊为之从中主持，怂恿开捐，以致酿成捏灾冒赈巨案……但于敏中简任纶扉，不自检束，既向宦寺交接，复与外省官吏贪缘舞弊。即此二节，实属辜恩，非大臣所应有。"于是，乾隆下令革除于德裕所承袭的轻车都尉的世职，"以为大臣营私玷职者戒"⑥。

从于敏中身后被变相抄家、一再遭谴可以看出乾隆对任用宰辅是非常重视的，尽管于敏中还算不上真宰相。

脱颖而出的阿桂

于敏中之死，使得选拔宰辅的问题再次摆在乾隆的面前。在傅恒去世后，被乾隆视为宰辅苗子并加以多方面培养的是温福。温福系满洲镶红旗人，姓费莫，因精通满、汉、蒙古文，被任命为笔帖士，在乾隆初年已经官至户部郎中，此后又先后担任过湖南布政使、贵州布政使。温福的仕途因一次断案草率遇到坎坷，被革职，发往乌里雅苏台效力。到1758年（乾隆二十三年）再次回到官场的温福，被授予内阁侍读学士。而此时，天山以南回部首领和卓兄弟已经利用准部首领阿睦尔撒纳叛乱的机会而起兵。于是乾隆令温福随同兆惠到南疆作战，在叶尔羌城下的激战中，

⑤《清史列传》《于敏中》。

⑥《清史列传》《于敏中》。

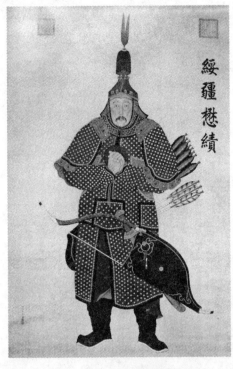

绥疆懋绩

兆惠

温福颧骨被枪刺伤。因作战勇敢，乾隆赐予他轻车都尉的世职。经过平回，温福的晋升速度显然变快，乾隆在有意培养温福，让他经受多方面的锻炼：任命温福为福建巡抚、吏部侍郎，入军机处，直至担任理藩院尚书、文华殿大学士。

在傅恒平定金川二十多年后，该地再起狼烟。1771年（乾隆三十六年），大金川首领索诺木诱杀革布什札土司，小金川土司泽旺的儿子僧格桑则侵犯鄂什克土司、明正土司的土地，而当清地方官员对小金川进行节制时，小金川竟然对清军发起攻击，清军第二次对金川的战争遂爆发，乾隆任命大学士温福去前线督师，培养温福独当一面的能力，以期温福能扫平狼烟，为入主军机铺平道路，尽快弥补宰辅的空缺。

乾隆向温福面授机宜，对大小金川要各个击破，先解决小金川，在征服小金川之前同大金川保持友好，避免同时作战。遵照乾隆的嘱咐，温福集中兵力攻打小金川，在1773年初（乾隆三十七年十二月）占领了小金川，并俘获土司泽旺，只有僧格桑率少数亲信逃到大金川。温福照会大金川土司索诺木交出僧格桑，因遭到索诺木的拒绝，同大金川的战事便一触即发。

碉堡林立的大金川，成为温福向前推进的阻力。温福重蹈讷亲、张广泗之覆辙，大搞碉堡战，修建碉卡一千多个，以碉对碉。当时清军二万多将士，一半以上分散在各个碉卡中，致使兵力分散。虽然屡屡攻碉，却难以攻克，士卒多伤亡，士气也日益低落。刚愎自用的温福自以为得计，"日置酒高会"。

乾隆很快收到参赞大臣、都统伍岱弹劾温福用兵不当"自以为是"，"以致兵士寒心"的奏章，命三额驸色布腾巴尔珠尔为参赞大臣，前往平金川的前线去调查是非曲直。色布腾巴尔珠尔到军前后，了解到温福所采取的以碉对碉、顿兵不前的做法已经引起许多将领的不满，准备据实上奏，温福却恶人先告状，弹劾三额驸偏袒伍岱。也许是对着意培养的宰辅苗子温福充满希望，也许是出于对金川将帅不和的忧虑，乾隆连自己一向忠厚的女婿也不相信，竟然相信温福的一面之词，立即谕令色布腾巴尔珠尔把伍岱锁拿来京，到京后又以色布腾巴尔珠尔偏袒伍岱而革去他的亲王爵位、额驸称号，一抹到底，将其幽禁在家。

温福可以在内部排除异己，却改变不了在金川的被动局面。由于清军进攻大金川受阻，已经投降清军的小金川头目也开始蠢蠢欲动，大金川土司索诺木见有机可乘，便派人前往联络。1773年（乾隆三十八年）春，在小金川头目的配合下，索诺木不仅攻克清军营地、截取粮食，还从"温福不严备的山后要隘"突破木果木大营。当时木果木大营有士兵万余，还有运粮夫役数千，完全可以组织反击。但毫无思想准备的温福已经乱了方寸，居然下令关上营门，不让数千夫役入营，听任彼等被歼。

木果木的营门挡得住夫役，却挡不住骁勇善战的大、小金川的士兵。一意孤行的温福终于尝到自己酿造的苦果，当温福在营中同敌兵肉搏时，被枪刺中要害，倒地身亡。主帅已死，清军大溃，小金川也得而复失。直至木果木之败，乾隆才意识到精心培养的宰辅苗子，不过是个经不起风浪的豆芽。

木果木之败后，乾隆任命大学士阿桂为定西将军，并令其率领健锐营、火器营火速南下。阿桂率援军抵达后，同其他将领并肩作战，"屡克险要"，夺取寨落、碉堡数以百计。在阿桂的指

平定金川图

挥下清军在一鼓作气攻陷小金川后，便移师大金川，并于1775年（乾隆四十年）八月夺取大金川首领的巢穴勒乌围。

清廷在经历五年苦战后，终于彻底平定大、小金川，并在该地设置懋功厅直接进行治理，结束实行了几百年的土司制。当阿桂从金川凯旋时，乾隆亲自出宫迎接。阿桂因功"图形紫光阁"。常言道：有心栽花花不开，无心插柳柳成荫。温福的败亡与阿桂的崛起就应了这句古话。

阿桂，姓章佳，隶满洲正蓝旗。乾隆即位时，阿桂凭父荫出任大理寺丞，1738年（乾隆三年）考中举人。阿桂并不是乾隆内定的宰辅，究其原因，其一是阿桂的年龄偏大，只比乾隆小6岁；其二是阿桂是个有主见的人，有些时候同乾隆的意见不太一致。当第一次平定金川之战爆发时，32岁的阿桂作为幕僚前往军前。在讷亲与张广泗的矛盾中，为人耿直的阿桂显然是同情张广泗，以至岳钟琪在给乾隆的疏奏中竟有"阿桂结张广泗蔽讷亲"之语，导致阿桂被逮入狱。由于乾隆念及他的父亲阿克敦历事康雍乾三朝，四十余年"治事勤勉"，且只有此一子，才特免阿桂一死。此后发生的平定准噶尔部、开拓新疆及平定大、小和卓的

139

⑦自顺治亲政后，八旗中的正黄旗、镶黄旗、正白旗由皇帝直接统领，称为上三旗；下五旗是指镶白旗、正红旗、镶红旗、正蓝旗、镶蓝旗。

战事，使得阿桂走出人生的低谷。

阿桂之所以得到乾隆的注意，是他在新疆组织的大规模屯田，这一做法不仅为清军驻防新疆解决了军粮，也促进了该地区同中原地区的经济文化交流。阿桂因此被擢为工部尚书，其家族也从下五旗的正蓝旗被抬为上三旗⑦的正白旗。

在治理新疆的过程中，阿桂也显示出卓越的才能。1765年（乾隆三十年），驻乌什办事大臣素诚因与阿奇木伯克阿布都拉狼狈为奸，残酷剥削迫害当地人民，激起民变。驻阿克苏副都统卞海塔等因处置不当愈发使敌对情绪严重，致使清军在乌什城下受挫。阿桂奉命驰往乌什，令军士切断城内水道，长围久困，直至该年九月，乌什在被义军占领七个月后，终被清军收复。为了缓和当地的抵触情绪，乾隆令阿桂留在新疆处理善后事宜，并于1767年（乾隆三十二年）任命阿桂为驻伊犁将军。阿桂凭借实力改变着乾隆的印象乃至偏见，年过半百才在政坛上崛起。

然而征缅之战再次把阿桂抛向了谷底，在傅恒病倒、阿里衮病故、军心混乱的不利情况下，他不顾傅恒的反对把军队撤至安全地带，并上书乾隆，力陈缅王有求和之意，为清缅之间的议和奠定了基础。但阿桂也为此付出了巨大的代价，他的礼部尚书、都统、内大臣职务均被革去，仅以革职留任的内大臣的身份办理副将军事务。

清缅之间的议和对乾隆和缅王来说都是迫不得已的事情，因而在议和过程中免不了出现一些干扰。问题的关键是当干扰出现后是想方设法予以排除，还是一遇到干扰就又回到交战的立场，这恰恰是阿桂同乾隆产生分歧的原因。由于驻扎老官屯的缅甸将领诺尔塔在1770年4月（乾隆三十五年三月）索取木邦、猛拱等三土司的土地并扣留前往老官屯谈判的清骑兵营都司苏尔相，遂使清缅关系再度紧张，乾隆执意要派遣军队对缅甸进行突袭，到该年十一月，清军征讨在即。

阿桂极力避免双方再发生军事冲突，反复强调缅甸将领诺尔塔"颇有悔心"，请求乾隆"停止今岁进兵"，再给议和一个机会。乾隆对此极为不满，在阿桂的奏折上批道："此是阿桂本意，汝即不愿前往，自可暂行停止。"一场流血冲突避免了，但乾隆却因此斥责阿桂企图"草率完事"，"始终惟逞小智"，"丧尽天良"，并将革职留任的阿桂贬为兵丁，留在军前"效力赎罪"。

正在气头上的乾隆准备派温福前往云南，取代阿桂的副将军职务，以便能使袭击缅甸的设想变成现实。但乾隆又怕温福陷入对缅作战的泥潭而不能自拔，再三向温福强调对缅作战"为天时地利所限"。正当乾隆为袭击的规模而绞尽脑汁的时候，第二次平定金川的战幕已经揭开，乾隆终于下达"暂停袭击"的谕令，使得清缅之间的不战不和的状态得以持续。

此后数年，缅甸统治集团内部矛盾重重，迫切希望同清朝议和，以巩固在国内的统治。乾隆抓住这一有利的机会，在1787年（乾隆四十二年）特派在第二次平定金川立有殊功的阿桂前往云南"办理受降诸事"。

第二次平金川的胜利，消除了乾隆在征缅问题上对阿桂所形成的偏见；而阿桂的治河经验，也为通向宰辅增添了绚丽的一笔。

1778年（乾隆四十三年）夏秋之交，黄河因暴雨成灾，接连在祥符（今开封）、仪封一带决堤，"庐舍禾田被淹"，就连安徽的凤阳、宿州、怀州、蒙城、灵璧等地俱被水浸。两江总督兼内阁首辅的高晋立即奔赴仪封、祥符主持筑堤。孰料刚刚筑好的堤坝，在该年十二月再次被汹涌的洪水所冲塌，高晋因此受到"下部严议"的处分，1779年初（乾隆四十四年正月初十）高晋在治河工地病逝。乾隆遂令阿桂前往治河工地，"查勘河工"。阿桂在抵达河工后，立即组织开凿郭家庄引河，又在王家庄筑坝蓄水，把肆意流窜的河水引入新开的引河，以减轻仪封一带所筑堤坝的压力，在经历一年零八个月的风餐露宿之后，仪封一带堤坝终于合龙。

紫閣元勳

阿桂像

　　论文采，阿桂虽然比不上尹继善，但在满洲贵族中也是相当出色的；论运筹帷幄、决胜千里，他不亚于傅恒；论治河，他的经验与能力正好弥补高晋逝后所造成的空缺；论操守，他也可与刘统勋相媲美。因而在于敏中去世以后，阿桂被升为军机处首席大臣，而当李侍尧勒索属下在1780年（乾隆四十五年）发案后，则使得内阁首辅也落到阿桂的头上。这一年阿桂已经64岁，在经历宦海的45年沉浮后，终于成为名副其实的真宰相。

　　在乾隆时期的宰辅中，阿桂确实是个出将入相的人物。1781年（乾隆四十六年），爆发苏四十三所领导的回民起义，乾隆令正在治河工地的阿桂迅速赶往兰州。当时阿桂正在闹皮肤病，浑身奇痒，但他全然不顾病痛折磨，毅然踏上西征之路。

义军在占领华林山后，构筑工事以阻挡清军，阿桂发起几次试探性的进攻后，便发现守卡义军在击退清军的进攻后就回营休息，遂组织一部分精兵携带铁铲、镢头埋伏在山沟，待守卡义军回营休息时捣毁其坎卡，并断其取水之道。六月初的一场大雨，虽然使断水多日的义军所面临的情况稍有好转，但到六月底，阿桂便发起总攻，"将沟卡尽行占据"，且把板棚、土屋、帐房全部烧毁，击毙苏四十三，全歼退入华林寺的义军。为了加强兰州守备，阿桂在班师之前，奏请"移督标右营于华林山上，建四墩于龙尾山"，控制城外制高点，"与城中犄角"，以应付突然事变。

而当1784年（乾隆四十九年）四月甘肃新教阿訇田五再次揭竿而起时，阿桂再次统兵出征。当时义军以通渭县的石峰堡为据点，位于万山之中的石峰堡地势险要，易守难攻，义军在那里积储大量的粮食、武器，并于五月渡过黄河，攻陷通渭。阿桂直扑石峰堡，令军士断其水道，对撤入石峰堡的义军进行围困，在七月初攻陷石峰堡，彻底平定这次起义。

阿桂四次因功"图形紫光阁"，他第一次享此殊荣是在第二次平定金川告捷之后；第二次是在平定甘肃回民起义之后，此次阿桂位列功臣之首；第三次是在

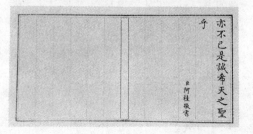

阿桂抄录的《乾隆御制文》

143

平定台湾林爽文起义之后，而且是再次位居功臣之首；第四次是在击退廓尔喀入侵西藏之后。

至于阿桂的老成持重，办事认真，更是担任宰辅不可缺少的。他每天五鼓起身入朝，端坐值班的房间等待天亮，凡有奏稿"必亲阅，无误字，乃进御。或上辇经直房，侍者下户帘，公从室内起身垂手，候卤簿过复坐"。阿桂对皇帝从来都是毕恭毕敬。而其对下属严中有宽，兼之他又能严于律己，在同僚中享有崇高的威望。

阿桂担任宰相时期，正值和珅在政坛崛起并扶摇直上之时。虽然和珅有取代阿桂之意，乾隆也有意培养和珅，但乾隆对阿桂解决具体事务的能力、不在臣僚中结党及其平和、中庸的性格是非常欣赏的，这就使得并不年轻、并非有意迎合君王的阿桂在宰相的位子上竟然一干就是18年。

颇有争议的和珅

自从和珅在乾隆的视野中出现，皇帝就喜欢上这个善解人意又有文采的年轻人，那是1775年（乾隆四十年）的一天，这一年乾隆65岁，和珅25岁。有关乾隆与和珅第一次相见的细节，有如下的记述：

据《郎潜纪闻》里说：有一天，乾隆带着侍卫出宫，在辇舆中阅读边报，当看到奏报上有要犯脱逃的消息时，乾隆很不高兴，脱口说了《论语》中的"虎兕出于柙"。扈从的校尉全都不知道皇帝说这句话的意思。只有和珅出来说道：万岁爷认为负责看守的人，负有不可推卸的责任。乾隆听了和珅的话转怒为喜，问和珅：是不是读过《论语》，和珅回答说：读过。乾隆又问起和珅的家世、年岁，和珅的回答令乾隆很满意。和珅自此受到皇帝另眼相看，青云直上，官运亨通。

而据《庸庵笔记》记载：一次皇帝突然要出去，手下的人仓促之间找不到黄盖，乾隆颇为不满地说道："是谁之过欤？"大多数的人瞠目结舌，互相看着，不知皇帝问话的意思，更不知该如何回答。只有和珅应声回答道："典守者不得辞其责。"乾隆见和珅有一定的知识，仪度俊雅，声音洪亮，就自言自语道：想不到侍卫中还有如此善解人意的人。接着就问了和珅的出身，知道和珅曾经当过官学生。和珅的学问虽然不是很渊博，但读过四书、五经，而且尚能背诵，一路之上一边抬着轿子行走，一边回答乾隆的询问。由于和珅谈吐得体，乾隆非常满意。

以上两种说法，实际大同小异，文中所引"虎兕出于柙""是谁之过欤"均出自《论语·季氏第十六》。至于"典守者不得辞其责"，只是把原文中注释"言在柙而逸，在椟而毁，典守者不得辞其过"的后半句加以套用，将最后一个字改成"责"。《论语·季氏第十六》，讲的是执掌鲁国国政的季氏要攻打、吞并颛臾（今山东费县），孔子反对季氏发动的不义战争。而孔子的弟子冉有、季路当时正在给季氏当家臣，故孔子批评他们不该助纣为虐，可是冉有等却以季氏贪图颛臾土地为自己辩解，孔子遂从分析"虎兕出于柙，龟玉毁于椟中"的原因入手，指出身为家臣，不能有所匡正便是失职。《论语》原文所强调的是"过"，而乾隆所追究的是"责"，和珅以"不得辞其责"对，充分显示出他的应对能力。

另据陈焯之《归云室见闻杂记》所载，和珅曾经扈从乾隆去山东，乾隆喜欢使用小辇，辇上驾着骡子，行十里换一个，其快如飞。一日，和珅在辇旁侍候，乾隆问他是什么出身，和珅回答说：生员。乾隆问：你参加过乡试吗？和珅回答说：曾参加过乡试，未能考中举人。乾隆问：那次考试出的题目是什么？和珅回答说：是《孟公绰》一节。乾隆问道：你能把考试时写的文章背出来吗？和珅一边走一边背，背得十分流利。乾隆说：凭你的文是可以得中的。

从1658年（顺治十五年）以后，会试及顺天乡试头场《四书》三题，由皇帝出题密封，刊印颁发。所以乾隆作为顺天乡试的出题人，当即就能对和珅的应试文作出"可以得中"的评语。

不管是哪种记载更接近真实，但上述传说均揭示出这样一个道理：当命运之神把机会突然降临到充当御前侍卫的和珅的面前时，他牢牢抓住了这个机会。而和珅之所以能抓住这个机会同他所受的教育有直接关系。

和珅的家庭虽然称不上钟鸣鼎食，也是个有世职、有官职的旗人，他的父亲常保姓钮祜禄，隶满洲正红旗，时任八旗副都统，母亲系河道总督嘉谟之女。和珅的先祖并无显赫的门第，他的高祖尼雅哈纳因军功得到三等轻车都尉的世职，世袭罔替。和珅在10岁时入学咸安宫官学，咸安宫官学位于西华门内，建于1728年（雍正六年），隶内务府，每年只招收90名学生。凡入学者，每年可以得到一份口粮，即使超过10年，也不会被除名。这一点要比八旗官学优越得多，八旗官学要求入学者必须在10年内完成学业。凡到10年仍未能中试者，即被除名，学校不再发放口粮。

入学咸安宫官学，为和珅系统学习四书、五经等儒家经典提供了有利条件。天性机敏的和珅在经过几年的刻苦学习后，成为官学生中的佼佼者。和珅不仅学习优异，而且擅长诗画，在他的诗集《嘉乐堂诗集》中，收录了不少入仕前的诗作，诸如《游西山》《宿龙泉庵》《香界寺》《宝珠洞》《游山归以诗谢同人》等等。

1768年（乾隆三十三年），18岁的和珅应戊子科顺天乡试。乡试系省一级的考试，凡考中者即为举人，便可参加会试，会试得中者便成为进士。科举取士原本是汉族地区选拔官吏的一种制度，这一制度始创于隋唐时期，迨至明初形成以八股文应试的方法。清王朝在入关以前，即已对科举取士的做法进行过尝试，1629年（天聪三年）九月举行"考取生员"的考试，"诸贝勒以下及满汉蒙古家所有生员，俱令考试，家主不得阻挠。"凡考中者得脱奴籍（清开国时大量掠夺汉人为奴），"俱免二丁差役，并候录用"（有200人考中）。1634年（天聪八年）三月再次考取228人。同年四月又进行选拔举人的考试，此为八旗科举之始。

八旗科举同一般科举有很大差异，无论是乡试还是会试，第一场要先考骑射，只有骑射通过才能进入以后的考核，而且还要加试满文或蒙古文。尽管八旗子弟"专重骑射，不以文事争能"，但由于八旗兵额有限，基本上保持在十万左右，而人口激增所造成的压力使得越来越多的旗人子弟得不到当兵的机会，他们中相当一部分人开始步入考场，尤其是那些就读于咸安宫官学、八旗官学的子弟，更是把参加科考作为一条步入官场的重要途径。据朱寿朋统计，自1651年（顺治八年）至1768年乾隆戊子科（乾隆三十三年）出身科第且飞黄腾达的旗人子弟就有75人，其中名声显赫的有：死于三藩之乱的福建总督范承谟，曾任《大清一统志》《大清会典》《八旗通志》的副总裁阿克敦以及大名鼎鼎的尹继善。

八旗子弟中，目不识丁者比比皆是，许多人既不识汉字，亦不会说满语，不学无术。自1644年（顺治元年）清军入关，定鼎中原，从龙入关的八旗劲旅就处于汉民族的包围之中，汉语在交往中显示出重要地位，满语则因其使用机会减少而渐被废弃。尽管清朝统治者竭力提倡使用本民族语言，但在实际上仍无法改变满语日渐灭亡的局面。和珅精通满、蒙、汉、藏四种语言文字，对《四书》《五经》亦能倒背如流，对写八股文也是轻车熟路，然而命运之神却同他开了一个玩笑，在戊子科乡试中竟然名落孙山。

自开八旗科举以来，乡试的录取名额一直在减少，1744年（乾隆九年）所定的名额只是1651年（顺治八年）的55%，而应试者却比以前大为增多，这就使得一些有才华而非显赫家庭的子弟难免落第的厄运。对考官来说，总要把有限的名额用来"纳结权贵"。因而自清初以来，历次科考"所中大臣子弟居多"。三等轻车都尉的世职，在权贵云聚的帝都实在多如牛毛，或许这正是和珅落第的真正原因。虽然科举考试并不是八旗子弟入仕的唯一途径，然而落第毕竟使得相当自负的和珅极为不快，以至留下

"翻悔归来增怅怏，人间谁复是知音"的诗句。

一年后，19岁的和珅得以承袭三等轻车都尉的世职，此后三年又得到三等侍卫的空缺。按照侍卫处的编制，"一等侍卫，六十人，宗室九十人；二等，百五十人，三等二百六十人，宗室六十有三人，蓝翎侍卫九十人"。一等侍卫为正三品，二等为正四品，三等为正五品。

御前侍卫一般选自上三旗，下五旗的只能充当王府护卫，出自下五旗的和珅竟能到御前当差，与上三旗子弟比肩，足以反映出他在打通关节方面的确游刃有余。在清代由侍卫而一步登天的官员还是大有人在的，像康熙时期的大学士索额图（隶满洲正黄旗）就是从侍卫走入仕途的。乾隆所倚重的大学士傅恒也是从侍卫起家。

和珅的家世虽然无法同索额图、傅恒那些椒房贵戚相比，但是他毕竟得到一个可以接近皇帝的机会，就像他在一首诗中所表白的："纵马凌云去，弯弓向月看。莫嗟行役苦，时接圣人欢。"从悠闲的文人生活到紧张的侍卫生涯，从诗文唱和到围猎征鞍，的确变化很大，但颇有政治抱负的和珅，强制自己迅速适应这种"虎猎涉嶙峋，秋高紫塞寒"，"途长频策马，语响乍惊禽"[8]的生活。

和珅终于捕捉到一个在皇帝面前展现自己的机会，从1775年（乾隆四十年）十一月起，在官场上出现一系列令人眼花缭乱的升迁：

1775年（乾隆四十年）十一月，擢和珅为御前侍卫，并授其为满洲正蓝旗副都统；

1776年（乾隆四十一年）正月，授和珅户部右侍郎；同年三月，命和珅以户部侍郎衔在军机处行走；同年四月，授和珅内务府总管大臣，为皇帝理财；同年十一月，命其充任国史馆副总裁；同年十二月，令和珅总管内务府三旗事务，并赐其享受紫禁城内骑马的待遇，此时的和珅年仅26岁；

⑧和珅：《嘉乐堂诗集》。

1777年（乾隆四十二年），命和珅兼任吏部右侍郎。

和珅并非皇帝至亲，但其升迁之快已经超过傅恒。傅恒在乾隆五年任蓝翎侍卫，两年后迁内务府大臣，而和珅在结识皇帝一年后就由侍卫升为内务府大臣；傅恒从担任蓝翎侍卫到入军机用了五年的时间（乾隆五年至十年），和珅却在与皇帝相识一年后便入军机。

何以和珅的升迁速度竟能超过傅恒呢?这同和珅较傅恒有更多的文采有一定的关系。乾隆是个非常喜欢吟诵的皇帝，往往是"触兴便拈吟"，脱口而出，这就需要随侍的臣子把脱口而吟的诗句记下来，并对之润色。更何况乾隆每年都要例行写的诗——元旦、上元、祈谷、郊天、除夕等等，在国务繁忙时也需要臣下代劳。乾隆对此并不讳言，他在《乐善堂全集》的序言中就曾明白写道："自今以后（指即位以后）虽有所著作，或出词臣之手，真赝各半。"因而是否擅长诗文就成为乾隆简拔中枢机构官吏的一个重要附加条件。

于是皇帝视和珅为知音，和珅则盛赞乾隆才思敏捷，出口成章，他曾肉麻地吹捧道："皇上几余吟咏，分章叠韵，精义纷论，立成顷刻，真如万斛泉源，随地涌出。昔人击钵催诗，夸为神速，何曾有咏十余，韵至十叠者!"这一番恭维，让皇帝好不开心。

在以后的岁月中，和珅奉皇帝之命挥笔写诗：

在《应制题王翚雪江图》中写下"渺渺烟波玉垒寒，江天万里雪漫漫"，"雪江归棹见宣和，此卷苍茫得趣多"等句；

在《应制题元拓石拓鼓文》[9]写出"秦碑汉碣未足贵，明堂清庙同昭融，乃知神物不恒有，间世一出当圣躬"，"石鼓何幸际此遇，浑坚质朴非玲珑，诸家考证如聚讼，不求甚解诚启蒙，音训墨数虽可辩，天章一扫群言空"等句，即回顾右鼓文的历史，又对乾隆的评论进行恭维；

在《奉敕题尤通刻犀角乘槎杯》一诗中提出"尽信不如无书

⑨石鼓文系保存最早的石刻文字，刻在十块鼓形石上，所刻字体是先秦时期的大篆。

⑩陈书是清代著名女画家，她的画作有35幅著录于1933年编印的《历代著录目》，有23幅著录于《石渠宝笈》。乾隆对陈书的画作非常欣赏，在所收藏的陈书作品中多有题诗。陈书之子钱陈群是雍正、乾隆时期的官员，因感谢母亲的培养在名字中特意加上母亲的姓"陈"。

⑪和珅：《嘉乐堂诗集》。

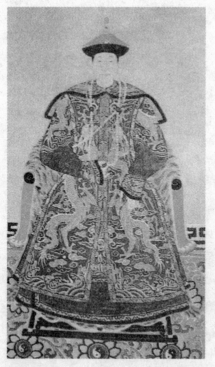

十公主

语，因讹沿伪失其真"；

在《奉敕题顾恺之洛神赋画卷》《奉敕题萧照瑞应图》《奉敕题陈书山窗读易图》等诗中都有和珅个人的感受。如在《奉敕题陈书⑩山窗读易图》中就有"读易易理含，默契不为甚"之句，在该句下面还写有如下之注"伏读圣谕，有'不为已甚'之旨，陈书此卷，画有尽，而意无穷，适相吻合"⑪，足见和珅同乾隆的确是"心有灵犀一点通"！

乾隆手中那架庞大的国家机器需要一个得力的帮手来维护运行，皇帝头脑中那些色彩斑斓的精神空间需要用诗文唱和去填充，于是生性机敏且有点文采的和珅便时来运转，一步登天。简言之，乾隆需要和珅！

1780年（乾隆四十五年）乾隆授和珅为御前大臣，补镶蓝旗都统，继而又将爱女十公主赐婚和珅之子，"待年及岁时，举行指婚礼"。仅五年的时间，和珅就从一个默默无闻的侍卫，变为皇帝的儿女亲家，炙手可热的新贵。

很会讨得乾隆喜欢的和珅，按说应该像傅恒一样成为一个年轻的宰相，可是直至1795年乾隆准备退位，他始终未能得到内阁首辅与军机处首席大臣这两顶桂冠中的任何一顶。和珅入军机比阿桂早一个月，可是到第二年——1777年（乾隆四十二年）阿桂的名次就越到前面，未几阿桂又因舒赫德病故而位居第二，迨至1779年（乾隆四十四年）于敏中去世，阿桂就循例成为军机处首席大臣。至于入阁，和珅本来就比阿桂晚，在他入阁前三年（乾隆四十六年）阿桂已经出任首辅。为什么乾隆偏偏要让阿桂身兼两大要职，而不肯让和珅得到一顶桂冠呢？在经历讷亲、温福的夭折后，乾隆对"欲速则不达"有了更深刻的感悟，因而在对和珅的培养上，宁肯多花些时间。更何况由老成持重的阿桂出任宰辅已经是水到渠成的事，在乾隆的计划中，将来由和珅接替阿桂，而不是由和珅取代阿桂。

接替阿桂的前提是立功军前，实际上乾隆一直在给和珅寻找建立军功的机会，1781年（乾隆四十六年）所发生的甘肃回民起义就为和珅提供了一个驰骋沙场、一显身手的舞台。

乾隆中叶以后，甘肃回民因教派之争发生冲突。1764年（乾隆二十九年）从西域归来的马明心创建新教，反对当时奉行的天课制度，下层回民纷纷改奉新教，从而触犯教长、阿訇等上层人物的剥削利益，因旧教首领屡屡滋衅，致使旧教与新教之间冲突不断。又由于清政府地方官吏偏袒旧教首领，排斥新教教徒，遂使伊斯兰教内的新派与旧派之争很快就演变成为新教教徒反抗清地方官吏的武装起义。1781年（乾隆四十六年）正月十二，新教教徒攻入清水河以东的旧教区，并全歼陕甘总督勒尔谨所派来的清军。清地方官吏设计逮捕马明心，并将其押往兰州。新教教徒在苏四十三的率领下直逼兰州，拟营救马明心。义军虽然仅有两千，但因其已经抢占兰州西南的山地，可"临高俯瞰"，兼之彼等已将河州营所储火药据为己有，致使猝不及防的省会岌岌可殆，兰州危在旦夕！

甘肃回民之变，的确为和珅提供了一展军事才能的机会。乾隆在四月初一，任命和珅为钦差大臣，前往兰州平叛。与此同时还任命英勇善战的七额驸拉旺多尔济（赛因诺颜部亲王策凌之孙、定边左副将军成衮扎布之子）及颇具谋略的都统海兰察、护军统领额森特协助和珅，以期所宠信的爱卿能马到成功。为防万一，乾隆还特令正在黄淮一带视察治河工地的阿桂火速赶往兰州。乾隆期望和珅能像当年初出茅庐的傅恒一样，建功兰州，为接替阿桂奠定基础。

　　然而和珅的表现实在令乾隆大失所望。毫无战争经验的和珅在途中一再耽搁，以至比晚接到谕令、路途又远的阿桂只早到四天，于四月十七才抵达兰州。这种行进速度是和珅周密算计的结果，他实在承受不住两军对垒、军情叵测的压力，但也不能与阿桂同期而至，既不能让人一眼就看出"行走濡滞"的用心，又设法避开独当一面的困境。尽管和珅机关算尽，却仍未能摆脱决策失误的尴尬境地，而使他陷入两难的就是海兰察。

　　海兰察出身行伍，以多谋善战而闻名。在清廷平定阿睦尔撒纳的战事中，海兰察因生擒叛乱首领——辉特汗巴雅尔，从一等兵提为侍卫；在第二次对金川的战争中，已升为都统的海兰察在大营失陷、主帅温福战死极为危险的状况下，力挽狂澜，把溃军撤至安全地带；在援军抵达后，海兰察"屡克险要"，夺取寨落、碉堡数以百计，受到阿桂的信赖与重用。平定金川战事结束后，海兰察以"功最授内大臣"，封一等超勇侯，并因此而"图形紫光阁"。

　　由于和珅在途中有意耽搁，海兰察比钦差提前数日抵达兰州。海兰察一抵前线立即运筹帷幄，组织进攻，并在龙尾山大败义军。海兰察的先期到达及首战告捷令和珅妒意大发，他不得不改变等阿桂抵达军前再研究进军方略的初衷，匆忙部署第二次进兵。和珅既无临战经验又不肯向海兰察等前辈请教，兵分四路向退守华林山的义军发起攻击，兵分四路进剿固然很有声势，但因兵力分散未能有新的突破。兼之义军已有防备，在华林山一带"立坎深数丈，小道皆掘断"，致使和珅所发动的进剿受挫，清军总兵图钦保阵亡。

　　义军虽只有千余，皆系新教中坚，"素业射猎，精火器，又负地势"，因而乘清军受挫进行反击，并在夜晚袭扰清军，"枪炮达旦"竟使万余清军陷入进退维谷的境地。尽管在交战中海兰察奋勇当先，大量歼灭沟中伏敌，但和珅还是把一腔邪火发到海兰察的身上。和珅的狂妄、妒贤与文过饰非，使其与诸将关系急剧恶化，众将在经历兵分四路的挫折之后，根本不会把这个连纸上谈兵都很外行的钦差看在眼里，以致和珅"每发一议，众辄沮之"，直至阿桂抵达军前才改变这种群龙无首的局面。

和珅在军事方面所表现出来的无能，实在出乎乾隆的预料，生于都统之家的和珅，其军事才能竟然比不上出于世家子弟的傅恒。乾隆为和珅精心设计的立功军前、进而接替阿桂的计划，全部落空。乾隆虽宠信和珅，但还不会因此而完全丧失理智，他在看到和珅诋毁海兰察、额森特的奏折后，并未被其所欺，断然批道：

"伊二人先行打仗，并无不是之处，和珅遽行之章奏，岂行走迟延者反为有功乎?若令朕颠倒是非，申斥无过之人，朕不为也……和珅于四月十七日，始抵兰州，而阿桂亦于四月二十一日续到，所有筹办诸事，虽皆联衔入告，而自阿桂到后，经画措置，始有条理。此事阿桂一人已能经理妥协，无需复令和珅同办，且恐和珅在彼事不归一。即海兰察、额森特向随阿桂领兵打仗，阿桂之派调伊等，自较和珅呼应更灵……朕起銮热河，为期亦近，御前领侍卫大臣、军机大臣等扈跸者现亦无多，令和珅速行驰驿回京。"[12]明确指出，海兰察、额森特能迅速赶到打仗并无过错，怎能把行走迟缓的人认为有功？平定起义的部署，虽然由阿桂、和珅联名上奏，实际上自从阿桂到达以后，各项筹划措施，才变得有条理。平定苏四十三的起义由阿桂一人就能妥善办理，和珅无须留在军前，而且和珅留在那里反而会使得权力不能统一。即使是海兰察、额森特等人，一直都是阿桂的部下，由阿桂指挥领他们打仗，自然比和珅派调呼应更为灵便。乾隆以就要起身去热河避暑山庄将和珅召回。

和珅总算离开令他尴尬的军前，也因此失掉出将入相的机遇，但由于乾隆的偏爱，并未影响其加官进爵。1781年（乾隆四十六年）十一月，任命和珅"兼署兵部尚书"；1784年（乾隆四十九年）十一月当阿桂、福康安、海兰察等再次平定甘肃回民起义之后，乾隆晋封福康安为二等嘉勇侯，加阿桂一轻车都尉，加海兰察一骑都尉的同时，以和珅"首承谕旨，再予轻车都尉世

⑫《清史稿》《和珅》卷三一九。

职"、"旋调吏部尚书、授协办大学士"及一等男爵。1788年（乾隆五十三年）在平定台湾林爽文起义后，又以和珅"承书谕旨"，"晋封三等忠襄伯，并赏用紫缰"。1792年（乾隆五十七年）因福康安击败廓尔喀，加和珅军功三级。

尽管阿桂的文采不如和珅，但阿桂的威望、功勋以及为人谦和的态度都是和珅所无法望及的。但乾隆也极力满足和珅的虚荣，屡屡派阿桂外出，或督军，或视察河工，或查办地方大案，一旦阿桂外出，和珅就是事实上的宰辅。事实上的宰辅毕竟不是真宰相，真应了《红楼梦》里的那句话——"叹人间，美中不足今方信"！

一直得到乾隆的赏识、重用与庇护的和珅，在朝廷上却始终是一个颇有争议的人物。这同其在政坛崛起后依旧经商有直接关系。擅长经营的和珅，被那些坚守传统政治观念的同僚所不齿。和珅从他父亲常保那里承袭的家产只有一份旗地、一处房产，在经过他的经营后，田地、房产遍及直隶的三河、昌平、蓟州、密云、宛平、文安、顺义、容城、天津、静海、易州、新城、大城、交河、青县、清苑、安肃、承德等地，其中出租的房屋一千多间，出租的土地近1300顷，仅在京城前门一带出租的铺面房就有三十多处。此外，他还经营钱店、当铺及粮店、酒店、古玩店、瓷器店、灰瓦店、旅店、弓箭店、柜箱店、鞍店，并在京西开煤窑。

尽管和珅也出租土地，但他更感兴趣的还是开当铺。他本人所开当铺12座，由其仆人出面所开的当铺8座，出租房屋1001间半，放债银两26355两。另据档案中记载，一个叫许五德的人系庄头霍三德家奴，因"霍三德多收钱粮，并指称本主讹诈得银五百两，在步军统领衙门呈控"。许五德托和珅的亲戚恒德求和珅照应，"许事成后或送地六十顷，或送银一万两，以为酬谢"，和珅则明确表示"不要地亩，要银一万两"。

在亲友中放债，也是和珅惯用的一种手段。巧取豪夺与六亲不认是和珅迅速致富的重要原因。

和珅在发迹之前曾多次向外祖父嘉谟要钱，但其在暴富之后，对于向他求助的亲友绝无半点怜悯之心，不仅不会无偿地援助别人，反而乘人之危，要求对方以房、地作为借钱的抵押，即使对曾有恩于他的外祖父家也不例外，堪称六亲不认。和珅在京城的三处铺面房就是他的舅父向他借钱时的抵押物，后因无力回赎，便归其所有。和珅继母的父亲伍弥泰在向其借钱时则以田契为抵押。对于亲友借贷，和珅从来都要收取高额利息，他的另一位舅父向他借银15000两，月息一分，四个月后利银已达6000两以上，本息合计超过21000两。对于家人奴仆借银，和珅更是不在话下，此等人借钱的利息从工钱中扣除。《史料旬刊》中载有一份和珅借债的账单，现抄录之：

"傅明借银一千两（傅明系和珅已故家人，现有伊子花沙布，所借银两每月八厘起利），欠利银二百两，共欠一千二百两。

"兴儿借银一千两（兴儿系和珅家人，所借银每月一分起利。此项本利银于每月工食内扣掉），除扣过本利银二百三十五两，尚欠银一千一百五十九两。

"明保借库平银一万五千两（明保系和珅母舅，所借银两一分起利），欠利银六千四百五十两，共欠本利银二万一千四百五十两。"

虽然和珅并未像有些官员那样染指由国家所垄断的行业，不具有明显的"官倒"色彩⑬，而且根据清朝法律，官员只要不在任所经商、不与属下及所管辖的百姓发生借贷关系、放债的月利在三分以下，就不算违法，但身为官员"经营店铺"不仅有"与民争利"、以权谋私之嫌，也会把唯利是图的观念带进官场，腐蚀官场。

和珅从一个一文不名的旗人子弟一跃而成为京城首富，擅长经营固然是个重要原因，但更重要的恐怕还是炙手可热的政治地位，他的财富如滚雪球般急剧增长，很大一部分是凭借手中的权力。仅凭乾隆的信赖与重用，就足以令趋炎附势之辈携带重礼奔

⑬康熙时期的大学士明珠，就凭借权势委派家奴去天津盐榷衙门以批发价购买大批食盐，再让他们用"金义"、"钱仁"的假名去零售，长期贩卖私盐，获取暴利。雍正时期的夔州知府程如丝，为贩卖私盐，封锁江面，滥杀无辜。乾隆时期的兰州知府蒋全迪用4万两在扬州贩盐。

走其门下，欲得肥缺者必向其行贿，受到皇帝申斥或犯有过失者亦要以金银珠宝作为投石问路的见面礼，甚至有的宗室子弟为了袭爵都要走和珅的门子。永锡因欲得到肃亲王爵位的继承权，把前门外的两所铺面房送给和珅，宗室亲王尚且如此，普通官员可想而知。

除了收受贿赂，克扣贡品则是其另一手段。和珅深知乾隆的好恶，很清楚把哪些视为珍品。日理万机的皇帝对于那些堆积如山的一般贡品根本无暇一顾。久而久之，和珅就悟出其中的门道，把一些不起眼的贡品据为己有。据记，有一次两广总督孙士毅赴京面君，备一鼻烟壶作为进贡之物，该烟壶上镶嵌一颗如雀卵大的宝石，经过雕琢愈发显得华丽夺目。和珅在见到贡品后赞不绝口，颇有占有之意，孙士毅很为难地对其言道此系进贡之物，且已向皇帝奏明，万难更改。几天后，和珅又见到孙士毅，便拿出一个鼻烟壶对孙说："昨亦得一珠壶，不知视公所进奉者若何？"孙一见即其进贡之物。

在和府藏有不少宫内物品，其中一部分是乾隆的赏赐（皇帝的贡品中有一部分备赏），也不排除十公主下嫁丰绅殷德时的丰厚嫁妆中带去的宫禁之物，但更不能排除其利用掌管内务府为皇帝理财之便从中渔利的可能性。和府收藏宫禁物在当时就是一个公开的秘密。据野史记载，乾隆的一个儿子把皇帝钟爱的一尺多高的碧玉盘打碎，万般无奈只得求助于和珅，在皇子的哀求下，和珅把自己家中的一座一尺半高的碧玉盘送给皇子，依旧陈设在那里。总之和珅是近水楼台先得月，其富有的程度令许多人羡慕。在当时的清帝国，除了内务府，就得属和府。

身上所散发出铜臭气的暴发户和珅，被政坛上相当一部分人视为另类，并遭到变相的弹劾、遏制。1786年（乾隆五十一年）御史曹锡宝疏劾和珅家奴刘全"恃势营私，衣服车马居室，皆逾制"，"苟非侵冒主财，克扣欺隐，或借主人名目，招摇撞骗，焉能如此！"

和珅与刘全称得上是患难主仆，在和珅发迹之前，刘全不止一次去河道总督嘉谟的任所替主子乞救资助，寒冬腊月仅穿一件单衣，冻得瑟瑟发抖。刘全一直是和珅最得力的管家，因而在和珅家产急剧增加的同时，刘全也成为京城屈指可数的暴发户，置有房屋一百多间，开当铺数座，家产累计20余万两白银。身为和珅大管家的刘全，为了显示自身的财富与地位，穷奢极欲，务求奢华，自然要引起世人侧目。

曹锡宝之疏送抵御前时，正值乾隆在避暑山庄，遂对在行宫伴驾的和珅进行诘问。和珅却胸有成竹地请求皇帝"严察重惩"，原来和珅在乾隆见到疏奏之前就已有所闻，向和珅通风报信的不是别人，正是曹锡宝的同乡兼挚友吴省钦。曹锡宝在上疏前曾找吴省钦商议过此事，还把草稿给吴看过，孰料吴氏已暗中投靠和珅门下，因而和珅在御史弹劾之前，就已经通知刘全把逾制的房屋拆除，把其他违制的物品转移。

和珅坐像

曹锡宝对刘全的弹劾不仅未能对和珅有所震慑，反而在乾隆的脑海中留下言而不实的印象。尽管御史有风闻言事之权，但乾隆却抓住"所参不实"不放，并因此而推断，曹锡宝的矛头实际是针对和珅的，在所颁谕令中公然言道：

"曹锡宝如果见全儿倚仗主势，有招摇撞骗情势，何妨指出实据，列款严参，乃托诸空言，或其意本欲参劾和珅，而又不敢明言，故以家人为由，隐约其词，旁敲侧击，以为将来波及地步乎？"[14]

应该说，此段上谕的确点出问题的焦点，但由于乾隆偏袒和珅，就不可能去分析负有言责的曹锡宝何以"本欲参劾和

[14]《清史稿》卷三二二《曹锡宝》。

珅，而又不敢明言"，竟至"以家人为由，隐约其词"，实际上只要乾隆的思绪沿着这一正常的方向走下去，就不难找到问题的症结及解决的办法。可惜乾隆的思维却沿着袒护和珅的方向继续下滑，从而得出曹锡宝受纪昀指使"挟嫌报复"和珅的结论。

"挟嫌报复"一说的起因，缘于海升杀妻案。1785年（乾隆五十年）军机章京、员外郎海升缢杀妻子吴雅氏后以自缢报官，吴雅氏的弟弟贵宁以海升杀妻告官。时任都察院左都御史的是纪昀，纪昀在验尸后仍以自杀结案，贵宁不服告至御前，乾隆令和珅、曹文植复审此案，和珅在验尸时发现他杀痕迹，纪昀因此受到皇帝斥责。乾隆竟把曹锡宝疏劾刘全同审理海升一案联系起来，并认为纪昀因"和珅前往验出真伤，心怀仇恨，嗾令曹锡宝参奏，以为报复之计"。事已至此，曹锡宝只有一再认罪，以避免株连纪昀等。而曾是海升上司的阿桂，亦因替海升作过辩护而受到罚俸的处分，乾隆的言外之意，阿桂便是曹锡宝的最大后台。曹锡宝因此受到革职留任的惩处，于两年后郁郁而亡。

在当时，相当一部分人为抑制和珅仍把矛头对准他的爪牙。

据《清朝野史大观》所记，和珅因听到清水教首领王伦并没有死，仍然藏匿在民间的谣传，在1792年（乾隆五十七年）派两名亲信带着十几个爪牙前往山东搜查。和珅的爪牙以搜查逆首为词，一路之上敲诈勒索，酗酒行凶，严重破坏百姓的正常生活，以致怨声载道。他们在进入博山境内后恣行如故，为维护正常的社会秩序知县武亿把肆意胡行的和珅爪牙全部抓获。山东巡抚吉庆怕得罪和珅，立即对武亿进行弹劾，和珅则根据山东巡抚的弹劾执意要罢免武亿。阿桂则认为武亿惩处不法衙役并无过失，要求山东巡抚撤销弹劾，让武亿留任。但由于和珅勾结吏部官员，最终还是将武亿罢官。当地百姓数千人携带干粮聚集在县衙门的门口请愿，恳求撤销罢免县令的命令……虽然武亿被罢免，但和珅再也不敢派爪牙到外地滋扰。

另一位严厉制裁和珅走卒的则是言官谢振定，1795年（乾隆六十年），从江南道御史转为兵科给事中的谢振定，在巡察京城时发现和珅妾的弟弟乘坐和珅之车，横行街头，便将其拿下带回讯问。孰料和珅这位不知深浅的小舅子，竟倚仗其姐丈权势出言不逊，谢振定遂令衙役痛责之，并以此车不堪宰相复坐而将车辆烧毁。谢振定之举的确大快人心，但也因此而被罢官。

在乾隆所挑选的军机处成员中，阿桂以德高望重、擅长统兵而著称，其余的像和珅、王杰、董诰均以长于起草诏谕制诰而长期留在皇帝身边，既然乾隆把人品、性格各异的大臣简派到军机处，使薰莸同器，其间也就难免出现明争暗斗，处于矛盾焦点的就是和珅。

王杰

和珅与福康安虽然都得到皇帝非同寻常的宠爱，但他们之间却一直水火不容。1782年（乾隆四十七年）担任巡漕御使的和珅之弟和琳，参劾湖

北按察使李天培在漕船上私带木材，使与此案有牵连的四川总督福康安受到革职留任的处分。诚如嘉庆所论："此案并非和琳秉公参劾，实系听受和珅指使，为倾陷福康安之计。"

而据《清史稿·王杰》记载："杰在枢廷十余年，事有可否，未尝不委曲陈奏。和珅势方赫，事多擅决，同列隐忍不言，杰遇有不可辄力争，上知之深，和珅虽厌之而不能去。杰每议政毕，默然独坐，一日和珅执其手戏曰：'何柔美乃尔！'杰正色曰：'王杰手虽好，但不能要钱耳！'"

一向老成持重的阿桂同和珅虽无唇枪舌剑之争，却一直在公开场所疏远和珅，不肯与之有任何私交，尽管两人同在军机近20年，但他们根本不在一处值班，只有皇帝召见时才能碰到，此外难得一见。当和珅通过参劾李天培打击福康安时，阿桂则采取大事化小的办法处理此案，以至因此受乾隆的斥责。虽说他们之间从未发生正面冲突，内心深处却始终势不两立。

在军机处内，唯一能同和珅气味相投的就是福长安。因而当时的军机处实际分为两大派，一派以阿桂为首，一派以和珅为首，因阿桂外出较多，经常同和珅明争暗斗的是王杰与董诰。诚如御史钱沣所言："惟阿桂一人入止军机处，和珅或入止于内右门内直庐，或入止于隆宗门外近造办处直庐，福长安止于造办处，王杰、董诰则入止于南书房"，每天只有在皇帝召见时，"联行而入，退即各还所处，虽亦有时暂至军机处，而事过辄起。"乾隆对此，十分明悉，这些军机大臣都是他一手提拔的，这些人对皇帝也都忠心耿耿。他们不止于一处，只是苦了那些属官，为了禀明一件事情，起草一份稿件，往往要跑几处；但他们彼此之间的防范，却可避免臣下结党。

在乾隆所选拔的宰辅、所培养的宰辅苗子中，还没有一个像和珅这样引起如此大的争议，但和珅所得到乾隆的宠信也是前所未有的。1793年（乾隆五十八年）乾隆在承德的避暑山庄接见来华的英国马戛尔尼使团时，副使乔治·斯当东是这样描绘乾隆与和珅的关系的：

"和中堂（即和珅）紧随着皇帝御驾后面，当皇帝停下轿子差人走过来向特使慰问的时候，几个官员跳过沟去走到和中堂轿前下跪致敬。可注意的是，除了和中堂之外，没有其他大臣和皇室亲人等跟随着皇帝陛下，足见和中堂地位之特殊。"

"他是皇帝唯一宠信的人，掌握着统治全国的实权。""这位中堂大人统率百僚，管理庶务，许多中国人私下称之为'二皇帝'。"

对乾隆与和珅的关系，斯当东还有一段非常深刻的评论：

"无论多么掌权的大臣，他在唯我独尊的皇帝面前，就变成一个渺不足道的小人物了……和中堂是一位鞑靼人（西方人把满人、蒙古人通称鞑靼人，笔者注）……皇帝见他相貌不凡，后来又试出他才具过人，于是不次拔擢至首相。他是皇帝唯一宠信的人"，"中国现在的皇帝"并非"贪图安逸享乐"，"一切国家大事都在他掌握之中，他只是分权大臣，而不是把国家大权整个委托给大臣，他绝不盲信大臣"。所谓"二皇帝"之说，正像斯当东所分析的是"树大招风，官高遭忌"所致，和珅得到的"特殊宠荣引起皇族中以及一些忠君人的不安"。

斯当东认为和珅"态度和蔼可亲，认识尖锐深刻，不愧是一位成熟的政治家"。在陪同英国使团游览避暑山庄的过程中，和珅"自始至终殷勤地尽到招待责任，体现出一位有经验的廷臣的礼貌和上等教养"。而在同马戛尔尼的交往中，和珅"问了许多关于欧洲，尤其是英国的情况"，表明他并不是那种满足于闭塞的人，很想了解外部的情况。

然而，耶稣会士梁栋材神父却把和珅比喻为葡萄牙宠臣——首相蓬巴尔、法国国王宠妾——路易十五情妇蓬帕杜夫人那样握有"实权人物"，他认为"皇帝老而无用，在所有地区都有蓬巴尔和蓬帕杜那样的人"。阿兰·佩蕾菲特在其《停滞的帝国》中则把和珅视为"既为宠臣又为宠妾式的人物"，是个善于"聚敛金钱"的官员，和珅家的大门是"官员花翎顶戴的交易市场"[15]。

⑮转引自《清宫洋画家》45—46页。

161

和珅本来就是个复杂的历史人物，像个多棱镜，在不同的场合会又不同的表现。他的身上虽然充斥着暴发户的铜臭气，但在不涉及到金钱时，仍不免谈禅说道，在他的诗集中就收录了多首同舅父的唱和之作。他在40岁生日时就有一首和母舅之作，其中这样写道：

"不惑翻多感，徒惊虚度年，事浮惭后哲，政拙愧前贤。

碌碌时无补，苍苍鬓欲添，相期修德业，荏苒任流迁。"

此后他在与舅氏唱和中还大谈成仙、成佛、禅悟，在《卧病》《偶书》等诗中写有"过来触法生禅悟，病后声香现普陀""成仙成佛由成己，始信庄生悟解牛"之句。而他在《闻彦翁舅辞世诗以当哭》一诗中，也曾留下"幼同诵读长肩随，规劝原思白首期""灵帷不获躬亲奠，空对南云一写哀""悲哉转瞬成千古，怅望京华徒首骚"⑯等颇具亲情之句。

⑯和珅：《嘉乐堂诗集》。

和珅有两位舅父，大舅在边陲供职，二舅在京城，去世的即其二舅；和珅的童年与两位舅父一起读书，彼此之间多有唱和，其二舅嗜酒成疾，和珅对舅父多有规劝，的确使人感受到脉脉亲情。然而就是这两位舅父，一位在向他借钱时抵出三处铺面房，一位在四个月的时间支付利银六千多两，和珅对两位舅父并无一丝一毫的关照，亦不念及"仁厚""积善"的外祖父，诗中的和珅与现实中的和珅实在判若两人。在唱和中和珅依旧保持士大夫的情趣，然而回到现实就变成唯利是图的商人，全然不顾亲情，脉脉含情的面纱早已被撕破。

而对和珅进行评价的人又都有各自的观察角度。因而在乾隆看来和珅有活力、有才华、善解人意；在大多数同僚的眼中，和珅则是个贪婪的暴发户、善于阿谀奉承的小人；来华的朝鲜使臣认为和珅"为人狡黠，善于奉迎"；在英国使团眼中和珅却是个有礼貌、有教养的"鞑靼人"；而一些受耶稣会士影响的人则认为和珅是个"既为宠臣又为宠妾式的人物"。就经商而论，一般人看到的是和珅的唯利是图，而乾隆从这位年轻的内务府大臣身上看到的是善于经营，在和珅的运营下皇帝内帑中的财富像滚雪球一样急剧膨胀。

综上不难看出，在宰辅的选拔上虽然乾隆特别看重年轻、恭顺，但从维护中枢机构正常运行的大局出发，经常要向操守、能力方面倾斜，这也正是并不太恭顺、也不太年轻的阿桂能在宰辅的位子上累计干18年的重要原因。

驾驭群臣（中）
——任用督抚

　　乾隆非常重视对督抚的任用，曾令人把各省督抚藩臬乃至将军、提督、总兵等人的姓名写在纸上挂在宫殿的墙壁上，以便能对各省的特点以及官员配置是否合适时时进行琢磨。一般说陕甘总督、四川总督、云贵总督要擅长军事，一旦西北、西南的少数民族地区出现动荡能就近出兵，稳定局面；而两广总督、闽浙总督要有一定的海战经验，以便随时出海剿灭海盗，而闽浙总督还要对治理海塘有所了解，两广总督则要善于同外国商人交涉；直隶总督、两江总督要懂得治河……凡此种种都要在乾隆的睿鉴之中。对于地方官员的性格、才能、政绩，更是乾隆要通过各种途径力求了解，尽量做到心中有数，以便进行有效的控制。乾隆对实际情况的深入了解，使得天高皇帝远的地方大吏不能不有所畏惧，有所收敛，这也是乾隆时期一批出色或比较出色的封疆大吏相继出现的客观原因。

治河能臣高斌

　　高斌生于1683年（康熙二十二年），其家族隶属内务府包衣。1723年（雍正元年），年逾不惑的高斌开始步入仕途，被任命为内务府主事，此后相继担任过苏州织造、浙江布政使、江苏布政使、河南布政使、河道总督、两淮盐政、江宁织造、代理江南河道总督、代理河道总督以及江南河道总督等官职。内务府及苏州织造、江宁织造均是为皇室服务的衙门，只有被皇家视为心

高斌之女——慧贤皇贵妃

腹才可能被派到上述衙门供职，1733年（雍正十一年）高斌出任南河总督。

高斌的女儿在乾隆即位之前就被纳为侧福晋，到乾隆即位后又被封为皇贵妃——即最受乾隆宠爱的慧贤皇贵妃，高斌一家也因此脱离奴仆的地位，赐姓高佳，被抬入满洲镶黄旗。

乾隆初年，江南萧县接连被淹，皇帝令臣下献治理之策，担任江南河道总督的高斌建议对被淤浅的毛城铺水坝、洪沟、巴河以及附近的引河进行疏浚，"分黄导淮"。为了控制洪泽湖水势，建议对自清口至瓜州的那段淮扬运河（约三百里）分建多座草坝或石坝，以实现"重重关锁，层层收蓄"，避免泛滥。乾隆对高斌的能力非常了解，即使高斌的疏浚方案被人误解为在毛城铺开坝而受到非议时，也给予坚决的支持。很明显，高斌所提出的方案是"使水有所归"，而被分流的水，在迂回曲折六百多里后，经过沉积，到流入湖水时已经澄清，"无挟沙入湖之患，亦无湖不能容之虑"。

每当黄淮运出现灾情，乾隆都派高斌前往勘测，而高斌都能针对实际情况提出治理方案。鉴于黄河宿迁至清口段水流湍急，逼进运河，他建议增高加固运河南岸的缕堤，使之成为黄河北岸的遥堤；有睹扬州瓜河地势低下，他请求开浚越河，把淮河的一部分水汇入越河，减少流入瓜河的水量以及加固六塘河、龙沟口等地堤堰，还疏请豁免受灾地区的拖欠钱粮、带征银两。为了把分洪、泻洪所造成的损失减少到最低，高斌还在徐州设置水位标志，并规定水位到七尺，毛城铺大坝才能开闸放水。

在对永定河的治理中，高斌所提出的必须上游、中游、下游兼顾的思路确是有创建性的。

永定河又称浑河，素有小黄河之称。永定河水中所携带的大量泥沙酿成河床加高，河道迁徙不定。从第四纪冰川后，其下游多次大改道，河流走向，先是从八宝山向北，流经今颐和园一带，再沿温榆河而东；时至西周时，该河在流至八宝山后奔向今紫竹院、什刹海，再向东沿坝河走向而去；迨至西汉初，河水在流至什刹海后又向南流去，流至今天坛地区后再向东折；直至东汉时，才形成从八宝山向南，经今天津入海的走向。即使在东汉以后，河水决堤也是经常发生。

康熙年间，清廷曾花费大量人力物力在永定河下游筑坝，以期永远固定河道，孰料才到乾隆初年永定大堤就已经约束不住任性的河水。1737年（乾隆二年），永定大堤有四十多处决口，冀东13个州县被淹；1741年（乾隆六年），河水漫堤四溢；1750年（乾隆十五

乾隆巡视永定河御制碑

年），暴涨的河水夺溜改道冲入中亭河……就像乾隆在一首诗中所描述的："永定原无定，千年冲帝京。"

高斌在摸索中终于意识到，以往对永定河的治理之所以收效不大，关键即在于未在上游分流、泄洪、蓄水，而入海处又由于泥沙淤积不得通畅，治理永定河必须上游、中游、下游兼顾。他建议在永定河上游的宣化黑龙湾、怀来和合堡一带修建拦洪治沙大坝，"层层拦顿，以杀其势"，控制水流量，以避免决堤。此外还建议在中游建金门闸减水坝，以期分流减水。对下游治理的重点则是疏浚淤塞的河道。

因治河功绩显著，在1745年（乾隆十年）授予高斌太子太保衔，两个月后又任命仍在治河工地的高斌为吏部尚书，同年十二月授予高斌协办大学士，并令其以吏部尚书的身份入军机。1747年（乾隆十二年）任命高斌为文渊阁大学士，1752年（乾隆十七年）当高斌七十大寿时，乾隆又把御笔亲写的诗赐给这位老臣。浩荡的皇恩，令高斌感激涕零。皇恩浩荡与天威莫测永远是联系在一起的，被皇恩沐浴着的高斌很快领受到那莫测的天威。

大学士、军机处大臣对于高斌只是荣誉头衔，江南河道总督才是他的本职。1753年（乾隆十八年）七月初八，学习河务的布政使富勒赫在密奏中向乾隆揭露南河河工的积弊：治河工地每年都有抢修堤坝的钱粮及加固堤坝的银两下拨，多者三四万两，少者也有一二万，但上述银两发下后，经办人并未购办工料，"各厅库储俱有亏空……高斌又不能亲自查勘，各该管道员亦因循不办"，一旦出现水患，根本无法抢修。乾隆意识到问题的严重，立即派遣刘统勋、策楞等前往江南治河工地，会同高斌查办南河积弊。

经查揭露出外河同知陈克济、海防同知王德宣侵吞治河款达二三万两，通判周冕因玩忽职守、未按照要求准备抢修工料，致使邵伯二闸被冲、洪泽湖泛滥。长期担任江南河道总督的高斌及协办河务的张师载难辞其咎，他们因对下属督察不力而受到乾隆的斥责，并被革职，前往治河工地堵决口、筑堤坝，效力赎罪，

时为1753年（乾隆十八年）八月二十八日。

该年九月十一日，黄河在江南铜山县马家路一带决口，内堤决口七八十丈，外堤决口四五十丈，肆虐的决堤之水滚滚向南，灌入洪泽湖，不仅使得沿途村庄变为一片汪洋，而且陡增的湖水威胁着危如一线的高堰大坝，更为棘手的是对邵伯二闸的抢修尚未完工，淮扬宝应危在旦夕，天灾人祸一起袭来。乾隆在七天后得到黄河在铜山县马家路一带决口的奏报，立即令高斌前往铜山，限期堵上决口，同时令有治水经验的工部尚书舒赫德带前任南河总督白钟山火速赶往铜山，协同刘统勋等抢修决口堤坝。

无情的洪水再次暴露出南河工地的积弊，同知李焞、守备张宾在筑堤时偷工减料酿成马家路一带决堤。震怒的乾隆令将酿成大灾的李焞、张宾押往铜山工地正法。为了惩一儆百，乾隆还令把高斌、张师载一同押往治河工地。按照大清律例，对属下失察不该判处斩立决。直到行刑前夕，乾隆所颁布的赦免高斌、张师载的谕令才送到，此时的高斌已经昏倒在地。而在其苏醒之后还要诚惶诚恐地叩头谢恩，乾隆就是要让所有的心腹之臣感受到莫测的天威。

从1753年（乾隆十八年）八月二十八日被革职到1755年（乾隆二十年）三月初九走完人生的最后一段路程，高斌是以戴罪之身在风餐露宿中度过的，是在一身水、一身泥中走过的，这些对于一个七十多岁的老人来说，当然是像炼狱一样的磨难，堪称度日如年。

虽然高斌曾是乾隆的治河能臣，虽然他的女儿也曾是独承雨露的皇贵妃，虽然他身为一品大员接近20年，但他死的时候依旧是个被革职、留在工地赎罪的废员，没有任何功名。对于高斌的死，乾隆的第一个反应就是赐予他内大臣衔，逝去的高斌又回到他宦海生涯的起点内务府，总算是摆脱了废员的身份。为了体现皇恩，特拨银一千两赐予高斌的家人，作为办理丧事之用。

对高斌一生治河的客观评价，在他去世后两年才作出。1757年（乾隆二十二年）乾隆第二次南巡途经黄淮运工地，看到矗立的徐州水志感慨万千，水志虽然依在，但高斌所创建的按照水位放水的做法已经是人去政亡，而频频放水所造成的水流减弱、泥沙淤积则成为新的隐患……对高斌的评价、对高斌治河方法的总结，不仅涉及到一个人的荣辱，而且是关系到能否采用正确方法治河的重大问题。

经过两年的深思熟虑，乾隆发布如下一段谕令，指出：

原任大学士、内大臣高斌长期担任河道总督，颇著劳绩。比如建议在毛城铺分流泄黄，在徐州设立水志，等水至七尺方开坝放水等。后来的官员不采用高斌的方法，于是导致黄河水流弱、泥沙淤积，留下隐患，以至在孙家集发生夺溜之事。至于高斌坚持堵闭泄洪泽湖水的三滚坝，使得下游州县免于被淹，屡获丰收，功在民生，自不可没。在本朝的河臣中，高斌即使比不上靳辅，较之齐苏勒、嵇曾筠都是有过之而无不及。高斌可以与靳辅、齐苏勒、嵇曾筠一同祭祀，以便使后来办理河务的官员有学习的榜样，受到激励。

乾隆充分肯定了高斌主持毛城铺分流泄黄工程、设立徐州水志以及坚持堵闭洪泽湖水坝的功劳。根据乾隆的谕令，把高斌的牌位供入建在清河的祠堂。该祠堂建于1729年（雍正七年），里面供奉着三位治河能臣——靳辅、齐苏勒、嵇曾筠的牌位，高斌的牌位供入后，这座纪念康雍乾时期治河大臣的祠堂就被称为"四公祠"。1758年（乾隆二十三年），高斌被赐谥"文定"，到1785年（乾隆五十年），乾隆又令把一生清廉、忠于职守的高斌入祀贤良祠。

两朝股肱尹继善

尹继善，姓章佳，隶满洲镶黄旗，生于康熙三十四年（1695年）。尹继善的家庭已经相当汉化，他的父亲尹泰曾在翰林院任职。由于受父亲的熏陶，尹继善自幼熟读经史，精通诗文，待人谦和。

在1723年（雍正元年）的八旗科考中，27岁的尹继善考取进士，选为翰林院庶吉士。翰林院为尹继善施展才华提供了舞台，而1727年（雍正五年）到广东所审理的那起官员受贿案，则显示出他的干练，此案结束后，雍正即任命尹继善代理广东按察使。

雍正对年轻的尹继善期许甚深，曾勉励他以李卫、田文镜、鄂尔泰为榜样，尹继善则明确表示："李卫，臣学其勇，不学其粗；田文镜，臣学其勤，不学其刻；鄂尔泰宜学处多，然臣亦不学其慢。"学人之长体现了尹继善的虚怀若谷，避人之短表现出尹继善的善于学习，正是由于他不断地从别人身上吸取经验教训，才能在政坛上很快脱颖而出。

尹继善在30岁出头就出任封疆大吏，在雍正时期曾先后担任江苏巡抚、两江总督、云南广西总督等要职。他到云南广西总督上任时，思茅土司刁兴国所发动的叛乱仍未能平定，尹继善上任伊始，调兵遣将，督军深入，很快平定了元江、临安等地，并一举攻占思茅东道64寨和思茅西道的近百个寨子。

为了加强西南地区同内地的经济联系，他主持疏浚了从云南省广南到广西省百色——七百四十多里的西洋江江面，使之通航，成为重要的水上通道，把云南的土特产品源源不断地运出。

乾隆即位之初，贵州苗变仍在继续，尹继善不仅派出云南军队协同作战，还征调湖南、湖北、广西的军队予以策应，协助张广泗很快平定了苗变，为乾隆初政创造了安定的局面。

乾隆改元以后，任命尹继善担任川陕总督，时值郭罗克部为乱，尹继善在平定叛乱、办理善后中提出：在该部设置土官进行约束、对以往积案从宽处理等，上述方案均得到乾隆的批准。在大学士傅恒出征金川期间，尹继善负责料理台站马匹、后勤供应，保证了傅恒无后顾之忧。

1751年（乾隆十六年），尹继善在担任两江总督后，及时破获了马朝柱在安徽罗田的基地，把一起聚众谋反消灭在萌芽中。尹继善先后四次担任两江总督，为了提高行政效率，他建议设置三个布政使，一个设在江宁（即今南京），管辖江宁府及江北地区；一个设在苏州，管辖苏南地区；一个设在安庆，分管安徽。他还总结赈灾经验，提出以工代赈，既解决灾民的生计，又能及时加固河堤。

1753年（乾隆十八年），调尹继善为陕甘总督，适值雍正年间在哈密一带开辟的万亩屯田因屡屡歉收打算放弃，尹继善指出歉收的原因是"回民（即维吾尔人）不谙耕"，建议从西安挑选熟悉耕作的兵丁及其子弟去哈密屯田。

尹继善在担任河道总督期间，对于河水多沙、河道多滩提出"开引河导溜归中央，借水刷沙，河堤岁令加高"的治理方案。此后，他又"疏请浚洪泽湖入江道，开石羊沟，引东西湾两坝所减之水疏芒稻闸，达董家沟引河，引金湾闸坝所减之水，加宽廖家沟河口，引壁虎、凤凰两桥所减之水并浚各河道上游，修天妃、青龙、白驹诸闸"。针对沛县地势低又被几个湖泊所环绕，他疏请"于荆山桥外增建闸坝使湖水畅流入运"。

尹继善虽然具有出将入相的能力，却没有这方面的机遇。所谓机遇，说穿了就是在乾隆的宰辅梯队中没有尹继善的位子，尽管他的能力比傅恒强，但他只能担任督抚而不是宰辅。

尹继善比乾隆大11岁，对于这位老臣的学识、责任心、决断能力，乾隆都是相当欣赏的，乾隆曾由衷地称赞他是清朝开国以来的真知学者。尽管从1764年（乾隆二十九年），尹继善就位居大学士，一年后又成为军机处大臣，并被调到北京，但乾隆始终没有任命他为宰辅之意。这一点乾隆在"赐大学士尹继善"的御制诗中已经表露得十分明显，该诗这样写道：

"纶扉昨已命和羹，江国仍资扆跸行。明代称贤必王石，汉家推盛则韦平。

"封疆几处皆时望，旌节卅年独老成。亦识心殷依北阙，待宜入阁赞枢衡。"[1]

虽然乾隆充分肯定了尹继善在出任封疆大吏的30年，颇有时望、办事老成，但他只是像明代的王守仁、石永以及唐代的韦贤、平当一样，是杰出的地方官，尽管调到京师"入阁"也只能

[1] 《清高宗御制诗集》第五册，29页。

是"赞枢衡"——协助宰辅。即使在傅恒去世之后在安排过渡性的宰辅时,乾隆也没有考虑到尹继善。

尹继善除了年龄上不占优势外,也同乾隆对他的看法比较矛盾有一定的关系,乾隆一方面对这位股肱之臣颇为器重,礼遇有加,又是赐予圆明园附近的绚春圆,又是联姻——把尹继善之女作为皇八子永璇的福晋。但另一方面乾隆对于尹继善"勇于任事""使属员心感"这种近乎完美的个性,颇有微辞,在批评官场上的模棱风气时,特地点了尹继善的名,说他"惯用此术"。

作为封建君主,乾隆需要官员之间互相监视,而不是上下和谐,尹继善所创造的"上和下睦"的气氛,自然被斥为"两面见好"、"阴市私惠",用现在的话说就是上下讨好,收买人心。也许正是乾隆近乎挑剔的指责,起了警戒作用,使得尹继善居官更加兢兢业业,在与人相处时更加谨慎小心。

尽管乾隆对尹继善的"上和下睦"极为关注,但经过36年的观察,并未能捕捉到尹继善结党营私的蛛丝马迹。1771年(乾隆三十六年),尹继善去世,赐谥"文端",入祀贤良祠。

贤良祠

关注民生的陈宏谋

在地方督抚中，陈宏谋同尹继善一样均以务实著称，有趣的是他们不仅同一年出生，同一年中进士、选为翰林院庶吉士，而且都在雍正时期就都已经成为地方大员，在48年的官场生涯中又都是长期担任地方督抚，就连去世也都在同一年。

陈宏谋是广西临桂人，20岁中秀才。他对理学很感兴趣，但也留心政务、时事，有阅读邸报的习惯，是一个头脑清醒、有责任心、有务实精神的人。他以"当世上不可缺少的人，做一般人不能做的事"来勉励自己。1723年（雍正元年）的恩试，他中乡试第一，成为陈解元。在雍正时期，陈宏谋的办事能力就已经展现出来，在他父母去世后均被夺情，在任守制。

对陈宏谋最严重的考验，就是雍乾之际同垦荒不实的较量。1733年（雍正十一年），陈宏谋已经担任云南布政使，对广西省垦荒不实他早就有所了解，但他是广西人，如果揭露广西巡抚金锁势必会让别人产生错觉，认为他偏袒乡里。金锁为在垦荒中大出风头，竟然以"废员垦田报部，以额税抵银，得复官"进行号召。那些被罢斥的官员，纷纷到各州县寻找多余的田地，经手的州县官吏因可侵吞垦荒工本银有利可图，就听任把耕地作为垦荒地上报，致使报垦的荒地多达30万亩，其结果则是"田不增而赋日重"，报垦增加的田赋最终还是由普通百姓负担。当陈宏谋了解到上述具体情况后，立即上疏雍正，请求去掉广西垦荒中的不实之数。

雍正令在广西云南担任总督的尹继善进行核实，经尹继善调查陈宏谋所参属实，尹继善在向雍正的汇报中还提出：必须追回所有冒领的垦荒工本银。把虚报的垦荒地的田赋从总额中剔除、把冒领的垦荒工本银追回都是很繁复的事情，更何况追回冒领的工本银将影响到州县官吏的既得利益，所以直至雍正去世广西虚报垦荒的问题也未得到解决。

乾隆即位后，陈宏谋再次提出广西垦荒不实的问题，疏劾金铁"欺公累民"，并请求豁免广西虚报垦荒地亩的钱粮。此时金铁已经担任刑部侍郎，在天子脚下的金铁极力为自己辩护。乾隆又令两广总督鄂弥达会同新任广西巡抚杨纪曾进行勘察，然后再进行"议覆"。

为尽快解决问题，陈宏谋在1737年（乾隆二年）给皇帝上密奏，敦促解决。不料陈宏谋的密奏却引起乾隆的反感，在乾隆看来陈宏谋作为广西籍的官员屡陈广西之事有沽名钓誉之嫌，如不惩处"恐启乡绅挟持朝议之渐"。陈宏谋竟被降职，从布政使（从二品）降为知府（从四品）。一个涉及全省的"欺公累民"问题拖了四年得不到解决，并未引起乾隆的震怒，虚报30万亩开荒地的金铁也未受到惩处，唯独一心务实的陈宏谋受到不公待遇。难道作为一个广西籍的官员对发生在广西的问题就得视而不见？！在这个问题上乾隆也有自己的考虑，他对官员插手原籍的事务历来都是特别的反感，从来都是不管是非曲直而把惩罚加在反映原籍问题的官员或致仕归籍官员的身上。

陈宏谋在担任河间知府期间，疏浚河道，修建道路，赈济孤寡。1740年（乾隆五年），政绩出色的陈宏谋被任命为江苏按察使（正三品）。1758年（乾隆二十三年），被提拔为两广总督（从一品）。按照清朝的回避制度，官员不得在原籍为官，为此乾隆特地颁谕解释："宏谋原籍广西，但久任封疆，朕所深信。且总督节制两省，专驻广东，不必回避。"实际上陈宏谋担任两广总督只有四个月，但乾隆就是要通过这一破格任命来表明对陈宏谋的信任，其中也许包含了对21年前降处的某种补偿。

对陈宏谋的能力、政绩乾隆是相当满意的，即使陈宏谋在受到弹劾，也不会影响乾隆的看法。然而乾隆对陈宏谋也有不满之处，这种不满在很大程度上同陈宏谋坚持尽快解决广西垦荒不实有一定关系，在乾隆看来陈宏谋有些沽名钓誉，实际上只要他为任所百姓的利益呼吁，就被视为沽名市恩。

1747年（乾隆十二年），在陈宏谋去陕西上任前夕乾隆对他叮嘱道："此汝驾轻就熟之地，当秉公持重，毋立异，毋沽名，能去此积习，尚可造就也。"1759年（乾隆二十四年），陈宏谋在担任两广总督期间，请求朝廷增拨盐商的工本银，乾隆因此责备陈宏谋"沽名市恩锢习未改"。陈宏谋在江苏任内时遇到崇明、通州两地争夺新涨出来的玉心洲，陈宏谋决定把玉心洲划给设在苏州的慈善机构，以增加收养孤老的田产。乾隆对"一举数得"的做法虽然赞许，但在给陈宏谋的上谕中还要挂上"汝亦因此而得名"进行敲打。

从1741年—1762年（乾隆六年至乾隆二十七年）的22年，陈宏谋先后担任江西、陕西、湖北、河南、福建、湖南、江苏巡抚，曾四次担任陕西巡抚，两次担任湖南巡抚，多次在江苏任职。他每到一地，"必究人心风俗之得失及民间厉害当兴革者，分条勾考，次第举行"。每个省份都有自己的特点，都有急需解决的问题，经过调查研究把当地需要办理的事务罗列出来，分类用红笔画出，按照次序办理。这种认真负责的态度，使得陈宏谋能尽快发现并解决当地的问题。

陈宏谋在担任陕西巡抚期间，为了增加百姓的收入，多方劝导农民养蚕。他在省城"设蚕馆，发给工本收买零茧零丝"。同时还设置"省城织局，招集南方织匠，织成秦缎、秦土绸、秦线绸、秦绫、秦缣纱，年年供进贡之用"。为了鼓励养蚕，他号召人们多种桑树，并亲自沿着渭河进行巡视，选择适于种植桑树的地区。还派人"购觅桑子，布种桑秧"，发布《倡种桑树檄》，"晓谕各乡赴县领回桑秧"，"于境内城濠隙地移栽"，令各州县"广布桑秧，听民人领回种植"。为了鼓励百姓种植桑树的积极性，又在巡抚衙门设置蚕局，及时收购民间桑叶。

对于不吃桑叶的山蚕，陈宏谋更是不厌其烦地号召人们予以喂养。山蚕以槲树叶子为食，不必种桑树，可以把"遍山槲树"的山头开辟为蚕场。考虑到陕西槲树多的特点，陈宏谋号召人们学习山东养山蚕的经验。山蚕茧织出的绸缎，比一般的绸缎结实耐穿，销路也比一般绸缎好。有鉴于此，陈宏谋令布政司转饬各

②《清经世文编》中册，927页。

府把境内生长槲树的地方勘明，"砍伐杂树，修理蚕场"，"或雇人试养，或官出资本，而招民同养"②。对于养山蚕，陈宏谋考虑得很细，就连山蚕种的购买、养蚕器具的准备以及到山东、河南、宁羌等地雇佣擅长养山蚕的人到陕西来当老师，都有具体安排。通过到各地视察，陈宏谋了解到可以养蚕的树叶除槲树外还有橡树、椿树（即臭椿）、柞树、春杠树。由于他躬亲实践，身体力行，陕西的养蚕业有了突飞猛进的发展，秦缎等丝织品已经成为朝廷采买的物品。

为了保证农业的发展，陈宏谋对农田灌溉、施肥等也都很关注。他在担任陕西巡抚期间考虑到该地"平原高阜，河渠无多，间有河道，岸高河低，难资汲灌，偶尔缺雨，便成旱灾"，而大力推广乾隆初年所实行的凿井灌溉，责令各府州县"必须将新井旧井多寡如何，井泉深浅若何通查明白"，对于"其未开井之处，泉水深浅如何，开井难易若何"以及"如开一井约需费若干，逐一声明"。在他的组织与推动下陕西省凿井接近两万口，解决了春旱对农业的影响。

此外对于施肥，陈宏谋也抓得很紧，并总结出种种积肥的方法进行推广，诸如"土坯连草带土，晒干火化"，"通衢大路，旁开小沟添入杂草树皮，日受牛马践踏之水"，"驮载牛马往来打野之处，旁挖小池，就近将牛宿粪草扫入"等等。

对于农作物的害虫，陈宏谋也是想方设法予以消灭。他在担任江苏巡抚期间对于消灭蝗虫及其幼虫蝻子非常重视。在灭蝗的过程中，他发现蝗虫的幼虫蝻子"出土形如蝼蚁，甫能萌动，尚未跳跃，所生地面不过分厘，仅如席片之大，此时扑除，仍易灭绝"，为此特令"设厂收买蝻子，按升给钱"。为了把责任落实到人头，又令乡保"逐户传谕田主佃户人等搜查，并令准备搜查扑捕器具，趁此农隙之时，各于自种地内，细加搜掘"。对于无人耕种的山地、芦苇泽畔，"责成汛官督率讯兵、堡夫扑捕"。他还针对一些人的侥幸、自私心理致使灾情蔓延的做法——蝻子出土长成之后"跳跃别处，未必尽食己苗，又虑起夫扑打，践踏田苗，所以既不扑打，亦不报官"，制定出严惩责任人的做法。

至于江苏境内的水患，陈宏谋也提出行之有效的治理方案，组织百姓开沟引水、疏浚河道，"疏丁家沟，展金湾坝，浚徐六泾、白茆口，泻太湖水"，以保证入海畅通。他还引导当地百姓用开沟的土"筑圩，多设涵洞"，并号召百姓在"低地种芦苇"[3]，既能护堤，又能增加收入。

陈宏谋还千方百计给农业生产难以容纳的人口寻找新的谋生途径。他在担任江西巡抚期间，在给乾隆的奏折中指出：广信府闲旷的山地最多，而穷民无产业的也很多。广信府的铜塘山，坐落在上饶、广丰二县，周围有几百里，自从明朝正统年间平定盘踞在山里的奸匪后，就将此山全部封禁。陈宏谋吁请朝廷能解除封禁，把"数百里之地，听民为业"，"弛其封禁，听民认界开垦"[4]。还同饶九道、广信府的官员到山里仔细加以勘查，强调在"人多地少""寸土必争"的情况下，把几百里的土地，交给百姓作为产业是非常有意义的。为了保证社会治安，防止"外来奸匪混入"，他建议由各隘口驻防官兵统一部署，维持治安，进行必要的管理与镇压。

对于江西境内玉山县的矿山，陈宏谋也进行了勘察，"督令工匠先后开掘五峒，俱有矿砂，面加煎试，银铅夹杂"，鉴于"实有成效"[5]，请求朝廷允许开采。乾隆即位以后，由于面临严重的人口压力，在一定程度上开放矿禁，这种放宽矿禁的做法，遭到顽固坚持传统政策大臣的反对。

陈宏谋关于开矿的奏请，是在一浪高过一浪的反对声中递上的。所以他在奏请开矿的同时就对粮食问题、治安问题以及涉及到周边环境的问题都提出了应对之策：矿山位于"上饶、德兴两县交界，相离两县均在一百数十里之外，山之前后左右凡三十里，并无村庄坟墓"；"慎选本地殷实良民为峒头，招募本地民夫开采，以本地之民开采本地之矿，不虑其来历不明"；"江西本产米之乡，今以本地之人食本地之米，可无米贵之患"；"听民出资开采，有利而来，无利而去，本无易聚难散之患"[6]。

③《清经世文编》下册，2564—2566页。

④《清经世文编》上册，856—857页。

⑤《清经世文编》中册，1318—1319页。

⑥《清经世文编》中册，1318—1319页。

对关系国计民生的铸钱，陈宏谋也极为关注。清代通行的货币是白银与铜钱（又称制钱）。清政府向官员兵丁发放的官饷是银两，百姓向清廷交纳的钱粮也要折成银入库；然而民间交易，市场上的买卖，主要用铜钱。因而银与钱的比价是否合理，是否稳定，直接关系到国计民生。当陈宏谋第一次出任陕西巡抚时，陕西的钱价已经涨至"每银一两""易钱七百二三四十文，其昂贵为历来所未有"。他认为杜绝毁钱制造铜器是解决钱银比价失控的重要一环，建议采用"于民间一无骚扰，于铺户亦无亏损"的"禁铜之法"：不禁止现存之铜器，只禁止以后打造铜器。各铜铺及其邻里都要有书面保证，再有打造黄铜器皿者，依法严惩。民间以前所用的铜器，无论新旧，不必交到官府；铜铺已经造出尚未卖出的铜器，限三个月内卖出，过期未能卖完，上交官府折给成本价。三月以后，如果再有销售黄铜器皿者，抓到后严惩不贷。铜铺内如果存有未用完的黄铜，必须上交官府，按照官价给予补偿。

为了使毁钱制造铜器的人无利可图，他还建议"将钱文铢两，斟酌变通"，俱改为每文一钱。铸钱分量的减轻有助于遏止毁钱为铜，但铸钱成本的降低又会使得私铸钱有可乘之机，尽管陈宏谋已经考虑到这一层，但只能面对"销毁之弊，甚于私铸，其官法难查，亦甚于私铸"的现实，也只能两弊相权取其轻。

中国的封建统治者非常重视教化的作用，陈宏谋早在进入官场之前，就曾读过明代万历时期吏部侍郎张侗初撰写的《却金堂四箴》，他在为这部著作撰写的按语中写道：回想起我当秀才的时候，在官员书斋的屏风上、墙壁上曾经看到这一条箴言，自己的内心被深深地震撼了，非常惭愧在此之前未能认真体会其中的含义，只是草草读过。

而他在步入仕途后，对于道德教育就更为留意，曾把《宋贤事汇》作为自己的一面镜子。在陈宏谋看来，虽然时间变了，事情也各不相同，但应该从中学习别人处理事务的方法，或者学习别人处理问题的心态，推而广之，会有许多有益的收获。简言之，不外乎"见贤思齐，见不贤而内省"，要有所为、有所不为，牢牢守住自己的道德防线。

在乾隆初年，陈宏谋把前人关于教化的书籍分门别类进行编纂，整理出版了进行道德教育的《五种遗规》，即教育子女的《养正遗规》与《教女遗规》、涉及移风易俗的《训俗遗规》、对官员进行教化的《从政遗规》、对吏胥进行约束的《在官法戒录》。教化是个渐变的过程，非一蹴而就，不要因为是件很小的善举就不去办，也不要因为是件很小的坏事就放任自己。任何一件小事经过日积月累，就会酿造出美好的品德或者是丑恶的灵魂。

教化的核心是"教"，陈宏谋担任地方官期间特别重视教育的普及。针对边远地区特别是少数民族地区文化落后的状况，在乡村广为建立义学，为穷苦人家子弟提供免费教育，据《清史稿》记载，他在云南设立的义学达七百多所，为苗民识字提供方便。对原籍广西的教育，他一直很关心，曾"捐资刻印启蒙课本，分发各校"。由于陈宏谋的努力，西南地区不少穷人识字，"甚至有取得功名者"。

陈宏谋在1771年（乾隆三十六年）去世，赐谥"文恭"，入祀贤良祠。

苦难磨炼出的方观承

方观承系安徽桐城人，生于1698年（康熙三十七年），是《南山集》一案的受害者。1711年（康熙五十年）《南山集》案发，而《南山集》的作者戴名世在著作中大量引用了方观承曾祖方孝标撰写的《滇黔纪闻》，因而当《南山集》案发后，《滇黔纪闻》的作者也就成为另一个被告。

方孝标原名方悬成，1649年（顺治六年）中进士，因避康熙名讳（悬与玄烨的玄同音）而改名。1657年（顺治十四年）方孝标的弟弟方章钺参加江南乡试，考中举人。因工科给事中阴

应节疏劾"江南主考方犹等弊窦多端",方章钺家"与犹联宗有素",而掀起江南乡试科场案。由于科场案的牵连,不仅方章钺被革去举人,方章钺的三位兄长及年迈的父亲——少詹事(正四品)方拱乾均流徙宁古塔。

直至康熙即位颁布大赦,方孝标等才被赦归。失去功名利禄的方孝标遂寄情山水,到各地游历,并把在云贵的见闻撰写成《滇黔纪闻》。在清初,云贵地区长期被南明桂王政权占领,因而《滇黔纪闻》中保留了相当多的桂王政权资料。方孝标之所以特别引起康熙的关注,则是因为参与三藩之乱并在吴三桂下担任宰相的方光琛也是安徽人,而且方光琛家族的方学诗又一直负案在逃,康熙便怀疑方孝标与方光琛是一族。虽然经过两年的审理,证实《滇黔纪闻》的作者与方光琛并非同宗,但在结案时已故方孝标的子孙都受到了牵连。尽管方观承的祖父方登峄在幼年时已经过继给叔父,因其同方孝标的血缘关系仍然受到株连;方观承的父亲已经官至内阁中书,也因此被革职逮系。

方观承顿时沦落成犯人的后代,从天堂跌进地狱。15岁的方观承虽然免受流徙塞外的惩处,但由于他的祖父方登峄、父亲方式济都被流徙到黑龙江地区(今齐齐哈尔一带),他在1716年(康熙五十五年)踏上北上探亲之路。方观承在到达流徙地一年后,他的父亲去世,留给他的除一些诗作外便是介绍黑龙江的书稿《龙沙纪略》。为了照顾年迈的祖父,他在流徙地住了四年,帮助祖父种地并在祖父的指导下读书。

1723年(雍正元年)他第二次出塞探望祖父,时逢新君即位颁布大赦,然而年迈的方登峄并未在被赦归之列。1728年(雍正六年)方登峄在流放地去世,方观承第三次北上,安葬祖父。尽管他未被流徙,但他的大部分时间是在自然条件极为恶劣、劳动强度非常大的流放地度过的,历尽艰苦生活的磨难。

艰苦的生活养成了方观承吃苦耐劳、自强不息的作人准则,因而当平郡王福彭(岳托五世孙,代善六世孙)受命率军讨伐准噶尔部时,便请求皇帝批准方观承作为随军记室,方观承被赐予内阁中书衔，时为1733年（雍正十一年）。在乾隆初年，方观承被引见给皇帝，乾隆对他的评语是"妥当明白之才"。此后，他先后担任过军机处章京、兵部主事、吏部郎中、直隶清河道道台、直隶布政使、浙江巡抚、直隶总督等职。引见制度不仅为方观承提供了改变命运的机会，也给政坛输送了一位杰出的官员。

1749年（乾隆十四年）方观承被任命为直隶总督，他先后两次担任此职（乾隆十四年至二十年，乾隆二十一年至三十三年），他在任职期间主要致力于永定河及其水系的治理。他在治理中游所提出建金门闸水坝、分流减水以及在下游治理上建议大规模改道的主张都被实践证明是可行的。方观承还把直隶水系特点及治水经验，组织编纂了《直隶河渠水利书》。

无论乾隆是南巡还是东巡，直隶都是必经之地。为迎接皇帝他经常要修整皇帝所经过的道路，布置沿途的行宫。由于方观承办差有条不紊，认真周到，从不出差错，乾隆非常满意。此外，他对于农业生产也很重视，为了推广棉花在北方的栽种，他亲自撰写有关棉花栽培以及纺线织布的介绍，并组织人根据文字介绍

乾隆时期的织布作坊

配上插图。乾隆对这部推广棉花种植的书籍颇为重视，特地在每幅插图上亲笔题诗。方观承立即派人把皇帝御笔题诗的插图刻在石碑上，以便保存，并拓印成书，进行推广。

在封疆大吏中，方观承以干练、清廉而闻名，深得乾隆的信任，即使偶有不足，乾隆也不深责。1763年（乾隆二十八年），命方观承勘察天津积水情况，由于涉及到下属官员的失职，"存息事宁人之见"的方观承，对具体责任人并未过于追究，为此乾隆责其"玩误，下部议夺官"，但乾隆最终还是宽免了他。

当御史吉梦熊、朱续经因此对方观承交章弹劾时，乾隆在谕令中却就此事进行了客观的评论，认为：方观承长期在直隶为官，在处理问题上难免有息事宁人之见。以前因为天津等处积水未退对他进行了儆惩。而舆论上动辄进行激烈的批评。直隶事务繁多，又碰上灾荒减产，处置起来难免顾此失彼。很多事情是说起来容易，真正做起来就困难重重了。那些指责方观承的人如果去处理这些庶务，恐怕还比不上方观承。

1768年（乾隆三十三年）方观承死在直隶总督任上，终年71岁，赐谥"恪敏"。一年后乾隆念及方观承的功绩，还特地写诗予以称赞。乾隆在1786年（乾隆五十一年），又令将方观承入祀贤良祠。

从州县崛起的高晋

高晋隶满洲镶黄旗，生于1707年（康熙四十六年），其父高述明官至凉州总兵，叔父高斌是治河能臣，堂妹高佳氏是乾隆的慧贤皇贵妃，堂弟是两淮盐政高恒。

雍正末年，高晋由国子监入仕，1735年（雍正十三年）出任山东泗水知县，此后又担任四年海阳知县。1739年（乾隆四年），调任高晋为陕西邠州知州，在1744年（乾隆九年）得到引见，乾隆在朱批中写下"中上。人大有出息"等内容。同年，授予榆林府知府。在担任两年知府后，又先后在陕西榆葭道、江苏徐淮道巡道任职。

虽然高晋是皇亲国戚，但他的仕途却是从州县干起。先在州县干了10年，在担任5年的道、府之后，又经历7年按察使、布政使的生涯，才官至督抚；曾先后担任安徽巡抚、江南河道总督，从1765年（乾隆三十年）开始担任两江总督，主持对黄淮运的治理。在高晋四十多年的宦海中，有二十多年是在治河中度过的。

他在治河方面最大的贡献，就是疏请并主持在陶庄与黄河旧道南侧的周家庄之间开凿引河，以解决黄淮运倒灌洪泽湖的问题。"陶庄之引河不开，终无救清口倒灌黄流之善策"，这一工程"为全河一大关键，非寻常筑堤、打扫、开河者可比"。陶庄引河的开凿，解决了黄水倒灌、淤塞清口以及扩大清口东西两坝等一系列难题，乾隆对此非常赞赏。

1778年（乾隆四十三年）九月，高晋的堂侄（高斌之孙）——驻叶尔羌办事大臣高朴，役使当地居民上山采玉、谋求暴利的罪行被揭露。为了赚更多的钱，高朴派心腹家奴把玉石从新疆运到苏州贩卖。对此早有风闻的高晋不仅未及时告发高朴，反而发给高朴家人李福执照，以免沿途被盘诘。乾隆严厉斥责高晋"徇私容隐"，"其罪甚大"，"实属昧良负恩"。高晋因高朴一案被罚养廉银、交纳议罪银。

高朴之案发生之前的一个月，黄河在河南省的祥符、仪封决口，高晋指挥河工堵决口，刚刚堵上就又被冲开。进入腊月，祥符的决口总算被堵上，但仪封的决口在腊月十八才堵上，腊月十九就又被滔滔黄水冲开。而且为堵决口挖的引河"复淤浅，仍需挑浚，为从来筑河所未见"，于是乾隆便翻了脸，新账老账一起算，对高晋作出革职留任的惩处。

仪封再次决口，只是天灾，并没有明显的人祸因素，而且此次决口历时三年才最终给堵上。积劳成疾的高晋于1779年（乾隆四十四年）初在仪封治河工地去世。乾隆在得到高晋病逝的奏报后"嗟惋不置"，不仅写下了"考终八秩夫何恨，宁识怀贤痛惜吾"的悼诗，还对其作出盖棺的评价：

"高晋秉公持正，察吏惠民，为督抚中杰出者。即其娴于河务，一时亦罕有其匹。深惜失此得力大臣，且念其勤劳王事，诏入祀贤良祠。"

乾隆还派"侍卫前往奠醊，复其生前降革处分"，赐谥"文端"。用乾隆的话说："高晋亦可以无憾矣。" ⑦

⑦《清高宗御制诗集》第七册，156页，《故大学士高晋挽辞》自注。

瑕玉并存的李侍尧

李侍尧系额驸李永芳四世孙，隶汉军正蓝旗。在封疆大吏中，李侍尧是乾隆一手提拔起来的。1736年（乾隆元年），李始为荫生，1743年（乾隆八年）得补印务章京，1749年（乾隆十四年），一睹天颜的李侍尧因得到皇帝的赏识而被破格擢为副都统。他既有贪婪的一面，也有能干的一面，总之是瑕玉并存。

1757年（乾隆二十二年）令李侍尧代理两广总督，坐镇广州。

广州自隋唐时起就是对外贸易的港口，1685年（康熙二十四年）清王朝在收复台湾之后，解除海禁，在广州建立粤海关，对外贸易。清廷责成洋行（亦称十三行）的商人同外国商人交涉贸易事项，外国商品由洋行经销，出口商品由洋行代购，进出口商品均由洋行规定价格。洋行商人欲保持其所握有的垄断对外贸易的特权，就必须向广东官员行贿，因而两广总督即系要职又系肥缺。清王朝所制定的闭关政策以及把对外贸易作为"羁縻"外商手段的策略，都要由两广总督去贯彻执行。

李侍尧在上任两广总督不久就遇到一件十分棘手的案件——英国商人洪仁辉（Mr.Flint）呈文控告广州海关监督李永标额外征税，勒索外商。洪仁辉多次把船开至宁波，试图在那里进行贸易，但乾隆明令禁止外商去宁波，严格实行广州一口通商，以便把中外交往控制在一个最狭小的范围内。其他外商在接到乾隆的谕令后都作出遵谕的承诺，唯独洪仁辉不愿受此约束，于1759年（乾隆二十四年）再一次率船到浙江，因不能登岸，遂北上天津控告粤海关李永标额外勒索。李侍尧在审理此案时，不仅将李永标革职，也对违禁前往浙江的洪仁辉作出押往澳门、监禁三年的处理，并把替洪仁辉书写呈文的中国人处以死刑。

1752年（乾隆十七年），清廷抓获在湖广一带深山聚众烧炭、图谋反清的马朝柱党羽。因其党羽供称：头目姓朱，尚在西洋，即将起事杀回国内；又因马朝柱潜逃下落不明，故乾隆对西洋人颇加防犯，唯恐彼等与国民接触，资助反清势力。

李侍尧深知乾隆坚决反对国人与外国人来往，于是又制定了《防夷五事》，明文规定外国商人不得在广州过冬；外商在广州必须住在行商会馆中，由洋行商人"管束稽察"；国人不得向外商借钱，不得受雇于外商；国人不得为外商探听商业行情；派兵稽察外国商船停泊之处，以便捕获试图勾结的中外不法之徒。李侍尧对洪仁辉一案及善后事宜的处理深得"圣眷"，于是在1759年（乾隆二十四年），李侍尧由代理总督变为正式总督。

李侍尧久历封疆，先后担任15年两广总督（乾隆二十二年至二十六年，乾隆二十九年至三十年，乾隆三十二年至四十二年）及湖广总督（乾隆二十八年至二十九年）、云贵总督（乾隆四十二年至四十五年）、陕甘总督（乾隆四十六年至四十九年）、浙闽总督（乾隆五十二年至五十三年）。在地方督抚中，李侍尧以政绩突出著称，他在两广总督任内建议对"买补仓谷"进行碾试，"务得上谷"防止以次充好；他在湖广总督任内奏请对生活必需的盐"酌中定价"，以剔除两淮盐商"抬价病民"的弊端；他在担任云贵总督期间，正值清缅之间为结束敌对状态而进行试探性谈判期间，李侍尧协助大学士阿桂顺利完成这一转变，对举棋不定的缅甸头人孟干"断接济，绝侦探，以示威德，不予迁就"，促使其回到谈判桌上，为实现两国关系正常化奠定了基础。

李侍尧的才干有目共睹，正如《啸亭杂录》所论：

"公短小精敏，机警过人，凡案籍经目，终身不忘，其下属谒见，数语即知其才干，拥几高坐，谈其邑之肥瘠利害，动中要害；州县有阴事者，公即屡屡道之，如目睹其事者。"

185

　　身材不高、精气外露的李侍尧，思维敏捷，机警过人，所有看过的案件宗卷，终身不忘。下属来拜见他，只说几句话就能知道这个人的才干。高高坐在桌子旁边，谈那个地区土地的情况、地方施政的利害，一下就能说到要害之处；州县官员有什么见不得人的阴私，李侍尧也能一件件说出，就像亲眼目睹一样。

　　李侍尧以其精明强干赢得皇帝的器重，1773年（乾隆三十八年）仍在两广总督任内的李侍尧，被晋升为武英殿大学士，两年后其家庭被抬入汉军镶黄旗，升为上三旗。

　　李侍尧一向以善于办贡而闻名，他把外商进献的凝聚着西方近代科技的用发条控制的船只、会各种运动以及能自动报时的钟表、会演奏乐曲的精美的盒子（类似八音盒）等新颖的西洋物品进贡，以满足皇帝求新求异的审美情趣。他在1772年（乾隆三十七年）冬至的一次常贡中，进贡的物品就有75种之多，其中包括金如意、金无量佛、汉玉佛手、古瓷（定窑宝月瓶、哥窑笔洗、宋窑霁红瓶等）、紫檀雕花物品、珐琅镶玻璃物品、洋镶钻石自行人物风琴乐钟、洋花绒、洋锦缎等不一而足。

　　李侍尧是位能人，却非圣人，对于官场上的种种陋规、恶习，也同绝大多数官员一样习以为常，沉溺其中。他不仅心安理得地收受属下的规礼、馈赠，甚至暗示下属送厚礼，进行变相勒索。李侍尧曾令仆人把一颗珍珠强行卖给昆明知县，索银3000两，把另一颗强卖给一名同知索银2000两。平心而论，在封疆大吏中，李侍尧还算不上声名狼藉。他在1777年（乾隆四十二年）正月调任云贵总督，虽说手中还有积存的西洋物品，却已不能再用那些洋货作为贡品，必须另辟蹊径，以讨好君父。云贵盛产金银，但要把金银变成品位高的工艺品，还需要一笔可观的投入作为加工费。对李来说，这笔开销自然要由属下来出。如此勒索，当然要引起下属的不满。

　　1778年（乾隆四十三年），曾任云南粮储道的海宁在任满回京后，曾私下同和珅议论李侍尧的劣迹，又由于李侍尧不把和珅放在眼里，引起和珅的记恨，致使这些很快传入乾隆的耳中。为此乾隆特召见海宁，询问李侍尧的政绩，猜不透天机的海宁唯恐一言不恰触怒天颜，不敢以实上奏。孰料才被抬入汉军镶黄旗三年的李侍尧已经失去圣眷，海宁竟因欺君之罪而被传旨严讯，为了尽快摆脱这场自上而下的政治漩涡，海宁只得把有关李侍尧的种种传闻全盘托出，以满足皇帝治罪李侍尧的需要。

1780年（乾隆四十五年）二月初，乾隆令和珅前往贵州，对云贵总督李侍尧进行突然审讯，以查清其罪行。为了避免李侍尧得到风声有所准备，在和珅离京之前，乾隆接连下达密谕，先令兵部侍郎颜希深驰往贵州对李暗中监视，继令军机大臣派人稽察沿途驿站，防止走漏消息，且令与贵州毗邻的湖南巡抚派遣干员把守关口，如遇私骑驿马由北往南者，立即拿获，严讯具奏。

从天而降的审讯，令李侍尧猝不及防，只得如实供道：曾收受迤南道庄肇银2000两；收受素尔方阿银3000两；收受按察使汪圻银5000两；收受临安知府德起银5000两；收受东川知府张珑银4000两。一年前，李派家仆回京修房，又接受素尔方阿、德起银各5000两。李在审理一起命案时，查获金600两、银1000两，他将存单改为金60两、银7500两。按照当时金银比价又可获利3300两。

经核实，李侍尧共勒索银35000两，而这只是李非法收入的一部分，并非全部。其家人张永受在北京所添置的房产就有六所、地亩一处、放债银两4000；在原籍易州还有房屋数十间、耕地四五顷之多。奴才揩油尚且如此之多，主子搜刮数额之大可想而知。

乾隆在执政之初就一再强调"人臣之所最尚者惟廉"，对贪官污吏的惩罚可谓严矣，收贿千两即处以死刑。到乾隆中叶以后，吏治问题已经日益严重，"上下关通，营私欺罔"，"督抚藩臬，朋比为奸"时时出现。乾隆实际上已经放宽惩罚的力度，对于个别极其能干的心腹已经是网开一面，对李侍尧的处理就是一个明显的例证。

已猜透天机的和珅对李侍尧作出斩监候、籍没家产的拟处上报朝廷。这就是和珅的聪明之处，尽管他对李侍尧落井下石，但在最终处理上首先要考虑的是皇帝的意向。而拘泥于从严惩贪成例的内阁大学士、九卿在讨论和珅的拟处时，把斩监候改成斩立决，为此乾隆传谕各省督抚，回顾了李侍尧案件的经过，并令各督抚对两种不同的处理意见各抒己见，乾隆在谕令中写道：

"李侍尧历任封疆，在总督中最为出色，是以简用为大学士，数十年来，受朕倚任深恩。乃不意其贪黩营私，婪索财物，盈千累万，甚至将珠子卖与属员，勒令缴价，复将珠子收回；又厂员调回本任，勒索银两，至八千两之多。

"现在直省督抚中，令属员购买物件，短发价值及竟不发价者，不能保其必无。至如李侍尧赃私累累，逾闲荡检，实朕意想所不到。今李侍尧即有此等败露之案，天下督抚又何能使朕深信乎！朕因此案深为惭潬。今又闻杨景素⑧声名亦甚狼藉，但其人已死，若至今存，未必不为又一李侍尧也。

"各督抚须痛猛省，毋谓查办不及、幸逃法网，辄自以为得计。总之，有则改之，无则加勉，触目惊心，天良具有，人人以李侍尧为炯戒，则李侍尧今日之事，未必非各督抚之福也。所有此案核拟原折即著发交各督抚阅看，将和珅照例原拟之斩候及大学士、九卿从重改拟斩决之处，酌理准情，各抒己见，定拟具题，毋得游移两可。"

乾隆并不想把李侍尧置于死地，否则就不会把两种处理方案交各省督抚讨论，但各省督抚唯恐表态支持和珅原拟斩监候而被认为与李侍尧沆瀣一气，其中大多数为避瓜田李下之嫌，便附和大学士、九卿之议。只有安徽巡抚闵鹗元明确表态按和珅原拟斩监候结案。对于"历任封疆，勤干有为，久为中外推服"的李侍尧，"原照八议条内议勤、议能之文，稍宽一线，不予立决"，乾隆遂就闵鹗元之议，于1780年（乾隆四十五年）十月初三颁谕中外：

"各省督抚核议李侍尧罪名一案，俱已到齐。李侍尧以大学士兼管总督，受恩最深，乃敢营私败检，骄纵妄行，实出意料之外……较之从前恒文、良卿⑨贪婪枉法，致罹刑宪，情节实略相

⑧杨景素，江苏苏州人，卒于1779年（乾隆四十四年），曾任山东巡抚、直隶总督、两广总督等要职。1780年（乾隆四十五年）十月对其家产进行清查，家产33万，乾隆令给其家属留3—4万家用，其余作为高堰工地经费。

⑨良卿，满洲正白旗人，1742年（乾隆七年）进士，官至贵州巡抚。1769年（乾隆三十四年）因勒索属下被处死。

等……李侍尧身任督抚二十余年，如办理暹罗（暹罗即今泰国）颇合机宜，缉拿盗案等事，亦尚认真出力。且其先世李永芳，于定鼎之初，归诚宣力，载在旗常，尤非他人所可援比。是以，前于尚书和珅照例拟斩候，大学士、九卿请改立决时，朕复降旨令督抚等各抒己见，确议具题，原欲以准情法之平。

"兹各督抚，大率以身在局中，多请照大学士、九卿所拟，而闵鹗元则以李侍尧历任封疆，勤干有为，为中外所推服，请援议勤、议能之文稍宽一线具奏。是李侍尧一生之功罪，原属众所共知，诸臣中既有仍请从宽者，则罪拟惟轻，朕亦不肯为已甚之事，李侍尧著即定为斩监候。"⑩

该年十月初三，乾隆颁谕中外：以斩监候处理李侍尧。至此，历时八个月的李侍尧一案终得了结。

李侍尧在被判处斩监候不及半年——1781年（乾隆四十六年）四月苏四十三领导的甘肃回民起义已经进逼省城兰州，正在服刑等待秋后处决的李侍尧得到乾隆的特赦，命他以三品顶戴赴兰州办理军务。未几任命李侍尧为代理陕甘总督，以替代养痈成患的原总督勒尔谨。苏四十三所领导的起义在该年六月底被阿桂镇压下去。

此后三年，甘肃新教回民在田五的领导下再次起义，起义的回民以石峰堡为据点，积累了大批的粮食与武器，并进攻靖远、通渭等地。李侍尧未能很快平定起义，乾隆遂派阿桂、福康安等再次统兵到甘肃。由于福康安弹劾李侍尧玩忽职守、贻误战机，以及在担任两广总督期间听任总商沈冀州敛派公费并接受其馈赠，乾隆下令逮捕"仍在军效力"的李侍尧，经王大臣会议，拟处李侍尧斩立决，但乾隆再次把斩立决改为斩监候，而且在一年后将李侍尧开释。

经历两次斩监候的李侍尧，在平定台湾林爽文起义的过程中显示出他的过人的魄力与胆识。林爽文起义后，乾隆任命李侍尧担任浙闽总督、督办台湾军务。由于在台湾指挥清军的常青非常不得力，乾隆决定以福康安替代常青，并给李侍尧下达了令常

⑩《清高宗实录》卷一一二一。

青率领全部军队从台湾撤回、等福康安抵达后再图进取的谕令。李侍尧考虑到，常青的军队如果全部撤回会引起军心惶惑不安，也会给起义军带来喘息的机会，进而给即将到台湾作战的福康安带来更大的困难。于是，他在向常青传达谕令时删掉全军撤回等字，同时又在给乾隆的疏奏中为自己节录上谕而请罪。对此乾隆"大悦"，称赞李侍尧的处置"深合机宜，得大臣体"，并"赐双眼孔雀翎"。在平定林爽文起义后，李侍尧因功而图形紫光阁。李侍尧的胆识为福康安渡海作战提供了有力的前提，但福康安却因同柴大纪的矛盾参劾李侍尧包庇柴大纪，致使李侍尧又受到乾隆的斥责。

李侍尧于1788年（乾隆五十三年）死在浙闽总督任上，赐谥"恭毅"，其爵位由儿子毓秀承袭。至此李侍尧起伏跌宕的一生应该画上一个句号了。然而到了1795年（乾隆六十年），时任云贵总督的福康安揭露李侍尧在云贵总督任内勾结有关人员从铸造铜钱中牟利，虽然乾隆未对李侍尧大事治罪，但其子毓秀承袭的爵位被夺，改由李侍尧的侄子毓文袭爵。在生前及死后，李侍尧都受到福康安的弹劾，而且受到和珅的倾轧，他之所以有惊无险，关键是乾隆对其能力的赏识，未动杀机。

状元督抚毕沅

毕沅生于1730年（雍正八年），江苏镇洋人，自幼受到良好的家庭教育，他的母亲张名藻是个才华横溢的女子，著有《培远堂诗集》，这种早期教育对毕沅的一生都留下深刻的烙印。1753年（乾隆十八年）23岁的毕沅中举，两年后被破格任命为内阁中书。毕沅不满足举人出身，遂参加1760年（乾隆二十五年）会试，考中进士，并在殿试中一举夺魁。在殿试中毕沅原本名列第二，由于他那篇论述新疆的策论极其深刻，乾隆特将他的名次提为第一，这样一来毕沅就从榜眼变为状元。毕沅在翰林院任职近七年，在1766年（乾隆三十一年）被派往甘肃担任道台。

作为一名地方官员，毕沅非常关心各种庶务的实施。在甘肃任职，使他对当地旱灾的严重有了切身的体会，在他的呼吁下，400万拖欠的钱粮得到豁免。1773年（乾隆三十八年）已经担任陕西巡抚的毕沅在赈灾中又显示出他的才干。由于黄河、洛水、渭水全都泛滥，陕西遭受严重水灾，毕沅亲自主持赈灾，使得绝大多数的灾民死里逃生。

毕沅非常重视发展经济，招募百姓开垦兴平、鳌至、扶风、武功一带的荒地八万多亩，并主持修浚泾阳、龙洞水渠灌溉民田。为了发展陕西的经济，一方面建议在陕南大力发展农业，充分利用泾水、渭水、灞水、黄河、漆水、沣水、洛水、沮水、汭水、汧水等流经境内的特点，"就近疏引筑堰开渠，以时蓄泻，自无水患之虞"；另一方面建议在陕北大力发展畜牧业，"酌筹闲款，市牛、羊、驼、马，为界民试牧，俟有孳生交还官项""耕作与畜牧相兼"。

毕沅

1785年（乾隆五十年），担任河南巡抚的毕沅，鉴于当地灾害多，赈灾粮储少，很难应付突发事变，他请求截留20万石漕粮作为赈灾的储备；请求乾隆豁免该省历年民间拖欠的钱粮，并建议延长赈灾的时间。以上建议，均被采纳。

1786年（乾隆五十一

年），毕沅在升任湖广总督后两年，就遇到长江在荆州决口的特大水灾。乾隆在得到荆州城在不到10年的时间第三次被淹的消息后，在谕令中要求毕沅等人必须查出真相。毕沅亲自对长江水道进行考察，终于发现由于有人在窖金洲种植芦苇使得江面狭窄以及临江堤坝偷工减料酿成堤坝溃塌等严重问题。在乾隆的直接过问下，毕沅终于堵住了造成长江泛滥的种种人为漏洞。

虽然毕沅对各项庶务均很认真，发案于1781年（乾隆四十六年）的甘肃冒赈案使他受到了牵连。陕西与甘肃毗连，甘肃全省官员集体侵吞捐监银两非同一般案件，从乾隆到负责监察的御史都认为毕沅是知情不举。御史钱沣弹劾毕沅"于该省冒赈诸弊，瞻徇畏避"，乾隆也谕令毕沅明白回奏。虽然毕沅在回奏中以"在省为日无多，未能觉察举劾"自辩，但他还是受到降处，从一品顶戴降为三品顶戴。

在毕沅的宦海生涯中曾多次为军队转运粮饷，尽管算不上金戈铁马，也称得上是饱经风霜。早在毕沅担任陕西布政使时，第二次平定金川的战幕已然揭开。陕西是进入四川的门户，也是转运粮饷的必经之地。常言道，兵马未到粮草先行，给平定金川的将士转运粮饷、保证驿递的畅通就落到毕沅的身上。毕沅因工作出色，仅担任两年陕西布政使就升为陕西巡抚，（1773年，乾隆三十八年）。

苏四十三领导的甘肃回民起义爆发后，身为陕西巡抚的毕沅仍然负责粮饷的转运及保障驿递的畅通无阻，给阿桂、福康安的军队运送军需，传送谕旨，保证了战事的顺利进行，在平定苏四十三起义后，毕沅被授予一品顶戴。当田五领导的甘肃回民再次起义时，仍由毕沅负责粮饷与驿递，并多次受到乾隆的嘉奖。

作为督抚，毕沅的独到之处即在于他的政绩中总是散发着文化气息。他在陕西为官期间，不仅修复名胜古迹，还发起编纂《西安府志》（80卷）。当乾隆召见他时，他把《关中胜迹图志》（32卷）及《华岳图志》（32卷）呈献给皇帝，而且《关中胜迹图志》被后来编纂的《四库全书》所收录。毕沅在担任湖广总督期间还组织人编纂《湖北通志》，为此他特地聘请著名历史学家章学诚主持编纂工作。

身在官场的毕沅从未间断做学问，他知识渊博，对金石学、史学、地理学、校勘学都有浓厚的兴趣，广为研究，并取得瞩目的成果。他在陕西为官期间撰写了《关中金石记》，此外还搜集瓦当图样。毕沅是清代最早研究瓦当图刻的学者之一，他所搜集的瓦当图样在19世纪末被编为《秦汉瓦当图》。在河南任职期间，他撰写了《中州金石记》，即使在被贬山东的几个月，也组织撰写了《山左金石记》。

毕沅的史学成果更是斐然，他组织编写的《续资治通鉴》记载了宋元两代四百多年的历史，是一部220卷的长篇巨著，其学术价值至今得到公认。他还同章学诚合作编写出一部史学著作的书目提要《史籍考》。

毕沅在校勘学方面更是硕果累累，他在其他学者的协助下校勘了一批古籍，如《墨子》（被视为善本）《吕氏春秋》《老子道德经考异》《夏小正考注》《山海经新核正》《三辅黄图》《长安志》等。他还同江声合作，对古代词典《释名》进行注释，题名为《释名疏证》，并重新刊行。毕沅还把江苏16位当代诗人的著作编为《吴会英才集》。毕沅的绝大部分著作均收入《经训堂丛书》。

毕沅幕府的最大特点就是聚集了一批不得志的学者，如章学诚、孙星衍、洪亮吉、卢文弨、梁玉绳、邵晋涵、钱大昕等，他们中有的是历史学家，有的是校勘学家，有的是文字学家。毕沅为这些人提供稳定的生活条件，以便他们能专心从事研究，他们的研究成果也极大地开拓了毕沅的学术视野。

毁誉不一的孙士毅

孙士毅生于1720年（康熙五十九年），出身寒门，屡试不第，直至1761年（乾隆二十六年）才中进士，此时他已年逾不

惑（41岁）。一年后乾隆第三次南巡，尚未得到官职的孙士毅奉诏应考，名列第一，遂被授予内阁中书。1769年（乾隆三十四年），傅恒指挥征缅战争，孙士毅随傅恒南下，替傅恒起草向皇帝汇报的奏章。因其文笔出色，孙士毅在战争结束后升任户部郎中。

1775年（乾隆四十年）孙士毅担任云南布政使，1779年（乾隆四十四年）升任云南巡抚。仅过一年（1780年，乾隆四十五年），孙士毅就被卷入云贵总督李侍尧勒索下属一案，因知情不举而被发往伊犁效力。由于乾隆念孙士毅为官清廉、文采出众赦免了他，命他同纪昀、和珅一起负责《四库全书》的纂修。在四库馆期间，他同和珅关系密切。《四库全书》竣稿之后，孙士毅出任广东巡抚。

1788年（乾隆五十三年），安南（今越南）黎氏王朝继承人黎维祁因内乱出逃，遂失其国。阮惠便继黎氏而立，建立阮氏王朝。阮惠代替黎氏进行统治纯粹是安南内政，但由于黎氏向清廷朝贡近130年，阮氏未经清朝统治者认可就取代黎氏，的确有伤宗主国皇帝的面子。于是乾隆竟以"义莫大于治乱持危，道莫隆于兴灭继绝"为由，决定派兵讨伐阮惠，用乾隆的话说，就是：黎氏"臣服本朝，最为恭顺，兹被强臣篡夺，款关吁投，若置之不理，殊非字小（抚养小国，驾驭藩属），存亡之道，自当厚集兵力，声罪致讨矣"。

当时的广西巡抚孙永清反对开战，阿桂虽然未公开持异议也主张静观其变。但孙士毅却按照乾隆的思路采取强硬的政策。当阮惠之弟阮岳派人到镇南关（今睦南关）向清廷进贡时，孙士毅呵斥来使：

阮岳等人驱逐君主，扰乱纲常，本总督闻言亲自到此，正在奏请大皇帝调取云、贵、川、广、福建各省官兵十万分路进剿。阮岳你不思悔罪自新，迎还故主，保全合家身命，胆敢冒昧地恳请天朝接纳你们的贡物。我大皇帝行事在三代帝王之上，岂肯听任你们叛逆之臣颠倒冠履，紊乱王章？况且你们曾经是黎氏的官员，反而与黎氏为仇，代阮惠扣关吁请，实在属于不知廉耻之辈。本应即将你们捉拿，请旨正法，姑且念你们都是走卒，不足惩治。现在放你们回去转告阮岳，祸福就在瞬息之间的变化，只看如何选择。[1]

在一番慷慨陈词后，孙士毅把阮惠兄弟派人送来的表文扔了出去，以示"断无准其纳款之理"，粗暴地关上重建藩属关系的大门。

[1]参见《古代中越关系资料选编》。

该年十月，乾隆令孙士毅统兵一万出镇南关，又令云南提督乌大经领兵8000出马白关，声讨阮惠，以期帮助黎氏恢复统治。由于安南连年闹灾，粮食奇缺，为从国内转运粮饷，共设台站七十多个，承担运粮的役夫几近30万。清军在进入安南境内后，迅速突破阮军设在寿昌江、市球江、富良江上的三道防线，阮惠见清军势不可当，便在清军抵达之前，率部撤至2000里之外的广南。

清军未受到顽强抵抗就占领其首都东京（今河内）及皇宫黎城。孙士毅于十一月二十二日颁布乾隆谕旨，册封黎维祁为安南国王。至此，乾隆"字小存亡""兴灭继绝"的战略目的已经实现。孙士毅亦因出兵安南而被晋封为一等谋勇公，赏戴红宝石帽顶。

乾隆在满足宗主国皇帝的虚荣后，令孙士毅从安南撤回广西。历经战事的皇帝十分清楚，阮惠并未经受大创，仍保有一定的实力。清军既不能长驱2000里捉拿阮惠，也不能长期驻守境外"以天朝兵力，久驻炎荒，为属国搜缉逋逃"。因而撤军是最明智的选择，自十二月中旬以来，在半个多月的时间内，乾隆连颁11道圣谕，令孙士毅立即撤军：一再强调"黎城距广南贼巢尚有两千余里，而黎维祁又属无能"，兼之"安南地方，向多瘴疠，倘内地官兵不服水土，致生疾病，尤为不值"，而在进剿广南过程中，"万一稍有阻滞，一时不能迅速擒渠，转至欲罢不能"。

乾隆清醒地意识到安南对于清王朝，"得其地不足守，得其民不足臣"，清朝的军队不能长期驻扎在境外靡费粮饷，替黎氏保卫

国家。如果在出兵之前，乾隆就能以此明智的态度对待孙士毅的请缨，也许一场无谓的战争是可以避免的。退一步说，乾隆所下达的立即从黎城撤回广西的谕令能够付诸实施，驻守黎城的清军也不致在1789年（乾隆五十四年）新正遭到几乎全军覆灭的惨败。

从未有过临战经验的孙士毅，被轻取黎城冲昏头脑，一心要生擒阮惠再立殊功，为此竟敢违抗撤军的圣谕，以致乾隆不得不接连下达11道撤军谕令。而撤至广南的阮惠在得知孙士毅既贪功又轻敌、拒不执行撤军之令、以擒阮惠为念等情况后，便遣使黎城到孙士毅麾下，口称阮惠即将来降。孙士毅喜出望外，不作任何应战准备，"置酒张乐"，全军上下一派过年气象。当阮惠的军队已抵达三叠山时，孙士毅幻想以逸待劳，仍未派军狙击，致使阮军如入无人之地，得以长趋直入。

1789年（乾隆五十四年）大年初二，数万阮军已占领东京以南，兵临城下，孙士毅这才匆忙布置防御，阮军用大象载炮攻城，清军寡不敌众，败下阵来，仓皇逃窜，"尽焚弃关外粮械火药数十万"，自谅山至富良江沿岸各个台站所储数千石军粮因来不及运走，全部付之一炬。为了防止阮军追杀，孙士毅在多一半士兵尚未渡过富良江的情况下，令砍断江上浮桥，致使提督许士享、总兵尚维平以及上万将士均因无法渡江或被阮军击杀，或溺水而亡。

尽管孙士毅抗旨不遵、贪功轻敌是造成此次惨败的直接原因，但乾隆并未过多追究孙士毅的责任，甚至对孙士毅砍断浮桥弃军而逃以及在疏奏中极力掩盖溃败真相等恶劣做法都未进行应有的惩处，明确表示愿与孙士毅共同承担战败的责任，"朕与孙士毅均不能辞咎"便是乾隆处理此事的准则。乾隆在《御制再书安南始末事记》中有如下一段分析："然，使孙士毅即早遵旨班师，而阮惠亦必复来，是不过无伤我官军之事耳。但甫经兴灭继绝之藩国，视其仍灭绝而弗救乎，则是师犹无了期也……"

在这里乾隆认为即使撤军，虽然官军无伤，仍无法避免"师犹无了期"的局面，但"师犹无了期"并不等于就要遭受惨败，孙士毅对此的确应该负有不可推卸的责任。抗旨不遵酿成大败的孙士毅，仅受到革所赏谋勇公、收回红宝石帽顶的惩处，因同安南阮氏仍处于交战状态，乾隆任命福康安为两广总督，将孙士毅调回京师。

由于孙士毅是一介书生，就连朝中一些大臣也对其相当宽容，前往镇南关接应的福康安对狼狈不堪的败军之帅安慰道："此次提兵出关，三战三捷，读书人能如此实心肩任，一往无有，此心可对皇上，可对天地。只是收复黎城后，未即遵旨撤兵，难辞其咎。"

大败而归的孙士毅反而被任命为兵部尚书，并入主军机。如此处置败军之将，的确是前所未有的。想当年，在征两金川之战中，张广泗误把间谍当做向导，损失惨重，被逮京师，处以死刑；讷亲则因师久无功，不能同张和衷共济，亦被处死。而挑起清缅之战的云贵总督杨应琚同孙士毅的情况就更为相像——因贪功轻启战端、亦因指挥不力受挫及在给皇帝的奏报中掩盖事情

紫光阁

的真相。然而杨应琚得到的是赐令自尽，而孙士毅却得到皇帝的从宽处理。抗旨不遵、酿成大败的孙士毅不仅未落得杨应琚的下场，反而被法外施恩，当其要交纳议罪银时，乾隆竟批有"何出此言"四字，孙士毅竟得到乾隆宽大无边的恩遇。

孙士毅在四川总督任内，曾给入藏抗击廓尔喀的清朝军队转运粮饷。由于交通不便，从内地运一石粮入藏需用银三十多两，而在当地购买粮食就可以节省巨额饷银。于是他便以高出当地粮价一倍的价格在藏地收购粮食，所用银两只是从内地转运的十分之一。在击败廓尔喀后，孙士毅也同福康安等将领一起图形紫光阁。

能征善战的福康安

福康安系傅恒第三子，字瑶林，敬斋，从1780年（乾隆四十五年）起就开始担任地方总督，曾担任过云贵总督（乾隆四十五年至四十六年，乾隆五十九年至六十年）、四川总督（乾隆四十六年至四十八年，乾隆五十八年至五十九年）、陕甘总督（乾隆四十九年至五十三年）、浙闽总督（乾隆五十三年至五十四年，乾隆六十年）、两广总督（乾隆五十四年至五十八年）。

福康安很能打仗，也很会打仗。无论翻越人迹罕至的崇山峻岭，还是乘风破浪渡海迎敌，都能克服艰难险阻，最终赢得胜利，称得上是一名福将。作为一位生在世代簪缨之家的子弟，福康安不仅能吃苦耐劳，而且能同襄赞军务的阿桂及并肩作战的海兰察、额森特等保持较为融洽的关系，这些都是相当难得的。

关于福康安的身世，却扑朔迷离，一直是人们议论的一个话题，在一首广为流传的《清宫词》中这样写道：

"家人燕见重椒房，龙种无端降下方。丹阐几封曾贝子，千秋疑案福文襄。"

而该诗之注曾有如下一段介绍："福康安，孝贤皇后之胞侄，傅恒之子也。以功封'忠锐嘉勇贝子'，赠郡王衔，二百余年所仅见。满洲语谓后族为'丹阐'。"经此暗示便可得出身为皇后内侄的福康安实则是皇帝与傅恒之妻的私生子的结论，所谓"家人燕见"（亦作宴见），即彼等传情、定情之所。此后在蔡东藩先生的《清史演义》及高阳先生的《乾隆韵事》中，都对乾隆与傅恒之妻暗度陈仓大事渲染。

一些历史著作否定了福康安系乾隆私生子之说。笔者以为有三个疑点仍无法排除。其一，该著作认为福康安之所以受到重用因系傅恒之子，孝贤皇后临终前"以傅恒为托"；但在傅恒逝后并未得到追赠为王的殊荣，而福康安在击退廓尔喀时乾隆就有封王之意，只是由于考虑到"福康安父子兄弟多登显秩，福康安又荷王封，富察氏一门太盛，于伊家亦属无益"，才未能兑现封王的许诺。而当1796年（嘉庆元年）福康安死于征苗前线后，乾隆追封其为郡王，谥"文襄"，并推恩其父，追赠傅恒为郡王。清王朝入关后，未对异姓封王，福康安是第一个享受此等殊荣的人。福康安以异姓封王，的确留下千秋疑点。其二，乾隆在傅恒死后曾写七律一首以示悼念，该诗的"汝子吾儿定教培"一句，的确容易产生歧义，既可释为傅恒之子实为龙种，又可释为皇帝要把傅恒之子视若己出，既然有歧义，就很难否认其中任何一种解释。其三，在傅恒的四个儿子中只有福康安自幼养于宫中，用乾隆的话说就是"福康安垂髫豢养，经朕多年训迪，至于成人"。

如此得到乾隆厚爱的福康安却未能当上皇帝的乘龙快婿，而其兄福灵安得娶宗室之女，福隆安则成为四额驸，尚乾隆之女和嘉公主。乾隆第七女和静公主、第九女和恪公主都同福康安前后脚出生，称得上年岁相当，但皇帝却把七额驸的桂冠赐给成衮扎布之子拉旺多尔济，把九额驸的桂冠赏给兆惠之子扎兰泰，其中个的恐怕只有乾隆自己清楚。关于福康安的身世，实在是一大疑案。

金川对于富察氏家族竟是发迹之地，傅恒因为第一次平定金川之战，确立了宰辅地位，初出茅庐的福康安在第二次平定金川

福康安

的战争中，因功"图形紫光阁，列前五十功臣"，并得到三等嘉勇男的封爵。

福康安第一次参加战事就得到一位有经验的战将——海兰察的提携，海兰察"分兵千人，偕福康安赴宜喜，先取甲索贼碉"，攻克大小寨落数百个，从而使得缺少作战经验的福康安在炮火与矢石中脱颖而出。海兰察的功劳不仅在于遏制住木果木的溃败之势，还在于他发现并提携了一位可以造就的年轻人，发现并培养了一员猛将。此后在一系列重大战役中，海兰察都是作为福康安的助手而配合他作战，"许多人认为福康安的胜利都应归功于海兰察"。

1786年（乾隆五十一年）发生在台湾的林爽文起义，为福康安提供了展示才干的舞台，经过十几年的锻炼，他已经从参战的将领一跃而成为指挥全军的主帅。

清廷在台湾驻兵12000，完全有力量控制住局势，但由于总兵、副将等为谋取私利，把大部分兵丁遣回内地经商，从中收受贿银，留在台湾的军士本来就微乎其微，且"经年并不操练"，凡每月能缴一定数额银两者，就可不住军营，以致"开赌窝娼，贩卖私盐"，无所不为。真正在军营吃粮当差的只是极少数，即使这很少的一部分，也由于缺乏军事训练而徒有其名。而从内地派往台湾作战的水陆两提督——黄仕简、任承恩，一个"株守郡城"，一个"安居鹿仔港"，"仅派将弁零星打仗"，"大兵仅属固守，皆以兵单难于远捕为辞"，致使林爽文在起义后，仅一个多月的时间就占领南北交通要道以及大部分土地。

为此乾隆严令整肃军纪，把临阵逃脱的总兵郝壮猷、参将瑚图里在军前正法，对贻误战机的黄仕简、任承恩革职逮问，责令赴台作战的原浙闽总督常青（已调任湖广总督）及时进剿，"断不可又蹈黄仕简，任承恩故辙"，"观望迟延"。然而长期以来所形成的军队懈怠绝非一道圣谕就能解决。常青在同义军作战时，稍遇挫折即龟缩入城，致使离府城十里以内的地区仍被义军占领，且以"贼匪将道路削小，阻碍去路"为其按兵不动作辩解。

1787年（乾隆五十二年）六月，陕甘总督福康安奉命前往台湾，取代督办军务的常青。此时林爽文的部众已达20万，而清廷陆续派往台湾的军队只有四万，加上原有的驻防尚不足五万。驻守盐水港的恒瑞就一再吁请皇帝调数万大军来台，他认为"恢复地方与接续后路，即需兵二三万，欲捣大里杙等处贼巢，亦需兵二三万"。

乾隆拨给福康安的军队只有5000，他所指授的方略是：

在粤籍、泉州籍的移民中组织乡勇，配合官军作战；

由浙闽总督李侍尧往台湾运送粮食，赈济广东庄、泉州庄的义民以及流离失所的的难民；

福康安抵台后，不必前往被围困的府城，应直奔诸罗，以解诸罗之围，既可歼灭林爽文的主力，又可打通南北交通要道，彻

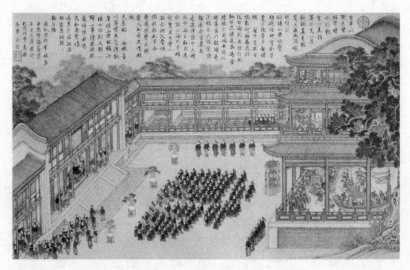

《平定台湾战图》中的清音阁演戏图

底扭转战局。

福康安在抵台后一昼夜急行数百里，抵达鹿港，集中一万兵力，扬言要直捣大里杙，实际却阴趋诸罗，并于十一月初八突抵诸罗，攻其不备。在激战一昼夜后，林爽文率部退入竹林，凭借竹林、蔗林的掩护进行抵抗。福康安令粤籍、泉籍乡勇分头砍毁竹林蔗田，得以长趋直入，把在牛栏山扎营的林爽文部团团包围。至此，被林爽文围困八个月的诸罗，终于解围。

十一月十八日，清军与退守诸罗城北面小半天山的林爽文残部再次展开激战，林接战后失利，遂退守大里杙，凭借土城枪炮负隅顽抗。十一月二十四日深夜，林爽文在同清军激战一昼夜后伤亡惨重，携眷夜逃。当时乾隆最担心的是，林爽文率残兵败将南逃凤山，与庄大田部合兵一处；或逃至"生番地界""潜行煽惑，别生事端"。为此，皇帝对福康安未能在攻陷大里杙的同时生擒林爽文大动肝火。然而事态的发展很快就证明，受到重创的林爽文已无扭转败局的气魄，在从根据地撤出后，既无心同庄大田会师，也无撤入生番再图大举之意，而是"先匿其妻孥于番社，惟与死党数十人窜穷谷丛箐中"，惶惶如丧家之犬。

十二月十三日，林爽文的家小被清军抓获；翌年正月初四，林爽文在隐匿处所——打铁寮被清军生擒活捉。这位未及而立之年的会党首领被押解至京师后凌迟处死，时为1788年（乾隆五十三年）三月初十，福康安因平台之功再次图形紫光阁。

在平定林爽文起义后，为泄私愤福康安竟陷总兵柴大纪于死地。

柴大纪系浙江人，1783年（乾隆四十八年）出任台湾总兵。四年后，林爽文聚众起义，为控制运粮要路，猛攻诸罗，在无援军的情况下，柴大纪率军固守孤城近半年。在诸罗粮食匮乏，弹药不继的情况下，乾隆曾令柴氏率众突围，再图进取。但柴氏考虑到诸罗地处台湾南北之中，一旦弃之"则城池营盘大炮均为贼匪所有，恐贼势益张，盐水港、笨港两路之兵，均难驻守；且城厢内外住居百姓及各庄避难入城者，共有四万余人，至今协力防御并捐助军粮，急公向义，实不忍将此数万生灵，尽付诸逆贼之手"[12]。对于柴大纪"以国事民生为重"的抉择，乾隆皇帝非常感动，立即颁诏予以嘉奖，充分肯定"柴大纪在台湾剿捕贼匪，劳绩最著，即守城一节，其功甚大"，特封其"为一等义勇伯，世袭罔替，并著浙江巡抚琅玕赏给伊家属银一万两，用示朕轸念勋劳锡爵酬庸之至意"。

然而令人惊诧的是，此谕下达还不到两个月——刚刚走出围城、"肌羸无人色"的柴大纪就被"拿问治罪"。酿成柴大纪被逮的始作俑者即福康安。据《啸亭杂录》所载：当福康安作为诸罗的救星进入围城万民出迎的情况下，只有柴大纪认为自己功劳大，与福康安分庭抗礼，福康安怀恨在心，遂密奏柴大纪为人奸诈，不可相信。福康安的密奏递上不久，正赶上侍郎成德从海上监修城垣回来，成德也对柴大纪多有谤言。乾隆相信了这些诋毁柴大纪的言语，下令逮捕柴大纪。另据魏源《圣武记》记载：一开始，福康安解诸罗之围时，柴大纪去迎接福康安，认为自己是参赞伯爵，没有给福康安牵马，福康安就疏劾柴大纪前后的奏报不一致。没过多久，乾隆就以不能把林爽文之变消灭在萌芽中的

[12] 《清史稿》卷三二九，《柴大纪》。

罪名，而将柴大纪正法。

平心而论，福康安在柴大纪之死中负有一定的责任，但起决定性作用的还是乾隆。在对官员的奖惩中，乾隆绝不是轻易受臣下左右的君主，即使是心腹之臣也只能围着皇帝的思路转。虽然柴大纪在粮尽援绝极端艰难的情况下孤守战略要地——诸罗，功不可没，但林爽文能迅速控制台湾恰恰是守军军纪涣散、缺少训练、不能应付突发事变所致。在乾隆看来，已经担任台湾总兵三年的柴大纪当然难辞其咎。乾隆不会饶过柴大纪，治罪柴大纪只是一个时间问题，不管福康安是否洞察到乾隆的内心，他的疏劾的确为君父尽快解决这一问题，提供了一个契机。

1791年（乾隆五十六年）廓尔喀对后藏的入侵，则给福康安的军旅生涯增添了艰险而又多彩的一页。

廓尔喀原本是尼泊尔境内的一个部落，位于尼泊尔首都阳布（今加德满都）西北。尼泊尔在喜马拉雅山南麓，其疆土与我国西藏地区犬牙相接，同西藏民间贸易频繁。尼泊尔又系佛祖释迦牟尼的诞生地，佛教系其国教，由于宗教信仰的关系，西藏同尼泊尔之间的交往相当密切，藏僧也经常取道尼泊尔前往印度。在雍正年间，尼泊尔已同清朝通贡，及至乾隆中叶，廓尔喀部酋长布拉苏伊那拉因乘尼泊尔内乱，入主阳布，自立为王，并完成一统。1775年（乾隆四十年），开创廓尔喀王朝的布拉苏伊那拉病故，由其嫡孙喇特纳巴都尔嗣位，因新王年幼，遂由喇特纳巴都尔的叔叔巴都尔萨野摄政。

在当时，廓尔喀各部族之间矛盾尖锐，为了摆脱国内危机，摄政王便对外进行扩张，入侵西藏已成为廓尔喀摄政王的既定方针。1788年（乾隆五十三年）六月，廓尔喀摄政王利用班禅六世圆寂而引起的西藏上层社会的动荡，派兵突然入侵西藏，西藏地方政府根本无法抵抗，聂拉木、济陇、宗喀等地接连失守。

乾隆在得悉廓尔喀入侵西藏之后，一方面派精通藏语的御前侍卫兼理藩院侍郎巴忠为钦差前往西藏，主持战事；另一方面调兵遣将，令四川提督成德就近调拨三四千兵丁火速入藏。乾隆还颁谕达赖、班禅（七世），令彼等把收藏的粮食牛羊卖给入藏大军；又以驻藏大臣的名义发布檄文，令廓尔喀立即撤兵，"否则大兵一发，尔等靡有孑遗"。

就在乾隆为迎战廓尔喀运筹帷幄之时，西藏地方政府及红教、黄教上层人物却认为藏兵懦弱不是廓尔喀的对手，内地清军又远水解不了近渴，决定派红教喇嘛第穆胡图克图前往廓尔喀，同摄政王私下议和。经过一番激烈的讨价还价，双方终于达成以岁币银300锭（一锭约合32两），换取廓尔喀撤军，此项费用自然由西藏地方政府支付。

无论是钦差大臣巴忠，还是驻藏大臣庆麟、援藏的四川提督成德，虽然并不同意西藏上层人物私下同廓尔喀议和，但他们对在世界屋脊与骁悍善战的廓尔喀交战，也有种种顾虑，诸如高山反应、粮草转运以及大雪封山等。作为代表皇帝全权处理此事的钦差大臣巴忠，为早日了结此事，竟接受西藏上层人物同廓尔喀私下达成的和约，但这一有损国威的和约必须对乾隆保密，只能以廓尔喀"畏罪输诚"、"悔罪乞恩"、"望风退回"以及已与廓尔喀"立定规条，勘明边界，各设盟誓"等向朝廷奏报。

一年300锭（约合9600两）的额外支出，对于西藏地方政府不是一个小的数额，由于西藏地方政府无力支付，廓尔喀遂于1791年（乾隆五十六年）六月初派军数千北上。旋即占领聂拉木，将正在那里巡视的西藏地方官员——噶隆丹津班珠尔及负责训练藏兵的教习王刚等十多人生擒，并占领日喀则，班禅所在的喇嘛教胜地——扎什伦布寺也被劫掠一空，甚至连塔上镶嵌的松石、珊瑚都给挖了下来，把金银佛像、金塔顶、金册文等也席卷一空……

乾隆在得悉西藏被兵后，即令四川总督鄂辉、成都将军成德统兵4000入藏赴援，但他们有意拖延，直至九月上旬才抵达后藏，而此时廓尔喀军在饱掠日喀则及扎什伦布寺之后已然撤军，只留兵千余驻守聂拉木、济咙等地。姗姗来迟的援军，仍不敢对占据聂拉木、济咙的敌军发起攻击，拥兵后藏，于事无补。

为了确保西藏的安全，遏制廓尔喀对西藏的扩张野心，乾隆

决定再次派军队入藏。此次派入西藏的军队达一万四五千，以期对廓尔喀"有所创惩，不敢复行滋事"。为此，乾隆在人事安排上作出重大调整：

免除保泰驻藏大臣一职，任命和琳为驻藏大臣；

免除鄂辉四川总督一职，任命孙士毅为四川总督；

免除成德成都将军一职，任命奎林（原福建水师提督兼副都统）为成都将军；

任命两广总督福康安为大将军，海兰察为参赞大臣，由福康安、海兰察统精兵5000入藏。

1792年（乾隆五十七年）闰四月，福康安率精兵5000向敌军盘踞的聂拉木、济咙进发，廓尔喀军据险死守，福康安设伏诱敌，不到一个月的时间歼敌一千余，全部收复失地。乾隆在得悉入藏清军旗开得胜首战告捷后，欣然赋诗，其诗文如下：

"擦木玛噶以次举，济咙咫尺弗为遐。破宵冒雨乘无备，直进分班策肯差。

"贼竟抗颜以死抵，师争刃血更雄加。据其要险鸮失巢，遂克中坚虫洗沙。

"报至喜翻成欲泣，念驰怜切诇惟嘉。复番境已压寇境，阳布摧枯望不赊。"

该年五月，福康安率领清军挺进廓尔喀境内。对于清军来说，这里的自然条件较之大小金川、缅甸、安南都要恶劣得多。其地山势险峻，丛林密布，激流险滩与碉卡林立其间，且气候多变，阴雨绵绵，"惟辰巳二时稍见日，届午则云雾四合，大雨如注，山巅气寒凛，夜则成冰雪"，兼有潮湿与高寒两种气候的特点。

由于深入敌国作战，给养、弹药都不能及时得到补充，士兵的鞋子被山石磨穿，赤足行进在乱石间，"多刺伤，又为蚂蟥唶啮，两足肿烂"。白日行军备受煎熬，夜间宿营亦"无平地可搭营"，数千将士"皆露宿崖下，实甚劳苦"。孤军深入是兵家之大忌，到敌国作战更是如此。想当年，福康安的堂兄明瑞征缅即因孤军深入，被敌切断后路受到挫折，而畏罪自杀。为了避免被敌军袭扰后方，切断退路，福康安在进入廓尔喀后，兵分三路，由成德、岱森保与总兵诸神保分领左右路以分散敌军注意力，而他本人与海兰察所率领的主力则直逼廓尔喀的北边门户——热索桥。

热索桥一战，是清军进行反击后所进行的首战。热索桥的北面是湍急的江水，廓尔喀兵"阻河抗据"。福康安见难以强渡，一方面派一部分军队继续佯攻，一方面密遣一部分军士翻越两座峻岭，绕至热索桥上游，砍木结筏，偷渡过江，沿江而下，一鼓作气攻下热索桥。

为了避免两面受敌，福康安还派人同廓尔喀部南面的哲孟雄、宗木布鲁克、甲噶尔、巴作木朗等部取得联系，鼓励彼等向廓尔喀发起进攻，"许事平分其地"，从而使廓尔喀摄政王处于两面作战的不利地位。与廓尔喀有世仇的披楞（位于印度与廓尔喀之间）见廓尔喀屡被清军所败，亦派兵船逼近廓尔喀边界，笃信尚武精神的摄玫王却被他自己掀起的尚武浪潮所淹没。

集木集之战是清军同廓尔喀之间所进行的最后一战，也是最艰苦的一战。因清军已逼临廓尔喀都城，故廓尔喀拼全力死战，从各地征调的援军就有三路。在福康安的率领下，清军冒雨仰攻20里，仍不能夺取集木集，经过两天一夜的苦战，才将集木集外围的四座木城、十一座石卡全部夺取。

乾隆的果断决策、福康安的大勇大智，在十八世纪九十年代的军事史上写下最为辉煌的一页。清军翻越喜马拉雅山，经过两个多月的喋血苦战，接连攻克热索桥、束觉岭、雅尔赛拉、博尔东拉、雍鸦、噶勒拉、堆补木等地的碉卡木城，歼敌近5000，深入廓尔喀境七百余里，追至七月初距其都城阳布只有几十里……

廓尔喀的首都阳布已经近在咫尺，乾隆所提出的摧毁好战的廓尔喀——"扫穴擒渠将其土地给还各部落，永免卫藏驻兵防守"的战略布置，即将变成现实。然而身为大将军的福康安，不得不在功亏一篑的情况下结束战争。气候的变化是首当其冲需要考虑的，这一年西藏的冬季要比往年提前一个多月，刚到八月初，已然变冷，估计在九月以后，就会大雪封山。对福康安来说，必须在八月结束战事，以便"及早藏事撤兵"，否则一旦大雪封山，粮运中断，则进不能直捣阳布，退又被大雪所阻，就会落得进退失据。在千里之外指挥战争的福康安必须从实际出发，而不是拘泥于皇帝在战争之初的设想，远离战场的皇帝，"不能一一遥为指示"，"惟在临机应变，妥速藏功也"。

因而当廓尔喀摄政王派遣人前往清军营地帕朗古乞降时，福康安便同廓尔喀为结束战争进行谈判。几经周折，廓尔喀摄政王终于废除同西藏地方政府签定的密约，缴出西藏地方政府同廓尔喀私自定立的合同两张（即向廓尔喀交纳岁币300锭），呈献唆使摄政王出兵的红教胡图克图沙玛尔巴的遗骸及其眷属，归还所掠夺的扎什伦布寺的物品，释放所俘获的西藏噶伦丹津巴珠尔及教习王刚等十余人，向清廷乞降纳贡。

福康安所呈献的廓尔喀摄政王乞降禀帖，于八月二十二日送抵御前，乾隆立即颁发"赦其前罪，准令纳表称贡，悔罪投诚"的谕令，并下达从廓尔喀撤军的命令。此次对廓尔喀用兵，虽未倾覆其国，但却摧毁了摄政王的扩张野心，从而确保西藏免受兵燹之苦。

该年九月，廓尔喀遣使至后藏日喀则的扎什伦布寺，向班禅七世请罪，班禅对来使言道："尔部落自恃强横，滋扰佛地，仰蒙大皇帝发兵进剿，犹幸及早悔过，允准归降，此后惟当永远恭顺。"班禅且对来使颁赏。上述一切标志着两国间交战的一页，终于被历史的巨手掀了过去。翌年正月，廓尔喀遣使北京，呈献表文、贡物，乾隆册封喇特纳巴都尔为廓尔喀王，双方再建贡使关系。

由于击败廓尔喀，福康安第三次图形紫光阁。乾隆在1794年（乾隆五十九年）九月翻阅《廓尔喀纪略》[13]，当看到福康安在空气稀薄的世界屋脊，攀缘登陟，非常感动，考虑到接任云贵总督的福康安正在路上，而当时已经接近冬季，天气乍寒，特把御

[13]在清代，每次重大的战役后，军机处下属的"方略馆"都把有关此次战争的上谕、将领的奏折、地方官员的汇报等资料集中起来，按照时间的先后编辑成书，或名曰方略，如《平定三逆方略》《平定两金川方略》等；或名曰纪略，如《钦定平定教匪纪略》《平定苗匪纪略》《安南纪略》等。

用的黑狐大腿皮的御褂赏给福康安，以便在途中御寒。

福康安作为乾隆的心腹股肱之臣，往往在地方上出现问题后派他前往坐镇。云贵总督李侍尧勒索属下发案后，乾隆派福康安出任云贵总督；在平定陕甘回民起义后，又派他接替李侍尧的陕甘总督，以加强对社会秩序的维护；而当平定台湾林爽文起义后，浙闽总督就落到福康安的肩上，令其追查天地会的内幕；把福康安调任两广总督，则是接替在安南战败的前任孙士毅，收拾残局，完成从交战到议和的转变。

福康安在四川总督任内曾因和琳的弹劾，跌过一跤，他在第二次出任四川总督后，因破获在境内传教的白莲教教首，而引发乾隆对白莲教的大搜捕。由于福康安对清查秘密宗教的重视，才查出刘松在发配地秘密建立三阳教以及令弟子刘之协去其他省份传教收徒等一系列触目惊心的问题。

1795年（乾隆六十年）二月初四，贵州苗民石柳邓、湖南苗民石三保聚众为变的奏本，送抵御前，乾隆立即部署三路进剿计划：

湖广总督福宁、湖广提督刘君辅率军13000自凤凰厅从东向西推进；

四川总督和琳、四川提督穆克登阿统兵4000自西而东向秀山、酉阳挺进；

云贵总督福康安挥军万余，从铜仁北上，由南向北进军。

福康安一路是清军的主力，乾隆指示福康安，要集中优势兵力，各个击破彼此之间缺乏联系的据点，集中力量夺取贼首屯聚的紧要之处，肃清一路、擒拿首恶后，再去攻打另外一路。福康安遵照乾隆的部署率领军队，首先在铜仁的盘塘坳击败石柳邓，解"正大营"之围，并率军扫荡"正大营"东面通向湖北的新寨。

福康安又督军绕过高垄坡，"破贼棚数百"，夺取高垅坡与嗅脑营之间寨子，并放火焚烧地势险恶的岩门寨、地所坪，解除嗅脑营之围。紧接着，又夺取倬山一带一百多个寨子，并乘夜

进兵，放火焚烧野牛山，以清后路。紧接着，率领军队向松桃厅挺进，旋即解除起义苗民对松桃厅的包围。福康安马不停蹄又赶往石柳邓所占据的大塘汛、大寨营，并同从四川赶来的和琳合兵进剿。在他们的打击下石柳邓逃到湖北，投奔占据黄瓜寨的石三保。

在基本上摧毁石柳邓部后，福康安便去解永绥之围。清军在渡河时，苗民在对岸据守抵抗，福康安分出部分军队偷偷到上游造木筏，在岸边等候渡江的机会。为了分散对岸的注意力，纵民牧牛，并设伏兵以待。当苗兵乘船到对岸夺牛时，伏兵突起，夺取对方的船只，再加上自己造的木筏，全部顺利渡河。清军在渡河后攻破木城，夺取石花寨，进剿土空，抄小路进逼永绥。经过三天的激战，终于解永绥之围，并进抵竹子山。

起义的苗民聚集在兰草坪西北崖的板寨中，福康安令在对面山上设埋伏，把大炮隐藏在那里，督兵从山坳进攻，等清军通过后伏兵开炮轰击，坪上的苗军弃木城退保瑯木陀山卡。该年四月，福康安攻克瑯木陀山卡，在山梁扎营。瑯木陀山西面的登高坡，与石三保、石柳邓所盘踞黄瓜寨相望，而登高坡右面的老虎海可通向黄瓜寨。福康安兵分五路，冒雨进剿黄瓜寨，枪矢无虚发，一举摧毁黄瓜寨。石三保、石柳邓退守鸦酉、鸭保等寨，而吴半生则逃往西梁。

福康安在生擒吴半生后，兵分五路进剿吴八月，十月抵达鸭保。鸭保的右面天星寨地势最险要，也是吴八月的藏身据点。福康安率领部队在夜间出发，时值雪后，朔风突起，士兵全都在夜色中摸索着前进。十一月攻克卧盘寨，生擒吴八月。一个月后，又乘风雪连夜进军，夺取地良、八荆、桃花等寨子。对于福康安的运筹布置，乾隆是非常满意的；对于福康安冒险进攻所取得的战绩，乾隆更是由衷欣赏，并在八月晋封福康安贝子爵位。在清代，贝子的爵位相当于王爵。自清军入关以来，福康安是赢得异姓封王殊荣的第一人。

乾隆在平苗战事中任用的主帅是福康安，同福康安配合的孙士毅、和琳以及毕沅都是最合适的搭配，但让乾隆感到不解的是，为何此次战事竟然师久无功呢？福康安转战黔湘，历尽湿热与风霜，的确打得很艰苦，问题出在什么地方呢？福康安攻占一个据点后就焚烧周围的寨子，攻下湖北的新寨后，焚烧大寨26个；夺取高垅坡与嗅脑营之间的据点后，放火焚烧地势险恶的岩门寨；攻克石柳邓所占据的大塘汛、大寨营后，焚烧寨子40个；在夺取骡马峒及两叉河诸山后，焚烧三百多个寨子；而在攻克结石岗石城后，焚烧牧牛坪一带的大小寨子七十多个……焚毁苗寨的做法，实际上是为渊驱鱼，使得无家可归的苗民加入反叛的行列，增加了平苗的难度，以致平苗已经将近一年，最终胜利依旧是遥遥无期。

远离前线的乾隆哪里晓得，正是这种大量焚烧寨子的残酷做法，起了火上浇油的作用，结果却是：野火烧不尽，春风吹又生。85岁高龄的乾隆，遥望南天，祈盼捷音。

偶尔露峥嵘的和琳

和琳，字希斋，生于1753年（乾隆十八年），比和珅小三岁。尽管和琳在许多问题上同和珅意见相左，但能够迅速发迹，主要还因为他是和珅的胞弟。1777年（乾隆四十二年）24岁的和琳担任吏部笔帖士，步入官场，旋即升任郎中，先后担任代理杭州织造、巡漕御史、兵部尚书、工部尚书等要职。

和琳才具虽然一般，但为人谦和，并不像和珅那样让世人侧目。但因和珅的名声不好，和琳也难免被世人指责。据《国朝耆献类征初编》所记，福康安统兵入藏击廓尔喀，因和珅掣肘，险遭不测，使福康安陷入"青草未茂，马皆瘠疲"粮饷屡绝的困境，"赖其行走疾速，于四旬至前藏"，才粉碎和珅"欲绝其粮饷，以令其自毙"的图谋。当时负责为福康安转运粮饷的就是和琳，一般人都认为在陷害福康安这个问题上，和琳是和珅的得力帮手。就连嘉庆皇帝后来在谈及此类事情时，也持这一观点，他

对福康安平苗未竟有如下评论："和琳同福康安剿办湖南苗匪，亦因和琳从中掣肘，以致福康安及身殁未能办竣。"

在对待福康安的态度上，和琳同和珅的态度是否完全一致呢?笔者以为，和琳同福康安的关系并不像和珅同福康安那样紧张。1782年（乾隆四十七年）弹劾湖北按察使李天培在漕船上私带木材，并非虚妄，他的确没想到此事会波及到福康安，更没想到和珅会趁此机会大作文章。

但当他在西藏给福康安转运粮草时，他同福康安的误会不仅消除，而且还建立了情同手足的友谊，他的诗作就是明证。在和琳的《芸香堂诗集》中，写给福康安的诗有六首，其中不少诗句流露出和琳对福康安的钦佩与真情，绝非一般应酬之作。他在《贺敬斋福大将军相国凯旋即以送行》中写道：

"重臣秉钺出湟中（去冬由青海出口），荒服奇勋又借公（公前岁平台湾）。千叠山川七战取，廿余部落六旬通（廓尔喀二十四部落，公自进兵至受降，七战七胜，得地千里，计在两月中）。"

在谈及同福康安的交往中，不止一次出现"知己""知遇"，如"记从筮仕列班行，即荷青眸一寸光（予任工部司员深蒙荐拔），幕府夜谈刁斗静，旌旗日映杯酒长，几多故吏惊知遇，争似新交得未尝，底事程门开佛国，彭宜咫尺易升堂（予寓与公寓相隔不及一箭）"。

在《送敬斋相国入朝六律》则充满惜别之情：

诸如"久住难为别，离宴几度张"，"临歧频望远，心比去途长"，"解衣情恋恋，不畏岁寒风（时荷重裘之赠）"，"无限低回意，尊前我独知"，"入朝当首夏，握手或中秋，持赠余团扇，离杯付酒筹"，"听漏殊嫌促，倾醑不计巡，惟余情脉脉，宛转逐雕轮"等。

而他在《答敬斋相国留别元韵》中，却生动描绘彼此推心置腹畅谈，共议军国大计的情景："相公谦甚不论阶（予系公旧属，蒙公以兄弟论），一时缟纻卑流俗"，"夜月衔杯听玉漏，春灯并马踏花街。深谈每至鸡人报，如此交期忍去怀。虎帐宵阑细论兵，荷戈愧我未从征。记曾转粟输边塞，旋报降幡竖敌城"，"临歧洒遍千行泪，惜别欣随四日程（送至仁进里，相公不令再前，统计四日）。" "后会联吟自有期，多情谆嘱惜分歧，风行卫藏谈何易，政济宽严计得宜（公戒治藏不可过严），爱我深怀逾骨肉，感君雅谊荷维持，于今判袂天南北，日盼双鳞慰所思。"

在《闻敬斋相国莅川寄贺》一诗中，不仅有"诸葛入川崇教化，汾阳在外预訏谟"一类颂扬之句，还洋溢着思念之情："相思两地逢长夏，痞疼三生忆昨春，最是灵犀无间隔，每随意马傍清尘"，"知君念我还如我，彼此欢逢旅梦中。"

从和琳的诗句中不难看出，福康安是和琳的上司，对其又有荐举之恩，和琳对福康安的功绩相当佩服，认为福康安就像诸葛亮、郭子仪一样立有不世之功。在击退廓尔喀的战事中，他们建立了深厚的友谊，彼此以兄弟相称，对于福康安奉命前往粤西（时安南阮王新卒，该国不靖，命其前往镇抚），和琳恋恋不舍，留下"无限天涯万里情" "何如当日不盟心"之句。

西藏之行，使得和琳同福康安建立起胜过骨肉的友情。此时的和琳已非10年之前，他不会再卷入陷害福康安的阴谋。对廓尔喀用兵，最主要的困难即是转运粮饷，就像当年平准一样，粮草能运到什么地方，仗就能打到什么地方。平心而论，往西藏转运粮饷要比往西陲艰难得多，即使出现粮草不继也不能一概称之为掣肘，更何况当时的和琳对福康安已经程门立雪，恭敬有加。笔者以为把粮草不继，归过和琳实在是一种主观臆断，和琳毕竟不是和珅。

在《芸香堂诗集》中，所收录的谈及和珅的诗只有三首，一首是在得悉十公主下嫁侄丰绅殷德奉命人都的途中所写的《晓行》，一首是在皇帝赐和珅黄带、授丰绅殷德散秩大臣之后所写的《志喜口号》，另一首是在巴彦喀拉围猎时拾得一红叶与和珅共续而成。而且和琳无论是在西藏还是在平苗前线，对于远在千

里之外的兄长从未写过"相思人万里""孤枕不成眠""欲画相思寄，无形笔难落"一类的诗句，可见他写给福康安的"爱我深怀逾骨肉"并非虚妄之词。

和琳入藏整整三年，在他的诗中有不少地方描述了当地的风俗以及恶劣的自然条件，在《西招四时吟》中这样写道：

"莫讶春来后，寒威倍胜前。

小窗欣日色，大漠渺人烟。

"草枯归牧马，寒重敛肥蝇。（藏中苍蝇绝多，十月后方少，原诗注）

沙渍衣多垢，山童雪不疑。（冬日反无雪，原诗注）

客游闲戏笔，真个悟三乘。"

由于气候高寒，当地不宜种蔬菜，通过四川驿站转运，"到此空嗟色香改"，因而当收到从帕克里带来的黄瓜和茄子时，和琳竟兴奋地写下"更欣黄瓜与紫茄"，"强于西域得佛牙""吟诗大嚼挑银灯，瓜茄有灵幸知己"的诗句。能吃上一次黄瓜、茄子就赋诗志之，当地生活的艰苦可想而知，而和琳在此一住就是三年。

尤需一提的是，和琳在入藏之初，从四川转运军粮，一些极为贫苦的川民运粮至藏后，"流落不能旋里"，诚如其诗所言"可怜役夫众，归路嗟迢遥，雪峰七十二，斗日寒威骄，人可万里步，腹难终日枵，家乡忍弃置，乞食度昏朝"。为了使上述役夫返回原籍，和琳三次"捐赀拨兵护送"川民返回原籍，累计送回200余人。此外，和琳还把种牛痘预防天花的技术介绍给藏民，至今在拉萨大昭寺前还矗立着痘碑。而当湘黔苗民起义爆发后，乾隆又调已经担任四川总督的和琳前往平苗前线，再次为福康安转运粮饷。

从对督抚的使用上不难看出，乾隆最看重的是才干，高斌之所以受到严惩是因为决堤所造成的重大灾害，而像李侍尧那样两次被判处斩监候的官员能一再被开复起用，也主要是因为他的才干，对乾隆来说无论如何也要使手中的庞大的机器得以运转。

驾驭群臣（下）
——监控与失控

　　在君臣关系中占主导地位的是君主，政策的制定、官员的任用与制裁都控制在皇帝的手中。君权膨胀的趋势，在秦始皇加强专制主义中央集权的实践以及董仲舒对儒家思想的改造——君为臣纲的提出，就已经开始了。但君权的过度膨胀，却是伴随着中国封建社会的最后一个盛世的出现而达到登峰造极的地步。

高度集中的君权

　　清朝皇帝特别强调勤政、事必躬亲，而勤政恰恰是高度集权得以实现的一个重要条件。为了表明勤政的决心，乾隆在圆明园、静宜园、避暑山庄等皇家园林设置勤政殿，在1784年农历大年初一（乾隆四十九年元旦）《题勤政殿》的诗中一再重申"勤政为君要"，"乐此不为疲"。作为一位政治家，乾隆始终以勤政自律，他每天卯刻（早5点—7点）已至乾清宫处理政务，召见群臣，直至午时（上午11点—下午1点）才退朝，饭后还要翻阅臣下奏章，迨至晚饭后或继续批阅奏章，或读书、吟诗、挥毫。即使出巡在外，仍要把各地送至御前的奏折及时予以批阅。如果遇上战争或灾荒，则要求当班的太监一接到奏报就必须立即送到御前，不得耽搁，就是皇帝已然安寝也不能例外。

　　"察吏安民"就是要通过勤政来实现，通过批阅奏折乾隆可以发现下面的问题，而发现问题则是解决问题的前提。

　　1765年（乾隆三十年），云贵总督刘藻向乾隆奏报，已经

对屡屡骚扰、劫掠清王朝境内普洱一带的缅军进行剿杀。对照奏报查阅地图的乾隆，不禁产生疑问："官军既分路剿截，缅军何得潜越小猛养渡江"，"以致冲散官军"？遂将掩败为胜的刘藻革职。一年后，新任云贵总督杨应琚从普洱出发，进军缅甸。数万缅军分四路迎击，清军不支，败回铁壁关，缅军数万亦尾随而入，大肆劫掠。遭到重创的杨应琚却以杀敌上万上报，对照地图看奏报的乾隆，很快就发现了破绽：楞木及铁壁关、铜壁关均在清边界内，"该督所奏屡次杀贼万余，究在何地？"乾隆遂传谕云南布政使钱度令其据实上奏。从钱度的奏报中，乾隆得知杨应琚惨败以及缅军频频入境抢劫的真相，把谎报军情、掩败为胜的杨应琚革职查办。

当黄河决口、两江总督高晋把"拟挑引河各情形绘图呈进"后，乾隆在仔细琢磨后指出："阅图内所拟切滩处太少，且距漫口太近，此时办理虽若稍易，设或明岁河复涨盛，仍不能保其稳固。因于图内用朱笔标记，令挑切处离漫口稍远，且取直，亦便于引溜，虽多费，亦所不靳，惟期永资安固。"[1]在阅奏折示意图时，用红笔把需要移动的切口标出，处理政务之细致周到可见一斑。

① 《清高宗御制诗集》，第七册，118页。

在平定林爽文起义时，承办官员以道路俱被破坏作为难以进军的理由时，77岁的乾隆则一针见血地指出：道路既然已经削窄，官军人马难以行走，那么林爽文的部众行走起来自然也不方便。然而几个月以来，贼人四出侵犯，动称数万，都走的是什么道路？而官兵辄以道路狭窄作为借口，岂有贼人能通过、官军却不能通过的道理！

而当荆州城在九年之内三次被江水冲进城内后，乾隆则提出：江犹此江，城犹此城，为何以前不被淹而现在接连遭淹的质询，在乾隆的督促下终于查出地方绅衿勾结官吏在江中沙洲种芦苇牟利、致使江面变窄的事实。

关于乾隆勤政的情况，来华的耶稣会士——"负责制造两个能拿花盆的机器人"的汪达洪神父在给友人的信中也曾谈及：

"这位君主身材高大，相貌堂堂，神情和蔼却又令人起敬。说他对臣民实行严刑峻法，我认为这与其说出于其个性，不如说非如此便无法控制中国（西方人把中原称为中国）和鞑靼（西方人把满蒙古地区通称鞑靼，笔者注）这样辽阔的帝国。因此，最有权势的人也会在他面前发抖……这是一位伟大的君主，他洞察一切，事必躬亲。不管是隆冬还是盛夏，黎明时分他就上朝理政。我不明白，他怎么能如此深入细致。愿上帝保佑他长命百岁。"[2]

② 《耶稣会士中国书信简集——中国回忆录》，V，211页。

为了保证补缺官员及被提拔官员的素质，从康熙时起开始由皇帝亲自对这些人进行面试，皇帝对即将提拔或任命的官员亲自进行考察，这一做法称之为官员"引见制度"。从引见的出现到形成一套行之有效的制度，同乾隆在其几十年统治时期的坚持是分不开的。中下级官员数量多，亲自进行面试，的确是耗时费力。仅月选一项，就已经把一年的12个月排满，任用官员、提拔官员于双月开选，称双月大选；补缺于单月开选，称单月急选，只有闰月不开选，但闰月几年才能有一次。每月上旬开选八旗官

乾隆的"自强不息"印

员，中旬开选笔帖士，下旬开选的是汉族官员。引见中下级官员工作量相当大，"一日有多至百余员者"[3]，即使引见一名官员只需要10分钟，百余名官员就需要1000分钟以上，而一天24个小时不过才1440分钟，如此算来用于引见官员的时间就在16个小时之上，如果再加上批阅奏章，的确剩不下几个小时的休息时间了。乾隆一天只吃两顿饭，而且"每餐饭用时却从不超过一刻

③ 《清高宗实录》卷1403。

钟"④，其繁忙可见一斑。

通过引见，乾隆把对官员的任命及简拔的大权牢牢掌握到自己的手中，改变了以往只凭有关衙门的评语、档案来决定取舍的做法，体现了"一切用人听言大权，从无旁假"的原则，用乾隆的话来说就是"乾纲独断乃本朝家法"。皇帝对中下级官员亲自进行考核，减少了任命或简拔官员过程中的弊端，从而把一些素质好或者比较好的官员安排到封建官僚体系中，像张师载（乾隆七年引见时的朱批是："张伯行之子，人明白"）、朱珪（乾隆十三年引见时的朱批是"伶俐"）、刘墉（乾隆十六年引见时的朱批是"伶俐"）；纪昀（乾隆十九年引见时的朱批是"似可"）；毕沅（乾隆三十二年引见时的朱批是"人似明白，有出息"、乾隆三十六年的朱批是"亦可致布政"）、赵翼（乾隆三十一年引见时的朱批是"人明白，若不用巧，还可出息，但不可骤用"）、孙士毅（乾隆四十一年引见时的朱批："可出息者"）、窦光鼐（引见时的朱批是"中平，少才干"）等都是乾隆在引见时发现的。方观承、高晋等办事干练、政绩突出的封疆大吏，也都是通过引见简拔上来的，而且都是乾隆时期最杰出的"五督臣"中的一员。一些素质好或者比较好的官员得到任命或提拔，也为康乾盛世的出现奠定了政治基础。

一个封建王朝的统治是否巩固，在于能否安民，而安民的手段在于"察吏"。因而发现、物色、培养、选拔以及罢免不称职的官员，在乾隆六十年的漫长统治中就是一项首当其冲的工作，正像乾隆所说的"一邑得人，则一邑治，一郡得人，则一郡治"。所谓"得人"，就是得到可以信赖的股肱之臣。任用可以信赖的官吏，是封建国家控制社会冲突、使社会矛盾趋于缓和的润滑剂，在一定程度上有利于政局的稳定和政权的巩固。

引见制度的形成保证了君权的高度集中，显而易见，皇帝的个人意愿在官员的升迁中起了决定性的作用。而引见时间有限，虽然通过询问会对官员的才、守有所了解，但不可能把一个官员的真实情况在很短的时间内全部搞清。更何况，任何一个人都不

④《耶稣会士中国书信简集——中国回忆录》，Ⅵ，61页。

会一成不变，特别是身在官场的人，必然要受到种种的影响与诱惑，因而一些经乾隆亲自考核、简以重任的官员，接连被绳之以法也就不足为怪了，如云贵总督恒文、粤海关监督李永标、浙江巡抚王亶望、浙闽总督陈辉祖、江西巡抚郝硕等。

　　乾隆不仅掌握着选拔官吏、使用官吏的大权，也通过种种渠道对官吏进行监控。清代对官员的监察主要沿用了明代的"京察"、"大计"与"科道"体系。

　　"京察"，由吏部主持，五品以下（不包括五品）的官员由本衙门长官负责考核，四品、五品由特地任命的王公大臣会同考核，三品以上的由吏部开列政绩。考核的方面分为才、守、政、年四个方面，考核的等级分为四个等级：一等为称职，二等为勤职，三等为供职，四等为不合格。凡操守清廉、才干突出、为官勤政、年富力强者被列为第一等，由军机处记名，遇缺提拔；凡为人谨慎、才干一般、政绩平常、身体健康者被列为第二等级，一般留任；凡为人平常、才干平平、政绩平常、无大疾病者列为第三等级，留任或以原品级调任。在不合格的第四等级中还分为四种情况，居官不谨、无所作为者被革职；为官浮躁者被降三级调任；能力不足者降两级调任；年老多病者令其致仕。

　　"大计"则由各省督抚主持，其考核方面——才干、操守、政绩、精力同京察一样，从州县至道府层层考核属下官员，并把考核的结果书面报告给督抚，经督抚核实，写上评语再送吏部复核。布政使、按察使的考核则由督抚出具评语，送吏部。在"大计"中被列为一等"卓异"的官员，由军机处记名，遇缺提拔，回任候升；才、守一般未被举劾的称为二等"平等"，仍然留在原任；有贪暴行径者则被指名弹劾，被列为第三等，或降级调用或革职罢免。

　　清代在沿用明代"京察"、"大计"的基础上，又增加了"军政"。而在"军政"的考核中，对八旗官员除将政绩改为骑射，其余三个方面与京察、大计相同，凡"行为端方、当差勤慎、弓马娴习、驭兵有律、给饷无虚为合格"。而对绿营的考核

驾驭群臣（下）

219

则分为技、力、给饷、驭兵四个方面，凡才技优良、年富力强、驭下有方、实发粮饷者为合格。

"京察"、"大计"中被军机处记名与能留任的官员应该是素质好或较好的，而一些有劣迹的官员也应该及时得到处置，但实际情况却并非如此。究其原因即在于"京察"、"大计"、"军政"的考核是由部院大臣、地方督抚所主持，而部院督抚的操守又的确良莠不一，相当一部分饕餮之辈位居高官、把持考核，考核的结果可想而知。即使主持考核的官员本身并不贪婪，但面对亲朋、同年的请托也不免有所偏袒，其间虽然未必有行贿受贿，由于所存在的种种漏洞——互相观望、虚应故事、托故不到，使得记名、留任官员的素质很难得到保障，也使得相当一部分不法官员得以漏网。尤需一提的是，"京察"所察的不包括宰辅，"大计"所计的不包括督抚，但宰辅毕竟在皇帝的眼皮底下，而督抚就是天高皇帝远了。因而对宰辅、督抚的监察主要就依赖"科道"监察体系了。

"科道"监察体系是在秦汉时期的"御史大夫"、"谏议大夫"的基础上演变而来的。御史大夫的职责是监察百官，而谏议大夫除对官员进行监察也有权对皇帝进行"讽谕规谏"，但谏议大夫主要职责是匡正君主的过失。这样一种双重的监察体制，到明代形成"科道"，"科"指的是六科（即吏科、户科、礼科、刑科、兵科、工科），其前身就是从谏议大夫演变而来的谏院；"道"指的是"都察院"中的十三道御史（左都御史位在十三道御史之上,是都察院中品级最高的官员），都察院的前身则是"御史台"。1644年（顺治元年），清王朝在迁都北京后承袭明朝官制，形成于明代的科道监察机制自然被沿用，只不过把十三道御史改为十四道御史。

中国封建社会的监察机制是建立在人治的基础之上，这一监察机制能否发挥作用、能发挥多少作用，完全取决于皇帝自身的气量与素质。皇帝毕竟握有生杀予夺大权，所以科道官员在履行职责时其身家性命毫无保障,责罚或杀害监察官员的悲剧时有发生,这一点在中国封建社会进入晚期后表现得尤为突出，高度集中的皇权已经不能容纳臣下的进谏之权，即使是建立科道机制的明朝皇帝也屡屡以"廷杖"施之于科道官员，死于廷杖者不可悉数。

清朝统治者在沿用科道监察机制的同时，也继承了明朝皇帝对科道官员的残酷压制。

在多尔衮摄政时期，就曾发生打击科道官员的事件。1645年（顺治二年）八月，科道官员许作梅、庄宪祖、杜立德、吴达、李森先等人疏劾冯铨、孙之獬。李若琳"所行弗类"，而冯、孙、李三人因率先剃发易服得到多尔衮的赏识。为此多尔衮在重华殿声色俱厉地对内院⑤大学士及刑部、科道各官逐一审问，并对言词激烈的李森先予以革职。

⑤《清史稿》卷三〇三，《孙嘉淦》。

顺治皇帝亲政后，多次对履行职责的科道官员进行制裁。1654年（顺治十一年）一月都察院左都御史赵开心对热衷骑射的皇帝进行劝谏，其结果是受到皇帝的严厉斥责。1655年（顺治十二年）一月，兵科给事中李裀上疏，力陈"逃人法"是酿成社会动荡、民族矛盾激化的一个重要原因。尽管李裀之疏切中时弊，但他却因履行进言之责而被罢官，发配到尚阳堡。同年五月，兵科给事中季开生的家人从通州回来，听到太监前往扬州买年轻女子的消息，因科道官员有"风闻言事"之权，便上疏谏道："夫发银买女，较之采选淑女自是不同，但恐奉使者不能仰体宸衷，借端强买……必将嫁娶非时，骨肉拆离之惨。"虽然此疏绝非"茫无的据"之言，但因涉及到皇帝的私生活，季氏不仅被革职，还在身受杖刑后发配尚阳堡，致使他很快便死在戍所。

康熙时期，科道官员因联名上疏吁请立储而同皇帝意见不一，也遭到严惩。康熙在1712年（康熙五十一年）第二次废太子胤礽以后，一直未立太子，而储位的久空，则使得诸皇子对皇储地位的争夺越发激化。自1713年（康熙五十二年）以来吁请立储、以固国本的呼声就从未间断过。到了1721年（康熙六十年），皇帝已经年近古稀，身体也每况日下，择立皇储已迫在眉睫，然而出于对太子党的防范，康熙仍无立储之意。该年三月，正值庆祝皇帝即位六十

周年大典,陶彝、范长发、邹国云、陈嘉猷、王允晋、李允符、高怡、孙绍曾等12位监察御史公奏："恳皇上独断宸衷,早定储位。"康熙览疏赫然震怒,不仅将12位御史革职、锁拿,还在庆典结束后把进言者全部发配西陲。

伴随着封建社会进入晚期,高度集中的皇权愈来愈不能忍受监察机制对君权的匡正。1723年（雍正元年）,雍正下令把"自为一署"的六科"隶都察院"从此"科道合一"（也称台省合一）,六科不再是一个独立的衙门,而是同十四道御史一样只是负责监察百官,失去向皇帝进谏的权力。从表面上看这种从制度上堵塞言路的做法,不像明代的廷杖那样血肉横飞,但其从制度上对言路的遏制必然导致舆论监察机制的萎缩,使得皇权已经发展到不受任何制约的地步:不仅不能对皇帝进谏,即使对皇帝的宠臣进行弹劾也要承受巨大的风险,御史进言之难已是不争的事实。

乾隆时期,御史在督察官员方面能起到明显作用的就是1782年（乾隆四十七年）都察院御史钱沣对山东巡抚国泰、布政使于易简的疏劾。由于御史的弹劾,乾隆派和珅与都察院左都御史刘墉、御史钱沣等奉命前往济南,"秉公据实查办",这一查就查出了巡抚勒索属下、各州县亏空等一系列严重的问题。御史的弹劾能否起作用,取决于皇帝,关键要看皇帝对被弹劾者的态度。同样是御史弹劾,曹锡宝对和珅家奴刘全的弹劾就以失败告终,就连皇帝宠臣的家奴也在皇权的庇护之下。

查处山西布政使及山西学政

1741年（乾隆六年）三月所揭发的山西布政使萨哈谅贪赃不法、山西学政喀尔钦"贿卖文武生员"的贪污案,是乾隆初期影响最大的案件,而且这两起案件都是由于乾隆已经了解到一些风声,吏治的盖子再也捂不住的情况下才被揭露出来的。如果乾隆未得到信息,山西巡抚是否能据实弹劾的确是个未知数。

对于山西吏治所存在的问题,乾隆早已有所风闻,该省在征收钱粮过程中每亩加耗⑥多至2钱，甚至耗外加耗，只此一项每年就勒索民脂民膏几十万两，"小民有限脂膏，岂能供官吏无厌谿欲"，乾隆已经到了怒不可遏的地步。于是他决定拿"积习已久，效尤成风，故贪黩者常多，廉洁者常少"的山西省开刀，而且是拿地方上的高级官吏开刀。

山西巡抚喀尔吉善疏劾布政使萨哈谅"收兑钱粮，加平入己，擅作威福吓诈司书，纵容家人，宣淫部民，婪赃不法，给领饭食银两，恣意克扣"，归纳起来主要是征收钱粮额外多征，肆意侵吞；纵容家人为非作歹，克扣饭食银两；以及弹劾学政喀尔钦"贿卖文武生员""并买有夫之妇为妾"、罔顾廉耻、道德沦丧，以上奏章在乾隆六年三月初七送抵御前。

萨哈谅曾任广东布政使，因口碑甚差，降为山西按察使，尽管萨哈谅在按察使任内已经劣迹累累，但因其善于逢迎当时的山西巡抚石麟，在山西布政使出现空缺时，再次升任布政使，经管一省钱粮，这也就为其营私提供了方便。

乾隆于次日颁谕道：

"朕御极以来，信任大臣，体恤群吏，且增加俸禄，厚给养廉，恩施优渥，以为天下臣工，自必感激奋勉，砥砺廉隅，实心尽职……不意竟有山西布政使萨哈谅、学政喀尔钦秽迹昭彰，脏私累累，实朕梦想之所不到。"

乾隆实在想不通山西布政使的养廉银"一年为八千两"，学政一年的养廉银"四千两"。按照这种优厚的待遇，萨哈谅、喀尔钦完全可以过上体面的生活，然而朝廷的厚给养廉不仅未能养廉，反而养出一群饕餮不法的贪官污吏。看来靠重金养廉，的确有点南辕北辙。

萨哈谅、喀尔钦这两起案子，系乾隆"先有访闻，始行参奏"。对于山西原巡抚石麟、九卿科道官员不参劾、"所奏率多无关紧要之言，而遇此等事转未有人告者"的做法，乾隆进行了严厉的责备。为此乾隆告诫各省："凡为督抚者，遇该省贪官污吏，不思早发其奸，或题参一二州县以塞责，而于此等大吏，反

⑥耗是火耗的简称，在征收钱粮过程中，为防止在运储过程中的损失，实际征收量比额定量要多，称之为火耗；"火"是指把交纳的碎银子铸造成大块过程中的损失部分，"耗"是指粮食入仓后被耗子食用的损失部分。

置之不问"，"苟且姑容，以取悦于众"，"且国法具在，朕岂不能效法皇考乎"？

为了审理这两起案件，乾隆特派吏部侍郎杨嗣璟前往山西会同巡抚喀尔吉善"秉公据实严审定拟"，并正告杨嗣璟不得"有意为之开脱"，如果杨嗣璟为"博二人之感悦"，不秉公审理，"亦断难逃朕之洞鉴也"。杨嗣璟一直按照乾隆的布置审理这两起案件。据杨嗣璟奏报：萨哈谅婪赃共16000两。

乾隆下令查抄萨哈谅、喀尔钦家产，并将他们押解到北京关押到刑部。按照当时的律文，贪污1000两就该处死，乾隆下令处喀尔钦斩立决，处萨哈谅斩监候。已经调任的原山西巡抚石麟被革职，就连山西籍的科道官员卢秉纯也因未能参劾萨哈谅、喀尔钦而受到议处，在乾隆看来"此等紧要大端，并不指实纠参，岂果出不知耶"，"岂得推为不知"？显然是有所顾忌，而不关注国计民生利弊。

从乾隆初年的山西喀尔钦、萨哈谅的贪污案件不难看出科道、督抚弹劾的监控体系已经出现故障。

第一个被处死的总督

1757年（乾隆二十二年）四月初五，乾隆派刘统勋等查处云贵总督恒文勒索属下事。

恒文是乾隆非常信赖的封疆大吏，也是因犯贪污而被乾隆处死的第一个总督。出自满洲正黄旗的恒文，姓乌佳，虽无家世背景，却凭着精明强干博得雍正、乾隆两代皇帝的赏识与重用。

雍正初年，恒文以生员（即秀才）身份得授笔帖士。笔帖士是满族文职官员"巴克什"的意译，负责翻译满汉奏章及誊写，有七品、八品、九品之分。自笔帖士入仕，是一条很具诱惑力的发迹之路。乾隆时期位列协办大学士的兆惠（开拓新疆的功臣）、两度担任军机大臣的舒赫德等高级官吏，均从笔帖士做起。从笔帖士做起的恒文，经过几次升迁后，外授甘肃平庆道。

在雍正后期，恒文已经官至贵州布政使。

乾隆即位后，恒文多次被引见。在"乾隆六年四月内奉旨补授甘肃分巡平庆道"，他在陛辞时给乾隆留下了深刻的印象，乾隆的朱批是："人聪明，一边去得的。陛辞时，奏母老，情颇切，像孝，可嘉也。"两年后再次引见恒文，乾隆的朱批是："比先前老成些，似有出息。"1745年（乾隆十年九月）引见时的朱批是："聪明人，只可此而已，若甚无人，可以臬司用，但恐器小易盈。"1747年（乾隆十二年）十二月引见时的朱批是："人聪明，尚去得。"⑦

在第一次平定大小金川之战期间，当时在甘肃平庆道任职的恒文奏请"兵贵神速"；1751年（乾隆十六年）恒文在升任湖北巡抚后又"疏请采汉铜广鼓铸，请增筑武昌近城石堤，请停估变省城道仓空敖，备贮协济邻省米石，均得旨允行"。恒文以善于发现问题、抓住要害得到乾隆的器重，被擢为封疆大吏，1753年（乾隆十八年）三月令其代理湖广总督，同年十月担任山西巡抚。1756年（乾隆二十一年）恒文升任云贵总督，孰料上任才几个月就因勒索属下而被弹劾。

乾隆二十二年（1757年）云南巡抚郭一裕，向乾隆参劾云贵总督恒文勒索属下、短价购金以及外出巡视收受属下礼金等问题。虽然乾隆并不相信郭一裕所参诸款，认为"恒文历任封疆，受恩最重，当不至此"，但乾隆还是派遣当时担任刑部尚书的刘统勋，前往云南会同贵州巡抚定长审理此案。

经刘统勋及定长审理，证实郭一裕所参各款俱属实，而且在奉旨清查恒文任所的家产时，查出的现银就有几万两，这对于出身低微、并无家产继承、担任封疆大吏才两三年的恒文来说，的确是一笔来路不明的巨额收入。用乾隆的话说，恒文的养廉银在除掉公用及来往路费外，"即极为节啬，亦何能如是之多，是其平日居官之簠簋不饬，不待言矣"。

在恒文的供词中，有同郭一裕商议准备方物进贡一节，据恒文说：郭一裕曾讲"滇省惟金较贵重，我拟制四个金手炉进

⑦《清代官员履历档案全编》第一册，第651页。

贡",恒文遂派标员到巡抚衙门取回金炉式样,购金制造,以备进贡之用。恒文以进贡为名,勒索属员,用低于市场的价格购买黄金。

乾隆看到恒文的这段口供后,便认为郭一裕居心叵测,有意设下圈套陷害恒文,"行险取巧","先发制人",先以进贡金炉煽动恒文,后又参劾恒文勒索属下、低价购金,"此乃市井所不为"。便立即下达将郭一裕解职、收审、查封家产的命令,虽然刘统勋、定长并未发现郭一裕有勒索属下、短价购金以及家产与收入不符等弊端,但乾隆仍把郭一裕革职充军。

乾隆对郭一裕不公正的处理,只能让人得出"郭一裕以汉人参满洲,是以两败俱伤"的结论。尽管乾隆为此特发谕令驳斥"两败俱伤"之说,并下令发还郭一裕的家产,但对郭一裕的处理在汉官的心中的确留下了抹不去的阴影。

按照"八议"中的议亲、议故、议功、议贵、议勤、议宾、议贤、议能的条款,乾隆对恒文在量刑时是可以减等从宽的,也可以对恒文纵容家人勒索"诿为耳目不周"、对家奴"失察"的辩解予以承认,但乾隆却坚持从严惩处,指出他短价购金、接收属员馈赠绝非受家人教唆。

乾隆绝不肯对恒文"曲为宽宥",固然反映出他惩贪的决心,另一方面也反映出恒文的失策在乾隆心中引起的极大不快。当恒文短价市金被揭露后,他竟以预备进贡来自辩,致使全省喧然,如此自辩等于把勒索属下的责任推到皇帝身上,更何况用预备进贡也无法解释那几万两家私的来历,自以为聪明的恒文被赐令自尽。

乾隆在赐恒文自尽的同时,也对知情不举的布政使纳世通、按察使沈嘉征予以革职,还对被恒文家人勒索过的赵沁等十几名官员降一级留任,并明确指出:"上司家人需索属员,例有禁例,该知州、知县等官员,果能持正不阿,则应一面锁拿需索家人,一面据实禀闻上司,听其惩治。即或上司祖护家奴,地方官可直揭部科"[8],可赵沁等直至恒文罪行暴露,追问到他们才交代

⑧《乾隆朝惩办贪污档案选编》第一册,有关恒文一案的上谕。

被勒索的情况，与甘心行贿并无多少差异，绝不能按自首处理。

从恒文的案子不难看出，官做到督抚也就很难再受到监督，无论是"大计"还是"京察"都不可能对督抚有所震慑。

处死山东巡抚蒋洲

1757年（乾隆二十二年）十月初五，刚刚转任山东巡抚的蒋洲在山西省内挪用库银二万两被曝光。

蒋洲是个有来头的汉官，他的祖父蒋伊是1673年（康熙十二年）进士，蒋伊在担任广西按察使时（1679—1681年，康熙十八年至二十年），给皇帝的疏奏中附上亲笔所画的民间疾苦图，反映百姓的实际生活状况。

蒋洲的父亲蒋廷锡也是位擅长绘画的官员，他以勤勉干练受到康熙、雍正两朝君王的青睐，当雍正皇帝建立军机处时蒋廷锡同怡亲王胤祥、张廷玉就是第一批军机处大臣，宠遇之深可见一斑。虽然蒋廷锡在1732年（雍正十年）去世，但蒋洲的兄长蒋溥却在父亲去世

蒋廷锡

前进士及第，在乾隆初年已经先后担任吏部侍郎、湖南巡抚、礼部尚书，并在1745年（乾隆十年）在军机处行走，1753年（乾隆十八年）受任协办大学士。

凭借家世的余荫，蒋洲的仕途一帆风顺，1757年7月19日（乾隆二十二年六月初四），蒋洲由山西布政使升任山西巡抚，此后仅月余又调任山东巡抚。

1757年（乾隆二十二年）十月初五，乾隆收到山西巡抚塔永宁的疏奏，揭露刚刚转任山东巡抚的蒋洲在担任山西布政使时

挪用库银二万两，在调任山东之前为补上这个窟窿，令各州县出银弥补。随着蒋洲到山东上任，他在山西挪用帑银二万两的问题也就浮出水面。蒋洲到山东上任还不到三个月，就被押回山西受审。乾隆在令刘统勋负责审理蒋洲一案的同时，并传谕山东巡抚立即捉拿在蒋洲受贿案中经手办理的幕友及管家。

在刘统勋审理此案过程时，蒋洲供称："因修理衙门，多用银两，以致亏空。"乾隆在看完蒋洲的辩解后当即指出：修理布政使衙门，"何至用银二万余两！"乾隆在给刘统勋的上谕中还提出要重点审查与蒋洲共事多时的原山西巡抚现陕西巡抚明德。明德在担任山西巡抚时，其衙门与蒋洲的衙门只一墙之隔，蒋洲如此侵吞公帑明德不可能一无所知，显然明德在包庇蒋洲，一定要察清蒋洲同明德的关系。

刘统勋不仅查出冀宁道杨龙文要求各属下交纳银两的"派单一纸"，还查出太原知府七赉连名写札向所属州县催取银两，"明目张胆，竟如公檄"。刘统勋在审理中又查出明德曾向蒋洲及其他下属官员索要古玩、金银物品以及山西按察使拖穆齐图侵吞库银三千两等劣迹、平定州知州朱廷扬侵吞帑二万余两、武备武璉侵吞军饷一千余两的犯罪实事。"由此类推，其恣意侵蚀而未经查出者，更不知凡几"，"是该省风气，视库帑为可任意侵用，已非一日"。经刘统勋深入调查取证，终于揭露了山西吏治腐败的真相。

尽管乾隆皇帝曾愧愤交加，面对"巡抚藩臬朋比为奸，毫无顾及，吏治之坏，至于此极"发出"朕将何以信人，何以用人"的慨叹，但在他看来把问题捅出来总比蒙在鼓里好，揭开盖子毕竟还给了他一个整饬吏治的机会！乾隆下令抄没蒋洲家产、查封明德在任所的财产、查封平定州知州朱廷扬在任所及原籍绍兴的财产，以弥补侵吞的帑银；并下令将明德、拖穆齐图革职拿问，押往山西。

同年十一月初五，乾隆对蒋洲及山西一案作出如下判决：对于肆意侵吞帑银、勒索通省官员弥补亏空的蒋洲以及出具"派单一纸"的杨龙文判处死刑，对七赉处绞监候。

督抚对藩、臬本应起到监察的作用，但一涉及到私利，被监察的对象也就变成被包庇的对象了。

追查两省的知县贪贿案

1766年初（乾隆三十年年底），两江总督高晋在题本中揭发苏州同知段成功因患疟疾"不能检点案牍"，以至家人龚玉等娄索，"该员均未知觉"。乾隆一眼就看出此本漏洞百出，有意包庇。疟疾系间发之病，一般都是几天发一次，即使一天发一次，也只是一两个时辰，不会整天卧床不起，更不可能连检查案牍的时间都抽不出来，听任家人恣意胡行，显然是有意姑息。为此，乾隆严厉申斥审理此案的江苏按察使朱奎扬。

朱奎扬在乾隆初年入仕，从知县开始做起，在大计中多次被评为优异，也多次被引见给皇帝。1746年（乾隆十一年），皇帝在引见单上对朱奎扬的评语是"人伶俐，局面小"，1757年（乾隆二十二年）在引见单上的评语是"亦解事"，1762年（乾隆二十七年）的评语是"可用运司之人"，1765年（乾隆三十年）的评语是"此人不用，似属委屈他，臬司自可，再上亦不能"。然而就是这个由皇帝钦点的臬司，在对苏州同知段成功纵容家人勒索的案件审理上竟敢徇私，实在让乾隆大失所望。

1766年（乾隆三十一年）正月，江苏巡抚明德在奏折中指出：对于家人的娄索"段成功俱属知情，其中尚有染指之处"，乾隆立即下令把经手此案的江苏按察使朱奎扬、苏州知府孔传珂革职，逮至刑部治罪。未几，两江总督高晋的奏折至京，申明原江苏巡抚"庄有恭原参即有段成功抱病被蒙字样"。原苏州知府孔传珂在审讯时供称：在段成功娄索属下发案后，庄有恭曾对苏州知府说"如果他家人书役不供出段成功知情得赃，也就罢了"。另据原按察使朱奎扬供认，庄有恭曾讲"府审止系家人书役得赃，段成功不知情，可照此参"。庄有恭居然"授意指使，以致臬司、知府扶同欺混"，如此包庇，的确让皇帝怒不可遏。

庄有恭是乾隆一手提拔起来的高级官吏，他在1739年（乾隆四年）中状元，是天子的门生。在最初的十余年，庄有恭曾在京担任过翰林院修撰、内阁中书、户部侍郎等官职。从1751年（乾隆十六年）他开始出任封疆大吏，先后担任过江苏巡抚、湖北巡抚、浙江巡抚等职。在地方高级官员中庄有恭以清廉、能干而闻名。1753年（乾隆十八年）江淮一带发大水，庄有恭亲自赶往灾区，一面勘察灾情、上报朝廷，一面组织赈灾，由于他亲自坐镇灾区，主持赈灾物资的发放，使得胥吏很难从中侵吞。1762年（乾隆二十七年）庄有恭在浙江

庄有恭

巡抚任满后，再度出任江苏巡抚。虽然他在1764年（乾隆二十九年）已被任命为刑部尚书，却仍在江苏留任，一年后被授予协办大学士的庄有恭依旧代理江苏巡抚。

像庄有恭这样一位廉吏，为何要包庇一个贪婪的下属呢？

乾隆意识到庄有恭之所以在参劾的同时又有所包庇，同他已不再担任江苏巡抚有一定的关系，诚如他在上谕中所分析的，对庄来说"离任在即，何必结怨"。更何况推荐段成功升任苏州同知的和其衷（原任山西巡抚，现任陕西巡抚）就是现任江苏巡抚明德的兄弟，"则曲意为之（指段成功）瞻徇"，"恐事发累及举主，有碍颜面，遂尔心存瞻顾"。实际上还有一个乾隆未意识或不愿承认的因素在起作用，此即满汉关系，身为汉官的庄有恭的确不愿轻易结怨两位满族的封疆大吏——和其衷、明德兄弟。

为此乾隆特颁谕道："外省上下和同，官官相护，积习最为恶劣，若不急为整饬，将启党援门户之弊，于世道人心，深有关系。朕力挽颓风，遇有此类案件，惟有严加惩创以饬纲纪，内

外大小臣工，各宜守法奉公，痛自涤洗，务使锢习一清"，并下令：处庄有恭斩监候，秋后处决，但实际上对庄有恭是监而未斩，一年后任命庄有恭为福建巡抚，并死在任上；朱奎扬与孔传珂发往军台效力。对于一年前刚从山西曲阳知县升为苏州同知的段成功，乾隆则下令进一步清查其在山西任内的问题，令将段成功押往山西，交山西巡抚彰宝收审。

段成功在升任江苏苏州同知之前，曾在山西曲阳县担任过半年的县令，在短短的几个月内侵帑银一万余两，彰宝在给皇帝的奏折中写道：在升段成功为苏州同知时，当时担任山西巡抚的和其衷令各州县代为弥补亏空的一万多两，"上司知情，俱属确实"，而且和其衷还带头出了500两银子。

乾隆在看到彰宝的奏折后已经到了震怒的地步，他在下达的谕令中指出：

段成功仅仅是一个县令，亏空为何如此之多？即使说刚刚上任，开销比较大，也不至于花费如此之多。而且段成功在全省的上司，为什么会容忍隐瞒，竟无一人揭露他的罪行？身为巡抚的和其衷甚至出银500两，替段成功弥补亏空，可见段成功平日必定交接逢迎和其衷，不可不彻底根究。如果和其衷竟接受段的馈赠，遂设法替他遮掩，就不能不受到严惩。至于专管钱粮的文绶，明知属员有亏空，纵容其弥补；刘墉亲临知府，不揭报亏空，通同包容隐瞒；按察使兰钦奎、前冀宁道富勒浑也都知情不举，均非寻常徇庇可比，俱着革职。

为了彻底揭开山西吏治的盖子，乾隆特派四达作为钦差大臣，前往山西会同彰宝审理此案，查清文绶、刘墉、兰钦奎以及富勒浑"有无授意及助银弥补之处"。

和其衷为何对段成功如此厚爱呢？据和其衷供称：在和其衷去热河行宫陛见时，段出银近千两，为巡抚代雇骡马，代买皮货。据库府账本所记，出银帮助段成功弥补亏空的州县官员共32人。经四达与彰宝审理查清"段成功平日与通省州县，俱有交接，其自行央恳帮助之处，藩司、知府俱属知情，又向刘墉面催

231

两次"。

如此"上下关通，营私欺罔"，实出乾隆之意料。为了严肃法纪，乾隆下令将段成功处斩立决；已经调任陕西巡抚的和其衷同庄有恭一样处斩监候；山西布政使文绶与按察使兰钦奎同江苏按察使朱奎扬一样，受到革职发往军台效力的惩处；而已经升任冀宁道道员的原太原知府刘墉同苏州知府孔传珂受到同样的惩处——革职、发往军台效力；就连两江总督高晋也受到革职留任的处分。

在和其衷勒令全省官员给段成功弥补亏空时，曾向时任太原知府的刘墉面催两次，而当时刘墉的父亲刘统勋在军机处与内阁中的位次仅次于傅恒，均名列第二，是个名副其实的副宰相。然而刘墉并未能利用可以给皇帝上密折的机会揭露和其衷、段成功等人的罪行，也未能凭借父亲在朝中的影响揭开山西吏治弊端的盖子。而庄有恭唯恐连累举荐段成功的满洲官员和其衷，在参劾段成功时吞吞吐吐以及刘墉在面对和其衷勒令全省州县替段成功弥补亏空时所表现出来的投鼠忌器，都反映出弹劾机制的萎缩。

两淮盐引案高恒丧命

1768年（乾隆三十三年）两淮盐引案发案，该案是乾隆时期历时长，数额巨，涉案官员多的一起贪污案件，就连乾隆的小舅子——前任两淮盐政也因此人头落地。

在乾隆众多的内兄、内弟中，只有傅恒、高恒受到重用，这固然同他们的姐姐在皇帝心中所占有的地位有一定的关系，但更重要的还是他们本人有一定的才干，一个担任宰相，一个长期掌管税务、盐政等肥缺，乾隆对这两个小舅子的确倾注了更多的关心与爱护。如果他们仅仅是一般的纨绔子弟，绝不会受到乾隆的青睐。

高恒是治河能臣高斌的儿子，在乾隆初年开始入仕，以荫生受任户部主事。高恒承袭了父亲的才干，初入官场就显示出非同一般的能力，很快从主事升为郎中。此后乾隆又派高恒先后到山海关、淮安、张家口负责关税的征收。1750年（乾隆十五年），任命高恒为长芦盐政、天津总兵。

高恒虽然继承了高斌的才干，却未能继承父亲的人品，他在担任长芦盐政期间就已经陷入权钱交易。康熙时期的大学士明珠及其后人长期以来都同历届长芦盐政有交易，从盐政衙门以批发的价格购买由国家垄断经营的盐，运往河北等地贩卖私盐，牟取暴利。此种违法交易虽然并非始于高恒，但高恒毕竟从权钱交易中获得了巨额的利润。

从1757年（乾隆二十二年）高恒担任两淮盐政，一直干到1765年（乾隆三十年），由于高恒的堂兄高晋担任两江总督，按照当时的回避制度乾隆把高恒调回北京，令其担任户部侍郎，很快又将其改任为内务府总管大臣，掌管皇家的财务。从仕途上看，他的父亲从负责治河以来风餐露宿，备尝艰辛，高恒却一直担任肥缺，享尽荣华富贵。

继高恒之后担任两淮盐政的是普福，到1768年（乾隆三十三年）接任两淮盐政的是尤拔世。该年六月初七，乾隆收到尤拔世的奏章，谈到普福在1767年（乾隆三十二年）预提戊子纲盐引，每引三两，累计27.87万，普福支取8.5万两，尚余19万两，请内务府查收。而造成尤拔世上此奏章的直接原因，就是他对两淮盐商的勒索未能如愿，便通过例行公事的汇报对盐商、盐政衙门的官员进行一次报复，其结果则是引发一起惊天大案。

自1746年（乾隆十一年）两淮盐政衙门向盐商提取盐引，到1768年累计提取约2000万两，乾隆立即令军机大臣、户部官员查阅档案，未能找到有关收取、支出的任何原始记载。为查清此案，特令江苏巡抚彰宝到扬州会同尤拔世进行审理。彰宝的回奏在六月二十五日送抵御前，明白写道：历年提取的盐引银除用于公务467万两之外，"但其中尚有余利"，"应一并奏闻，乃竟隐匿不报"。"据总商黄源德、江广达等供称：辛巳纲（乾隆二十六年）两次缴过高盐政收银八万五千九百余两，丙戌纲（乾隆三十一年）又送银四万两，乙酉纲（乾隆三十年）又送银一万两，均系管事人顾蓼怀经手收进。"累计送给高恒13.59万两。

实际上在高恒之前的历届盐政、盐运使对剩余的部分多有染指，但相隔二十余年要想一一查清不是件容易的事，更何况在这二十多年的时间里担任过两江总督、江苏巡抚的11位高级官吏至少也有失察之责。对两淮盐引案的追查不能引起政治上的动荡这是乾隆必须考虑的前提，然而对两淮盐引案的处理又必须起到杀一儆百的作用，乾隆思之再三决定拿高恒开刀，判处高恒死刑。为救高恒一命，傅恒特向乾隆求情，请皇帝看在慧贤皇贵妃的情分上，饶其一死。乾隆正色对傅恒言道："若皇后弟兄犯法，当如之何？"吓得傅恒"战栗失色"不敢再言。

在两淮盐引案中，纪昀因向案中人通风报信而受到革职、流放的惩处。但在一些野史笔记中却把和珅牵扯进来，《清朝野史大观》就有如下记载：

纪昀

"一日和乞书亭额，纪作掰窠'竹苞'二大字，和喜而张之。偶值高宗临幸见之，笑谕和珅曰：'此纪昀詈汝之词，盖谓汝家个个草包也。'和珅闻而甚衔之。未几两淮盐运使卢雅雨见曾（卢见曾号雅雨山人）以爱士故，宾至如归，多所馈贻，遂至亏帑。事闻，廷议拟籍没，纪昀为侍读学士，常值内廷，微闻其说，与卢固儿女姻亲也，私驰一介往，不作书，以茶叶少许贮空函内，外以面糊加盐封固，内外不著一字。卢得函拆视，诧曰：'此盖隐盐案亏空查抄六字也。'亟将余财寄顿他所，迨查抄所存赀财寥寥（最后查实卢见曾接受盐商贿赂一万六千两）。和珅遣人侦得其事，白之。上召纪至，责其漏也，纪力辩实无一字。上曰：'人证确凿，何庸掩饰乎！朕但询尔操何术以漏言耳。'纪乃白其关。"

在两淮盐引案中，两淮盐运使卢见曾锒铛入狱并死于狱中以及纪昀因给卢通风报信被革职、流放乌鲁木齐等情况，档案及其他史料中均有记载。需要指出的是，两淮盐引案发生在1768年（乾隆三十三年），当时和珅还未充当侍卫，更谈不上发迹，所谓和珅利用两淮盐引案报复纪昀一事实为子虚乌有。

两淮盐引案反映出，"大计"以及科道检察体系的苍白无力。

大义灭亲处死内侄

1778年（乾隆四十三年）八月，乾隆的内侄——驻叶尔羌办事大臣高朴因违禁采玉被弹劾。

高朴系高恒之子，高斌之孙。高恒被处死后，按照惯例其子要发往军台做苦力，但由于乾隆的格外施恩，高朴不仅未受到牵连，反而官运亨通，年纪轻轻就被任命为武备院员外郎（六品），到1772年（乾隆三十七年）就已经成为官居三品的都察院左副都御史。

高朴深知自己的命运取决于皇帝，因而他特别注意在乾隆面前表现自己，把自己的长处尽量展现出来以讨好皇帝。乾隆对这种带有表演色彩的小把戏一眼就能看穿，有时也不免敲打几句这个精得很的内侄。一次，发生月食，高朴未能立即到宫中入侍，乾隆就一针见血地指出他"在朕前有意见（同现，笔者注）长，退后辄图安逸"，戳穿高朴当面一套，背后一套的伎俩。乾隆的言辞虽然很尖锐，但当吏部拟对高朴予以革职处分时，却又舍不得追究。不久吏部侍郎出缺，在乾隆的安排下高朴担任吏部侍郎，从正三品升为从二品。在乾隆的庇护下，高朴在仕途上一路

顺风。

1774年（乾隆三十九年），高朴因揭发太监高云从泄密"道府记载"、交结大臣而受到乾隆的嘉奖。为了了解中下官员的实际表现，乾隆命令把各省道、府一级官员的姓名抄录下来，秘密记录他们政绩的好坏，作为日后升迁或降处的依据，上述对道府官员政绩的记录就称之为"道府记载"。对于太监泄露"道府记载"的内容，乾隆非常恼火，处予高云从死刑。

乾隆意味深长地说道：那么多大臣未必都对高云从泄露"道府记载"不知情，但只有高朴跟我陈奏，你们应该深刻反省，感到惭愧。如果因此对高朴怀恨企图报复，就是自取灭亡；如果高朴因此沾沾自喜，不知谨懔，反而变得胡作非为，那么高从云的下场就是前车之鉴，也不能对高朴枉法宽贷。

在这里，乾隆一方面批评诸大臣对高云从泄露道府记载知情不举，正告他们：不可因此打击报复高朴；另一方面也向高朴敲响警钟：如果沾沾自喜、胆大妄为就是步高云从的后尘。

应该说，乾隆对高朴是相当了解的，对高朴也是有约束的，只要乾隆把高朴留在京城、留在身边，高朴是不敢太放肆的，也不会捅出大娄子，一旦超出乾隆的视野范围，缺乏自律又会耍小聪明的高朴就免不了干一些违法乱纪的事情，甚至还会酿出惊天大案。

1776年（乾隆四十一年）高朴以兵部侍郎的身份到叶尔羌办事，负责给朝廷采玉，成为名副其实的钦差大臣。

叶尔羌原本是大小和卓的统治据点，是个需要密切关注、格外怀柔的地区。距离该城三四百里的密尔岱山上的玉石又着实令唯利是图的官员、商人垂涎三尺。密尔岱山上的玉石虽然诱人，但上山采玉是件非常辛苦、非常危险的事情。玉石在万仞山中，山峰陡峭，空身攀缘都非常艰难，何况还要携带着玉石从峭壁上走下来，弄不好就要跌下万丈深渊，死无葬身之地。正是考虑到采玉给当地人带来的灾难，在1759年（乾隆二十四年）清军平定南疆后，就下令封禁密尔岱山，并设置卡伦一处，严禁偷采玉石。但伊什罕伯克阿布都舒库尔和卓在苏州的玉石商人怂恿下，一直在偷偷开采玉石，谋取暴利，违禁偷采玉已经成为当地一个公开的秘密。

由于朝廷的需要，密尔岱山上的玉石也偶尔开采一次，此外则严禁开采。乾隆把一手调教出来高朴派到叶尔羌，就是为了堵住私自采玉的黑洞。高朴一到叶尔羌，面对晶莹的玉制品所带来巨额财富就已经口角垂涎了。据高朴的家人李福交代：高朴同回部首领鄂对关系密切，鄂对曾送给高朴金子50两，对于鄂对的富有高朴非常羡慕。一次高朴到鄂对家做客，见到"鄂对生活富裕，即令鄂对为之寻玉，鄂对给玉九十块，交李福、张鸾（即张明远，玉石商人）二人携至苏州出售，获银十二万余两"。如果只凭俸禄和养廉银，就是不吃不喝地干上十年，也攒不下12万两白银。玉石所带来的丰厚利润，令高朴就像着了魔一样也打起违禁采玉、贩玉的主意。

而那些从玉石的开采、贩卖中发了横财的回部官员、内地的玉石商人，更不会放弃滚滚财源。为了拉拢高朴，他们使出浑身的解数投其所好。在高朴购办物品时，伊什罕伯克阿布都舒库尔和卓等人争相献媚，把购买物品的开销摊派在回部百姓身上，那些苏州商人则把精美的玉制品孝敬给高朴。于是，官、商一拍即合！

长久以来压抑在高朴心底的私欲如滚雪球一般膨胀起来，现实利益就摆在眼前，他只要一伸手就能得到，而皇帝无处不在的天威对他来说已经变得非常缥缈，叶尔羌距离京城上万里，毕竟是天高皇帝远。自从高恒被处死那根套在心里的紧箍咒总算被挣脱，高朴再也不必小心翼翼地扮演讨皇帝欢喜的角色了……

在鄂对等人现身说法的示范下，在伊什罕伯克阿布都舒库尔和卓、苏州商人的怂恿下，高朴开始了偷采、贩卖玉石的罪恶勾当。他下令征集3000回部民众上山采玉，还征集二百多人把开采出来的玉石运回叶尔羌；为了拉拢管理密尔岱山地下水的阿奇木伯克色提巴尔第，每派人进山一次高朴就送给色提巴尔第50

个元宝（每个重50两）；由于当地无水，又从叶尔羌、阿克苏征集几千人"开渠引水，并派伊什罕伯克阿布都舒库尔和卓督办渠工"。阿布都舒库尔和卓因此而被高朴保奏赏给三品顶子，阿布都舒库尔的弟弟阿布都赉则被高朴任命为五品伯克，阿布都舒库尔和卓的通事（即翻译）果普尔也赏给了翎子。就连阿布都舒库尔和卓衙门的皮匠、银匠，高朴也都赏给顶子，堪称是一人得道鸡犬升天。

在违禁采玉中赚大头的当然是高朴。高朴不仅从开采玉石中获利，还派亲信家奴李福、沈太、常永、周福、王七以及幕友熊濂等人分别到苏州、江宁、扬州、肃州等地贩卖玉石，谋取暴利。在不到一年的时间里，发往苏州的玉石就获利12.8万两，尚未卖出的玉石则价值上百万两。同高朴一起大发不义之财的还有江南商人张鸾、金义等。

根据档案记载，高朴通过家人以及到叶尔羌办公务的侍卫纳苏图等陆续给在京师的家中带回大量玉器，从玉的种类来看，有青玉、白玉、葱白玉、碧玉、墨玉、绿玉，而物品的种类则有玉碗（也写成玉椀）、玉盘、玉酒盅、玉壶、玉如意、玉簪、玉搏、玉羹匙、玉手钏、玉剑把、玉杖头、玉水净、玉戒指、玉扳指、玉镯、玉攒盒、玉烟袋嘴、玉镜、玉翎官等等。此外还有重140两的大小金条21根、重20两的金镯四个、玛瑙大碗、金边白布、水獭搭护、猞猁狲搭护、水獭大褂筒、貂大褂筒、各种颜色的天鹅绒绸子10匹及金线、大小栽绒毯、黑羊羔皮、回子花绸、回子布等。高朴捎给胞弟——高拭（担任拜唐阿，官名）、高杞（代理山西洪洞知县）的物品尚不包括在内。

高朴从叶尔羌带回的一大笔银子，用掉2060两在涿州买了两顷多的土地、两处房屋，此外还在涿州又用银2600两买了一块地，这笔银子是在叶尔羌支付的。高朴在涿州的土地增加到42顷以上，上任才一年就捞取如此多的财物，他的发财梦在一步步变成现实。

1778年（乾隆四十三年）八月驻乌什大臣永贵到叶尔羌一带

巡视，阿奇木伯克色提巴尔第趁机向永贵递上揭发"高朴购买金珠等物不付价值，由回众支付；在伊什罕伯克阿布都舒库尔和卓怂恿下，于农忙季节派民工三千余名，进密尔岱山开采、运送玉石，苦累回众，影响回众生计，并串通商人私卖大量玉石，从中渔利……"的材料。永贵不敢怠慢，立即派通事把用回文写的书面材料翻译成满文，并向乾隆递上奏章。为了避免高朴得到风声转移财产，永贵"拟即暂令高朴停职离任，委派干员看守，并将其所有物品封存不动；案内商人、心腹家人、伯克、头目等，应看押者看押之，应拘捕者拘捕之，彼此隔离，将色提巴尔第控告各款，逐项究审"。

九月十六日，从盛京谒陵返回北京途中的乾隆，接到永贵的奏章，并在上面批道："尔如此果敢办理，未曾料到，可嘉"，完全支持永贵的拟议，令永贵拔去高朴翎顶。乾隆立即做出如下部署：把永贵的揭发材料寄给留守京城的阿桂，且派跟随谒陵的福长安火速返回北京，同金简（皇贵妃金佳氏的兄弟）一起"严查高朴家产""不得稍有遗漏"，对高朴的"管事家人逐一严加讯究"。

乾隆绝不是那种就事论事的庸主，经过一夜的思索他又发现隐藏着的问题：自叶尔羌到内地，"处处俱有关隘盘查，商人图利，藏带小块玉石偷运者，尚属有之。今以数百斤玉石竟至携带行走，俱系地方大臣官员日久懈弛，不以事为事所致。"实际上一些地方官员在高朴贩卖玉石上不仅是"不以事为事"，有的甚至给高朴大开绿灯，两江总督高晋就是最突出的。有鉴于此，乾隆在九月十七日寄知"直隶、山西、河南、陕甘总督、哈密、辟展、喀拉沙尔、库车、乌什等处地方官员等，所有高朴差往京城家人，不拘行至何处，务必将人、物一并拿获，派委干员作速解京，断不可致令逃脱"。

九月十八日，阿桂奉旨查抄高朴在京家产，抄出高朴的家信，上面有"李福已差他到内地别处办事去了，约于今年岁底方可到京"以及熊濂"今年冬底亦可到京等语"。阿桂立刻把上述情况向乾隆汇报，乾隆立即意识到：高朴派李福"往内地别处

办事，恐其必往苏州、江宁制办物件"，遂即刻"驰谕萨载（接替高晋担任两江总督，笔者注）、杨魁（时任江苏巡抚）派员严密查拿。又考虑到高朴的父亲高恒曾任两淮盐政，扬州盐商均系"旧时相识"，很可能派李福前往扬州贩卖玉器，乾隆又传谕扬州方面严密查缉李福、熊濂。到九月二十六日，萨载将李福、熊濂拿获，同时还查获贩卖玉器所得到的十二万八千多两现银及尚未卖出的玉器四十多箱[9]。

⑨《乾隆朝惩办贪污档案选编》第一册，有关高朴案件的奏折、上谕。

对常永的搜捕也一直在乾隆的周密部署之中，军机处提审纳苏图，讯问常永的下落，据纳苏图交待："高朴家人常永于今年四月十九日自叶尔羌起身，带车五六辆，载运玉石赴肃州一带贩卖"。另据直隶总督周元在九月二十六日奏报：保定府抓到常永的随从张元儿等人，张元儿"供称常永现在陕西良夫坡赵乡约家店居住（陕西渭南，笔者注），有大车二辆，箱子四只"。乾隆以五百里加急传谕陕西巡抚毕沅"即派干员，前往该处，迅速查拿，并将其随身行李、车辆、箱子逐一严查解京"。

高朴私役回众采玉、勒索回众严重影响回众生计，久而久之必然会激变，从巩固清朝在新疆的统治出发，乾隆对高朴一案非常重视，对此案的任何一个细节都抓住不放。在九月二十九日的谕旨中，乾隆特问到：不知高朴是否给三千多名上山采玉的回众支付了工钱，如果未支付工钱"著免其来年一年应纳之贡"。

高朴罪行的暴露，使乾隆感到极为意外，乾隆对此案的审理非常重视，一接到奏报就在上谕中明确表态："高朴系慧贤皇贵妃之侄，然伊如此妄行，朕虽欲顾念贵妃，亦难稍事姑容。犹如朕并未宽免其父高恒之事，即可知晓。著将此寄信永贵，务必秉公究审""不得稍有徇私"。

正在气头上的乾隆在九月十六日所颁发的第一份谕旨中写道："高朴乃高斌之孙，高斌在世时不知造何孽，其子孙皆蹈重罪，实属费解。朕即欲加恩慧贤皇贵妃而施恩于高朴，亦不能矣"，"高朴如此肆意妄行，为人告发，理应审办，亦不可不办"。同一天所发的第二道谕令中乾隆已经冷静了一些："高朴系高斌亲孙，高斌在世时，并未作恶，其子孙何不成器至此耶！高朴身为钦差大臣到彼处办事，反为色提巴尔第控告，即使将高朴正法，朕亦自愧。" ⑩

从"朕亦自愧"四个字就可以看出乾隆的自责，高朴是钦差大臣，皇帝当然有用人不当的责任。如果乾隆冠冕堂皇地大讲一套自己如何英明、早就发现高朴不是东西，朝野上下谁又敢说半个"不"？！如果乾隆没有实事求是的态度与承担责任的勇气，恐怕康乾盛世的帷幕早就落下了。

自从高朴被告发，乾隆就已经决定将其正法，随着案件的审理高朴卖官鬻爵的罪行又被披露出来，将六品伯克授为五品伯克时，高朴或索取元宝，或索取银两。在乾隆看来，高朴已经死有余辜，即使"将伊在彼处正法，实不能与其罪相抵"。因而在十月十九日的上谕中断然写道："俟高朴正法后，即将其尸体弃于荒野喂野兽，断不可入敛运回内地。倘有私自偷运带回者，务必严加治罪。"

高朴私役回众采玉、勒索回众的犯罪事实，折射出官僚体系所存在的严重问题，从新疆到江苏相隔数省，而且"处处俱有关隘盘查"，然而高朴的亲信却能"以数百斤玉石竟至携带行走"，从未遇到拦阻，绝非"俱系地方大臣官员日久懈弛，不以事为事"所能自圆其说的。

查处甘肃冒赈案

1781年（乾隆四十六年）四月，甘肃冒赈案发。

1774年（乾隆三十九年）陕甘总督勒尔谨以甘肃气候干旱为由奏请实施捐监，乾隆特派曾在甘肃做过知县、知府的浙江布政使王亶望前往甘肃主持捐监。王亶望是江苏巡抚王师之子，而王师在乾隆时期是个很有口碑的地方官，在平反冤狱、治理水患等方面都非常突出。

王亶望并没有像他父亲那样通过科考进士及第步入官场，

⑩《乾隆朝惩办贪污档案选编》第一册，有关高朴案件的奏折、上谕。

他选择了一条捷径——由举人捐纳知县①，并在1761年（乾隆二十六年）担任"甘肃知县，二十七年二月遵豫工例捐知府"，又通过捐纳升为知府。1763年（乾隆二十八年）二月，引见王亶望，写下的朱批是："此人竟有出息，好的。"于是"奉旨发往甘肃，以知府用"。1772年（乾隆三十七年）七月，王亶望再次被引见，朱批是："竟好。王师之子，将来有出息。"

王亶望在官场上的崛起，一方面是他比较能干，另一方面也同他对书画古玩的收藏有一定的关系。由于他收藏了许多精品，在每年元旦、端午、中秋以及皇帝万寿、太后千秋等例行的进贡中，王亶望的贡品总是最抢眼的，最讨皇帝欢心的。

所谓捐监，从一开始就违背了乾隆所下达的只许捐谷（捐谷40石给予监生名份）的规定，而采取折收银两的办法，捐银55两即授予监生。 从1774年（乾隆三十九年）到1778年（乾隆四十三年）仅四年的时间，累计收银1000万两以上，记在账面上的捐监粮则为七百多万石。此后甘肃连年报旱灾，在王亶望、蒋全迪（时任兰州知府）的策划下，"将通省各属各灾赈，历年捏开分数，以为侵冒监粮之地，自此上下勾通一气，甚至将被灾分数，酌定轻重，令州县分报开销，上侵国帑，下吞民膏，肆无忌惮"，以赈灾的名义来"消耗掉"账面上的粮食，私分捐监银一千多万两。1780年（乾隆四十五年）乾隆在一首御制诗中，就写有"民贫地瘠是甘凉，加赈年年例如常"之句，足以反映出送年报灾、赈灾的疏奏，给乾隆留下极其深刻的印象。尤为令人发指的是，这些贪官污吏还把朝廷拨给修建储存捐监粮仓库的银两16万两也侵吞私分。

乾隆并不是容易被骗的皇帝，当他得知仅半年就有近二万人捐监、共收粮食82.7万多石的虚假情况后，对于民贫的甘肃省能有如此多的人捐监以及能有如此多的余粮颇有疑惑，特令勒尔谨查明回奏，勒尔谨在回奏中以参与捐监的并非甘肃一省来搪塞。尽管如此，对捐监不放心的乾隆又派户部侍郎袁守侗往甘肃检查捐监粮的储存情况，然而甘肃的地方官竟以备好的几个仓库来应付朝廷的检查，如此检查自然发现不了所存在的问题。

王亶望深知乾隆对捐监粮已经入仓的奏报始终心怀疑团，在案发前，以对杭嘉湖道王燧在办理南巡差务中侵吞银两失察，而自认议罪银50万两，用于浙江海塘工程。未几，现任甘肃布政使王廷赞也捐银4万两以助军需。王亶望、王廷赞相继"慷慨解囊"，愈发说明他们心里有鬼。

人算不如天算，1781年（乾隆四十六年）三月，甘肃爆发苏四十三领导的回民起义，势不可当。乾隆立即命令阿桂等人到甘肃指挥平叛。阿桂在进入甘肃境内后因"连遇阴雨""大雨竟夜"难以督军进剿，以致延误行期，遂如实奏报。乾隆本来就对"该省向来年年报旱"疑窦丛生，一览此奏，便询问阿桂等该省雨水是否年年充足。在得知连年雨水充足后，即意识到："甘省向年俱奏雨少被旱，岁需赈恤，今阿桂屡奏称，雨势连绵雾需，且至数日之久，是从前所云常旱之言，全系谎捏，该省官员竟以折收监粮一事，年年假报旱灾冒赈"⑫。一起"从来未有之奇贪异事"——全省性贪污大案，便在数年之后暴露于光天化日之下。于是，乾隆便令阿桂与代理陕甘总督李侍尧负责查办甘肃冒赈一案。

⑫《乾隆朝惩办贪污档案选编》第二册，有关甘肃冒赈案上谕。

经阿桂、李侍尧审理，甘肃全省官员从总督勒尔谨到主持捐监的原甘肃布政使王亶望、蒋全迪和案发时担任布政使的王廷赞以及全省州、县、厅的所有官员对捐监银都有所染指，最多的达百万两以上，最少的也有数千两。据原迪道州知州陈常交待，他在主持赈灾时，多报23000两，其中王亶望得银12000两，蒋全迪得银10000两。而平番知县何汝南在办赈时，多报50000两，"前后被总督勒尔谨派买物件用银六千两，王亶望索过银一万八千两，蒋全迪索过银五千两。"

在此案中，侵吞银两最多的就是王亶望，王亶望的家产达300万以上（尚不包括未估价的字画、古玩），据他自己讲其中有一半是侵贪所得。而在州县官员中，最多的达10万两左右。按照当时的律文，贪污1000两就该处死，但在对此案的处理中乾隆已经把斩立决的标准提高到二万两，即使如此被处死的贪官仍有56人之多。虽然陕甘总督勒尔谨并未直接接侵吞赈灾银，但其收受属下所买物品且数额巨大，又系实施捐监的始作俑者，故同王亶望、王廷赞一起被判处死刑。

1782年（乾隆四十七年）七月，乾隆下达查抄王亶望家产的谕令，现据查抄物品清单可知被抄没的家产有：

"金三千三百六十七两一钱，十五换算，值银五万零二百三十六两五钱（市价20：1，笔者注）""银一百零三万七千二百十一两七钱"，此外还有在京城经营的首饰楼、杂粮店、酱店、铺面房以及其他店铺等⑬。

此案的严重性在于：

其一，该案从一开始就是个骗局，以银两代替粮食是欺骗，侵吞拨下的建粮库的银两是欺骗，假报受灾是欺骗，以赈灾的名义侵吞捐监银两还是欺骗。全省官员编造一个又一个的骗局把乾隆罩在其中，所谓君主高度集权除了耀眼的光环也就是威严的空壳了。

其二，全省上下通同作弊，"大小官员无不染指有罪"，侵吞赈灾银两在清代还是第一次。

其三，"内外大臣，皆知情不举"，例如陕西巡抚毕沅自乾隆三十一年到乾隆五十年一直在陕甘为官，对甘肃冒赈并非不知，但却"托词卸责"，"不据实参奏"；再如浙闽总督陈辉祖、江苏巡抚闵鹗元的弟弟都陷入冒赈案，但他们也都"隐忍瞻徇"，以至"天下无不共知"但"内外臣工并无一人言及"，全都向乾隆封锁消息；

其四，从甘肃冒赈案可以看出，各级官吏视库府为私囊，任意侵吞，以至该省各州县亏空银两八十八万八千九百多两，亏空库粮七十四万多石，皇帝手中的国家机器已经演变为贪婪的饕餮。

赐令勒索属下的国泰自尽

1782年（乾隆四十七年）四月初，山东巡抚国泰勒索属下案发。

国泰隶属满洲镶白旗，姓富察，系四川总督文绶之子，曾任刑部主事、郎中、山东按察使、山东布政使等职。1773年（乾隆三十八年）已调任陕甘总督的文绶，因在四川任内庇护纵子为非的阿尔泰，被戍伊犁。国泰因疏请同父一起遣戍，得到乾隆的赏识，不仅保住官职，而且很快升为山东巡抚。文绶因庇护阿尔泰交罚银八万两，国泰则明目张胆勒索属下，代父交纳赎罪银两。

于易简系已故大学士于敏中之弟，虽然也出身宦门，但其生性懦弱，因而同国泰共事也称得上是刚柔相济。在国泰大发雷霆时，于易简竟然奴颜婢膝，"长跪白事"。对国泰的颐指气使，于易简已经是司空见惯。

对于国泰的"性情乖张"，阿桂、福康安、和珅等相继"密为陈奏，欲以京员调用，消弥其事"，却被乾隆拒绝。因屡闻"国泰在山东巡抚任内不能得属员之心"，"恐其有不法款迹"，1781年（乾隆四十六年）正月，特意"传谕令于易简来京讯问"。于易简力保"国泰并无别项款迹"，"惟驭下过严，遇有办理案件未协及询问不能登签者，每加训饬，是以属员畏惧，致有后言。"乾隆又问及"国泰屡经保荐吕尔昌，有无徇庇交通情事"，于易简则以"吕尔昌与国泰均系刑部司官出身，常委审理案件，并无徇庇交通事"对。此后不久，乾隆特意"将询问奏对缘由，传谕国泰，令其知所警惕，痛加改悔，所谓有则改之，无则加勉。凡事宽严适中，不可太过，亦不可不及。若伊奉朕此旨，即自知猛省，随事留心更改，将自可长受朕恩，为国家好大臣，岂不甚善。若再不知改悔，或因此转加模棱，不认真办事，是伊自取咎戾，朕不能为国泰宽也。至于易简既奏并无别项款迹，将来或经发觉，或被访闻，不特国泰罪无可辞，即于易简亦有应得之罪"[14]。

于氏何以要把自己的身家性命与国泰紧紧连在一起？满汉关系自然是个因素，大凡汉官在同满官相处时一般都会退避三舍。更何况国泰对于易简恩威并施，正是由于国泰的提携，担任济南知府的于易简得以升任为山东布政使，此种知遇之恩自然令于氏

房屋值银三千两
何锦供出带京色银存交王季光取回山西二万三千余两
何锦供出大成号存银六千四百余两
何锦供九华楼李尧处拿来银六千两
何锦供欠永和银一万五千三百四十七两零
原籍恩裕当铺本银八千两
原籍生息银九千三百两原籍现在银一万七百五十三两
原籍张筑供王季光交出银四万两
以上共银一百零三万七千二百一十一两七钱
二共银一百零八万七千四百四十八两二钱"
其中"现银四十八万四千四百两，各省借欠并田地房屋什物估变银二十八万八千六百五十六两"。

[14]详见《乾隆朝惩办贪污档案选编》第三册有关国泰一案的上谕、奏折。

钱沣像

没齿不忘。在于敏中逝后，于易简对国泰更为依赖。兼之国泰与于易简又都嗜好昆曲，有时还粉墨登场。据传他们最喜欢演的是洪升的《长生殿》，于氏扮唐明皇，国泰饰杨玉环，声色俱佳，惟妙惟肖。志趣相投也许是于易简力保国泰的另一个原因。

1782年（乾隆四十七年）四月初，都察院御史钱沣疏劾山东巡抚国泰、布政使于易简"贪纵营私"，"国泰于属员题升调补，多索贿赂"，"按照州县肥瘠，分股勒派。遇有升调，惟视行贿多寡，以致历城州县亏空或八九万两，或六七万两。布政使于易简亦纵情攫贿，与国泰相埒"。四月初四，乾隆派和珅与都察院左都御史刘墉、御史钱沣等前往济南"秉公据实查办"国泰勒索属下案。与此同时，乾隆谕令曾在山东办过盐务的前长芦盐政伊龄阿如实陈奏在山东的见闻；命令已升任湖南布政使的前山东按察使叶佩荪据实陈奏国泰贪纵营私之处，不得稍存徇隐、回护；又责令由国泰推荐升任安徽按察使的原济南府知府吕尔昌交待"如何与国泰交结""毋许丝毫欺隐"。

据档案记载，派和珅、刘墉出京的上谕在四月初四抄发后，国泰之弟国霖派仆人去山东给国泰送信。国霖供称"在门上当差，听说钦差驰驿出京，又听说发了抄，还有一个姓钱的御史跟随同往"。"我实在是初四日听见钦差驰驿前往涿州、德州、江省一带有查办事件。因我母亲现于上月二十五日起身到我哥哥任上去，有年纪的人行路迟缓，恐怕还该在途中。德州是山东地方，倘有干系我哥哥的事，母亲在道上听见害怕，所以差套儿（国霖家奴仆）赴山东，与母亲请安，并叫他探听钦差查办德州信息，如没有我哥哥的事就迅速回京。"

另据套儿供称：初四日自京起身，初七日到山东省，"路上遇见大爷（指国泰）接钦差，我请了安，大爷问我'你来做什么？'我说'二爷'（指国霖）打发我来替老太太请安，恐老太太听见有钦差来害怕。"[15]然而套儿并未到国泰官邸给老太太请安，而是"回到德州住了两日，打听山东省城有什么事，到十四日听说我大爷已查抄拿问了才回来"。正像办案人所分析的："你既到山东，你大爷为何不留你在那里，这不是怕你露出马脚致事情败露吗？"

心里有鬼的国泰从驿站报单得知钦差欲往江南公干后，立即预感到彼等此行的真正目标很可能就是济南，套儿的到来不过更加证实事态的严重。国泰遂把存在济南府里的"交州县变卖物件银子"，用以弥补历城县亏空，令"该县郭德平向冯埏（原济南知府，时任漳州知府）府库要去银四万两挪移掩饰"。

据和珅、刘墉在1782年（乾隆四十七年）四月十一日给皇帝的奏折中所言，盘查历城县库的情况如下：

"臣等即同诺穆清、钱沣并随带员司前赴历城县库彻底盘查，按款比对，逐封弹兑，查得该县应储库项银数虽属相符，但内中颜色掺杂不一。又将仓谷逐加盘验，计缺少三千余石。据该县郭德平称：自仓厫坍塌，谷石霉烂，恐新任知府到任盘查，是以赊取本城钱铺刘玉昆银四千两抵补空项。及传刘玉昆到案质证，坚不承认。

"臣等复诘郭德平，看其语涉支吾，甚多疑窦，恐有预闻盘查信息，挪移掩盖情弊，遂严讯藩司于易简。据称：本月初六日，巡抚国泰闻有钦差前来公干之信，就对我说：历城现有亏

⑮详见《乾隆朝惩办贪污档案选编》第三册有关国泰一案的上谕、奏折。

空，若来盘查，恐怕破露，我有交州县变卖物件的银子在济南府里，叫他挪动，暂且顶补便了。郭德平就向冯埏署中要了银四万两归入库内。臣等又讯问于易简，此项交州县变价银系属何款？据称：国泰借办买物件，巧于娄索，交州县办了物件，随意发些价值，又将所办物件另定高价，勒交各州县变卖，各州县按件交银，俱是冯埏经手，是以存府等语。

"是历城库项亏缺挪移掩盖情蔽显然……臬司梁肯堂称：国泰勒索属员银两实有其事，俱系济南府冯埏经手等语。臣等即传到原任济南府调任漳州府冯埏，严加究诘。随据冯埏将以上情节供认确凿，矢口不移。又讯，据历城知县郭德平所供：县库亏缺，又将国泰交存首府银两挪移顶补臣处。与于易简、梁肯堂、冯埏、郭德平各供诘讯国泰，始犹狡辩，不肯据实承认，后令于易简、冯埏、郭德平当面质证，国泰方肯供认前情。"⑯

查办国泰勒索属下、山东州县亏空一案完全是按照乾隆的布

⑯详见《乾隆朝惩办贪污档案选编》第三册有关国泰一案的上谕、奏折。

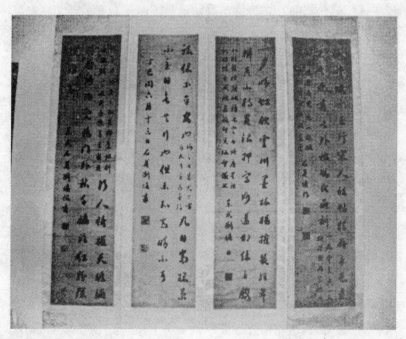

刘墉墨宝

置进行的，该年四月初六，当和珅、刘墉一行抵达献县时收到皇帝追发的谕令，其指示如下：

"朕转思，维折内所称仓库亏空多至八九万不等，和珅等到彼时迅速逐一比对印册盘查，自无难水落石出，此事尚属易办。至各属以贿营求，思得美缺一节，不特受贿者不肯吐露实情，即行贿各劣员明知与受同罪，亦肯和盘托出?即或密为访查，尚恐通省相习成风，不肯首先举发，惟在委曲开导，以此等贿求原非各属所乐为，必系国泰等抑勒需索，致有不得不从之势。若伊等能供出实情，其罪尚可量从末减，和珅等必须明白晓喻，务俾说合过付确有实据，方可成信谳。此事业经举发，不得不办。然上年甘省一案，甫经严办示惩，而东省又复如此，朕实不忍似甘省之复兴大狱。和珅等惟当秉公查究，据实奏闻。"⑰

国泰一案尚未办理，乾隆就已有网开一面之意，他并不想像处理甘肃冒赈案那样来处理山东亏空，甘肃冒赈案使得该省从上到下来了个大换班，地方机构一度陷于瘫痪，为重新组建从督抚到州县的官僚体系，煞费苦心。显而易见，乾隆不想把山东当做第二个甘肃。因而他一再强调："东省各州县被上司抑勒需索，原与甘省之上下通同一气，公然冒赈殃民有间，此朕之不为已甚之心和珅等自能遵照妥办也。"　与在恒文案中对被勒索过的十几名官员降一级留任的处置也有很大的不同，认为被勒索的下属"原非各属所乐为，必系国泰等抑勒需索，致有不得不从之势"。

四月十九日，乾隆再次谕令和珅、刘墉：对钱沣所指参之三州县"必逐一严查，务使有无虚实，毫无隐遁，方成谳狱。至通省州县之亏空人数众多，且出自国泰之抑勒，朕实不忍似甘省之复兴大狱，著明兴（新任山东巡抚）详查妥办，酌量轻重，予以二三年之限，令其自行弥补，此系朕格外施恩。若众人不知感知惧，仍复因循延宕，是伊等自取重戾，不可复宽，著明兴严参按律从重治罪"⑱。经和珅、刘墉详查，山东省各州县亏空银两累计达200万，责令州县官员在两三年之内自行弥补亏空，这是乾

⑰详见《乾隆朝惩办贪污档案选编》第三册有关国泰一案的上谕、奏折。

⑱详见《乾隆朝惩办贪污档案选编》第三册有关国泰一案的上谕、奏折。

隆不兴大狱的前提。

和珅、刘墉又对国泰、于易简勒索属下进行了审理，据曾任历城知县的陈珏供称：

"我于四十三年三月因俸满，要请咨（即平级之间的公文）赴部，在省守候了五个月，国巡抚总不给咨，我只得措办了一千两银子，交吕尔昌处。又上年，我因公上省，又值国巡抚要人帮费，我又措办银一千两交冯埏处。"

又据许承范供："我于四十二年在胶州知州任内，因公赴省，国巡抚屡次要我找寻物件，只得寻了嵌玉罗汉屏一座，那时于藩司（布政使又称藩司）作济南府，系他经手，对我说屏看中了，叫我垫银买下，后来巡抚只发银一千两，我赔了一千二百两。后又代买玉桃盒一件，赔银一千五百余两。至四十六年，国巡抚要人帮费，我又派银二千两，交冯埏收存。"[19]

乾隆认为，于易简有无勒索劣迹对"于易简生死所关，尤当严切讯究，务使水落石出"。在审讯中，于易简"坚称实无其事"，虽经"密行访查""传集在省各员，逐一提问"仍未查到真凭实据。据冯埏、郭德平等供称：

"于易简在藩司任内，诸事不能主持，一味迎和巡抚，人人都不怕他，且都鄙视他，谁肯送银给他呢？……至于年节送些水礼、尺头、蟒袍等物这是有的。"和珅、刘墉"复提于易简管门家人刘二，严行讯究"，据刘二供称："我在门上，一切事件俱系我经手，地方州县们有从京中来省的，有从本任上省的，及时年节下、本官生日，他们也有送水礼的，也有送几件绸缎蟒袍的"。对于是否接收"馈送银两一节，反复研究，加以刑夹，刘二坚供并未经手。"[20]

为此，乾隆令两江总督萨载调查于易简在原籍——金坛的财产，萨载亲自去金坛传讯于氏族人，据其族人供称：于易简的父亲在分家时"分得厅旁瓦房十一间"，由其长嫂居住，于易简自幼随兄于敏中在京，从未在原籍买过房地，也从未把银两带回"托人运营生息，或于他处置买田产。"

乾隆又令钱沣与于易简当面对质，据钱沣讲关于于易简"婪索属员之事""得之传闻，不能指实"。御史享有风闻言事之权，但最终定谳要有确凿证据。乾隆在御览上述供词后言道："于易简实系庸懦卑鄙不堪之人，甘心隐忍，曲意奉迎，是以通省属员共相鄙薄，不肯送给银两。所奏各供自系实情，此案大概已有根据，不过如此。"

尽管于易简未勒索属下，尽管乾隆在以前的谕令中也曾强调"于易简有无婪索属员劣迹"关其"生死"，然而当最终对彼等量刑时，于易简同国泰一样被赐令自尽。

在这里需要对国泰在山东巡抚任内如此勒索作一说明，国泰的父亲文绥需要交纳的议罪银是八万两（关于议罪银下一章有专门论及），而经查证核实，国泰经冯埏勒索的银两恰恰也是八万两，这种巧合的确耐人寻味。

处死盗臣陈辉祖

1782年（乾隆四十七年）浙闽总督陈辉祖抽换抄家物品案浮出水面。浙闽总督陈辉祖是陈大受之子。陈大受出身贫寒，白天"躬耕山麓"，晚上"读书不辍"。1729年（雍正七年）中举，四年后（1733年，雍正十一年）中进士，选为翰林院庶吉士，从一个贫苦的读书人，步入官场，诚可谓"朝为田舍郎，暮登天子堂"。陈大受在政坛的崛起却是在乾隆即位以后，是乾隆一手提拔起来的官员。1737年（乾隆二年），在翰林院、詹事府的考试中，陈大受名列第一，被擢侍读，经过多次提升官至吏部侍郎。也许是乾隆考虑到陈大受从贫寒崛起了解民间情况、体会百姓的疾苦，在1739年（乾隆四年）将他放了外任，令他担任安徽巡抚，陈大受擅长处理各类刑名事务，也因此得到展示的机会。

陈大受在安徽任上打响的头一炮就是缉盗。当时庐州、凤阳、颖州一带社会治安不好，抢劫者横行，官府成员既无力解决，也不上报，唯恐影响考核、升迁。陈大受上任后，很快了解

到真实情况，责成有关人员在限期之内弥盗。在他的督促下，一个月抓获盗匪五十余人。

陈大受对有关国计民生的各种庶务都非常留心，他在安徽任职时，看到该省山坡较多，不适合种水稻，就建议种植福建安溪一种不需要灌溉的农作物——旱稻，并派人到该地购买种子，分给各州县，鼓励民间在坡地种植，以便增加粮食产量。乾隆在得悉上述情况后颁谕道："如此留心，甚慰朕怀。"

他在江苏任内，为防止蝗灾，组织农民在冬季消灭蝗虫的幼虫蝻子，并对蝻子的隐匿地予以归纳，以便灭蝻。陈大受总结出来的灭蝻经验得到乾隆的重视，乾隆特令直隶总督高斌在辖区推行。对于江苏水患的治理，他也相当重视。江南民间有许多堰圩，年久未修，被水淹后多坍塌，重新修复耗资巨大，非民间所能负担，陈大受拨帑作为修复资本，组织百姓出工，修复按计划完成。对水利工程节省工本的做法，他提出不同的看法，节省成本就可能造成偷工减料，等到发现问题再返工，势必造成更大的浪费，此即"用省而工恶，再修而倍之"。在治理水患的过程中，陈大受还总结出"六年大修，每年小修"的"岁修法"，既能一定程度上减少水患的发生，又能保障漕运的畅通。乾隆对陈大受的做法予以充分肯定，欣然赋诗写道："岂无疏浚方，天工在人补，轮年大小修，往来通商贾。"

从穷人堆长大的陈大受，对饥寒交迫自然有过切身的感受。有一次安徽闹灾，由于仓储不多，粮食殆尽，命悬一线的灾民在求生本能的驱使下，把仅存的一些麦子、稻米给抢了，有关人员准备把抢粮的饥民作为盗匪处理。脑满肠肥的人是体会不到饥肠辘辘的滋味的，在陈大受的恳求下，朝廷赦免了参与抢粮的60余名灾民。

1742年（乾隆七年），江苏发生特大水灾，大部分地区被洪水淹没，为了尽快救助困在水中的灾民，陈大受令下属准备大量船只，上面装满烙好的大饼，"候水至，分载四出"，把食品送到灾民的手中。

生于民间、长于民间的陈大受对幕吏鱼肉乡里、为非作歹的手法很了解，他在担任地方官员期间凡是刑名钱粮从来都亲自过问，以防止胥吏从中捣鬼，他在担任两广总督期间对不法吏员进行弹劾，使得朝廷政令得以实行。

陈大受为官二十余年，以清廉著称，他的家庭属于赤贫，由于还要赡养受了一辈子苦的双亲，他只能尽量减少自己的开销，其生活水平同未做官前基本一样。他身在官场，生活水平却如同布衣。在讲究排场、讲究体面的上层社会，能保持一颗平常百姓心、能不被风气所染，能二十多年如一日，的确需要恒心与毅力。1751年（乾隆十六年）陈大受去世，赐谥"文肃"，入祀贤良祠。

由于乾隆格外关照陈大受的遗孤，陈辉祖和弟弟陈严祖均凭父荫而步入官场，相比之下陈辉祖比陈严祖能干，给乾隆留下的印象也更深。乾隆曾两次引见陈辉祖，认为他是"有出息的"、"有良心的"，因而陈辉祖几经升迁就官至总督，即使在甘肃冒赈案被揭露后陈严祖榜上有名，依然令陈辉祖以浙闽总督的身份兼任浙江巡抚，倚重之深可见一斑。

乾隆的确不曾料到，既清廉又能干的陈大受却留下有辱家门的不肖之子。陈严祖在担任代理甘肃知县时因侵吞捐监银在二万两以上被处死。陈辉祖为此引咎自责，交纳议罪银三万两。然而陈辉祖并未从陈严祖的人头落地中吸取应有的教训，依然心存侥幸，投机取巧，利用负责查抄王亶望家产的机会用低于市场的价格以银易金，并把一些名贵的字画、古玩据为己有，他哪里会料到乾隆对王亶望所收藏的字画、古玩竟了如指掌，以致弄巧成拙，引火烧身。

1782年（乾隆四十七年）年初，王亶望家产解京。乾隆是位极精明的皇帝，四年前（1778年，乾隆四十三年）在查抄高朴家产时，曾见到王亶望送给高朴的米帖墨拓，但在解京的王亶望家产中却未找到米帖石刻。而王氏以前进贡物品被退回的那部分（即进三退一所退回的那部分）也均已不见。按照规定，皇帝

退回的那些贡品不能挪作他用。更令乾隆感到惊诧的是解京的字画、古玩"多系不堪入目之物",遂断定其中"显有抽换隐匿情弊",便令人把抄家底册与进呈册一一对照,结果发现底册内所开列的金叶、金条、金锭共4748两在进呈中没有,进呈册中却只有73594两白银,按照金银15:1的比价,此项银两与金折价大体相当,而当时市场上的比价一般维持在20:1。底册内所列玉山子、玉瓶等件进呈册中均无,但进呈册中又多出朝珠、玉器等件,此为底册所无。

为此乾隆责成浙江布政使盛柱查清抽换内幕,据实上奏。并给办理此案的阿桂等颁发六百里加急上谕(送谕者日行600里),令彼等"逐细推究所有米帖石刻现在何处收藏,务得实在下落"。经过对王氏家产留浙变卖部分(充作海塘费用)的搜寻,终于找到"清芬阁米帖石刻三百六十块","墨刻法帖共十四种",此外还有"书籍七十七种","图书石十匣"。

经盛柱详查,陈辉祖所换取的王氏入官物品有:"金锭八百两,玉松梅瓶一件,玉方龙觥一件,玉蕉叶花觥一件,小玉罄一件,玉太平有象一件,玉暖手一件(系玉羚羊 玉狮子 玉鸣凤 玉蛤蜊 玉子儿),自鸣钟二架,刘松年山水画手卷一件,苏东坡归去来辞册页一本(又画竹墨迹手卷一件),贯休白描罗汉一件,米字手卷一件,冷枚麻姑图一轴,董其昌兰草一卷,唐寅山水一轴,明人泥金佛经一册,王蒙巨区林屋画一轴,宋旭山水一卷"。陈辉祖也落得革职、收审、籍没家产的地步。

从陈辉祖的供单与经手此事的国栋、杨先仪、张耆等人的供词以及审理此案的阿桂、福长安的奏折中可知,王氏家中的四千多两金子并非全部落入陈氏之手,陈以12000两白银兑换金800两。据仁和知县杨士仪供:案发前王捐金2700两作为海塘工程存在仁和县库,存在仁和县库的这部分尚未兑换即接到查抄令,实际只抄出1900多两,其余的按15:1的比价发给当铺400两,交金铺450两,托人带往苏州100两,自用34两。另据钱塘知县张耆交待:领金2000余两,交金铺560两,交马在乾发金铺100两,按察使李封换50两。

陈辉祖所换到的800两金子是通过当时的布政使国栋以15：1的比价换出的。陈在供词中是这样交待的：至于金子一项，在去年查抄王亶望之后，即存在藩司库内，我想要这金子，不便直接对藩司说，就假称王亶望曾对我说，金子太多恐怕碍眼，求我把查抄他的金子兑换成银子。我把这些话对国栋说了，国栋才把没收的王亶望金子拿出按照官价在衙门内部卖出，我留下金锭800两，交了12000两银子。此批金子成色非常好，价格又比市场低，认为自己捡了个大便宜。而在国栋的供词中也证实了陈辉祖以金易银"八百两，侵用银一千六百两"，按20：1的市场比价获利4000两。

按律而定"侵盗银一千两以上，斩监候"，但如果法外施恩侵吞数万两也未必处死。问题的关键要看乾隆是否有赦免陈辉祖之意。两年前的李侍尧勒索属下案，查出赃银35400余两，单从数量上看陈辉祖的罪行要比李侍尧轻，实际上陈辉祖根本无法同李侍尧相比。虽然陈辉祖也算得上能臣，曾先后任江西巡抚、湖北巡抚、河南巡抚，并因治理浙江海塘甚为出力，于乾隆四十六年升任浙闽总督，但其上任不久就因王亶望冒赈案发而陷入对此案的审理中，未几又因四弟陈严祖案中有名，愈发惶恐不安，无暇顾及两省大务，致使在他担任浙闽总督的一年，"闽省漳泉两郡民人械斗拒捕滋事"接连发生。而对王亶望在担任浙江布政使的数年里，大量侵吞库银所造成的全省一百三十多万两亏空的问题，陈辉祖也未能及时查出上奏。更何况，被乾隆认为"有良心"的陈辉祖所干的恰恰是丧尽天良的事情——抽换上交内务府的抄家物品，把手伸到皇帝的腰包，对这个欺骗了皇帝多年的陈辉祖，乾隆绝不会轻饶。

尽管乾隆在上谕里一再强调："陈辉祖上年办理塘工（即浙江海塘）颇为出力"，"所犯情节与王亶望之捏灾冒赈侵帑殃民者，究有所不同；即较国泰之代父赎罪为名，公然勒派属员，以致通省州县俱有亏空者亦尚有间。《传》所云'与其有聚敛

之臣，宁有盗臣。'陈辉祖一盗臣耳！其罪在身为总督置地方要务于不办，以至诸事废弛，种种贻误。而侵盗者止系入官之物，不过无耻贪利，罔顾大体，究非朘克小民以致贻误地方吏治者可比。"[21]话虽如此，乾隆只是把对陈辉祖"即行正法"改为"斩监候"。

21《乾隆朝惩办贪污档案选编》第三册有关陈辉祖一案的上谕。

乾隆对陈辉祖的处理实际要比甘肃冒赈案严厉得多，在甘肃冒赈案中侵吞银二万两以上才处死刑，按照此标准，侵吞一千六百两的陈辉祖是可以幸免一死的。更何况，陈辉祖行此下策也的确事出有因。陈辉祖因弟弟侵吞冒领赈银，自行议罪，交纳议罪银3万两，据抄家档案的记载，其家产虽然三十多万，现银才32800多两，3万两的议罪银也算得上是一笔巨额支出。其"有心牟利"，与此不能说没有一定的关系。至于抽换古玩字画，其实也同频繁进贡颇有关连。王亶望向以收藏古玩字画的珍品而闻名，陈辉祖当然不会放过负责查抄王亶望家产的机会。

抽换抄家物品直接触犯了皇帝的利益，乾隆断不肯对陈辉祖从轻发落，对陈的"斩监候"不可能像对李侍尧那样监而不斩。乾隆在1783年（乾隆四十八年）二月初三，赐令陈辉祖自裁。

处死顶风作案的郝硕

1784年（乾隆四十九年）初江西巡抚郝硕勒索下属发案。

郝硕是汉军旗人，系总督郝玉麟之子，在1756年（乾隆二十一年）由骑都尉担任户部员外郎，1759年（乾隆二十四年）升为户部郎中，从1762年（乾隆二十七年）八月担任山东登莱青道道台，该年十月因在考核中被评为优秀而被皇帝面试，乾隆在批语中写下"似有出息"四个字。此后三年，郝硕再次得到引见，乾隆的批语是"略不如前，似染外省习气。"

1774年（乾隆三十九年），颁布了查办明末野史禁书的谕令，明确指出："明季末造，野史甚多，其间毁誉任意，传闻异词，必有抵触本朝之语，正当及此一番查办，尽行销毁……若此次传谕之后，复有隐讳存留，则是有心藏匿伪妄之书，日后别经发觉，其罪转不能逭，承办之督抚等亦难辞咎！"[22]在其他各省督抚还在观望、拖延的情况下，江西巡抚海成已经闻风而动，收缴禁书八千多部，名列全国各省第一，比文化发达的江、浙收缴上来的还要多。

郝硕在1777年（乾隆四十二年）三月升任山东巡抚，同年十一月调任江西巡抚，接替因王锡侯《字贯》案受到严惩的原江西巡抚海成。接替海成担任巡抚不是件容易的事，需要在一个非常高的起点上继续查办禁书。且不说江西并不是文人荟萃的地区，保存的书籍本来不可能太多，更何况那些所谓禁书也是查获一本少一本。郝硕要想保持江西省在收缴禁书方面的领先地位，就需要挖空心思去搜寻，不管是文集、诗集、民间戏本都要严格检查，不敢有丝毫的懈怠。

乾隆在1778年（乾隆四十三年）谕令查缴明末袁继咸《六柳集堂》，由于袁继咸是江西人，郝硕自然格外卖力。为了能查到线索，郝硕令人对袁继咸家乡所在地的府志、县志进行排查，不仅查到《六柳集堂》及其雕版，还搜查出袁氏诗稿《未优轩集抄》的抄本。而乾隆在四十五年又令各省督抚对民间戏本中涉及到明末清初、宋金对抗内容的词句进行检查。郝硕严禁江西境内的弋阳腔、梆子腔、乱弹等演出明末、宋金题材的剧目，并饬令各府道对过往的戏班严加检查。由于郝硕特别卖力，藏书并不那么丰富的江西省在收缴禁书方面仅次于江、浙两省，郝硕自然也就因此而得到乾隆的赞许，成为皇帝最信得过的巡抚。

1784年（乾隆四十九年）初，74岁高龄的乾隆，第六次踏上南巡之路。在途经江西时，他召见了江西巡抚郝硕。会跟风的郝硕只知道乾隆最关心的是收缴禁书，并不了解在皇帝的心中除了收缴禁书之外还有其他各种庶务。对乾隆来说，要维持太平盛世就必须紧紧抓住地方吏治，以维持国家机器的正常运转。

郝硕满脑子想的还是收缴禁书，没想到皇帝会突然询问地方事务、属员的能力与业绩。因而在乾隆突然提出这方面的问题

[22]《办理四库全书档案》第一册。

时，毫无思想准备的郝硕竟然张口结舌，不知所云，只能含糊其辞进行搪塞。郝硕的表现令乾隆大为恼火，遂于该年四月传谕两江总督萨载，令其对郝硕的业绩、操守进行调查，这一查，便查出郝硕勒索属员银两数万的严重问题。

据江西布政使冯应榴交待：1782年（乾隆四十七年）郝硕进京陛见时，自称缺少盘缠，冯应榴送其养廉银1000两，原江西布政使冯光雄亦送银1000两，已故代理粮道汤蕚棠送其金50两；1783年（乾隆四十八年）郝硕又以无力交纳海塘公项向冯应榴索取1000两，向粮道舒布索银1000两；此外还向各府州县索要帮银，其数目多寡不等。

另据饶九道官员额尔登布揭露：郝硕在乾隆四十七年（1782年）进京陛见时，路过九江，暗示自己开销过大，已经听出话外之音的额尔登布只得拿出1000两银子作为盘费银交给郝硕，四十八年（1783年）又拿出1000两银子作为公务的赞助。而盐道官员杜宪，在四十七年（1782年）帮银1000两，四十八年（1783年）又帮银2000两；赣南道官员学海，四十七年（1782年）送银500两，四十八年（1783年）送银1500两。

新任江西巡抚李绶在对各州县属员调查后，统计出郝硕在1782年（乾隆四十七年）向属下勒索的银子30400两，在1783年（乾隆四十八年）索银38500两（其中有15000两送往浙江海塘工地），累计被郝硕侵吞的共计六万七千余两。上述银两绝非郝硕所敛财产的全部，从其衙署运走的财物共有40箱，他本人收藏的金笔筒、金图书、金山子、金鼎、金帽架、金方瓶、金胆瓶、金香盘、金桌屏、金罗丝盒子等共重一千二百余两，熔成金锭130个。赃私累累的郝硕被赐令自尽。

郝硕勒索属下案的严重性有以下三个方面：

其一，郝硕勒索属下，正值国泰在山东勒索属下败露之后，据郝硕供称"四十七年看见邸抄上谕，知道国泰在山东贪婪勒派，皇上将他治罪，我心上原知道地方大员，总该洁己奉公，不可向属员有丝毫需索"，由此可知郝是明知故犯，顶风作案。

其二，设置督抚，原令其互相稽察弹劾，然而两江总督萨载却居然对郝硕向全省州县官员勒索失察；而作为布政使、按察使本应对勒索属下的巡抚向皇帝据实陈奏，然而江西两任布政使均率先向郝硕提供银两，以至全省官员不得不效仿。以上两点足以反映出，互相制约的机制在贪风盛行的情况下，其功能已丧失殆尽。

其三，郝硕勒索属下案的暴露同甘肃冒赈案一样，带有很大的偶然性。如果乾隆此次南巡未经江西、未接见巡抚郝硕、未令总督进行调查，郝硕勒索属下能否暴露于光天化日之下还是一个未知数。郝硕勒索属下案的暴露，不仅反映出乾隆后期吏治败坏的严重，也揭示出督抚互劾以及御史风闻言事等弹劾机制与弹劾功能的萎缩。

查处贪贿不法的富勒浑

1786年（乾隆五十一年）四月，令孙士毅等查处两广总督富勒浑纵容家人勒索等不法事。

两广总督富勒浑举人出身，从1763年（乾隆二十八年）开始任职地方，先后就任山西冀宁道、浙江布政使、代理浙江巡抚、陕西巡抚、湖广总督、闽浙总督、两广总督等要职。在1763年（乾隆二十八年）、1765年（乾隆三十年）及1770年（乾隆三十五年）的大计中富勒浑都被列为卓异，被召见，乾隆对他的评语是"似明白，有出息"，"能此任，似可出息"。

富勒浑虽然"才具仅止中人，但于地方事务可称老练，是以调任两广"。1786年（乾隆五十一年）三月，乾隆在召见原两广总督现工部尚书舒常时，询问富勒浑的"操守如何"，舒常"不敢具保"；几天后，在召见粤海关监督穆腾额时，又向其询问富勒浑"居官如何"，穆腾额则以"未敢深信"对。乾隆遂令军机大臣详细询问，据穆腾额讲，富勒浑"衙门热闹，信用家人，并有李姓家人在衙门外居住，不免招谣，有骇观听。至其操守，虽无实据，亦不敢深保"。而在此前两个月，广东巡抚孙士毅来京陛见，也曾询及富勒浑的操守如何，孙士毅在回奏时含混其词。此后，乾隆给新任闽浙总督雅德颁发密谕，令其对富勒浑的操守以及其家人滋事等进行查访，然而雅德不仅未能据实上奏，反而动用库银10000两代富勒浑归还欠帑，雅德的言行越发使乾隆感到富勒浑一案非同一般，需要全力清查，遂传谕孙士毅，令其"将富勒浑如何操守难信，及家人如何滋事"，"据实陈奏，毋稍徇隐"；同时令江苏织造四德等对富勒浑的心腹仆人殷士德原籍之家进行查抄。

乾隆很快就从四德、孙士毅处得到回奏。据四德统计，从殷士德家中抄出现银二万余两，田630亩，住房三所，以及殷士德之子殷孝基捐监存根一张。据孙士毅奏折所言，当富勒浑刚抵广东时，令各盐商前来晋见，不准回去，直至每位商人拿出1000银元，交给其家人李世荣，"方准各回安业"；李世荣又令洋商代购物品，少给银两；而殷士德则以一斤人参4700两的高价强令洋商购买。

对富勒浑一案的审理却相当棘手，富勒浑的家仆殷士德、李世荣一口咬定所收门包、所勒索的钱财全部归己，其主人并未染指。就连代理泉州知府郑一桂已经承认曾把金叶五十两交给殷士德，嘱其交赴两广上任的富勒浑，殷士德也坚称此项金叶由自己侵吞。而富勒浑本人也极为诡诈，稍一得到风声就先侵后吐。富勒浑在上任两广总督之后，越过粤海关让各口岸预交银两，累计19000两，收入私宅，当其得知皇帝对其家人滋事进行调查后，即将此项银两移交海关监督解京充公。富勒浑还在福建道员衙门存有应交河南充公银二万两，直至案发东窗，富勒浑才"暗令督标千总杨中兴、材官宗耀、何振标，前往闽省，向省城道员衙门支取，绕道押赴河南兑交藩库"。诚如乾隆所论：富勒浑先以帮贴公费作为借口把勒索的银子放在衙门，等到被发现后，又把银两交监督衙门，看到事情败露，已经不能掩饰，就把侵吞的银两再吐出来。

尽管富勒浑及其家人为孙士毅审理此案设置许多障碍，但许多疑点是其主仆无法解释的，正如乾隆所分析的：

"殷士德以微贱长随，拥赀数万，且父子蒙混捐纳，滥膺顶戴，计其一切赀财，俱系跟随富勒浑为长随后所得。富勒浑若果无知情故纵……地方官吏见其久而不灵，断不肯多给银钱，岂能积赀累万？""至勒派各口岸银两，富勒浑先以帮贴公费为词收受入署，迨发觉之后，将前项银两交监督衙门，解京充公，明系事已败露，自知不可掩饰，为此先侵后吐之计。"[23]

富勒浑被判处绞监候，其实是监而不绞，几个月后即被开释。富勒浑勒索属下商民的确凿证据，一直到该案发生九年之后——1795年（乾隆六十年）审理浙闽总督伍拉纳婪赃受贿案时才一并被揭露。据浙省盐商供认：富勒浑任浙闽总督时，"曾索取盐商等银五万五千两"，然而此时富勒浑已然一命归天。

富勒浑勒索属下之所以长期揭不开盖子，他本人之所以能逃脱法律的严惩，显示出处于末世的封建体制，已失去自我约束自我调节的机制，致使许多狡猾的贪官污吏在一层层关系网的保护下，纷纷漏网，总之漏网者要大大多于落网者。

处死挪用盐课的福崧

1793年1月19日（乾隆五十七年腊八），两淮盐政全德的一份密奏揭开了浙江巡抚福崧挪用盐课案。

福崧隶满洲正黄旗，他的祖父就是当年向乾隆密奏伪孙嘉淦奏稿传抄件的云贵总督硕色。硕色的族兄海望，在雍乾之际也是一位很有影响的人物。海望在雍正时期崛起于政坛，原本只是个护军校的海望在1723年（雍正元年）被任命为内务府主事，此后相继担任过崇文门税监、内务府大臣（兼管户部三库）、户部侍郎（兼管内务府）、户部尚书，在相当长的时间里海望一直是给雍正皇帝理财的"账房先生"。在1735年（雍正十三年），海望以户部尚书的身份入军机处。到乾隆初年，海望在军机处的排名

㉓《乾隆朝惩办贪污档案选编》第四册有关富勒浑一案的上谕。

仅在鄂尔泰、张廷玉、讷亲之后。

家世背景为福崧步入仕途提供了捷径，作为硕色的孙子他被乾隆授予内阁中书、侍读，没过多久就放了外任，先后就任四川川北道、甘肃按察使，才二十多岁就担任封疆大吏，堪称是鹏程万里。

甘肃爆发苏四十三起义时，福崧已经接到升任福建布政使的谕令，但他仍然不顾个人安危，立即主动协同总督勒尔谨讨伐义军。当义军退守华林寺后，福崧率兵捕获，奋不顾身，最先冲入寺内，义军发射的火枪把福崧的翎顶打掉，福崧毫不惊慌，屹然不动。此后，福崧又奉命同新任甘肃总督李侍尧一起清查甘肃全省各州县的亏空。按照规定：福崧作为曾经担任过甘肃省的官员也应该交纳一部分弥补亏空的赔偿，但由于他在平叛中表现得非常突出，乾隆特地下令豁免他的赔偿数额。

苏四十三起义及陈辉祖抽换抄家物品案，使得福崧得以步入督抚的行列，他在1782年（乾隆四十七年）继王亶望、陈辉祖之后担任浙江巡抚。浙江巡抚本来是个肥缺，但福崧在接任浙江巡抚的同时，也连同王亶望时期留下的一百三十多万两的亏空接收了下来。到1786年（乾隆五十一年）已经过了四年，该省的亏空还有三十多万两未能补上，如果在别的省份也就罢了，对浙江这样一个富庶的省份就有点说不过去了，因而福崧在乾隆心中的地位也就一落千丈。尽管福崧在浙江任上的四年，在捕盗、整顿社会治安以及在海宁范公塘的治理上都有突出的建树，但乾隆已经对福崧的忠诚产生怀疑，派户部尚书曹文埴、侍郎姜晟、伊龄阿等前往浙江会同福崧解决亏空拖欠的问题。显而易见，负有钦差使命的曹文埴对福崧具有监察的色彩，乾隆曾密令曹文埴调查福崧是否有"败检事"。

由于曹文埴在汇报中只强调福崧对属下"柔懦"，乾隆遂免去福崧的浙江巡抚，令其代理山西巡抚。但他刚刚离开浙江，浙江学政窦光鼐的一纸奏疏就又把福崧给牵连在内。窦光鼐参劾"浙江各州县仓库亏空，未补"，"嘉兴府所属之嘉兴、海盐二县，温州府所属平阳县，亏空皆逾十万"以及平阳县令黄梅勒索百姓等罪行。福崧因对上述情况失察不仅受到乾隆的斥责，还被降为二等侍卫，派往新疆担任和阗帮办大臣，一年后改任驻阿克苏办事大臣，到1789年（乾隆五十四年）出任驻叶尔羌参赞大臣。1790年（乾隆五十五年）福崧再次就任浙江巡抚，但他再任浙江巡抚才两年，就因两淮盐政全德的参劾而一个跟斗栽向了鬼门关。

据全德在密奏中称：上任才五个月的两淮盐运使柴桢，在该年十月"将商人王履泰等五人应纳钱粮在外截留，作为己收，私自移用共二十二万两"。上述银两被运往浙江，弥补其在浙江盐运使任内的亏空。使乾隆感到不解的是，柴桢任浙江盐道甫及一岁，为何亏空竟如此之多，"必另有别故，非伊一人侵用可知"。乾隆怀疑的第一目标就是浙江巡抚福崧，"福崧若非与柴桢通同连手，焉肯代为隐忍，不行参奏?"

情况确如乾隆所料，上述22万两亏空至少有11万两是因巡抚福崧勒索所致。据经手此事的柴桢幕友赵柄供称：自柴桢到任，福崧令代买玉器、朝珠、手卷、端砚、八音洋钟等物，共用银九万余两，福崧只给银二万八千余两；此外又派买乌云豹皮500张，价银480两，云狐腿褂筒一件价银600两。另据柴桢家人柏顺供称：福崧向柴桢索要金子200两，银三千余两；福崧进京，索要骡脚、船只费用3200两；福崧之母去西湖游玩约六七次，预备饭食、彩船共用银2500两。其余的七万九千二百余两，是因为福崧减少工程拨银以及衙门书役饭食钱不许报销、库存绸缎发霉而责令柴桢赔补所致。

据柴桢供称："我于去年升任浙江盐道，到任后承办一切公务，凡遇应动商捐外款开销事件概被福巡抚刻苦批驳，以致赔累甚多，即如挑挖西湖场河各工及捐修庙宇，支给巡费等项俱被驳减，计赔银五万四千两。又存贮道库绸缎行头等项被漏湿霉变，究系商人之物，福巡抚亦要我赔，计二万四千两。又督抚两院并盐道衙门各书役纸张、饭食银两历有定额，我照例开支报销，

福巡抚除自己衙门书役不减外，督院、盐道两处概行折减，着我追回，因卸事不能追还，计赔一千两。"[24]此外还有四万余系柴桢自行使用，其中购买人参、绸缎用银二万余两（人参系其自用）。

令乾隆及办案人感到困惑的是查抄福崧、柴桢家产时并未能起获赃银。柴桢原籍只有房屋三处（一处系祖传），现银才百余两；而福崧京城的住宅未能起获财产，在任所只抄出存银1400两。虽然乾隆怀疑彼等有可能转移财产，但经多方调查，仍未能找到线索。于是再次提审福崧，问其"将财物寄顿何处，并所得盐务银两如何花销"，然而福崧的交待，的确发人深思。

据福崧供称："我于四十六年间，因在兰州办理撒拉尔军需，代赔滥支无著银十一万二千六百余两，系奉旨于养廉银内扣五成。又督缉逃兵案内，议罚养廉银一万四千两；又分赔陈辉祖漏报海塘字号及湖神庙工共银六千九百余两；又五十一年清查仓库，分赔留抵银四万七百两零；又奉部著赔范公塘石坝等工不准开销银四万两；又赔南新关缺少银三千五百余两；又五十一年署理山西巡抚任内，自行议罚银二万两；又五十四年失察抵换叶尔羌玉石案内议罚养廉银一年，银一万两；又开复处分等案应罚养廉银三万两以上。以上共罚赔银二十七万八千余两，所有应支养廉银，历年未敢支领，俱全数扣缴并自行凑交，计前后共完过银约十四万两，尚未完银十三万八千两。我若果有存积货财，自必先清官项，岂敢欠至如许之多。且我收受柴桢物件，前蒙讯明，实只共价值银二万八千两，其皮张二件，讯明价银一千余两，金子一项，讯明价银一千五百两，又用过骡脚船价三千二百两，得过掣盐陋规二万一千两，并值月供应银一万五千两。"[25]受制度所累、试图饮鸩止渴的福崧被处以死刑。

综上所述不难看出，柴桢截留挪用库银的原因是多方面的，其中既有巡抚勒索，又有种种陋规（盐道衙门例来为巡抚办物，督抚衙门书役的办公费用及饭食补贴均由盐道出），也有公项报销制度不完善，动辄不予报销，由承办官员包赔。而对福崧来

㉔《乾隆朝惩办贪污档案选编》第四册，有关福崧、柴桢侵吞盐课的口供。

㉕《乾隆朝惩办贪污档案选编》第四册，有关福崧、柴桢侵吞盐课的口供。

说，除上述因素外，还有被停发养廉银、交议罪罚银等方面的问题。清代官员的俸禄是非常低的，一品大员一年的俸禄才180两白银，90石俸米，官员的日常开销主要仰仗养廉银，更何况福崧是在停发养廉银的情况下交纳议罚银及包赔不予报销的公项银两的。停发养廉银本来就应该慎之又慎，养廉银未必能养廉，早在雍正时期实行养廉银制度之初，就有人一语破的地指出"养廉者，其名；养不廉者，其实"。但停发养廉银的做法，却可以使得一些并不太贪婪的官员变得不择手段地捞钱。应该说，福崧、柴桢在清代官员中算不上贪婪饕餮之辈，但他们无法摆脱官场陋习的侵袭，也无力改变种种陋规的制约，无论是截留挪用，还是勒索下属，到头来也只是饮鸩止渴。由此可知，建立一套完善的制度的重要，有一个健全的制度，不法之辈可以受到约束；缺少制度的约束，一些并不想作恶的人，也会心存侥幸，以身试法。

督抚藩臬一勺烩

1795年（乾隆六十年）五月初六，驻福州将军魁伦的一份密奏，就像一瓢冰冷的水泼在乾隆的头上。魁伦所揭发的福建仓储、治安、粮食供应以及案件的审理等方面的问题，就像是挥之不去的阴影——各属州县的仓储多半亏缺，"总督伍拉纳性急，按察使钱受椿等迎合，治狱多未协；漳泉被水，米价昂、民贫，巡抚浦霖等不为之所，多入海为盗，虎门近在省会，亦有盗舟出没。"正像乾隆在一首御制诗中所表述的："废弛闽疆缘督抚，明刑敕政日鏖心。民穷因致洋盗盛……"

伍拉纳，全名为觉罗伍拉纳，系宗室子弟，以户部笔帖士入仕，历任理事、同知，布政使等职，在镇压林爽文所领导的天地会起义中，因功被赏赐花翎，在1789年（乾隆五十四年）被擢为闽浙总督。

而这一时期的福建，民变叠起，沿海岛屿也常有海盗出没，伍拉纳身为总督时时统兵外出，但也不单是个只会打打杀杀的

人，对于涉及到百姓生计的问题，他还是比较务实的。福建是个人口密度大、耕地少的省份，在当时许多人渡海到台湾谋生，有的从厦门出海，有的从蚶江出海。为了便于稽查，朝廷接受一些大臣的建议，拟在蚶江设置由官府控制的出海口，即使从厦门出海也必须先到蚶江报请批准，这不仅给到台湾谋生的人带来不便，也给那些管理官设渡口的人提供卡油、勒索的机会。伍拉纳疏请废除设置官渡，并得到批准。福建洋面多有岛屿，也有一些人迁徙到沿海岛屿谋生，但一些官员认为海岛容易隐藏海盗，建议朝廷"毁其庐，徙其民"，伍拉纳却强调相当一部分迁徙到海岛的人已经编为保甲，向朝廷交纳赋税，在伍拉纳的坚持下，乾隆否决了"毁其庐，徙其民"的建议。

参与平定过台湾天地会起义的伍拉纳对于各类秘密组织保持高度警惕，尽管天地会各山堂之间无横向联系，很难查清其组织内部的情况，但伍拉纳还是查出最早传播天地会的是洪二和尚提喜。对于同安人陈苏民、晋江人陈滋等组织的代替天地会的"觉黩会"，伍拉纳在1792年（乾隆五十七年）予以破获，捕、杀二百余人，在1794年（乾隆五十九年）又及时侦破浙江义乌人何世来、宣平人王元楼建立的秘密组织。

1795年（乾隆六十年）台湾爆发陈周全之变，为了避免像林爽文之变那样引起巨大的社会动荡，乾隆一再敦促伍拉纳立即到台湾平定起义。然而此时的福建也不太平，泉州水灾所造成的饥民因不能尽快得到安置、赈济几乎酿成民变，为此他不得不在泉州耽搁时日，就在此时台湾的战略要地——彰化（即诸罗）陷落，伍拉纳在乾隆心中的地位一落千丈，尽管他渡海到台湾后很快控制住局势，平定了陈周全之变，但乾隆依然怒气未消。

魁伦的这份密奏就像是催化剂，迫使乾隆不得不把整顿福建吏治的问题提到议事日程，将总督伍拉纳、巡抚浦霖革职逮讯的命令随即发出。而当时伍拉纳正在弹压同安陈苏老、晋江陈滋所发动的叛乱……

经审理，伍拉纳在担任闽浙总督的六年里，收取盐规银15

万两，收受属员馈赠银9000两，从他家查抄出的现银就有四十多万两。出自寒门本无家产承继的浦霖在担任福建巡抚的五年里，收受盐规银二万两，接受属员馈赠银9000两，而从其家中起获的现银有28万两，金锭、金器785两，制钱7690千文，房地产折银14595两。布政使与按察使的劣迹更令乾隆震惊。布政使伊辙布串通书吏周经侵帑八万两，在周经辞去书吏经营银铺后，伊辙布把藩司所收银两俱交周经银铺熔化，把督抚藩臬衙门的工程项目也都交给周经承包，以便从中牟利分肥。

按察使钱受椿，在受理长泰乡民施、薛两姓因天旱争水浇地发生械斗一案时，为索贿故意拖延审理，当该县县令送金叶30两后，钱受椿仍不满足，不肯开庭，致使十名无辜者死于狱中。钱受椿因善于奉迎伍拉纳，故在福建任臬司的一年多，从福建带走的财产相当丰厚，其中有：

金锭、金叶2778两三钱；纹银6779两六钱；洋钱八万二千圆（每圆重7钱，折合银57400两）；小洋钱1000圆（每圆重1钱7分，折合银149两）；金瓶一只（包括镶嵌的松石共重69两四钱）、金镯、金锁、金钱共63件，重46两一钱；此外还有珍珠、珊瑚、玉器、古玩若干。

督抚藩臬的婪索营私，造成福建全省钱粮亏空。福建各州县亏空银两共二百五十余万两，地方废弛，社会矛盾激化，诚如乾隆在圣谕中所言：

"伍拉纳、浦霖受朕厚恩，用至督抚，乃于地方洋面一切废弛，又任意贪饕，以至各州县仓库亏缺累累，并任用钱受椿等通同一气，于人命重案，竟敢玩法徇情，抽详销案，辗转稽延，拖毙十命，伊等身任督抚，乃荡检逾闲，婪赃蔑法，至于此极，实属昧良负恩，罪无可逭……钱受椿身任臬司，乃乖张任性，惟知奉迎上司，遇事婪索，甚至械斗重情亦有意刁掯，勒取全士潮、顾掞朝珠、金两等物，尚复不满欲壑，延搁日久，拖毙无辜多命，此而不加示儆，何以肃吏治而正官常……伊辙布系该省藩司，与库吏周经串通分肥，侵亏帑项……"㉖

㉖《乾隆朝惩办贪污档案选编》第四册，有关伍拉纳等通同作弊的上谕。

上述问题并非福建一省如此，许多省份都存在类似的问题，查不胜查，而这恰恰是清帝国的缩影，乾隆也曾无可奈何地说过：近年以来，办理庶务多从宽处理。就连福建省这起大案，一开始并非有意去调查，而是由于他们的罪行已经败露，自然不得不严办以示惩罚。

伍拉纳、浦霖、钱受椿、周经均被处以死刑，只有伊辙布因病死狱中，未及行刑。

乾隆惩贪不谓不严，然而官场上的贪风却愈演愈烈，侵吞的数额从上千两增至几万、几十万乃至上百万，贪污已经从个人行为变成集团行为，一旦有人犯案，其上下左右就要有一大批人露出贪官的本来面目；大计、京察、弹劾机制等监察体系很难冲破贪官污吏所结成的保护网。惩贪的最大成果就是处置一批贪官，而在此之后则又有一批贪官产生，堪称是前腐后继。

吏治失控

乾隆对官员的控制一是靠监察机制，一是靠他个人的勤政。在监察机制日益萎缩的情况下，更多的是靠皇帝个人，如李侍尧、国泰、富勒浑等人的不法行迹都是靠乾隆多方调查才了解到真相。偌大一个国家所存在的方方面面的问题，只有当皇帝意识到才可能提上议事日程，因而君主在认识上的盲点及性格上的弱点，就使得一些施政方面的问题不能及时解决，甚至是长期得不到解决。由于乾隆的精明，即使有些问题能被发现，但那已经是既成事实，如甘肃冒赈案、陈辉祖抽换抄家物资案、郝硕勒索属下案，而因此酿成的对国家统治基础的侵蚀——吏治败坏、府库的严重亏损却是难以挽回的。

在惩贪过程中，起决定性作用的不是一套健全的制度，而是乾隆的个人意愿，其间也就必然充满主观性与随意性。如此惩贪，也就酿成相当一部分不能自律的官员心存侥幸，上侵国帑，下吞民膏。朝鲜使臣在回国后谈到清朝的情况就曾讲过：大多数官员，少廉寡耻，唯利是图，欲壑难填。

尽管早在雍正初年就实施"养廉银"，从归公的火耗中提取。养廉银的多少是根据各省的火耗剩余额而定，即使同一个品级的官员在不同的省也不一定相同。一般说，养廉银至少也要是俸禄的几倍。从清朝皇帝设置养廉银的初衷来说，是为了官员养廉，但由于缺乏必要的监督，高额的养廉银并未能起到养廉作用，养廉银徒有其名。贪官污吏侵吞公帑、勒索属下、鱼肉百姓、收受贿赂等却屡禁不止，甚至愈演愈烈，乃至形成鲸吞之势，疯狂攫取社会财富，究其原因即在于贪官污吏已经形成一个庞大的关系网，造成官员贪污制度化。

而造成贪污制度化的一个重要原因，是官场上存在的各种陋规。这一点在浙江盐运使柴桢挪用盐课案中表现得非常突出。本来总督、巡抚衙门各书役纸张、饭食费用不应由盐道衙门供应，然而此项陋规却一直因袭到案发。而按照浙省惯例，巡抚购物也向来由盐道衙门代为承办。由此不难看出，陋规是酿成吏治败坏的一个重要原因。

洪亮吉就曾尖锐地指出：各省的总督、巡抚、布政使、按察使，出巡则有站规、门包；平时则有节礼、生日礼；按年则有帮费；升迁、调补时

洪亮吉像

的私人馈赠还未包括在内。以上这些开销，无不从州县官员那里攫取，而州县官员又无不取之于百姓所交纳的钱粮、漕米。各省的封疆大吏以及所属的道、府官员全都是明知故纵，真的对州县较真，也就得不到门包、站规、节礼、生日礼、帮费等额外收入了。

在清代，一项更普遍的陋规则是臣下向皇帝进贡，进贡物品充分体现出君主对臣下的政治控制与经济掠夺。凡遇到年节，从宗室贵族到部院与地方的各级官吏，从致仕大臣到僧人，从孔府后裔到在华的西方传教士都在进贡之列。

按照常规，每年的元旦、冬至、端午、中秋以及皇帝的万寿与太后、皇后的千秋，臣下都要按时进贡，此类称为常贡。常贡的物品包括各地的土特产品，如茶叶、荔枝、孔雀翅、藏香、锦缎等；时令鲜品，如新米、新笋、花卉等；西洋物品，如西洋钟表、西洋鼻烟壶、西洋珐琅及五彩玻璃瓶等。此外还有金银制品、古玩、字画、佛像、朝珠、象牙制品等等。

两广总督李侍尧一向以善于办贡而闻名，一次乾隆在李侍尧进贡后传谕道："此次所进镶金洋表亭甚好，嗣后似此样好的多觅几件，再有比此大而好者亦觅几件，不必惜价，如觅得时，于端阳贡几样来，钦此。"

西方钟表

另据孔府《进贡册》所记，在1784年（乾隆四十九年）的一次常贡中进贡的物品有37种，其中有各类古玩、古瓷器、倪瓒的松石图、唐寅的山村夜色图、仇英的山水等，此外还有各类土特产品。

除了常贡外，还有种种临时进贡，皇帝出巡沿途所经过的地区官吏要办贡；一年一度的木兰围猎，要办木兰贡；地方官员进京面圣要预备召见贡，名目繁多的进贡的确令各级官员应付不暇。

1776年（乾隆四十一年）东巡，从二月十六到四月初九，在不到两个月的时间里，就有八位总督、三位织造、一位盐政、一位海关监督、一位亲王接驾，进贡的物品累计有黄金锭60个（每个重592两）、杭绫100端、忙绫100端、豹皮100件、乌元豹皮1000张、银鼠皮1000张、各类衣料6800件，此外还有象牙火镰包36个，大荷包2000对，各类朝珠110盘，曹扇100柄，鼻烟壶180个，手串100个，挂珠100盘，带钩100个，扳指套50个。

乾隆时期的一些贪污大案的发生——如恒文勒索属下以及陈辉祖抽换抄家物品，都同频繁的进贡有一定的关系。而钱沣在弹劾国泰时就曾委婉地建议乾隆不要再接受臣下的进贡，以避免那些督抚打着进贡的旗号勒索下属，但乾隆并未采纳。

官商报效也是一项经常性的陋规。凡遇到像皇帝、太后整旬大寿一类的重大庆典以及战争、治河工程等，从部院到地方的各级官员，都要交纳一定的银两，作为庆典的经费，这一做法称之为报效。

在乾隆时期，仅寿辰类的报效银两，每次达100万两以上。1751年（乾隆十六年）、1761年（乾隆二十六年）、1771年（乾隆三十六年）是皇太后的六旬、七旬、八旬大寿，汇聚到宗人府的报效银两为四十多万两，其中每位亲王孝敬2500两，每位郡王孝敬1250两，众贝勒各出625两，贝子为325两，辅国公各125两，镇国将军各45两，辅国将军各35两，奉国将军各25两，奉恩将军各15两，所属佐领人均100两，员司人均35两。

在京各部院衙门中满汉官员的报效银两，共为74670两。其中满大学士是每人1000两，汉大学士是每人500两；六部尚书及理藩院尚书是800两至400两不等，都察院左都御史为360两；六部侍郎及理藩院侍郎500两至300两不等；内务府大臣310两；内阁学士150两。以此类推，左副都御史及大理寺衙门的正卿各130两，通政使司及少卿各105两，其余官员80两、60两、40两不等，最少的是清水衙门翰林院的官员，人均25两。

侍卫处、銮仪卫、健锐营、火器营等衙门及八旗世职等共报效35900两有余。报效银两的大部分来自各省，当时的19个行省共报效近80万两，各省的报效银两按养廉银的25％扣除。报效银两最多的，是海关、盐政、织造、漕运、河道这类肥缺衙门。海关系统报效银两在10万左右，其中仅粤海关一家就出银30000两；垄断盐业生产与经销的盐政纳银73000两，其中两淮盐政报效就有30000两，长芦盐政20000两，浙江盐政15000两，河东盐政8000两。苏州、杭州、江宁三织造共报效24000两。漕运总督、江南河道总督、河东河道总督共报效11750两。

1790年（乾隆五十五年），当乾隆八十大寿时，也按照太后之例令官商报效银两。绝大部分官员的报效，是通过勒索下属、鱼肉百姓来筹集款项的。

议罪银则是乾隆所创立的一项陋规。议罪银又称认罚银，对官员来说是比停发养廉、罚俸更轻的处分，而且令其本人根据自己的过失程度与经济承受力，自报认罚的数量，并无统一的标准。例如，在高朴一案中，高晋交议罪银1万两，萨载交2万两，杨魁交3万两，舒文交5万两，毕沅交3万两，巴延三交4万两，勒尔谨交4万两，王亶望交2万两，西宁交1.5万两，寅著交2万两。又如，在甘肃冒赈案，陈辉祖交议罪银3万两，闵鹗元交4万两。

从乾隆中叶，交纳议罪银已经成为对有过失官员，进行惩处的惯用方式；议罪银的数额也从原来的一二万增至数万乃至十几万，最多的达几十万，其目的已从小示惩处变为皇帝聚敛钱财。据不完全统计，从1781—1786年（乾隆四十六年至五十一年），交纳议罪银的就有26人次：

1781年（乾隆四十六年）交纳议罪银的有：三宝（11万两），陈辉祖（3万两），闵鹗元（4万两），文绶（8万两），王亶望（50万两）；

1782年（乾隆四十七年）交纳议罪银的有：巴延三（8万两），杨超铮（5万两），王杲（3万两），盛柱（3万两）；

1783年（乾隆四十八年）交纳议罪银的有：西宁（8万两），姚成烈（3万两）；

1784年（乾隆四十九年）交纳议罪银的有：巴延三（10万两），范清济（8万两），李天培（4万两），伊龄阿（3万两），尚安（4万两）；

1785年（乾隆五十年）交纳议罪银的有：李质颖（14万两），张万选（3万两）；

1786年（乾隆五十一年）交纳议罪银的有：雅德（6万两），明兴（3万两），福崧（2万两），郑源（6万两），特成额（2万两），刘峨（2万两），梁肯堂（1万两），吴之承（3万两）。

上述交纳议罪银官员，其中大部分是因失职所酿，如境内船只缺少，不能事先筹划；商人拖欠税务甚多、未能及时追缴，押送发配的犯人伺机脱逃，重囚死在狱中，在监狱的犯人犯越狱等等。也有一些人因受亲属牵连，像陈辉祖、闵鹗元、杨超铮、吴之承等均属此类。

尤需一提的是，乾隆后期的贪污、挪用大案中的一些人，如国泰、陈辉祖、福崧等都同交纳议罪银有一定的关系。

虽然乾隆并未意识到的议罪银对吏治的影响，但御史尹状图却在1790年（乾隆五十五年）疏请永行停止议罪银，其理由如下：

督抚在交纳议罪银后，无论清廉与否，都要想方设法向下属搜刮钱财，尔后如再遇到下属亏空、营私，就不得不曲为庇护，"是罚银虽严，不惟无以动其愧惧之心，且潜生其玩易之念。"

此疏触及到造成乾隆后期吏治败坏、州县亏空的关键。已是八旬老翁的皇帝在看到该疏之初亦相当震动，特为此颁布谕令，明白写道：

"状图请停罚银例，不为无见。朕以督抚一时不能得人，弃瑕录用，酌示薄惩。但督抚等或有昧良负恩，以措办官项为辞，需索属员，而属员亦藉此敛派奉迎，此亦不能保其必无。状图既为此奏，自必确有见闻，令指实覆奏。"[26]

尹状图在覆奏中则进一步论述实行议罪罚银所带来的危害——"督抚声名狼藉，吏治弛废"，"诸省商民蹙额兴叹，各省风气大抵皆然"；为了能彻底解决这一积弊，尹氏建议皇帝简派满洲大臣同自己一起去各州县密查亏空。不料尹氏的回奏竟使得龙颜大怒，在乾隆看来"诸省商民蹙额兴叹，竟似居今之世，民不堪命"，遂抓住不放，令尹氏必须将"闻自何人，见于何处"，"指实陈奏"。问题的中心一下子就从解决议罪罚银、查各省亏空，转为是否存在"诸省商民蹙额兴叹"。虽然乾隆命户部侍郎庆成同尹状图一起去山西、直隶、山东、江南（即今江苏、安徽一带）等省检查州县亏空，却拒不采纳密查的建议，而是大张旗鼓地进行，至使被查州县，在事前即已得到风声。户部侍郎庆成，对乾隆的意图更是心领神会，每到一地先游宴数日，使被查州县有充分的时间挪借银两，造成并无亏空的假相。

其实乾隆对各省钱粮的严重亏空并非全然不知，国泰及陈辉祖案件所暴露出山东、浙江两省严重亏空的问题足以令大清皇帝触目惊心，但乾隆却执意认为尹氏居心叵测，把太平盛世说成是"横征暴敛之世"，因而不仅不能正视尹状图所揭露的议罪银所导致的吏治败坏、州县亏空等一系列严重的问题，反而千方百计来证明"尹状图以捕风捉影之谈为沽名邀誉之举"。为了达到这一目的，竟至弄虚作假，不择手段。

令进言者难以忍受的是，乾隆还要寄谕尹状图，责问其"途中见商民蹙额兴叹否"，尽管尹氏很不情愿，仍要在覆奏中言明："目见商民乐业，绝无蹙额兴叹情事"。即使尹状图已一再认错，乾隆还不肯罢休，"又令庆成传旨，令其指实二三人，毋更含糊支饰。"直至尹状图在疏奏中"自承虚诬，奏请治罪"，乾隆仍不愿就此息事，在尹状图同庆成从苏州回京后，便将其"下刑部治罪"，秉承皇帝旨意的刑部官员则将尹氏"比挟诈欺公、妄生异议律，坐斩决"。

并不想留下怒杀言官恶名的乾隆，虽然最终将尹状图开释，但议罪罚银依旧实行。此后，两江总督书麟、江苏巡抚奇丰额因审理福崧、柴桢一案心存姑息，乾隆令彼等自行议罪，结果是每人交纳2万两议罪银。因而交纳议罪银所带来的吏治败坏、州县亏空等一系列严重的问题依旧存在，对吏治的失控也依然存在。

制度上所存在的陋规、弊端未能剔除，而各种监察机制却在萎缩，即使是最精明强干的君主也很难避免失控的发生，有令不行，有禁不止，整个国家就像一艘千疮百孔的战舰在狂风暴雨中漂泊，随时都有倾覆的危险。

退位归政

1795年（乾隆六十年）九月初三。

在1795年，退位归政是最重大的一件事情，乾隆在即位60周年的九月初三这一天公布立储密旨。秘密立储始于雍正，康熙在两废太子之后，不再立储，不立太子的做法，激化了储位之争，雍正的即位遭到他的八弟、九弟、十弟、十四弟等人的强烈抵制，也诱发了雍正初年的骨肉相残。为了避免新君即位后所面临的统治集团内部矛盾的激化，1723年（雍正元年）八月十七日建

乾清宫的"正大光明"匾

立秘密立储之制，雍正并为此在乾清宫西暖阁召见大臣，发表谕令，申明已经采取秘密立储的做法，把所择立太子的姓名"亲写密封，藏于匣内，置之乾清宫正中世祖章皇帝御书'正大光明'匾额之后，乃宫中最高之处，以备不虞"。乾隆就是通过秘密立储而即位的第一位清代皇帝。

披露立储

17年前，因为一个叫金从善的书呆子递条陈，乾隆第一次向朝野披露已经秘密择立皇储……

1778年（乾隆四十三年）的九九重阳，乾隆是在关外度过的，关外的九月已经寒意甚浓，当结束东巡从盛京起驾回銮行抵锦州时，金从善突然闯进御道，双膝跪地，递上一份请求立储、立后、纳谏、施德等内容的条陈。

在金从善的条陈中，涉及到国计民生有"纳谏"、"施德"这两条。不可否认，乾隆即位以来多次豁免钱粮、赈济灾民，但问题是朝廷所拨下的赈济财物究竟有多少能落到饥寒交迫人的手中。至于纳谏，已经发生的伪孙嘉淦奏稿案充分显示出言路的闭塞，而对传播过伪奏稿的人处以极刑，更反映出乾隆在纳谏问题上缺乏雅量。

大多数读书人总有那么一点以天下大事为己任的使命感，金从善也是其中的一个。但金从善并不像一般人那样仅仅是：家事、国事、事事关心，而是要把这种关心变成行动，以引起大清皇帝的重视。未居庙堂之上的金从善，对于当今皇帝即位已经43年还未册立太子的状况忧心重重，联想到康熙晚年不立太子所引起的诸王对储位的觊觎及雍正即位后的骨肉相残，他不寒而栗。

乾隆不曾料到一向俗朴风淳的陪都重地，竟然出了如此狂妄之徒。更何况自金从善的高祖、曾祖以来，全都在清朝为官，他的父亲还担任过知县。怒不可遏的乾隆当即颁谕，对逆鳞进谏的金从善逐条进行驳斥：

"本日有锦县生员金从善，为从来所未有，观其首旨以建储为请，盖妄思彼言一出，便为他日邀功之具，而敢于藐视王章，情实可恶。即以此事而论，康熙年间未尝不立太子，乃因情性乖张，群小复从而蛊惑，遂至屡生事端。幸而皇祖洞烛其情，再立再废，国家得以乂安……

"至所云'立太子可杜分门别户之嫌'，尤为大谬。不知有太子然后有门户，盖众人见神器有属，其庸碌者，必预为献媚逢迎，桀黠者且隐图设计构陷……若不立储，则同系皇子，并无分别，即有险邪之辈，又孰从而依附而觊觎乎。我皇祖有鉴于前事，自理密亲王既废（即废太子胤礽），不复建储……

"我皇考效法前海，亦不立储，唯于雍正元年亲书朕名，缄藏于乾清宫正大光明匾内，并不明降谕旨……

"朕登极之初，恪遵家法，以皇次子为孝贤皇后所出，人亦贵重端良，曾书其名，立为皇太子，亦藏于正大光明匾内，未几薨逝，因追谥为端慧皇太子，其旨亦即撤出，不复再立。且皇七子，亦皇后所出，又复逾年悼殇。若以次序论，则当及于皇长子，既弗克永年。而以才质论，则当及于皇五子，亦旋因病逝。设如古制之继建元良，则朕在位国储四陨，尚复成何事体？

"然此等大事，朕未尝不计及也。曾于乾隆三十八年冬密书封识，并以此意谕知军机大臣。但遵皇考旧例，不明示以所定何人，盖不肯显露端倪，使群情有所窥伺，此正朕善于维持爱护之深心……是朕虽未明诏立储，实与立储无异，但不欲似前代之君务虚名而滋流弊耳……总之建储与封建井田相似，封建井田不可行于后世……

"至所称立后一事，更属妄诞。乾隆十三年孝贤皇后崩逝时，因那拉氏本系朕青宫时皇考所赐之侧室福晋，位次相当……册为皇贵妃，摄六宫事，又越三年，乃册立为后。其后自获过愆，朕仍优容如故，乃至自行剪发，则国俗所最忌者，而彼竟悍然不顾。然朕犹曲予包容，不行废斥，后因病薨逝，只令减其

仪仗，并未降明旨，削其名号。朕处此事实为仁至义尽。且其立
也，循序而进，并非以爱选色升，及其后自蹈非理，更非因色衰
爱弛。朕心事光明正大，洵可上对天祖，下对臣民，天下后世又
何从訾议乎！乃欲朕下罪己诏，朕有何罪而当下诏自责乎……

　　"朕春秋六十有八，岂有复册中宫之理，况现在嫔妃中既无
克当斯位之人，若别为选立，则在朝满洲文武大臣及蒙古扎萨克
皆朕儿孙辈，其女更属卑幼，岂可与朕相匹而膺尊号乎……

　　"至所称纳谏一节，朕自临御以来，凡臣工条陈。果有益于
国计民生者无不即为采纳，或下部议行，从无拒谏之事……又所
请施德一事，朕践阼至今四十三年，曾普免天下钱粮三次，普免
漕粮一次，而灾赈之需，动辄数百万，且如今年豫省水灾，截漕
三十万，发帑百余万……"①

①《清高宗实录》卷一
○六六。

　　乾隆对金从善的驳斥，透露出极为敏感的三个问题：

　　已经在乾隆三十八年秘密立储，

　　帝后反目，

　　不再立后。

　　乾隆第一次立储是在1736年（乾隆元年）七月初二，所择
立的皇太子是孝贤皇后富察氏所生的皇次子永琏。永琏生于1729
年（雍正八年），聪明过人，气宇不凡，深受祖父雍正、父亲乾
隆的钟爱。乾隆即位不久立六岁的永琏为皇太子，并书写立储密
旨，藏于"正大光明"匾内。孰料，才九岁的永琏在1738年（乾
隆三年）十月因病而亡，乾隆只得将秘密立储的谕旨取出。乾隆
在皇储永琏逝后一个月，颁谕公布了永琏的皇太子身份，赐谥
"端慧"，以皇太子的礼仪安葬永琏。

　　在永琏夭折之后，一心要立嫡子为皇储的乾隆等了八年，孝
贤皇后才在1746年（乾隆十一年）生育皇七子永琮，乾隆便把立
储的希望寄托到这个出生不久的嫡子身上。不料永琮甫及两岁又
因出痘早夭，时为1748年初（乾隆十二年除夕）。乾隆对立储皇
七子只是一种意向，并未按照秘密立储的程序书写密旨，因而永

琼不可能成为名副其实的皇储，其葬礼虽比一般皇子高，但不可能像已经被秘密立储的永琏那样享受皇太子的葬礼。

皇二子与皇七子的接连去世，对于一心要立嫡子为储的乾隆是一个沉重的打击，他曾为此颁谕特意谈到清朝自顺治以来即位的皇帝，从未有一个是嫡出，由于自己一定要立嫡子，接连遭受丧子的打击，这的确是上天对自己过错的惩罚，其原文如下：

"朕即位以来，敬天勤民，心殷继述，未敢稍有得罪天地祖宗，而嫡嗣再殇，推求其故，得非本朝自世祖章皇帝（即顺治）以至朕躬，皆未有以元后正嫡，绍承大统者，岂心有所不愿，亦遭遇使然耳，似此竟成家法。乃朕立意私庆，必欲以嫡子承统，行先人所未曾行之事，邀先人所不能获之福，此乃朕过耶！"

乾隆在谕令中还透露，在皇后富察氏所生的两个嫡子相继夭折之后，若以次序论，则应该考虑皇长子，但自努尔哈赤建国以来从皇太极到顺治、康熙、雍正，还没有一个是凭长子的身份得以即位的。更何况乾隆对皇长子永璜并无太多的好感，而孝贤皇后去世所引起的乾隆情感上的失控，又使得皇长子永璜受到极其严厉的斥责。

1748年（乾隆十三年）二月乾隆首次去山东祭孔，富察氏陪同皇帝东巡。皇七

乾隆孝贤皇后像

子去世还不到两个月，富察氏的身心受到沉重的打击，是带病去山东的。病弱的身体禁受不住旅途的颠簸，谒孔庙的隆重仪式、登泰山的过度疲劳都耗尽了富察氏的元气，等回到济南已经一病不起，而在从济南赶往德州的船上她已经气息奄奄，富察氏未能回到北京，在德州病逝。

富察氏在1727年（雍正五年）同宝亲王弘历完婚，她是宝亲王的嫡福晋，因而当乾隆即位后即被册封为皇后。乾隆同皇后富察氏的感情一直非常融洽，正像乾隆在《述悲赋》中所描绘的："悲莫悲兮生别离，失内位兮孰与随"，"春风秋月兮尽于此，夏日冬月兮复何时"！

过分的伤感使得乾隆情绪反常，在他看来所有的儿子都应该痛不欲生，所有的大臣都应该呼天抢地。当他感到21岁的皇长子永璜、14岁的皇三子永璋对嫡母去世并未有发自内心的伤感时，怒不可遏，斥责他们不识大体，对嫡母不能尽人子之道。并在王公大臣面前严正申明：皇长子永璜、皇三子永璋断不能承继皇统，朕以父子之情，不忍心杀他们，他们当知道父皇保全之恩，安分度日。如果仍不知悔改，对皇位继承有非分之念，则必遭重惩。若不自量力，心怀异志，日后必至兄弟残杀，与其令你们兄弟相杀，不如为父杀之。

而当时在钦天监供职的奥地利神父刘松龄（Augustin de Hallerestein）在给友人的信中曾写道："乾隆的独生嫡子在中国新年元旦夭折，不久皇后也去世，皇帝痛愤之极，几类疯狂，曾足踢皇长子扑地而痛击之。"[2]如此杀气腾腾的斥责，自然让两个未经过历练的皇子诚惶诚恐。

而血淋淋的惩罚在朝廷上接二连三地出现：在皇后百日丧期之内剃发的官员被赐令自尽的有：大学士、江南河道总督周学健，湖广总督塞楞额。而刑部尚书盛安，只因未将违制剃发的锦州知府判处斩立决，也被赐令自尽。实际上在大清律例中对国服内剃发并未有明确的惩罚标准，雍正去世时对违制剃发者也未进行治罪，但这一切到了1748年（乾隆十三年）竟成为可以引来杀

② 《在华耶稣会士列传及书目》，下册，784页。

身之祸的大问题。在这种不正常的压抑与惶恐中，皇长子永璜在1750年（乾隆十五年）抑郁而死，时年23岁。

至于生于1736年（乾隆元年）的皇三子永璋，乾隆在一段时间内的确曾有立储之意。在皇七子夭折之后与皇后富察氏去世之前的三个多月，乾隆考虑过立皇三子，还同大学士讷亲私下说过有立储皇三子之意。然而继之而发生的皇后富察氏之丧，改变了乾隆的意向，也改变了皇三子一生的命运。

乾隆在皇长子逝后相当悲痛，追赠永璜为定安亲王，在1752年（乾隆十七年）将孝贤皇后富察氏的灵柩入葬裕陵地宫时，永璜生母的灵柩也随同入葬，乾隆也许以此来表达对长子亡灵的一种慰藉。逝者已经获得永久的摆脱，生者还要忍受不测的天威，这种巨大的精神压力终于把永璋及其母亲苏佳氏的心灵摧毁，1760年（乾隆二十五年）六月永璋的母亲苏佳氏病危，乾隆特晋封她为皇贵妃，但这种抚慰并未能挽救苏佳氏的生命。时过一个月皇三子永璋亦撒手人寰。母子在同一年去世，难道真的是一种巧合？！永璋死后，被乾隆追赠为循郡王，由此也不难看出，苏佳氏母子之死在乾隆内心深处所激起的涟漪。

乾隆在上谕中明确表示以才质而论，立储则应当考虑到皇五子。皇五子永琪生于1741年（乾隆六年），其母系愉贵妃珂里叶特氏。永琪自幼好学，因擅长国语（即满语）骑射，而得到乾隆的器重，在其25岁时被封为荣亲王，是乾隆诸子中第一个得到亲王爵位的。孰料此子并不像他的生母那样长寿（珂里叶特氏一直活到79岁）在封王后四个月即一命归天，时为1766年（乾隆三十一年）。

在皇五子死后的六七年里，乾隆未再考虑立储的问题，一则是他龙体康健，正处于年富力强时期，二则是几个健在的皇子都无法同夙慧的皇二子、皇七子以及皇五子相比。乾隆迟迟不立太子，或许仍有所期盼，祈祷上天再赐给一个歧嶷表异的儿子。然而到他年逾花甲，仍未能如愿以偿，直到1773年（乾隆三十八年），乾隆才再次秘密立储。

秘密立储最大的特点就是外界不了解储君为谁人，都到了1793年（乾隆五十八年）朝鲜使臣在谈到这一问题时仍有"无以探知"之论，虽然"归政既有定期，皇意必有所属，而至严至秘，无论朝士贱人，不敢开口"，"亦无以的知"。

令乾隆不能容忍的是，金从善的条陈把皇后断发的往事又给翻腾了出来。在金从善看来，乾隆皇帝对此负有不可推卸的责任，应该向天下臣民颁一份"罪己诏"。

断发的皇后是乾隆的第二位皇后乌拉那拉氏，亦称那拉氏。乌拉那拉氏生于1718年（康熙五十七年）二月初十，比乾隆小7岁，雍正年间入侍乾隆于藩邸，被封为侧福晋。乾隆居藩邸时，由雍正做主纳过四位福晋，其中一位是嫡福晋富察氏，其余三位是侧福晋，这三位侧福晋一位姓高佳，一位姓富察，第三位就是那拉氏。在藩邸旧人中还有比那拉氏大四岁的珂里叶特氏以及大两岁的陈氏，她们的名分更低，连个侧福晋的称号也没有。

乾隆即位后，册封嫡福晋富察氏为皇后，封侧福晋高佳氏为贵妃，封乌拉那拉氏为娴妃。生育皇长子及皇二女的侧福晋富察氏，因死于1735年（雍正十三年），未得晋封。在藩邸福晋中，乾隆最敬重皇后富察氏，最宠爱贵妃高佳氏，最容易被皇帝忽略、冷落的就是乌拉那拉氏。

1745年（乾隆十年），贵妃高佳氏病逝后被追封为慧贤皇贵妃，三年后皇后富察氏又在东巡途中仙逝，谥"孝贤"。奉太后懿旨，乾隆在1749年（乾隆十四年）晋封娴妃为皇贵妃，管理六宫事务，此后又在太后的敦促下，册封33岁的那拉氏为皇后。实际上，乾隆皇帝对此很不情愿，在册封不久，就写下"六宫从此添新庆，翻惹无端意惘然"的诗句。

乌拉那拉氏在当上皇后的一年多时间里，乾隆对她依旧相当冷漠。对富察氏的思念，并未因岁月的流逝而冲淡，就像乾隆在悼亡诗中所描绘的："半生成永诀，一见定何时"，"不堪重忆

旧，掷笔暗伤神"，诚所谓，"制泪兮，泪沾襟，强欢兮，欢匪心"，"醒看泪雨犹沾巾"。

当乾隆第四次南巡时，还是要绕过济南，不忍心进入让他抱憾终身的伤心之地，乾隆在御制诗中写道：

"济南四度不入城，恐防一入百悲生，春三月昔分偏剧，十七年过恨未平。"

这种刻骨铭心的真情，是不会被岁月带走的。

在1751年（乾隆十六年）孝贤皇后三周年祭日那一天，乾隆在悼亡的同时，竟然对长期受冷落的第二位皇后流露出些许歉意，所谓"岂必新琴终不及，究输旧剑久相投"即此之谓。正是由于乾隆开始注意到那拉氏的存在，皇十二子于次年降生（1752年，乾隆十七年），紧接着乌拉那拉氏又生下皇五女（1753年，乾隆十八年），皇十三子（1755年，乾隆二十年）。

从表面上看，皇帝同第二位皇后的关系日趋缓和，实际上却是外松内紧。乾隆对那拉氏的长期疏远，已经伤透她的心；而乾隆对她那种近乎怜悯的情感，也只持续五六年。当她接近40岁时，皇帝的注意力就已转移到一批年轻妃子的身上，诸如比她小9岁的令妃魏佳氏、比她小8岁的庆贵妃陆氏、比她小14岁的颖嫔巴林氏、比她小16岁的豫妃博尔济吉特氏、比她小17岁舒妃叶赫拉那拉氏等等。到1759年（乾隆二十四年）平定回部后，回部和卓氏入宫所带来的西域风情，更是让乾隆别有一番滋味在心头。而南巡不仅使得江南女子出现在乾隆的视野，也激荡着那颗多情的心，扬州籍女子陆氏被召入宫，封为陆常在，再次刺激着一颗孤独的心……

乌拉那拉氏又得像从前那样忍受孤独、寂寞、凄凉，"曾经沧海难为水"的日子就更难熬。自从进入更年期以后，心绪失控的皇后再也不能忍受被冷落的状态。在随同乾隆第四次南巡时，苏州籍女子陈氏的出现就成为皇后愤而断发的导火索，于是在杭州行宫演出了皇后愤而断发，欲出家为尼的一幕，时为1765年（乾隆三十年）二月十八日。

按照满族习俗，只有丧夫立志不再改嫁的女子才剪发，皇后此举自然被视为大忌，即使对她多有关照的皇太后也不能对此乖张之举予以宽恕。虽然乾隆并未公开废后，但在实际上已经把对她的所有册封（皇后、皇贵妃、娴妃）全部收回，将其打入冷宫，精神与肉体俱受尽折磨的乌拉那拉氏，于1766年（乾隆三十一年）七月十四日去世，时年四十九岁。

乌拉那拉氏所生的子女中唯一一个长大成人的皇十二子永璂，就成为父母情感破裂的牺牲品。那拉氏去世时永璂才14岁，不仅失去母爱而且成为母亲断发的替罪羊，永璂在如履薄冰的状况下又生活了10年，在1776年（乾隆四十一年）正月去世，时年24岁。永璂生前并未得到任何爵位，死后也未得到追封，一直到1799年（嘉庆四年）乾隆去世后，嘉庆才追封永璂为贝勒。

皇后断发在朝野掀起轩然大波，有关乾隆私生活失德、皇帝寻花问柳以及皇后进言屡遭申斥的传言，一时间四起。因而在私人笔记中，不乏这类记载，在《清代野叟秘记》中就有乾隆狎妓的描述③，而《野叟秘记》则把那拉氏断发一节，演义成野史小说④。上述野史笔记固然不可作为信史，但它们的出现，却从一个侧面反映出，皇后断发的确掀起一股强大的冲击波。

金从善进谏再次把乾隆心中的伤疤撕裂，乾隆在驳斥金从善的上谕中一再指责那拉氏悍然不顾国俗自行剪发，并强调自己仁至义尽，对其未行废斥、保留其名号，只是在其去世后减其仪仗，以皇贵妃的葬礼来安葬乌拉那拉氏。按照汉族的观念，废后为圣德之累，总是件不体面的事，而且必然要引起朝臣的一番辩论，对皇帝来说也就毫无隐私可言了。一般说不是为了要另立一位妃嫔为皇后，任何一个有头脑的皇帝都不会轻易提出废后的。

实际上乌拉那拉氏的葬礼连一般嫔妃都不如，她的灵柩不仅未能进入乾隆的裕陵地宫也未给她修建单独的地宫，而是将其棺椁放到纯惠皇贵妃苏佳氏地宫的侧位，既不设神牌，也不放置任何祭祀物品。皇后葬在妃嫔园寝已经不符合规定，没有单独的地宫更是前所未有，放到纯惠皇贵妃的地宫的侧位更是匪夷所思。

退位归政

③据《清代野叟秘记》记载：

"帝苦宫阃森严，遂由宫监某之献策，微行取乐，仿道君皇帝眷李师师故事焉。

"时京师有妓曰三姑娘者，所与狎皆贵人，声气通宫禁，达官显宦，奔走钻营，仰其鼻息者，户限为穿。

"时九门提督以私怨下令驱逐诸妓，限一日全出境，违者逮捕治罪。于是诸乐户纷纷远移，独三姑娘若无事者……提督怒，亲率缇骑擒之，时已夜半，缇骑破扉而入，闻三姑娘伴狎客将眠矣。提督挥军，欲入房中搜索，三姑娘徐起，隔窗问'何事如此汹汹?若惊贵人，谁敢担其罪耶?'呼人出止之，且曰'有凭信在此，但持去阅之，自能觉悟，幸勿悔孟浪也'。提督得纸观之，皇文朱墨上书'尔姑去，明日自有旨'。乃跟踉而归。"转引自萧一山《清代通史》。

④据《野叟秘记》记载：

"后英毅有智略，而才色稍逊，高宗颇严惮之。既而国内无事……帝自喜功高，渐怡情于声色。后知之，时以忧盛危明，进脱簪之戒，帝固好名，初亦容之，继乃由厌倦生恶怒，辄以它故拒谏，后不能平……高宗南巡，皇后请从，未许，后强附太后以行。入山东境，帝忽思思管仲设女闾三百事，群臣奏对，多不称旨。有小监某者，甚便黠，知皇上圣意所在，乃言'济南繁华，亚于扬州，欲访女闾当在此地……'高宗大悦。至济南，小监下舟，顷之朱颜绿鬓，尽态极妍，二八丽姝，绢秀绰约，宛如一片彩云，吹落御舟……娱乐良久，帝方择丰容淑丽，而态度不凡者约六人，留宿舟中……时帝方挟妓酣眠……突见皇后持纸却立，骇异殊甚，斥问何为。后跪求有要务请上鉴察。帝怒曰'此何时也，尔将图谋不轨耶'……"转引自萧一山《清代通史》

纯惠皇贵妃、乌拉那拉氏地宫

唯一可以解释为"曲予包容"的，就是那拉氏的棺椁略比纯惠皇贵妃的高一点。

皇后断发已经过去三十多年，悠悠岁月依然难以荡涤人们心中的种种猜测、疑惑。递条陈所掀起的轩然大波，以金从善被处斩立决而结束。至于在乌拉那拉氏去世以后，乾隆不再册立皇后的做法，则表明当今皇帝不愿在后宫内有一个权力接近皇帝的人，不愿在私生活上受到皇后的些许制约。显而易见，乾隆要成为前三殿、后六宫的唯一主子，家国天下都要以皇帝为核心。

而金氏关于纳谏之论，的确触及到盛世光环下的弊端，人们从金从善人头落地的惨痛遭遇中，再次体会到乾隆的淫威。对握有生杀大权的君主来说，很难容下星丁不同的意见，要做到孔老夫子所说的"六十耳顺"——人到了60岁因见多识广能听进不同的意见，实在是太难了，已经68岁的乾隆还不能实践至圣先师的古训。

公布立储密旨

在九月初三这一天，乾隆在圆明园的勤政殿召见了皇子、皇孙以及王公大臣，当众公布了22年前所写下的立储密旨：册立皇十五子嘉亲王永琰为皇太子。并公布以明年——也就是丙辰年（1796年）改元嘉庆，将永琰改名为颙琰，追封皇太子的生母魏佳氏为孝仪皇后，升祔奉先殿，位在孝贤皇后之下；颙琰移住当年康熙为皇太子胤礽所建的毓庆宫。"嘉庆"两字摘自乾隆在1760年（乾隆二十五年）元旦的试笔诗中的后两句"朝图志有以，迓新迎嘉庆"，就是在这一年十月初六皇十五子永琰降生于御园的"天地一家春"。

对乾隆来说立皇十五子嘉亲王永琰为皇太子，确实有点矬子里面拔将军的味道。乾隆子嗣之众，虽然比不上祖父康熙（康熙有35子，在康熙去世时仍有20个健在），却也超过他的父亲

毓庆宫

雍正（雍正有10子，在其去世时只有3个健在）。当乾隆1773年（乾隆三十八年）再次考虑立储时，17个子嗣中只剩下7个，分别是：皇四子永珹、皇六子永瑢、皇八子永璇、皇十一子永瑆、皇十二子永璂、皇十五子永琰、皇十七子永璘。然而由于皇四子已过继给履亲王允祹（康熙第12子）为孙，皇六子已过继给慎郡王允禧（康熙第21子）为孙，因而可供选择的只剩下皇八子、皇十一子、皇十二子、皇十五子、皇十七子五人。

皇八子仪郡王永璇是当时最为年长的皇子，永璇既不是乾隆最喜欢的，也不是最讨厌的，但他自己很有自知之明，知道自己天赋平平又身有残疾，根本不可能成为皇储的人选，索性就来个大放松，不受礼法约束，我行我素，自得其乐。永璇喜欢写诗，他在1760年（乾隆二十五年）的诗作——《古训堂诗》的抄本收藏在美国国会图书馆。由于永璇对诗文的兴趣，在四库开馆后，被乾隆任命为《四库全书》总裁。天赋平平且不愿受礼法约束的永璇，必然要被排斥在立储之外。

皇十一子永瑆是皇八子的同母弟，永瑆自幼聪颖，才思敏捷，出口成章，长于挥毫，诗文、书画俱是上乘。永瑆书法博取众家之长，造诣尤深，少年时曾摹赵孟頫、王羲之等名家手笔，后又学习董其昌的笔法，只用前三个手指握笔管，悬腕书写。但永瑆也因对汉族传统文化的出神入化而惹来麻烦，1765年（乾隆三十年）13岁的永瑆因以"镜泉"为号而受到乾隆的斥责，乾隆并为此降谕诸皇子，要求他们要以"国语"（即满语）"骑射"为本。

永瑆的书法自成一体，名重一时，当时的士大夫都以得到片纸只字，视若珍宝，他与翁方刚、刘墉、铁保并列为清代四大书法家。乾隆多次降临成王府第，观看其泼墨挥毫。在四库开馆后，永瑆同永璇一起被任命为四库馆总裁。但在乾隆的心目中从来就没考虑过以十一子为储，文采出众同治国安邦毕竟不是一个范畴。

在乾隆看来，皇十一子只是位下界的文曲星，并不具备治理军国要务的才能。尤为令乾隆不满的是，皇十一子是个相当吝啬的人，有许多乖张之举已在王公贵戚中传为笑谈。据说，成王府的一匹马死了，他居然令阖府以死马肉代膳。成亲王的嫡福晋是傅恒之女，陪嫁的金银财宝俱被收入库房，根本不许其享用，以至这位嫡福晋终日以稀粥充饥。自顺治以来，清朝皇帝都把吝啬和淫乐作为最大的失德，当年顺治就曾同他的良师益友汤若望探讨过淫乐与吝啬哪一种过失危害更大。因而才华横溢而又吝啬的成亲王，也要被排除在皇储的候选人之外。

　　而时年七岁的皇十七子永璘，是乾隆最小的儿子。一般说，即使最严厉的父母对于老疙瘩也不免有所放纵，更何况他的生母令贵妃魏佳氏去世时，永璘还不到10岁。尽管乾隆非常重视对皇子们的教育，但对于自幼不喜读书的永璘也有点迁就，这就使得皇十七子最不成器，也最胸无大志。就连永璘自己也知道与皇储无缘，曾风趣地对几位兄长说：即使皇储的位子像雨点一样多，也不会有一滴掉到我的头上，将来不管哪位哥哥当上皇帝，能把和珅的宅子赏给我，也就知足了。

　　皇十二子永璂生于1752年（乾隆十七年）四月二十五日，乌拉那拉氏在被立为皇后之后生下此子。按说皇十二子也是嫡出，但永璂在乾隆心中的地位，根本无法同皇二子、皇七子相比。究其原因即在于，被继立为皇后的乌拉那拉氏，始终未能得到乾隆的欢心。而当1765年（乾隆三十年）乌拉那拉氏陪同乾隆第四次南巡时，竟在杭州断发，执意要出家遁入佛门，以至帝后反目为仇。乌拉那拉氏所生的子女中唯一一个长大成人的皇十二子，就成为父母情感破裂的牺牲品。

　　剩下能考虑的也就只有皇十五子永琰了。其实乾隆对自己的抉择也无太大的把握，在这一年冬至的祭天大典中，曾以所定皇储的名字，默默祈祷上苍：如果所选定的皇子贤明，能够承担起大清的基业，就祈求昊天上苍保佑他，使他能长大成人；如果这个皇子不能承担重任，就夺去他的生命，不要贻误国家的大事，亦可以另行选择。正像乾隆自己所解释的：并非不疼爱自己的儿子，但从国家宗社考虑，不得不如此，只愿能给天下选择一个好

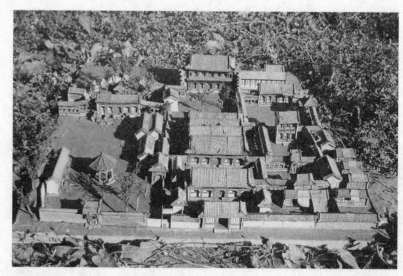

天地一家春

的嗣君，来继承祖宗万年无疆的基业。如果所选定的皇储永琰难当重负，宁肯令其短命而终。

知子莫若父，乾隆的担心绝非杞人忧天，庸人自扰。只有十几岁的永琰，已经流露出聚敛财富的倾向，而在对财产的管理上却又显得过于算计，为人君者如果有吝啬的倾向，绝不是个好兆头。永琰对财富的兴趣在被秘密立储13年后就露出了端倪。这一年浙江学政的窦光鼐上疏参劾"浙江州县仓库多亏空"，"嘉兴与海盐、诸县亏数皆逾十万"，"平阳知县黄梅假亏空苛敛"以及浙江布政使兼杭州织造盛柱进京"携赀过丰"，总督出巡"供应浩繁"等方面的问题。

对窦光鼐揭露的问题，乾隆十分震惊，先后派户部尚书曹文植、内阁首辅兼军机处首席大臣阿桂等前往浙江查办。窦光鼐在接受阿桂调查时，又揭露了盛柱曾馈赠皇十五子永琰财物的情节。对此阿桂心中大惊，盛柱的问题已经牵扯到乾隆秘密册立的皇储，以阿桂的机敏是可以洞察到乾隆秘密立储的人选就是皇十五子，唯恐窦光鼐的参劾会触动国本，因而在向乾隆的汇报时特地抄录盛柱的辩白：阿哥从不接受官员帮助。在汇报调查结果

窦光鼐

时，又特别强调盛柱进京所带的39000两白银，系卖人参所得，已上交广储司，并未送与十五阿哥任何物件。

76岁的乾隆，在继承人的问题上已经没有挑选、更换的余地，当然能领会阿桂这番陈述的良苦用心。因而一看到阿桂的调查结论，就颇为欣慰地说道：十五阿哥等素常谨慎，再说皇宫内的供应也很优厚，本来就不需要外臣的帮助。

在皇后断发之后，乾隆晋封魏佳氏为皇贵妃，鉴于皇后已被幽禁，实际由皇贵妃魏佳氏统摄六宫。在乾隆的心目中，立储远比立后重要，皇储的择立事关国本，直接关系到祖宗开创的江山社稷是否长治久安。乾隆的父亲雍正在孝敬皇后1731年（雍正九年）九月去世后，并未再立皇后，而乾隆的祖父康熙在第三位皇后孝懿皇后去世后的33年的岁月中，也并未册立皇后。在这件事情上，乾隆同祖父康熙一样在三十多年时间不再册立皇后。

魏佳氏生于1727年（雍正五年），比乾隆小十六岁，乾隆初年入宫充贵人，1745年（乾隆十年）被册封为令嫔，此后四年被册封为令妃，1759年（乾隆二十四年）被册封为令贵妃。魏佳氏的祖上原是汉人，隶内务包衣。换言之，魏氏的先人在清初是被掠为奴的汉人，但因魏氏入宫为妃，其家族抬入满洲正黄旗，赐姓魏佳。在乾隆的后妃中像嘉贵妃金氏、皇贵妃高氏都出自内务府包衣，其家族均被抬入满洲八旗，分别赐姓金佳、高佳。后族抬旗赐满姓（原姓加"佳"），并非乾隆首创，而始于康熙初年。康熙在即位后，把生母佟氏一族抬入满洲，赐姓佟佳。在慧贤皇贵妃、孝贤皇后相继去世后，魏佳氏这位还比较年轻又深谙宫中礼仪的妃嫔，正好弥补皇帝心灵上的缺憾，颇受宠幸。从1757年到1766年（乾隆二十二年到乾隆三十一年），魏佳氏接连生下四子二女，分别是皇十四子（四岁时夭折）、皇十五子、皇十六子（四岁时夭折）、皇十七子、皇七女（下嫁策凌之孙拉旺多尔济）、皇九女（下嫁兆惠之子扎兰泰）。

当乾隆秘密立皇十五子永琰为皇太子后，为了不流露出立储意向，就更需要永琰的母亲魏佳氏继续保持皇贵妃的身份，等到执政60年公布皇太子的人选、宣布退位时，再册立魏佳氏为皇后。这也是在金从善进谏后，乾隆坚持不立后的一个重要因素。但魏佳氏未能等到这一天，秘密立储才两年，竟一命归天。也许是出于弥补，乾隆令将魏佳氏的灵柩葬入裕陵地宫。这样做不会引起臣下对立储的种种猜测，在裕陵的地宫里除了孝贤皇后外已经安葬了三位皇贵妃——慧贤皇贵妃高佳氏、哲悯皇贵妃富察氏、淑嘉皇贵妃金佳氏，而且金佳氏生的儿子——皇八子、皇十一子都依然健在。

在永琰生母已经去世的情况下如果再立一位皇后，就等于又给皇太子安排一位嫡母，等到永琰即位后，那位嫡母自然就成为皇太后。虽说本朝有太后不干预政务的祖制，但强调以孝治天下的清朝皇帝，无论在大内还是出巡都要给天下做出榜样。

想当年，祖父康熙的嫡母博尔济吉特氏——即孝惠章皇后，从名分上同康熙是母子，可实际上孝惠章皇后是康熙的表姐，只比康熙大13岁。1717年（康熙五十六年）孝惠章皇后病危，已经

64岁的康熙自己也重病缠身，头晕目眩，两只脚肿得无法穿鞋，但为了母子名分，用手帕把脚裹上，到嫡母住处侍疾，在苍震门内支帐篷居住，日夜侍奉。

永琰已经长大成人，实在没有必要再把一个嫡母加在他的身上，更何况现有的妃嫔中的愉妃珂里叶特氏、颖妃巴林氏、婉妃陈氏、芳贵人陈氏、惇嫔汪氏也都不具备母仪天下的风范，如果重新选择皇后，乾隆所册立的皇后，很可能同太子的年龄差不多，岂有再册中宫之理！

兑现周甲退位

立储密旨的公布，意味着归政已经进入倒计时，"熙雍历历胥过载，耄耄忽忽竟逮身"。尽管乾隆已是耄耋之年，但他的身体比起阳寿未逾古稀的祖父，要硬朗得多。康熙在执政的最后几年经常重病缠身，用他自己的话说，近日精神渐不如前，凡事易忘，向有怔忡之疾，每一活动，愈觉迷晕，需要人扶掖，才能行走，眼睛分不清远近，耳朵听不清声音，饭量很少，需要处理的事情又特别多，早已是心血耗尽，精神萎靡不振。右手有病不能写字，只能用左手执笔批本。自康熙五十六年以来，由于健康的原因，康熙都是遣皇子、大臣代其在冬至祭天。

乾隆从母系得到健康长寿的基因，在七八十岁后，除了耳朵有点背还相当健康，即使在宣布将举行归政大典后，仍前往天坛，冒着刺骨的寒风，拾级而上，亲祭天穹。由此可知，乾隆尚未衰弱到难以处理军国大政的地步，而其本人又绝非怠于政务、沉溺于享乐、淡薄权力之辈，为何会产生退居太上之念呢？

自从进入"父传子，家天下"以来，君王的终身制与世袭制，就成为支撑王朝体系延续的两个核心环节。一般地说，不到山穷水尽的地步，任何一位君主也不会自行退位，即使接替他的是他的儿子。

一说到退位，人们自然就会想起唐高祖李渊、唐睿宗李旦、唐玄宗李隆基、宋徽宗赵佶、宋高宗赵构以及北魏献文帝拓跋弘等。唐高祖之所以自行禅让，把帝位传给第三子秦王李世民，是迫于玄武门之变；唐睿宗的退位，是目睹儿子李隆基在平定韦氏（唐中宗之妻，为揽权害中宗）及太平公主过程中所迸发出的勃勃权欲，以及睿宗本人对大权旁落的无可奈何；而唐玄宗的退居太上，则因在安史之乱发生后对局势的失控，面对儿子李亨起兵即位收拾残局，他已无计可施。而宋徽宗、宋高宗的先后退位，是对金军大举南下的惶恐不安，把一个濒于破灭的国家交给子侄——宋钦宗赵桓，宋孝宗赵眘（shèn）。至于18岁的北魏献文帝把皇位传给五岁的儿子却是出于遏制嫡母冯太后权势的需要，献文帝的禅让使冯太后变为太皇太后，他本人则成为掌管军国大政的太上皇帝。

乾隆母亲孝圣皇太后像

乾隆的退居太上，同历史上各色各样的被迫退位，截然不同。乾隆在即位之初，曾焚香默祷上苍：若蒙上天眷佑得以长寿，等到即位60年，就传位给嗣子，不敢与皇祖康熙纪元61年之数相同。当初乾隆默祷上苍时已经25岁，就连他自己恐怕也未曾料到能活到这一天。在他的列祖列宗中，最为长寿的康熙也只活了69岁。25岁即位的乾隆，若要执政一个周甲——60年，则已是85岁高龄，乾隆对此不敢抱太大的奢望。孰料乾隆的母亲钮祜禄氏却是一位既健康又长寿的人，这位太后在85岁高龄时还兴致盎然地和儿子一道登泰山、登避暑山庄的舍利塔顶，乾隆还为此欣

然赋诗写道:

"八旬五母仍康步,六十六儿微白头,上瑞古今真此罕,后言是否听其浮?"

1760年(乾隆二十五年),当乾隆50岁生日时,曾向皇太后谈及周甲退位之事,皇太后认为:皇帝受上天付托甚重,天下臣民众望所归,即使到即位60年也不应该传位,只求自己安逸。于是乾隆再次默祷上帝:如果皇太后能活到自己即位60周年,也就不会再提归政之事了。可是,乾隆此次默祷未能变成现实,皇太后于1777年(乾隆四十二年)的正月二十三日凌晨痰壅而去世,终年86岁。

由于皇太后的去世,乾隆又回到兑现即位时的祷告,到了即位60周年的时候,就传位给嗣子,以遂当初之愿,把"皇帝之宝"亲手交给所择定的皇储,实行禅让,颐养天年。随着兑现周甲归政的问题一天天接近,乾隆的内心也就愈发难以自持,真的从皇帝的宝座退下来,的确是阻力重重。虽然他对此早就有所考虑,但当时这一问题并非迫在眉睫,更何况连他自己也很难预料能否活到那一天。

1784年(乾隆四十九年)的元旦试笔诗,乾隆就提到归政的问题,而他当时的心情已经有些矛盾了,就像他在诗中所表述的"盼时转觉到时延,如云百里半九十",屈指一算只剩11年,归政的时间已经一天天迫近,却又希望这一天迟一点到来,活脱脱地勾画出乾隆内心的矛盾。

为了准备归政,乾隆已经在紫禁城的外东路修建了宁寿宫作为以后颐养天年的居住之地,为了日常休憩,还在宁寿宫的西侧的空地上营建了古华轩、旭辉亭、养性殿、遂初堂、萃赏楼、符望阁、竹香馆、佛堂、禊赏亭等一组楼台馆阁,回廊与山石、花木交相辉映,组成一处园中园,以遂当初周甲退位的心愿,堪称是情景交融,别有洞天。

在当时的大清帝国,凡是期望尽快纠正乾隆时期弊政的官员,都默默祈祷上苍,保佑归政大典能如期举行,他们最担心的

为退位修建的宁寿宫花园（即今乾隆花园）

就是乾隆因迷恋权力而变卦，像阿桂、王杰、董浩、刘墉等均属此类。而凡是在乾隆执政时期得到破格重用备受宠信的官员，则对归政心存疑虑与恐惧。从来都是一朝天子一朝臣，唯恐伴随着归政的实施而失去已经得到的特权，如和珅兄弟、福康安兄弟等，他们期冀老皇帝放弃归政之念。据说和珅曾向皇帝进言道：

"皇上精神焕发，龙体也很康健，还可在位一二十年，然后传位也未为晚。况且四海之内，敬仰皇上若父母，多在位一日，子民也多感载一日，奴才等尤愿皇上永远庇护。"

乾隆则对和珅推心置腹劝慰道："这点你不必忧虑，此时朕尚在，自然随时训政。"

1795年（乾隆六十年）的到来，使得归政迫在眉睫。然而像乾隆这样一位雄才大略的皇帝，很难接受脱离权力中心这一现实的，他无法适应颐养天年的生活。归政愈是临近，也就愈发不安。他在公布立储密诏的同时，宣布退位后仍要留在养心殿，不搬到为归政而营建的宁寿宫。养心殿位于军机处的北面，自雍正以来是清朝皇帝居住与处理日常政务的场所。对乾隆来说，养心殿是他行使权力的中心，无论如何也不能离开权力的中心。这就

养心殿

意味着，乾隆在退居太上以后，依然要"养心期有为"，而不是
"养性保无欲"。他对此曾有如下解释：自从即位以来，居住在
养心殿六十余载，感觉最为安定吉祥，退位之后仍照常住在这
里，不单是图自己方便，也可以方便大小臣工。

　　乾隆对养心殿的留恋，实际是对权力的依恋，皇太子对此已
有觉察，因而在公布立储密旨的第二天即吁请父皇明令停止改元
与归政大典的实施。他本人只是作为皇储，居住在毓庆宫，朝夕
侍奉，接受教诲。此后，和珅及王公大臣也联名具疏，恳请乾隆
顺天心民意，久居皇位。

　　乾隆却以为：如果因群情依恋，停止归政，那样当初衷心
焚香告天的话语，就变得不真诚了，遂告诫皇太子及王公大臣对
归政一事，不要再行阻止，无论如何归政都要按期举行，以表明
君无戏言。对乾隆来说，不实行归政要失信于天下臣民，举行归
政又恐大权旁落。问题的核心是既要保证归政大典的如期举行，
又要大权在握，退居太上的乾隆在实际上仍是大清帝国的主宰，
只是在形式上退居太上。即将即位的嘉庆，实际上同皇太子并无

本质区别，只是替乾隆到"郊坛宗社"进行祭祀，履行"跪拜仪节"。归政已经徒有其名，并无其实，正像乾隆在圣谕中所表白的：

"归政后，凡遇军国大事，及用人行政诸大端，岂能置之不问？仍当躬亲指教，嗣皇帝朝夕敬聆训谕，可以知所禀承，不致错失，而大小臣工，恪恭尽职，亦可谨凛遵循。"

为了把归政大典推向高潮，从1794年（乾隆五十九年）秋季起开始举行归政恩科（乡试、会试）[⑤]；为了实现普天同庆，1794年（乾隆五十九年）年底，下达豁免各省所欠银1700万两，粮370万石的命令；1795年（乾隆六十年）十月初一向全国发布普免1796年（嘉庆元年）各省地丁钱粮的诏令；颁布嘉庆元年历书（又称时宪书）。

归政已经成为牵动大清帝国朝野的话题，乾隆曾为此欣然赋诗：

"归政丙辰天佑荷，改元嘉庆宪书观。祖孙两世百二纪，绳继千秋比似难。

弗事虚名收实益，唯循家法肃朝端。古今敦史诚希见，愧以为欣敬染翰。"

然而这一前所未有的大典却因苗民起义的爆发，被笼罩上阴影。

早在乾隆即位之前的1735年（雍正十三年），贵州就曾爆发过苗民起义。究其原因，竟是因雍正派遣官员对实施改土归流的苗民地区颁赏所致。清廷所派遣的官员，每到一地，都要向苗寨征夫役，苗民不堪其苦；兼之颁赏之事又听任书役、通事从中作弊，中饱私囊，致使许多领赏者空手而归。因而颁赏尚未结束，苗民已揭竿而起，直至1736年（乾隆元年）四月，才平定此事，并永远豁免新辟苗疆的赋役。

对新拓苗疆的治理是否成功，取决于所派遣的地方官吏的素质。由于天高皇帝远，不称职的官员很难及时发现、及时撤换，又由于人口激增，对土地的需求也日益迫切，不少无地的汉民前往西南人少地旷的苗区拓荒，湘黔边界的汉民辄随着人口向边疆的移动而日增。1741年（乾隆六年）第一次人口普查的数字是一亿四千三百多万，到1794年（乾隆五十九年）已经接近三亿，五十多年的时间人口增长一倍。一方面是移民与土著的摩擦日增及朝廷所派官员的浑浑噩噩，一方面是一部分苗民上层分子的伺机作乱，1791年（在乾隆五十六年）就已发生石满宜之变，只不过此次事变很快就被平定下去，未掀起轩然大波罢了。

1795年（乾隆六十年）的正月，贵州苗民石柳邓首先发难，湖南永绥的石三保与凤凰厅的吴半生、乾州的吴八月等相继响应，一场风暴席卷湘黔川三省交界。一个月后，湘、黔苗民起义的消息才传至京城，乾隆立即部署进剿。在乾隆的指受之下，福康安等率领清军接连攻克石三保、吴半生、吴八月的据点，并生擒吴半生。但到该年九月以后，吴八月又占据平隆（乾州以西三十多里），自称吴王，"复称吴三桂后"，石三保与石柳邓等均率部归附，义军的联合使声势大振。为此乾隆又从两广、四川、云南征调兵力数万，以期在冬至前结束战事。

一方面是"朝廷焦劳，日盼捷书，敕询络绎不绝"；一方面则是军士不习水土，劳师旷日，数省转饷，费巨万计，仍未能在冬至前蒇功。为了尽快平定苗民起义，乾隆谕令福康安等采取以苗攻苗的策略，从苗民中挑选"壮健男丁"，编为团练，凡阵亡者，照官兵之例予以"赏恤"，"抚剿兼施"。分化义军的政策很快就收到明显的效果，吴王吴八月被诱擒……于是，归政大典才在嘉庆元年元旦隆重举行。

从指挥平定苗民起义的过程中，可以看出，以乾隆的精力和体力，还称得上"精神康健，不至倦勤"，继续统治下去还不至于形成"贪天位以旷天工"的局面，

但乾隆仍然要坚持在嘉庆元年元旦举行归政大典。他在60年前的许诺，固然是一个方面的原因，还有一个不容忽视的原因，则是这位老皇帝对最高权力交接过程中种种弊端的忧虑。皇位的终身制和世袭制，必然导致在老皇帝晏驾后出现真空的瞬间，不

管这位皇帝是否立储，也不管是公开立储还是秘密立储，都要出现一个真空的瞬间。而这种真空的瞬间，恰恰是酿成政治动荡的重要原因。因而他要把"皇帝之宝"亲手交给择定的继承人。

归政仍训政

1796年（嘉庆元年）正月初一清晨，文武百官与朝鲜、安南、暹罗等国使节分班恭立在太和殿前，庞大的乐队安置在太和门内，"传位诏"恭放在太和殿东楹的诏案上，"臣下所上传位贺表"摆放在西楹的诏案上。乾隆端坐在太和殿正中的御座上，御座左边的香几正中是象征着皇权的"皇帝之宝"。

庄严肃穆的乐曲回荡在太和殿的上空，皇太子颙琰在阿桂与和珅的引导下走到皇帝御座之前，双膝跪地；阿桂把"皇帝之宝"跪献给乾隆，乾隆接过"皇帝之宝"久久地端详着这块三寸九分见方却如九鼎重的青玉印，60年来，他所发布的每一份制诰诏敕都要把"皇帝之宝"印在上面，他所享有的九五之尊最终要由这块玉宝来体现。究竟是因为他有了这块玉宝才能行使至高无上的皇权，还是他占有皇位才能拥有这块象征着皇权的玉宝？已现老态的乾隆，陷入沉思之中，时间似乎已经凝固，而老皇帝仿佛已经忘记了皇太子正跪在脚下等待接"皇帝之宝"，忘记了跪在太和殿外的文武百官和外国使者……按照规定奏响的"授受乐曲"使得忘情的乾隆回到现实，只见他身体稍稍往前一探，便把掌握了60年的"皇帝之宝"传给了皇太子，就在这授受的瞬间，乾隆从皇帝变为太上皇帝，颙琰则从皇太子变为嘉庆皇帝。

嘉庆像

至此，酝酿了二十多年、筹备了一年多的归政大典落下帷幕。乾隆从御座上站起，无须任何人搀扶，健步走出太和殿，乘舆回到养心殿；而新君嘉庆则开始举行登极大典。

据朝鲜使者记载，正在进行的归政大典差一点夭折。两个时辰前，当礼部官员按照规定去乾清宫取"皇帝之宝"时，事到临头乾隆却舍不得把玉玺交出；一向不肯轻易表态的刘墉此时却挺身而出，据理力争，这才使得乾隆的思维又回到兑现归政上，《朝鲜李朝实录》对此有如下记述：

董诰

"传禅时，临当受驾，高皇帝不肯与大宝。则刘墉止贺曰：'古今安有无大宝之天子？'遂即入奏高宗曰：'陛下不能无系恋天位之心，则传禅可已；传禅而不予大宝，则天下闻之，谓陛下如何？'半日力争，卒得大宝而出，始行庆贺礼。"

刘墉的态度非常明朗：如果乾隆留恋皇帝的"天位"就停止举行归政大典，如果举行归政大典就必须交出"皇帝之宝"，总不能让嘉庆成为一个不能掌握"皇帝之宝"的君主……

1796年（嘉庆元年）正月十九，太上皇帝在圆明园的"山高水长"招待前来参加归政大典的外国使臣及蒙古王公观看烟火。太上皇帝在会见朝鲜使团时，令和珅宣谕：

"朕虽归政，大事还是我办。你们回国，问国王平安。道路遥远，不必差人谢恩。"

乾隆在退居太上之后，生活规律，起居有常，偶有失眠，默念几遍佛家《七偈》即可入睡，他在一首诗中写道：

"笑众虚称佛（宫内以老佛爷称太上皇帝），有心诚愧儒。消眠常背读，七偈七呜呼。"

太上皇帝的身体虽然健康如昔，听力、视力却在急剧衰退。但在涉及到权力的行使、制约等方面乾隆并不糊涂，他清醒地看到嘉庆改元后王杰因病请假不能上朝，遂于该年十月把从未进内阁的董诰⑥破格提拔授予东阁大学士。对此乾隆有如下一段解释："刘墉（自乾隆五十年就担任协办大学士，笔者注）、纪昀、彭元瑞三人皆资深，墉遇事模棱，元瑞以不检获愆，昀读书多而不明理，惟诰在直勤勉，超拜东阁大学士，明诏宣示，俾三人加愧励焉。"

而到了1797年（嘉庆二年）八月二十一阿桂病故以后和珅已经循例成为宰辅，乾隆精心设计的互相制约的状况已经打破，为此把经过多年考验挑选出来的心腹之臣补充进来，以维持平衡。

乾隆所补充的第一个人就是尹继善之子庆桂。

乾隆在退位之前，他就已经安排尹继善的儿子——庆桂以工部尚书的身份在军机处行走。当尹继善还健在的时候，庆桂已经以荫生的身份步入官场，先后担任户部员外郎、军机处章京、内阁学士。到1767年（乾隆三十二年），庆桂已经出任驻库仑办事

为归政而刻的"归政仍训政"印

⑥董诰系工部尚书董邦达之子，生于乾隆五年（1740年），乾隆二十八年（1763年）中进士，时年24岁。本来在殿试中董诰已经被点为探花（一甲第三名），乾隆因其系大臣之子而取消了董诰的探花资格，把其降为二甲第一名。董诰因受父亲的影响也以书画见长，他的画也经常得到乾隆皇帝题字。皇帝在董诰的一本花卉册中题24首绝句，给他画的栖霞十景题了10首七绝。董诰曾参与修定《皇朝礼器图式》，负责监修《四库全书荟要》、《满洲源流考》。乾隆非常欣赏董诰的书法，据说皇帝晚年写的字，多令董诰代笔。董诰在乾隆四十四年（1779年）以户部侍郎的身份入军机处。

大臣。乾隆发现庆桂对蒙古、回部、哈萨克等边疆少数民族地区事务的处理非常得体，就让庆桂先后担任驻伊犁参赞大臣、驻乌里雅苏台将军、驻吉林将军。在抗击廓尔喀的战争中，庆桂因功图形紫光阁。

乾隆所补充的第二个人是阿桂之孙那彦成。1789年（乾隆五十四年），25岁的那彦成中进士，先后担任翰林院庶吉士、南书房行走、内阁学士、军机处行走。在乾隆退位前，年富力强的那彦成已经在中枢机构受到多方面的训练，乾隆在1798年（嘉庆三年）令那彦成以工部侍郎的身份入军机处，以维持中枢机构制衡的局面，也再次应验了"朕虽归政，大事还是我办"。

嘉庆改元及新君即位，并不意味着乾隆时代的结束，实际上这位85岁高龄的太上皇帝依旧是大清帝国的主宰，在他看来，35岁的子皇帝"初登大宝，用人行政，尚当时加训诲"，军国大事"岂能置之不问"？身为太上皇帝的乾隆，"仍当躬亲指教，嗣皇帝朝夕聆听训谕，将来知所禀承，不至错误"。这位"自揣精神强固"的太上皇帝，"每日披览奏章，于察吏勤民之事，随时训示子皇帝，俾得勤加练习"。

登上皇帝宝座、得到皇帝玉玺的嘉庆，实际状况又如何呢？参加归政大典的朝鲜使臣李秉模，在回国后曾向本国国王作如下汇报：

"新皇帝状貌和平洒落，终日宴戏，初不游目，侍坐太上皇，上皇喜则亦喜，笑则亦笑。"[7]对嘉庆来说，一方面要接受太上皇帝的训政，遵循太上皇帝的旨意，令行禁止，不能有任何个人的见地；另一方面也不能对权力有任何染指之嫌，更不能同藩邸旧臣与朝中大臣有蛛丝马迹的联系，否则就会在太上皇帝敏感而又多疑的心灵中，形成一个虚幻的皇帝党的威胁。

嘉庆改元后，新君在藩邸的老师朱珪，同其他大臣一样向嘉庆进颂册，然而朱氏的颂册则要受到乾隆的审查，看其措辞是否得当，是否符合大臣之体。此后，当乾隆决定把担任两广总督的朱珪调至京师担任大学士时，嘉庆立即赋诗祝贺，孰料墨迹未

⑦《朝鲜李朝实录中的中国史料》，下编，卷十二。

干，和珅已把此事向乾隆汇报，从而使太上皇帝得出"嗣皇帝欲示恩于师傅"的结论，大动肝火，颇有治罪嘉庆之意，多亏董诰从中周旋，才使得乾隆冷静下来，并要求董诰经常以礼辅导嗣皇帝。这一场欲治罪嗣皇帝的风波，虽然终于平息，但它却给嘉庆以及朝中大臣留下不尽的惶恐，此后的嘉庆只能更加小心翼翼，在权力问题上愈发表现得无所作为，一切唯太上皇帝的意志是从。

欲治罪嗣皇帝的风波反映出统治集团内部的矛盾——确切地说就是乾隆与嘉庆、嘉庆与执行乾隆旨意的和珅之间的矛盾，日益尖锐。此后由于乾隆身体的明显衰老，嘉庆与和珅之间愈发势同水火。在乾隆去世前一年，记忆力已明显衰退，很可能得了老年健忘症，经常是刚用过早饭，又传早膳，往往是"昨日之事，今日辄忘；早间所行，晚或不省"。不久，他说话也变得含混不清，除了和珅没有人能听懂太上皇帝在说什么，和珅自然就成为

朱珪

乾隆的翻译，至于在翻译中是否假传圣旨，只有和珅自己清楚。据说一天早朝已经结束，又传和珅入宫，和珅来到宫殿看见乾隆坐北朝南，嘉庆则坐在旁边的一小凳子上。和珅跪在地上，乾隆眯着眼睛好像在打盹，但口中又好像在轻声地在说着什么，嘉庆极力倾听，仍然听不清一个字。过了很久，乾隆突然睁开眼睛，问道："那人叫什么名字?"和珅应声回答道："高天德、苟文明。"乾隆又闭上眼睛，不停地念叨着。大约过了一个时辰，才让和珅出去。嘉庆十分不解，有一天密召和珅问道："太上皇帝那天召见你的时候，都说了些什么?你所回答的六字又是什么意思?"和珅说："太上皇帝念的是西域秘咒。只要念此咒，那么他所讨厌的人即使在数千里之外，也会无疾而死，或者遇到奇祸。奴才听太上皇帝念此咒，知道所要诅咒的人必然是白莲教的首领，所以就用两个教首的名字"高天德、苟文明"来回答太上皇帝⑧。

尽管连儿子都听不懂父亲的话，但和珅作为心腹却能猜出一二，和珅自然就成为太上皇帝的代言人，嘉庆对这位代言人的防范也只能有增无减。

然而此时的大洋彼岸却有一位走出传统的伟人，此人就是美国第一任总统乔治·华盛顿（George Washington）。当乾隆执政40年的时候，华盛顿以领导北美独立战争而登上政治舞台；当乾隆统治清帝国已经过去半个多世纪的悠悠岁月的时候，华盛顿才宣誓就任美国总统；当乾隆从皇帝的宝座退下来的时候，华盛顿距两届总统的任期——八年，也只剩下两年的时间；如今当乾隆以太上皇帝的名义依旧大权在握的时候，华盛顿已经吹着口哨回到自家的农场去当美利坚合众国的公民了。但对乾隆来说，无论是空间距离还是心理距离，华盛顿的确太遥远了……

白莲教起义

路易十六身死国亡的悲剧，给乾隆留下的最大启迪就是：加

⑧据《春冰室野乘》所载：

"一日早朝已罢，单传和珅入见，珅至，则上皇南面坐，仁皇（嘉庆庙号）西向坐一小几，每日召见臣工皆如此。珅跪良久，上皇闭目若熟寐，然口中喃喃有所语，上（嘉庆）极力谛听，终不能解一字。久之，忽启目，曰：'其人何姓名?'珅应声对曰'高天德，苟文明（均为白莲教首领）。'上皇复闭目，诵不缀。移时，始挥之出，不更询一语。上大骇愕，他日密召和珅问曰：'汝前日召对，上皇作何语?汝所对六字又作何解?'珅对曰：'上皇所诵者，西城秘咒也，诵此咒则所恶之人虽在数千里之外，亦当无疾而死，或有奇祸。奴才闻上皇持此咒，知所欲咒者必为教匪悍首，故竟以此二人名对。'"

305

强对民众的控制，把任何隐患消灭在萌芽状态，乾隆对境内各类秘密组织所采取的取缔与镇压的政策固然有其内在原因，但法国大革命的刺激也是个不能忽略的因素，尤以1794年（乾隆五十九年）对白莲教的大搜捕突出。

为了捉拿刘之协，"公差四出，暮夜提人"。"州县及胥吏，视拿邪教为利薮"，"私行婪索，多方逼勒"时有发生。武昌府同知常丹葵借查办白莲教、捉拿刘之协，而大肆勒索，"吓诈富家无算，赤贫者按名取结，纳钱释放。少得证据，立与惨刑，至以铁钉钉人壁上，或铁锤排击多人。情介疑似，则解省城，每船载一二百人，饥寒就毙，浮尸于江；殁狱中，亦无棺敛"⑨。至于安徽省，"因查办教匪，竟将轿头作教头连逮数百人"。当地"俗称轿店夫头作轿头，凡婚礼备彩舆，丧葬备挽绋，悉倩轿头经理"。"有赵贡生丧亲，将出殡，循俗例，通知曾经唁吊各亲朋，刻期会葬，按门簿开单，凡一百七十八人，即遣王姓轿头前往各处挨户通知。王轿头将单转付雇工李自平代其事"。李因"夜宿城隍庙，被营兵盘查，交都司衙门，搜出身带名单，见人数众多，又因供是轿头著伊前往通知，误把轿头作教头"，酿成一大冤案。

地方官吏在通缉刘之协的过程中，如此敲诈勒索，如此草菅人命，如此株连无辜，又焉能避免官逼民反！以上种种的确是乾隆始料所未及，诚如嘉庆在御制《邪教说》中所分析的：

"故查拿之始，原因谋逆之一二人，如刘松、宋之清、刘之协首犯耳。刘松、宋之清皆已伏法，并未株连。而刘之协自扶沟脱逃，所缉者仍此一犯，而地方官有奉行不善者，有苛求图利者，胥吏衙书，四出滋扰，闾阎无赖，借事吹求，将正犯反置于不问，妄拿无辜，名曰欲办白莲教……"

而刘之协在逃跑后，"以查禁甚严，遂与张汉潮、姚之富、齐帼谟、齐王氏（即王聪儿）等同谋为逆"，定于辰年辰月辰日（嘉庆元年三月初十）在四川、湖广等地同时发动起义。由于湖广教徒走露风声，宜都派兵捉拿准备起义的张正谟、聂杰人，

⑨《清史稿》卷三五六，《谷际岐》。

张、聂率众拒捕，提前发动起义，一场持续九年波及数省的起义就此揭开了序幕，"俱树'天王刘之协'旗"。也正是同白莲教的战事，加速了清朝衰落的进程。

归政大典刚刚落下帷幕，白莲教起义的紧急奏报就一份接一份地送到太上皇帝乾隆的御案前。

1796年（嘉庆元年）正月初七，枝江宜都的白莲教徒奋起抵抗前来进剿的官军，他们以白布缠头为记号，把进山的道路都埋了火药地雷，四路扎了石卡，卡上都有枪炮、滚木、擂石，地下挖有土坑，用自制的都抹了毒药的箭头、几百支弩箭，及三百多支鸟枪，六个栗木炮等同清军对峙。

该年二月初二，被杀害的白莲教首领齐林之妾王聪儿与齐林之徒姚之富在襄阳黄龙垱起义，横行河南、湖北。湖广教徒纷纷响应，熊道成、陈德本破当阳；杨子敖起耒阳；谭贵在旗鼓寨聚义；曾士兴等占据竹山、保康；楚金贵、鲁惟志起于孝感；林之华、谭加耀据长阳。湖广从此征战不已。

同年九月，白莲教起义席卷四川。徐天德、徐天寿兄弟与王登廷、张泳、赵麻花在达州起兵；王三槐、冷天禄、符日明等据东乡；苟文明、罗其清、鲜大川等起巴州；冉文俦、冉天有等控制通江；龙绍周、唐大位、王国贤等活动在太平一带。巴山蜀水也变得硝烟四起。

到十一月，陕西省的白莲教徒亦纷纷聚义，于是湖广、四川、陕西三省白莲教俱走上武装反抗清朝统治的道路。

白莲教武装反叛的奏报，使得乾隆的心绪再次不得安宁，平定湘黔苗民起义的战事还未彻底结束，白莲教却又在川、楚、陕点起狼烟。面对各省白莲教相继起事，依旧大权在握的乾隆立即调兵遣将，力图控制事态、把起义消灭在萌芽中，其部署归纳起来有以下四点：

令湖广总督毕沅从河南、陕西调兵一万入楚对付张正谟、聂杰人；该年十月在平定湘黔苗民起义后，从征苗前线调兵七万，用于镇压白莲教起义，此其一。

坚持各个击破，坚持打歼灭战，谕令官兵分头掩捕，办一处必肃清一处，此其二。

对各路官军有明确分工：令明亮、德楞泰对王聪儿、姚之富一路围追堵截；令陕甘总督宜绵驻扎在川陕边界，以防止义军由陕入川，或由川至陕；又令新任河南巡抚景安屯兵川楚边界，以防止湖北义军入川，或四川义军入楚；将义军分隔起来，避免其连成一气，或跨省流动，此其三。

利用义军内部矛盾，设计离间，此其四。

太上皇日记

然而乾隆的部署却由于将领、督抚的调度无方、争功不和很难落到实处。湖广总督毕沅在同湖北巡抚惠龄进攻当阳时，顿兵城下几个月而不能攻克，在给朝廷的疏奏中还极力掩盖攻城不力的真相，以连日炮轰城垣，毙敌四百余人的战绩上奏。乾隆阅毕当即指出：敌在城上，官军用炮仰击，被击中者自往后倒，不可能掉到城外，焉能统计出击毙的数目！至于乾隆派到湖北协助毕沅的都统永保，因与明亮争功，拥兵自重，以致使被围在襄阳的王聪儿、姚之富得以突围，向东而逃，而尾随其后的永保，竟以自西迎击上奏。尾随在王聪儿、姚之富后面的永保，也同样受到太上皇帝严厉的申斥：贼向东逃，岂有自西迎击之理！

日盼捷音的乾隆，得到的却是福康安、孙士毅、和琳、毕沅相继病逝于军前的噩耗。

1796年（嘉庆元年）五月十三，福康安因瘴气泻肚在平苗前线去世，此前几天，他还带病"督师前进"。据《清史列传》所载："夜有大星陨于营西北，光芒有声"，几天后福康安在军营中病逝，对于"才猷敏练""年富力强""积劳成疾"的福康安，"遽而溘逝"，乾隆"实深震悼"，命将福康安入祀昭忠祠、贤良祠，配享太庙，追封福康安王爵，赐其子德麟为贝勒。对于为大清效命疆场二十余年的将领、对于在安内攘外中屡建功勋的统帅、对于"正资依毗"准备用于平定白莲教的爱将，乾隆挥笔赋诗哭道：

"到处称名将，功成勇有谋。近期黄阁返，惊报大星流。

自叹贤臣失，难禁悲泪收。深恩纵加增，忠笃那能筹。"

此后仅月余，四川总督孙士毅也在军前去世，终年77岁。在贵州、湖南苗民起义爆发后，76岁高龄的四川总督的孙士毅立即率领军队驻扎在修缮，击退了起义苗民的进攻。到白莲教起义爆发后，孙士毅在来凤、茶园溪等地多次击退白莲教的进攻。茶园溪一战打得尤其艰苦，孙士毅侦察到驻扎茶园溪的白莲教由于连续十几天的大雨缺乏作战的准备，遂攻其不备，冒雨发动进攻，在击溃敌人后又冒雨追出四十多里，一直追到旗鼓寨。孙士毅因作战勇敢被封为三等男爵，如今这位老当益壮的督抚也长眠于地下了。

同年八月，四川总督和琳因瘴气卒于平苗军前，享年44岁。

1797年（嘉庆二年）七月，突然半身不遂的毕沅病逝于同白莲教作战的前线。

坐镇湖北为平苗转运粮饷的毕沅，在1796年（嘉庆元年）又受到白莲教起义的冲击，"枝江民聂人杰等挟邪教为乱，破保康，来凤竹山，围襄阳。"毕沅亲自率领军队与白莲教作战，"自辰州至枝江捕治，当阳又陷，复移驻荆州"。突发的战乱，使得乾隆非常恼火，盛怒之下免除了毕沅的湖广总督。不久毕沅率领的军队收复当阳，并生擒起义领导人张正模，乾隆不仅恢复了毕沅的总督职务，并赐予他二等轻车都尉的世职。乾隆在得悉毕沅手脚麻木后，立即派人从北京送来"活络丸"，仍未能遏制住病情的发展，于七月初三病逝于辰州军营，终年67岁，他的二等轻车都尉世职由其孙毕兰庆承袭。

这些从乾隆二三十年代起就开始登上政治舞台的年轻后生，这些经历考验成长起来的将领、督抚，这些既忠诚干练又能独当一面的地方大员，竟然在国家用人之际一个个撒手尘寰，看来乾隆的时代真的要结束了……

虽然在同白莲教征战的三年里，清军相继诱使聂人杰与王三槐到清军营地投诚；歼灭王聪儿、姚之富部；摧毁罗其清在大鹏山的营地，生擒罗其清；拿下冉文俦设在通江的基地，并将其击伤俘获；但张汉潮、王廷诏、齐国谟（齐林之侄）、樊人杰、冉天元、冷天禄、马学礼、苟文明、冯天保、苟文润，徐添德等依然转战在川、楚、陕的深山老林中。仅三年的时间调拨的军队已近十万，动用的粮饷已达7000万两，可结束战事依旧遥遥无期。

乾隆去世

1799年2月7日（嘉庆四年正月初三）辰时，乾隆在乾清宫晏驾，终年89岁，结束了他漫长的一生。

乾隆对自己的身体一直相当自信，在退位后连续三年去避暑山庄参加木兰秋狝，嘉庆初年的盛大庆典，也都要亲自参加，元旦他要到太和殿接受皇帝以及王公大臣的朝贺；正月十一、正月十五、正月十九，他三次设宴招待前来朝贺元旦的蒙古王公、回部伯克及外藩使节。

朝鲜使节金文淳对乾隆去世前一年——1798年（嘉庆三年）的元旦接见有如下记载：

第一次赐宴在圆明园的"山高水长"前的蒙古包里进行，"太上皇帝乘黄屋小轿而出"，"入御蒙古大幕，皇帝西向侍坐，动乐设杂戏。礼部尚书德明引臣等诣御座前跪，太上皇帝手举御桌上酒盏，使近侍赐臣等。宴迄，太上皇帝在宴会结束后，"出御'山高水长'"观看在那里表演的摔跤，西洋秋千以及施放的烟火。

第二次赐宴在正大光明殿，在宴会结束后，乾隆观看表演的摔跤、西洋秋千及施放的烟火。

　　第三次赐宴在"山高水长"亭下。"太上皇帝出座，皇帝侍坐。德明以特旨引臣等至御座前，太上皇帝使和珅传言曰：'你们还归，以平安已过之意，传于国王可也。'臣等叩头，退出班次。宴毕后，太上皇帝入内，礼部官皆退去。宦侍手招通官（即翻译）引臣等随入'山高水长'阁之内，从后门出，逶迤数十步，太上皇帝所乘黄屋小轿载于船上，船上从官不过四五人，此时日已昏黑，而无炬火，但有一人，以火筒从岸前导，明照左右，火筒制样，以土作筒形，外施绘彩，内装火药，节次冲火，光焰烛也。臣等乘小舟从行。"88岁高龄的乾隆，在春寒料峭的岁首，尚有如此高的游兴，其身体康健可见一斑。

　　人一步入老年就容易变得固执，更何况像乾隆这样一位朝纲独断的太上皇帝!乾隆已经习惯事必躬亲。虽然在1798年（嘉庆三年）冬至以后乾隆就被风寒所侵，从嘉庆到和珅、福长安等近臣都竭力劝太上皇帝节劳静养，但平定白莲教牵动他的心，他始终认为"教匪将届扑灭"。在得悉四川总督勒保于1798年（嘉庆三年）八月所谓生擒王三槐的不真实的奏报后（王三槐是到清营投降），误以为扫平白莲教"势同摧枯拉朽，不日全可荡平"，"而朕于武功十全⑩之外又复亲见扫除氛浸，成此巨功。"而除夕设在重华宫的筵宴以及元旦的朝贺大典他要参加，外藩使臣他还要接见。一连几天的劳累使他兴奋不已，到了1799年2月6日（嘉庆四年大年初二）急切盼望捷音的乾隆，再一次拿起饱蘸墨汗的笔，写下最后一首诗《望捷》：

　　"三年师旅开，实数不应猜。邪教轻由误，官军剿复该。

　　领兵数观望，残赤不胜灾。执讯迅获丑，都同逆首来。"

　　在这首诗的自注中还明白写道："现已届新正，惟冀喜音迅递，将各路著名匪犯悉数生擒，接踵而至，即可计日藏功，盼望尤为殷切。"

　　正当太上皇帝表现出旺盛的精力之时，恰恰就是死神一步步逼近之际。就在大年初二的下午，乾隆病情急剧恶化，任何汤

⑩乾隆的十全武功是："平准噶尔二，定回部一，扫金川为二，靖台湾为一，降缅甸、安南各一，即今之受廓尔喀隆为二，合为十。"

剂都无济于事，时至傍晚已经大渐，处于昏迷不醒的状态。63年前，乾隆从雍正手里接过来的是太平盛世，在乾隆的统治下这个封建帝国也曾步入辉煌的巅峰，然而当他即将一命归天之时，大清帝国却在政治上已经呈现出中衰之象，思想上有如一潭死水，经济上处于传统模式的禁锢之中。

乾隆在世时期的世界，是一个群星璀璨、伟人辈出的时代，罗伯斯庇尔、富兰克林、杰弗逊、拿破仑、华盛顿等人的出现都

拿破仑

令整个世界为之一震，从西欧到北美掀起社会变革的狂飙，一个崭新的政治制度与经济模式展现在世人的面前……

在乾隆去世的那一年1799年11月，经历大革命阵痛的法国资产阶级选择了拿破仑。拿破仑通过发动雾月政变组成了执政府，自任第一执政，对内坚决镇压反革命复辟势力，对外与"反法同盟"多次鏖兵，以排山倒海之势扫荡着欧洲的封建势力，不仅巩固了大革命的成果，而且把大革命的影响扩大到欧洲。虽然拿破仑在上台后5年就废除了共和，当上了法兰西第一帝国的皇帝，然而其政权实质依旧是大资产阶级专政。尽管兵败滑铁卢的拿破仑在1815年最终被迫退位，此后的法国也经历了波旁王朝复辟⑪及七月王朝⑫的统治，但无论哪种政治势力把持政权，都不可能再把法国拉回到大革命之前。

毋庸讳言，法国社会的转型经历了80多年的反复、动荡乃至恐怖，从1789年7月14日攻陷巴士底狱到1871年第三共和国成立，其间巴黎发生了6次起义⑬，而政权更迭、政体形式的改变也极为频繁，产生过三次共和、两次帝制，还有两次波旁王朝复辟以及七月王朝的十几年统治，但法兰西毕竟完成了体制的转变，跨入了近代。而乾隆统治下的帝国，恰恰没有这种体制上的转变。路易十六的波旁王朝虽然被推翻，但荡涤了封建制度的法兰

⑪1814年初，被俄国、英国、普鲁士等国打败的拿破仑被迫退位。路易十六的兄长普罗旺斯伯爵在反法联军的支持下恢复波旁王朝的统治，此即路易十八。路易十六之子路易十七，1795年已经死在狱中，时年10岁。1815年3月，从流放地逃跑的拿破仑东山再起，又杀回到巴黎，路易十八仓皇逃到比利时，结束了波旁王朝的第一次复辟。该年6月，拿破仑在滑铁卢再次被击败，被迫再次退位。路易十八在反法联军的护卫下于1815年7月回到巴黎，再次复辟。经过大革命荡涤的路易十八放弃了波旁王朝的君主专制，实行君主立宪，在路易十八的政权中既有贵族，也有大资产阶级。1824年路易十八死后由其弟极端保皇派阿尔图瓦即位，此即查理十世。查理十世采取残酷的反攻倒算，同资产阶级的矛盾白热化，被1830年所爆发的七月革命所推翻，就此结束波旁王朝复辟。
⑫1830年七月革命的成果被大资产阶级占有，建立君主立宪的七月王朝，奥尔良公爵路易·菲利普在大资产阶级的支持下成为"法兰西人之王"，1848年的二月革命推翻七月王朝的统治。

西因之崛起；乾隆的大清王朝虽然名义上依旧存在，却很快陷入半封建半殖民地的苦难深渊。

而太平洋彼岸的那位伟人——美国第一任总统华盛顿，虽然与乾隆同一年去世，但他所创建的资产阶级共和国的政体却为美国公民才智的发挥、经济的持续发展、美国综合国力的提高等都提供了制度上的保证，第一次工业革命在美国建国后的迅速崛起就是最好的证明。正像王开岭在《精神路标》一文中所指出的，华盛顿"以最干净最节约的手法，一下子为美利坚解决了那么多难题，替未来免去了那么多隐患……"。然而乾隆在63年的统治中不仅未能给他的王朝免除"隐患"，就连许多明显的社会问题也都留给了皇位继承人，诸如对民间秘密组织的失察、有海无防、军备落后、鸦片走私与白银外流等等。

乾隆统治时期始终致力于取缔秘密组织，然而一直秘密传教的白莲教竟然掀起长达数年的反清浪潮[14]。至于没有暴露的秘密组织——如天理教[15]，所造成的危害就更大，该教不仅一直秘密传教，而且在太监中发展教徒。在教首林清的策划下，于1813年（嘉庆十八年）的九月十五日，从东华门、西华门，突然袭击皇宫，攻入禁中，企图趁嘉庆去承德避暑山庄尚未回京的机会夺取政权，隆宗门、养心门都已经沦为战场。

正在回京途中的嘉庆，在得知变生肘腋，祸起萧墙后，于九月十七日在燕郊行宫颁布《遇变罪己诏》：

"……我大清国一百七十年以来，定鼎燕京，列祖列宗，深仁厚泽，爱民如子，圣德仁心，奚能缕述。朕虽未能仰绍爱民之实政，也无害民之虐事，突遭此变，实不可解，总缘德凉愆积，唯自责耳。然变起一时，祸积有日，当今大蔽，在因循怠玩四字，实中外之所同。朕虽再三告戒，舌敝唇焦，奈诸臣未能理会，悠忽为政，以致酿成汉唐宋明未有之事，较之明季梃击一案，何啻倍蓰（xi，五倍）！思及此，实不忍再言矣。予唯返躬修省，改过正心，上答天慈，下释民怨……"[16]

教匪竟然在清朝统治者的眼皮底下发展内线，可皇帝竟然一

⑬第一次起义，1789年7月14日；第二次起义，1792年8月10日；第三次起义，1793年5月31日——6月2日；第四次起义，1830年7月27日——29日；第五次起义，1848年2月23日——24日；第六次起义，1871年3月18日。

⑭直至1804年（嘉庆九年九月），最后一支白莲教被消灭的战报终于抵达北京，清政府为此所付出的沉重代价：

动用军队十一万七千六百六十二名；使用战马四万二千五百六十三匹（不包括各省所购买的）；调拨饷银二亿两，从川楚陕三省调拨的粮食截止到嘉庆七年将近四百万石。长达九年的战事，使得清帝国库存的粮饷进一步靡费，川、楚、陕等省的百姓则长期挣扎在死亡的边缘上。

⑮天理教的前身是八卦教、红阳教，教徒主要集中在河北、河南、山东、山西等地，在河南传教的是李文成，自称是"李自成转世"；在河北及北京一带传教的林清，自称姓刘，是"汉帝转世"，在山东传教的是冯克善。天理教同许多秘密宗教一样，把给人看病作为传教手段，由于林清曾在西单牌楼南面的"九如堂"药铺学徒三年，又到其他药铺当过伙计，对医道比较精通，在治病方面比一般

313

教徒"把茶叶在香上熏绕数转，令病人煎服"的疗效，自然要明显得多。还编出"若要白面贱，除非林清坐了殿"等歌谣广为散布。

天理教教首根据天象变化——"彗星出西北方（根据'谶纬'之说'主兵相'）"，认为在"酉之年、戌之月、寅之日、午之时"——即嘉庆十八年(1813年)九月十五日时发动起义，最为有利。并规定起义口号："奉天开道"；联络暗号："得胜"；还散布在该年九月有"白阳大劫，刮黑风七昼夜，惟入教之人给'奉天开道'小白旗，即可免祸，其余遭劫，一概死亡"；"凡在教者，教主给给白布小旗树于门，可免杀戮，无旗者尽屠之"，并传播"专等北水归汉帝，大地乾坤只一传"等改朝换代的论调。

林清想通过突袭皇宫夺取政权，在他看来"我们据了京师，不怕皇上不到关东去(即关外)"。为此，他想方设法在皇宫内的太监中传教，太监刘得财因是大兴人，便成为天理教极力争取的对象，又是赠金银，又是拜把子，于是刘得财就成为太监中第一个天理教教徒。经刘得财传教太监闾进喜、杨进忠、王福禄、高广福、刘金、张泰等人都也

林清

无所知，还有比这更严重的失职吗？这的确是"汉唐宋明未有之事"！对局势的失控、对民变的失控、对教匪的失控……种种失控交织在一起就像是多米诺骨牌，一旦遇到风吹草动就会形成巨大的震荡。

乾隆在1792年（乾隆五十七年）拒绝英使马戛尔尼的侵略要求后，曾传谕沿海督抚："英吉利在西洋诸国中，最为强悍"，"不可不防"，要加强海防，以防止英国船只的突然袭击。伴随着马戛尔尼一行的离去，加强海防就成为了一纸空文。而到1795年的六月二十九，乾隆又饬令福建、广东等省对沿海地区肆虐的洋盗合力擒拿，但实际上却是一支支海盗出没在闽、浙、粤洋面，数千里的海域，竟然有海无防！

洋盗的出现已非一日，乾隆以来人口的激增，则把越来越多的难以谋生的人挤到海盗的队伍中。尤需一提的是，上述这些海盗一度得到安南统治者——阮惠父子的支持。对于阮惠乾隆并不陌生，7年前因阮氏代黎彼此打过一仗，6年前由于福康安的推动，又握手言和。

然而，被清政府册封的安南王，竟然成为中国海盗的后台，敌友之间的转化实在有些倏然。阮惠在夺取政权后，在财政方面一直都入不敷出，为了摆脱困境，便招徕海上的亡命之徒，资助彼等船只、武器，诱惑彼等出海抢劫，并按照上交给安南政府财物的多少授予官爵。于是东南沿海一带的无业之辈纷纷集聚到安南，加入海盗的行列。

到乾嘉之交，这批得到安南政府支持的海盗或单独行动，或

合舟共犯，劫掠商船，登岸骚扰。海盗不仅船多、炮多，其船只也比清军的要高大牢固，而且每到一地还有内地的不法之徒进行接应。彼等控制着福建、广东洋面，所有经过的商船都必须交纳通行税，出海船每只400元，进口船每只800元，俨然成为海上一霸。乾隆所担心的"如宋季之宋江等结成巨盗"的局面，已经成为活生生的现实。

从塞外人主中原的清朝统治者擅长骑射，对陆战有天然的适应，这从康熙在围场创立"木兰秋狝"已经看得非常清楚。而从客观上说，清朝的海内一统、对边疆的开发也主要靠陆战。清军本来就不习惯水战，只是在人关初因为同郑成功、张煌言的交战，才陆续在江苏、浙江、福建、广东建立水师。当康熙兵不血刃收复台湾后，水师的发展也就很难再提及了。

面对海盗的猖獗，地方官员只能专力防守海口，对于官府运盐船及商船派军队护送，至于粤、闽、浙的辽阔洋面，则听任海盗横行，合力擒拿海盗的敕令又成为一纸空文。

对鸦片走私的失控就更为严重。早在1728年（雍正六年）清政府就颁布了禁止贩卖鸦片、开设烟馆的命令："嗣后，如有兴贩鸦片及私开鸦片烟馆者，或被拿获，或被首告，即将洋商、船户、铺家、地保、邻佑人等概行从重治罪，并严加处分漫无察觉之地方官。"[17]至此以进口药材为名、持续近两

乾隆戎装像

相继入天理教。嘉庆十八年三月，林清两次来北京同刘得财等人见面，布置任务，并让他们作好接应的准备。

九月十五日有二百多名教徒从黄村出发，在菜市口集合，然后分为两路，一路奔东华门，一路去西华门，利用皇帝不在京城的机会，突然袭击皇宫。林清则留在黄村等待河南方面派来的援军。从东华门混进皇宫的教徒十人左右（一说五六人），就被侍卫发现，立即关闭大门，把几十名教徒挡在宫门之外，而混进西华门的教徒则约四五十人，他们在混进皇宫以后为阻挡官军，反而把西华门关闭，手执白旗，进攻隆宗门、养心门。

当时正在上书房读书的皇次子绵宁（nìng，即后来的道光帝）以及贝勒绵志，得悉宫禁有变，发现"有执旗上墙三贼，欲入养心门"，立即用鸟枪袭击教徒，喋血禁中。在得到皇宫遭到袭击后，留京的王公大臣在仪亲王永璇的带领下率领禁军从神武门入宫，并在隆恩门外击败教徒，经过两天一夜的清查把混入宫禁的天理教徒以及勾结教徒的太监全部肃清。

⑯《钦定平定教匪纪略》卷四。

⑰《雍正朝汉文朱批奏折汇编》853页。

315

英国东印度公司鸦片走私的仓库

个世纪的鸦片贸易被中止。

在当时对华进行鸦片贸易的主要国家是英国，他们在鸦片贸易中获得丰厚的利润。一箱鸦片的成本约180银元，运至中国的售价为2000银元，鸦片税在英国政府税收中占42.7%。在清政府取缔鸦片贸易后，英国鸦片商就以走私的方式继续进行这种罪恶的贸易。负责鸦片生产的英国东印度公司，令人把鸦片装入便于偷运而特制的箱子，运至加尔各答，拍卖给鸦片商，再由鸦片商偷运至中国沿海。鸦片商通过行贿清地方官员及负责缉查走私的巡船官兵，使得鸦片走私畅行无阻。由于利益的驱动，鸦片走私日益猖獗。到1767年（乾隆三十二年）走私入境的鸦片已达1000箱，1781年（乾隆四十六年）增至2000箱，迨至1795年（乾隆六十年）早已突破4000箱，不到30年的时间，鸦片走私增加了三倍。

而鸦片走私的最直接的后果就是白银外流、银价上涨。

自从清政府在康熙年间收复台湾解除海禁后，在对外贸易

鸦片烟枪

中一直处于出超地位，每年都有上百万两的白银输入，以至引起
银价的下跌。清初一两白银兑换铜钱一千文，到康熙晚年银与钱
比价已变为1∶900，至雍正年间已经是1∶800，到了乾隆初年
则发展到1∶700。然而由于鸦片走私、白银外流日益严重，到乾
隆中叶银价开始回升到1∶850，至乾嘉之际一两白银就能换铜钱
一千三四百文。

　　银价上涨，使得百姓在交纳钱粮中为折银而负担加重。从表
面上看，清政府并未曾加田赋，但交纳钱粮要把铜钱换成银两，
在实际上已经把银价上涨的负担已经转嫁多普通百姓身上。白银
外流也造成国内货币流通量的减少，影响商品交换的正常进行，
致使除鸦片以外的其他商品滞销，乃至积压，使得经济陷入停滞
的困境。对鸦片走私的失控，最终成为鸦片战争的导火索。

　　乾隆去后仅41年，就演出了"呼啦啦似大厦倾"的一幕悲
剧——以英国为首的西方列强咄咄逼来，发动了第一次鸦片战
争，用武力打开中国的大门，并在1842年迫使清政府签订了"中
英南京条约"。而法国的七月王朝也趁火打劫，在1844年胁迫清
朝政府签订了"中法黄埔条约"，到1856年——也就是乾隆去世
57年，建立法兰西第二帝国⑱的拿破仑侄子路易·波拿巴（即拿
破仑三世）便伙同英国发动了第二次鸦片战争，而英法联军火烧

⑱1848的二月革命推翻
七月王朝，之后进行法
国第一次总统选举，路
易·波拿巴利用叔叔拿
破仑的影响成为第一
位民选总统，法国也进
入第二共和时期。1852
年，路易·波拿巴废除
共和，再行帝制，法兰
西第二共和国遂被第二
帝国所代替。1870年，
路易·波拿巴因在普法
战争中战败，法兰西第
二帝国才寿终正寝。

圆明园的强盗行径，则使得天朝大国的假象再也不可能维持下去了，中国在半殖民地的深渊中越陷越深。其实这一切在1795年就已经注定了。

黄仁宇先生在《万历十五年》一书的结尾处这样概括道：

"1587年，是为万历十五年，丁亥岁次，表面上似乎是四海升平，无大事可记，实际上我们的大明帝国却已经走到了它发展的尽头……万历丁亥年的年鉴，是为历史上一次失败的总记录。"

当人们超越时空的局限，把目光聚集在 1795年（乾隆六十年），就不难发现：

中国封建社会的最后一个盛世——康乾盛世已经悄然落下了帷幕，走到历史的尽头的不仅是一个王朝，还有已经延续两千多年的封建体制，一个走到尽头的体制不可能在前朝的废墟上再滋育出一个盛世，因而1795年的年鉴，实际上是中国封建社会"一次失败的总记录"。

参考书目

《史料旬刊》 京华印书局 1930年—1931年出版

《清代档案史料丛编》 中华书局从1978年陆续出版

《康雍乾时期城乡人民反抗斗争资料》 中华书局 1979年版

《清代文字狱档》 上海书店 1986年版

《清前期苗民起义档案史料》 光明日报出版社 1987年版

《清中期五省白莲教起义》 江苏人民出版社 1981年—1982年版

《天地会》 中国人民大学出版社 1980年—1983年版

《（乾隆朝）汉文起居注》 中国第一历史档案馆藏

《英使马戛尔尼访华档案史料汇编》 中国第一历史档案馆编
国际文化出版公司 1996年版

《石峰堡档》 中国第一历史档案馆藏

《清高宗实录》 台湾华文局影印本

《清史列传》 中华书局 1928年本

《清史稿》 上海古籍出版社 上海书店《二十五史》缩印本

钱仪吉：《清朝碑传全集》 上海古籍出版社 1987年版

祁韵士：《皇朝藩部要略》 清道光二十八年刻

魏 源：《圣武记》 中华书局 1992年版

朱 熹：《四书集注》 岳麓书社 1985年版

弘 历：《清高宗（乾隆）御制诗文全集》中国人民大学出版
社 1983年版

和 珅：《嘉乐堂诗集》 清嘉庆刻本

和　琳：《芸香堂诗集》　清嘉庆刻本

丰绅殷德：《延禧堂诗钞》　清嘉庆刻本

昭　梿：《啸亭杂录》　中华书局　1980年版

陈康祺：《郎潜纪闻》　中华书局　1984年版

朱彭寿：《旧典备征》　中华书局　1982年版

钱　泳：《履园丛话》　中华书局　1979年版

赵　翼：《檐曝杂记》　中华书局　1982年版

《清朝野史大观》　上海书店　1981年版

萧一山：《清代通史》　中华书局　1985年版

孟　森：《明清史讲义》　中华书局　1981年版

戴逸主编：《简明清史》（一）　人民出版社　1982年版

戴逸主编：《简明清史》（二）　人民出版社　1984年版

戴逸主编：《18世纪的中国与世界》　辽海出版社　1999年

戴　逸：《乾隆帝及其时代》　中国人民大学出版社　1992年版

韦庆远：《档房论史文编》　福建人民出版社　1984年版

韦庆远：《明清史辨析》　中国社会科学出版社　1989年版

秦宝琦：《中国地下社会》　学苑出版社　1988年版

左步青编：《康雍乾三帝评议》　紫禁城出版社　1986年版

周远廉：《乾隆皇帝大传》　河南人民出版社　1990年版

白新良：《乾隆传》　辽宁教育出版社　1990年

李景屏　康国昌：《乾隆、和珅与刘墉》　台湾知书防出版社2000年版

高　翔：《皇后断发之谜》　中国人民大学出版社　1995年版

A.W.恒慕义主编：《清代名人传略》（中文译本）　青海人民出版社　1990年版

斯当东：《英使谒见乾隆纪实》　商务印书馆　1963年版

吴　晗：《朝鲜李朝实录中的中国史料》　中华书局　1980年版

《乾隆朝惩办贪污档案选编》　中华书局　1994年版

中国第一历史档案馆编：《清代官员履历档案全编》

[法]伯德莱：《清宫洋画家》，耿升译，序言P9，山东画报出版社2002年版

[法]费赖之：《在华耶稣会士列传及书目》（冯承钧译），中华书局，1995年版

[法]荣振华：《在华耶稣会士书目编补》，耿升译，中华书局，1995年版

[法]杜赫德编：《耶稣会士中国书信简集——中国回忆录》，吕一民、沈坚、郑德弟、耿升等译，大象出版社，2005版。

后　记

　　三十多年前——大约文革进行到一半的时候，一个极其偶然的机会拜读了雨果的大作《九三年》。虽然这是本小说，但作者以1793年来反映法国大革命的写作手法，着实令笔者顿开茅塞。

　　大约十几年后，又拜读了黄仁宇先生的轰动中国史学界的著作《万历十五年》，该书以万历十五年前后的历史事实以及那一时期的重要历史人物为中心，对封建社会的管理层面进行了梳理，从而勾勒出"历史上一次失败的总记录"。在经过近30年的冷板凳，特别是在对清代中衰进行十几年的研究后，终于有了挑战大历史观的勇气。

　　把1795年的中国置于世界潮流中去分析，只是2006年构思本书时的一个初步设想。无论是明清之际来华的耶稣会士，还是18世纪末来华的英国马戛尔尼使团，都已经显示出当时的中国已经不可能把外部世界的影响挡在界外。考虑到法国国王路易十四自1685年（康熙二十四年）起开始向中国派遣"科学传教团"、并在此后的100多年持续派遣耶稣会士来华以及法国是当时欧洲唯一一个同中国高层建立固定联的国家，遂决定把波旁王朝以及法国大革命的爆发作为本书的重要参照，进而对中国专制主义中央集权与法国专制王权的异同、法国18世纪的重农主义与中国的以农为本的差异、法国的第三等级与中国商人经济地位政治地位的悬殊以及经历了文艺复兴洗礼的法国在人性上的普遍觉醒与康雍乾时期还把自称奴才视为恩遇的巨大反差等等进行剖析。

　　拙作初稿在两年前就已经杀青，但由于卧病，未能修改。此次能够付梓，要感谢华艺出版社领导对出版拙作的热情，使拙作终于得以问世。

　　本书照片一部分由康国昌先生、康怡实地拍摄，一部分引自《帝京旧影》《清史图典》《盛世文治》《故宫博物院》《乾隆皇帝全传》《走进清东陵》《大清名臣像传》《清宫洋画家》《18世纪的中国与世界》导言卷。

后
记

笔者于2008年岁末

鸣谢

《1795乾隆六十年》很可能就是笔者的挂靴之作，这部在病榻上修订的书稿能够刊行，首先要感谢北大医院的外科主任刘荫华教授、张寰大夫、赵建新大夫、张育海大夫及北京肿瘤医院的消化内科主任、沈琳女士等白衣天使，是他们的精心治疗使得笔者在与死神的搏斗中赢得了宝贵的生存时间与较高的生活质量，并在病情稳定后能对书稿进行修订。

其次要感谢华艺出版社领导，他们的关心以及对出版拙作的热情，使得笔者在经历十几次化疗——炼狱般的磨难后，能重燃写作热情，对搁置两年的书稿予以修改。

此外，要感谢自患病以来一直真诚关心、无私帮助的朋友——

北京鲁迅中学离休教师范永禄先生，北京56中退休教师孙燕华女士，清华大学美术学院教授、著名画家李燕先生，美国密西根州大学终身教授、中美关系史专家卿斯美女士，上海文史馆馆员、著名画家孙静女士，友谊医院外科主任侯以岸先生，中医研究院退休主任医师戚燕茹女士，北京社会科学院退休研究人员朱学文女士，北京中医药大学教授戚燕萍女士，美国哈佛大学经济管理学院留学生部主任宗三兵女士，西苑医院肿瘤科主任杨宇飞女士，北京复兴医院内科主任刘羽翔女士，中央教育台总编室总编李丹林女士，画家王建成先生，画家路仁茂先生，北京工商银行长安储蓄所退休经济师杨彬女士，外研社编辑葛萌女士，

Evonik Degussa公司白璐女士，他们或对因病致贫的我慷慨解囊，或为治疗提供帮助；

感谢笔者所在单位的离退休办公室负责人刘爱平处长及清史所王绪芬、黄兴涛、陈桦、吴玉清、计红、黄爱平、宝音、阚红柳、吴孝英、成崇德等老师以及夏艳、雷春芳、谷敏、魏淑民、刁美林、张波、夏永丽、李子明、王丽娜、鲍克敏等同学的关心。特别是王绪芬老师、夏艳同学，不仅经常前来看望，还在领支票、报药费等方面给予帮助；

感谢出版界的朋友——化工出版社的编审李岩松先生、农村读物出版社的编审张鸿燕女士、城市出版社的编审徐昌强先生、《炎黄文化研究》的编审李尚英先生，他们对拙作的出版或再版，一方面让我在精神上有了新的兴奋点，另一方面在经济上也不无小补。

最后要感谢关心、照顾我的亲人，感谢化疗时在医院昼夜进行照顾的堂妹李景凤、弟妹张凤华、弟妹于跃美；感谢与我相濡以沫的丈夫康国昌，尽管他患有多种严重的疾病，仍然以带病之身为我奔波，不仅帮助我同病魔斗，还就书稿内容、观点的表述进行切磋，并为书稿拍摄、翻拍大量的照片。

在此，对各界新老朋友与亲人，再次表达由衷的谢意。

李景屏于2009年初

图书在版编目(CIP)数据

乾隆六十年：1795年/李景屏著.—北京：华艺出

版社，2009

ISBN 978-7-80142-796-0

I.乾… II.李… III.历史小说—中国—当代

IV.I247.5

中国版本图书馆CIP数据核字（2006）第124800号

乾隆六十年：1795年

作　　者：李景屏
运营统筹：鲍立衔
责任编辑：刘泰　韩海涛　常永富
出版发行：华艺出版社
社　　址：北京市海淀区北四环中路229号海泰大厦10层
网　　址：http://www.huayicbs.com
邮　　编：100083
电　　话：010-82885151
印　　刷：北京顺义兴华印刷厂
开　　本：710×1000　1/16
字　　数：258千字
印　　张：21.25
版　　次：2009年6月第一版
印　　次：2009年6月第一次印刷
书　　号：ISBN 978-7-80142-796-0/I · 372
定　　价：32.00元